서주의

　　강에

살다

서주의 강에 살다

초판 1쇄 인쇄일 | 2019년 07월 23일
초판 1쇄 발행일 | 2019년 07월 30일

지은이 | 임이현
펴낸이 | 박성면
펴낸곳 | (주)동아

출판등록 | 제406−2007−000071호
주소 | 경기도 파주시 문발로 115, 세종출판벤처타운 201-A호
전화 | (031)8071−5201
팩스 | (031)8071−5204
E−mail | bear6370@hanmail.net

정가 | 9,500원

ISBN 979−11−6302−222−0 (03810)

서주의
강에
살다

임 이 현 장 편 소 설

DONGAROMANCESTORY

차례

비가 온다

시작점이 없는 바람이 어디에선가 불어왔다. 가지 끝의 나뭇잎이 흔들렸고, 거리의 풀이 흔들렸고, 그리고 그와 같이 가녀린 마음 하나가 툭툭 흔들렸다.

N도서관 출입구는 사시사철 바람이 불었다. 날이 좋아도 바람이 불었고 날이 나빠도 바람이 불었다. 사람들은 날이 좋을 때는 그 바람을 좋아했고 날이 나쁠 때는 그 바람을 타박했다. 그럼에도 서주는 늘 그 바람이 좋았다. 잠이 들어서도 아삼아삼 그리워지는 바람이었다. 하지만 이제 더는 이 바람을 다시는 만나지 못할지도 모른다는 생각에 아찔해졌

다. 그래서 도서관을 내려가는 길을 찬찬히 짚어 나가며 바람을 기억하고자 감각에 더 집중했다.

지하철역을 따라 약간의 언덕바지를 올라오면 자리 잡고 있는 N도서관을 처음 오기 시작했던 건 언제 무렵부터인지 기억이 잘 나질 않았다. 첫인상이 좋았던 도서관이었다. 유리창이 큰 짙은 회색의 건물이 나무바다에 묻혀 조화로웠고 거기에 청량한 바람이 더해져 가슴이 연방 두근거렸다.

서주는 추억이 더해지기 전에 야트막한 언덕을 서서히 내려갔다. 눈앞의 길이 선명하기보다 흐릿했다. 그리고 아차 하는 일순 스스로가 도서관을 올라오는 차량 앞에 서 있다는 걸 알아차렸다.

운전석에서 한 남자가 내린다. 다짜고짜 소리라도 지를 모양인가. 죄송하다고 먼저 선수를 쳐야 하나. 별별 생각이 번잡스레 머리를 어지럽히는 동안 남자가 먼저 성마르게 서주에게 다가왔다. 서주는 뭘 어째야 좋을지 몰라 눈을 감아 버렸다. 캄캄한 암흑 속에 갇히게 된다면 이런 느낌일 거라고, 속단해 버렸다.

"괜찮으세요?"

하지만 남자는 선선하게 다정했다. 질끈 감았던 눈을 뜨자 걱정이 만연한 남자의 만면이 시야에 들어찼다. 그녀의 고개가 절로 숙여졌다. 연신 죄송하단 말을 반복했다. 하지만 남자는 그럴 것 없다면서 대뜸 그녀의 앞에 무릎을 굽혔다.

"옷이 좀 상했어요. 옷을 걷어서 무릎 좀 봐도 될까요? 아무래도 다치신 거 같은데."

서주의 대답이 떨어지기도 전에 남자가 바지를 걷어 올려 버렸다. 남자의 표정이 조금씩 일그러져 갔다. 그제야 서주는 알 수 있었다. 스스로가 다쳤다는 걸. 남의 차 앞에서 민폐를 저질러 버린 것을. 그만큼 얼이 빠져 있었던 터였다. 스스로 통증도 자각하지 못할 정도로 얼이 빠져 있었다는 데에 무구한 감탄이 나올 뻔했다. 자신 앞에 무릎을 굽히고 있는 남자가 아니었다면 행동으로 드러났을지도 몰랐다.

"잠시 차에 타실래요? 제가 도서관에 볼일이 좀 있어서 올라가서 치료해 드리고 자세히 봐 드릴게요."

남자는 꽤 친절했다. 적절했고 예상보다 훨씬 좋은 사람이었다. 하지만 낯선 사람이 베푸는 호의를 덥석 받아들이고 싶진 않았다. 서주는 고개를 내저었다.

"괜찮아요. 볼일 보러 올라가세요. 제가 잘못해서 그런 거니까 충분히 괜찮아요."

"아니요. 이렇게 보내면 뺑소니죠. 일단 타세요."

남자가 무작정 서주를 조수석에 태웠다. 아니다. 태웠다는 표현보다는 밀어 넣었다는 표현이 더 적합했다. 남자의 손길은 조금은 다급해 보였다. 그럼에도 차 안에서는 남자의 성향을 닮은 듯 다정하고도 포근한 향기가 났다. 피로가 서서히 먹구름처럼 몰려들었다.

차로 언덕을 올라 도서관 앞까지 도착하는 데 많은 시간이 필요치 않았다. 3분 남짓 되려나. 주차장에 차를 천천히 세우고 남자는 도서관 마당 한쪽에 마련되어 있는 벤치에 앉으라고 문까지 열어 주는 호의를 베풀었다. 서주는 그렇게 다리가 다시 땅에 닿자 무릎이 아파 다리를 절뚝거리는 자신을 발견했다. 차 모퉁이에 치인 아까의 그 상황이 머릿속에서 유실이라도 된 것처럼 딴 나라 이야기 같았다.

바람이 불었다.

어딘지 서글픈 바람이었다. 비가 곧 쏟아질 것만 같은 바람이었다. 비가 내릴 거 같아요, 하고 말하고 싶은 충동이 들었다. 하지만 서주를 입을 꽁꽁 싸맸다. 아무 말도 하지 않은 채 남자에게 하얀 다리를 드러내 보였다. 남자는 재빠르게 이곳저곳을 만져 보더니 틈도 주지 않고 다른 아픈 곳은 없는지 물었다. 서주는 그냥 피식 웃음이 터지고야 말았다. 그 말간 웃음에 남자가 갸우뚱 고개를 들어 서주를 쳐다보았다.

"왜요?"

의문사가 붙은 문장도 남자의 눈빛과 함께 뒤를 이었다.

"비가 내릴 거 같아요."

하지 않으려 했던 말을 구태여 꺼내니 그녀의 마음이 한결 녹록해졌다.

"비요?"

"네, 비요. 바람이 비 올 바람이에요."

남자가 하늘을 올려다보았다. 하늘은 쨍하니 맑았다. 남자는 도저히 비가 내릴 거 같지 않다고 말하고 싶은 걸 참는 것처럼 보였다.

"저녁 즈음 비가 내리기 시작할 거 같은데. 바람이 눅눅하잖아요. 이런 날씨에 어울리는 바람은 좀 건조한 바람이거든요."

그녀의 무릎을 만지던 남자는 무심히 고개를 주억였다. 손은 여전히 그녀의 무릎을 이곳저곳 만져 보는 채였다.

"뼈에 문제는 없는 거 같네요. 타박상이 좀 심해요. 한동안 절뚝거릴 거 같은데 혹시나 정밀 검사 받아 보고 싶으시면 이리로 오세요."

남자에게서 건네받은 명함에는 남자의 이름과 함께 직책에 따른 위엄이 그대로 박혀 있었다. 서주는 그 명함에서 남자의 직책과 위엄을 걷어 내고 이름에 집중했다. 주 강. 성은 주, 이름은 강. 확실히 입에 떨어지는 깔끔함이 있었다. 소리 없이 그 이름을 몇 번이고 되뇌었다. 명함에 박힌 글이 흐릿하게 보이지만 아직까지 읽을 수 있는 것에 대해 한없이 감사해하며.

"성함 어떻게 되는지 여쭤봐도 될까요?"

"임서주예요."

"아, 서주…… 임서주."

남자는 한참 곰곰이 생각하더니 입을 열었다.

"그쪽이 주로 이름이 끝나는데, 제가 주로 이름이 시작되네요."

듣고 보니 맞는 말이었다. 주로 끝나 주로 시작하는 이름. 독특한 연관성이라 생각하며 서주는 속으로 웃었다.

"연락처 하나 알았으면 해요. 전 그대로 명함을 드렸으니, 서주 씨 연락처 저한테 주시면 될 거 같습니다만."

저돌적인 남자는 자신의 핸드폰을 불쑥 서주에게 드밀었다. 새하얀 바탕에 다이얼이 시야 안으로 들어왔다. 번호를 알려 주는 것이 올바른 판단인지 감이 오질 않았으나 다이얼을 꾹꾹 누르기 시작했다. 그리고 서주가 번호의 마지막 자리를 눌렀을 때 남자는 자신의 휴대폰을 도로 거둬들였다. 남자가 곧장 통화 버튼을 누른다. 가방에 고이 잠들어 있던 서주의 핸드폰이 부르르 파장을 일으켰다.

"틀린 번호 주셨을까 봐서 확인차로요."

굳이 변명을 갖다 붙인 남자는 약간 머쓱한 기색이 감돌았다. 그러다 돌연 남자는 차에서 구급함을 꺼내 와 상처에 필요한 처치를 해 주었다.

파스와 약을 바른 다리를 바닥으로 얌전히 내린 서주는 구급함을 정리하고 핸드폰을 만지작거리는 남자를 바라보았다. 거짓말 조금 보태 남자의 키는 서주보다 갑절은 커 보였다. 피부는 하얗지도 까맣지도 않았고, 눈매는 선량한 무엇과 닮아 있었다. 순한 바람을 닮은 남자였다.

"다리는 되도록 좀 많이 움직여 주시는 게 좋아요. 아무래도 근육이 놀라서 수축한 거 같거든요. 당겨도 좀 참으면서 많이 움직여 주세요."

"네."

"냉찜질보다는 온찜질이 나아요."

"네."

"자다가 너무 뻐근하거나 아프면 진통제는 먹어 주는 게 훨씬 도움 돼요."

"네."

"도서관 올 때마다 뵈었는데 제 차에 부딪쳐서 가슴이 철렁했어요. 많이 다치셨을까 봐."

"네……. 아, 네? 오실 때마다 절 봤다구요?"

강이 던지는 말에 설렁설렁 대답만 하다 놀란 서주는 강에게 다시 눈길을 돌렸다. 새파랗게 하얀 하늘에 가 닿아 있던 서주의 눈이 황급히 강을 찾아와서 그도 놀랐는지 헛웃음을 터뜨려 버렸다.

"뭘 그렇게까지 놀라세요. 월요일 오전 10시에서 12시까지 입력봉사 하시고 가시잖아요. 전 그 점심시간 끝나고부터 두 시간 하고 가거든요."

"그러시구나……."

머쓱하게 끝나 버린 말끝을 다시 찾아보려 애를 썼지만 막상 서주의 입은 생각처럼 움직여 주질 않았다. 강은 자신을 알았다. 자신은 강을 모르고. 뭔가 형용할 수 없는 기분이 들었다. 그는 나를 아는데 나만 그를 모른다는 갑갑한 느낌이 그녀를 옥죄었다. 완전한 암흑에 갇히게 되면 모든 사람에게 이런 느낌을 받겠지. 숨통이 확 조여 서주는 거푸 마른기침을 토해 냈다. 강이 황황히 서주의 등을 두드리다 차에서 물을 가져왔다. 강이 건네주는 물을, 그러나 서주는 마시지 못했다.

"저 입력봉사 오늘부로 그만뒀어요……."

툭, 둑방이 터지듯 무심히 말이 흘러나왔다. 그리고 한숨이 뒤를 이었다. 처음 보는 사람에게 이런 말까지 하는 이유를 알 수는 없었으나 그저 누군가에게만큼은 허심탄회해지고 싶었던 탓일까. 쓸쓸하게도 눈물까지 튀어나왔다.

"무슨 일이 있나요?"

"그냥요. 이젠 입력봉사도 지겨워지고, 앞으로 바빠질 거 같아서요."

새빨간 거짓말을 잘도. 서주는 눈물을 닦아 냈다. 그리고 자리를 털고 일어섰다. 강이 붙잡으려 했으나, 서주가 먼저 돌아서는 것이 좀 더 빨랐다. 정수리로 물방울 하나가 떨어졌다. 비가 올 것 같은 예감은 그래서 틀리지 않았다.

바람이 거칠고 사나워지기 시작했다.

친구란 거

새벽부터 내리기 시작한 비는 오후가 늦도록 그칠 줄을 몰랐다. 세상이 흑백으로 잠겨 인공적인 불빛들도 마치 흑백에 잠식된 것처럼 보였다. 둔탁하게 귀를 때리는 빗소리가 야속하게 들렸다. 강은 커피를 한 모금 들이켰다. 커피에서 어딘지 모르게 비의 흐릿한 맛이 났다. 그는 비가 내리는 건 세상을 어둠에 잠기게 한다고 생각했다.

비가 내릴 거 같아요.

기억 속에 있던 말이 희미하게 귓전을 때렸다. 서주. 그녀의 이름이 기억에서 부식되었으나 부서지진 않은 모양이었다. 분명 문득 떠올린 그 목소리의 주인공은 다리도 꼬지 않고 허리를 곧게 펴고 앉아 타자를 두드리던 서주의 것이었다. 서주는 어디로 간 것일까. 어느 순간부터 서주의 번호는 없는 번호가 되었고, 도서관에서도 그녀의 소식을 모른다고 했다. 이럴 줄 알았다면 진작 말을 더 섞어 봤어야 한나는 뒤늦은 후회가 밀려왔다.

강의 기억에 머무는 서주는 소박하고 소탈했다. 도서관에서 입력봉사가 끝이 나면 벤치로 나와 홀로 도시락을 꺼내 점심을 먹었다. 밥을 꼭꼭 오래도록 씹으며 입을 벌리지 않은 채 오물거리다 식도로 넘기면 또 반찬을 씹느라 한참이 걸렸다. 작은 도시락을 다 먹는 데 삼사십 분은 족히 걸렸다.

강은 일부러 서주를 보기 위해 점심도 거르고 도서관에 일찍 가곤 했다. 도시락을 먹는 그 모습을 한참이나 바라보다 서주가 도서관을 내려가면 서주를 훔쳐보던 강의 점심 일과가 끝났다. 그리고 서주를 이어 두 시간의 입력봉사를 했다.

서주를 처음 보게 된 것은 우연찮은 시간 착오 때문이었다. 처음 입력봉사를 시작할 때 정오부터라고 착각을 했던 탓이다. 그날의 서주는 베이지색 원피스에 노란 카디건을 걸쳤다. 작은 들꽃 한 송이를 보았다면 그런 느낌이었을 것이다. 서주는 참 들판에 피어난 작지만 강한 들꽃 같았다.

커피를 다 마신 빈 종이컵을 우그러뜨렸다. 쓰레기통에 던져 넣고 가운을 벗었다. 오늘 외래 진료는 이것으로 끝이 났으니 퇴근을 하면 되는 터였다. 비가 오는 날의 저녁은 뭘 먹어야 하나 싶은 고민이 생겼다. 근래 들어 입맛이 사라졌는지 뭘 먹어도 먹는 둥 마는 둥이었다. 이러다 해골 되는 거아니냐는 동료의 핀잔이 부쩍 심해져 억지로라도 뭘 먹어야겠다는 의지가 생긴 참이었다.

차를 몰아 주차장을 빠져나가니 쏴 하는 빗소리가 그대로 쏟아져 들어왔다. 따뜻한 우동 한 그릇이 좋겠다는 결론이났다. 차를 몰아 병원 근처 우동집으로 향했다.

가게에 들어서자 포근한 냄새가 훅 풍겨졌다. 밖에서 나던물비린내를 잊게 만드는 듯한 냄새였다. 주인장이 오랜만에왔다는 듯 알은체하면서 인사를 했고 강은 그 인사를 받아주면서 익숙한 자리에 앉았다. 그리고 옆 테이블에 앉은 한여자를 보았다. 주문을 받으러 온 종업원의 목소리는 그리하여 허공에 산산이 부서져 땅으로 흩어졌다.

그녀였다.

서주, 바로 그녀.

기억으로만 존재하던 그녀를 실지로 본 것이 딱 반년하고도 사흘이 더 지나 있었다. 당황스러워 헛웃음이 났다가 어처구니가 없어서 한숨이 났다. 외딴 골목에 있는 이런 허름한 우동집에서 서주를 만날 줄은 꿈에도 몰랐던 일이다. 그려 본 적조차 없던 만남에 강은 얼떨떨했다. 믿기지 않는다는 표현이 더 적합했다. 바보처럼 허벅지를 꼬집어 보는 번거로움을 마다하지 않았다. 허벅지 살에서 생생한 고통이 전해져 왔다. 그러므로 이건 허황된 꿈이나 상상이 아니었다.

그녀는 얇은 노란색 카디건을 입고 있었다. 처음 봤던 그날처럼 허리를 꼿꼿하게 펴고 우동을 집으려 젓가락질을 해 댔다. 그러나 어딘가 약간 어색하고 어설펐다. 입에 묻히기도 하고, 초점이 없는 눈동자가 이리저리 허공을 헤맸다. 자신이 알던 서주가 아닌 것 같았다. 서주의 가면을 쓴 서주가 아닐까 하는 막막한 착각이 들었다.

서주의 이름을 그래서 부르지 못했다.

서주는 당황하고 있었다. 불편하고 어색해했으며 테이블 위에 가볍게 자리한 티슈를 찾지 못해 손으로 테이블 위를 이리저리 헤집었다.

설마, 설마.

서주의 눈앞에 저도 모르게 강은 손을 뻗었다. 하지만 서주는 눈 하나도 깜짝하지 않았다.

현실인지 꿈인지 분간이 가지 않았다. 허벅지가 아직 얼얼한데, 이게 꿈이었으면 좋겠다는 바람까지 들 정도였다.

반도 채 먹지 못한 우동을 두고 서주가 자리에서 일어났다. 흰 지팡이로 바닥을 더듬어 가며 카운터에 가서 계산을 하고 가게를 나섰다. 주인에게 다음에 오겠다는 말을 남겨 두고 강은 서주를 뒤쫓았다.

서주는 카디건과 똑같은 색의 우산을 펼치고 흰 지팡이로 빗길을 더듬거렸다. 그러다 돌연 서주가 길 한 모퉁이에서 쪼그려 앉았다. 높게 의기양양하던 노란색 우산도 그녀와 함께 풀썩 주저앉았다. 희미하게 우산이 떨렸다.

서주는 빗소리에 묻혀 엉, 하고 무참히 울어 댔다.

그는 그녀에게 무슨 일이 있었는지 짐작은커녕 상상도 할 수 없었다. 그동안 서주에게 무슨 일이 있었던 걸까. 분명 그날의 서주에게 조금만 더 같이 이야기를 하자고, 입력봉사를 그만뒀다는 서주를 붙잡아서 이야기를 해야 했던 것이다. 그랬더라면 무언가가 지금쯤은 조금 달라져 있지 않았을까.

그는 서주의 곁에 다가가 옆에 같이 쪼그려 앉았다. 투둑투둑, 우산을 치는 비가 둔탁한 소리를 내며 위협했으나 그보다 서주의 우는 소리가 더 컸다.

"비가 내리네요."

서주는 말없이 계속 울었다.

"잘 지냈어요? 나 누군지는 알아요?"

그제야 우는 소리를 삼킨 서주가 몸을 움츠렸다. 우는 소리가 멈췄을지언정 가냘프게 떨리는 어깨는 어쩔 수가 없었다. 노란색 카디건이 살짝살짝 들썩였다.

"비가 올 바람이 불었어요? 그래서 비가 오나."

"동정하려거든 가 버려요. 누구 동정 받을 만큼 약해 빠지지 않았어요."

방금 전까지 울었다는 게 믿기지 않을 정도로 서주는 누구보다 강하게 으름장을 놓았다. 피식 철없이 웃음이 터진 건 그 때문이었다.

"동정은 내가 많이 가졌으니 내 많음을 애써 과시하며 나눠 주려는 게 동정이죠. 난 가진 게 별로 많지 않거든요."

서주가 실없이 웃음을 터뜨렸다. 우는 얼굴보다 훨씬 나은 얼굴이었다.

"소리 소문 없이 없어지고, 번호도 없는 번호라 그러지. 얼마나 걱정한 줄 알아요? 난 무슨 일 있는 줄 알았네."

"보다시피요."

서주가 자신의 손에 있는 흰 지팡이로 바닥을 짚었다. 바닥에 지팡이 끝이 이리저리 부딪히는 소리가 평평하게 고루 퍼졌다.

"목소리만 듣고 어떻게 난 줄 알았어요?"

"냄새."

불쑥 서주가 자리에서 일어나 강 쪽으로 몸을 돌렸다. 그에 강도 서주를 따라 자리에서 일어났다.

"냄새가 나요, 그때 도서관 바람에 풍겨 오던 강이 씨 냄새가. 애석하게도 당신이 그 사람이 맞아서 난 좀 더 불행해졌네요. 내 슬픔을 결국 다른 사람한테 들킨 꼴이 되었으니까요."

그가 서주에게 따뜻한 차를 사 주고 싶다는 생각이 든 건 그때였다.

"차 한잔 마실래요?"

물음에 잠깐 고민을 하던 서주가 곧 고개를 주억이며 말했다.

"네⋯⋯."

자신의 우산을 접은 강은 서주의 우산 밑으로 옮겨 가 서주에게 팔을 내밀었다.

"잡아요. 따뜻한 차 한잔 내가 살게요."

노란색 카디건에서 좋은 향기가 났다.

비의 흑백이 걷히고 있었다.

커피 한 잔과 홍차 한 잔의 냄새가 한데 섞여 유영했다. 서주는 자신이 시력을 잃었다고, 카페에 앉은 순간 담담하게 말을 이어 갔다. 무슨 말을 선뜻 꺼내기에는 부담스러웠다. 서주에게 섣부른 감정을 내비치고 싶지 않아 입을 다무는 동안 주문한 커피와 홍차가 나왔다. 냄새가 썩 좋았다.

"아직 도서관 봉사 나가세요?"

"네. 잘 다니고 있어요."

찻잔을 매만지는 서주의 손끝이 달달 떨렸다. 아닌 척하면서도 내심 긴장한 모습이었다. 이리저리 다른 말을 해 댔지만 서주는 아직 자신의 눈이 보이지 않다는 것을 온전히 받아들이지 못한 듯하였다. 그렇지 않고서야 빗길에 주저앉아 그리 서럽게 울 리 없으니. 강의 마음에 안타까움이 켜켜이 쌓여 간다. 무슨 말을 꺼내야 할지 갈피도 잡지 못하고 그냥 말만 되고 뜻이 없는 소리가 뒤를 이어 갔다.

"위로가 필요할까요? 지금 서주 씨는……."

그러다 문득 서주에게 물었다. 위로가 필요하다고 얼굴에 마치 쓰여 있는 것 같아서 생각이 고스란히 말로 녹아 나왔다. 찻잔을 매만지던 서주의 손길이 멈췄다. 노란 우산 밑에서 노란 카디건을 입고 떨어뜨리던 눈물이 다시 버석한 그녀의 뺨을 적셨다. 서주의 눈물이 찻잔 속으로 빨려 들어갔다. 홍차에서 쓴맛이 날지도 모른다는 생각이 든 건 그래서였다.

"무슨 위로가 적당해 보이나요? 어떤 위로가 저한테 지금 가장 적합할 수 있을까요?"

도리어 의문사를 내뱉는 서주는 자신의 얼굴을 더듬으며 눈물을 닦아 냈다. 어이없게도 눈물의 자리에 미소를 위치시켰다.

"안 보인다는 건요, 생각보다 많이 암담해요. 다시 아이가 된 것처럼 글자를 배워요. 눈이 안 보이는 사람이 써야만 하는 글자를 배우고, 내가 잘 알던 길을 생전 처음 걷는 것처럼 걸어요. 먹고 싶은 게 생겼는데 마음대로 먹으러 가기도 힘들어요. 길거리에 사람들이 아주 많은데 마치 나 혼자이고 나머지가 전부 장애물로 느껴져요. 내가 아주 문제투성이인 사람이 된 것처럼 슬퍼요."

두서없이 말을 늘어놓던 서주가 억울한 듯이 웃어 버렸다. 온당한 미소나 온전한 웃음이 아니었다.

"처음에는 연습을 했어요. 눈이 아예 안 보이게 되면 이럴 거라고 연습을 하다가 막상 현실이 되니까 억울했어요. 나름 좋은 일도 많이 했고 남한테 못되게 굴어 본 적 없는 내가 왜 이런 벌을……. 드라마에서나 책에서나 볼 법한 일이 왜 많고 많은 사람 중에 하필 나냐고 병원에 앉아서 신을 탓했어요. 근데 아무것도 달라진 거 없이 나는 그대로 눈이 보이지 않는 사람일 뿐이었어요."

어떤 의식도 없이 테이블 위에 놓인 서주의 손을 덥석 움켜쥐었다. 파르르 떨리던 작은 손이 너무도 차가워 얼음이 어느 정도 녹아서 쥐면 이런 느낌일 것 같았다.

"작은 빗소리 하나에도 무서워서 떨어요. 사람 어깨에 부딪히면 바보처럼 고개를 조아리기 바쁘고. 사실 어느 것 하나 받아들이지 못했으면서…… 나는! 나는요, 진짜 아무것도 받아들이지 못했는데 장님 흉내를 내는 것 같아요. 이런 나한테는 도대체 어떤 위로를 해 줄 수 있는 건데요? 당신은 아나요? 알고 있는 건가요?"

서주는 절규했다. 강의 손을 양손으로 부여잡으며 고개를 숙여 버렸다. 도리어 그렇게 묻는 서주에게 어떤 위로도 통하지 않음을 깨닫는다. 서주에게 합당하거나 해 줄 수 있는 위로 따위는 애당초 없었다.

"평범했으면 했어요. 인생이 지극히 평범해서 밀물이나 썰물 따위 없는 것처럼 인생을 마감하면 좋겠다고 바랐어요. 근데 이제 나는 평범하지 않은 사람이 되었어요. 죽지 못해 살아가는 거나 다름없어요."

말을 마친 서주는 어쩐지 쓸 것만 같은 홍차를 억지로 들이켰다. 잔잔한 훈김이 그녀의 얼굴에 퍼졌다. 하염없이 예쁜 사람의 얼굴에서 눈만 갈 길을 잃었다는 듯 초점이 없었다. 그래서 무언가를 더 말하려던 입이 닫혀 버렸다.

짧고도 묵직한 침묵이 이어졌다. 그러는 동안 서주의 찻잔이 야금야금 비워져 끝내는 빈 잔이 되었다.

"강이 씨도 무슨 말 좀 해요. 나만 떠들었잖아요."

억지로 예쁜 미소를 문 서주의 입이 달싹였다.

"우리 친구 할래요?"

그 미소 때문에 스스럼없는 말이 튀어나와 버렸다. 이내 서주가 의아하다는 표정을 지었다. 커피를 더 마시고 싶어 잔을 들어 보니 어느새 자신의 것도 빈 잔이 되어 있었다는 걸 알았다. 조갈이 극심해지는 느낌이었다.

"친구라면……."

"만나서 밥도 먹고 같이 산책도 하고 재미난 이야기도 떠들고, 그러는 좋은 친구요."

"제 나이가 몇인 줄 알고 친구예요. 서로 동갑은 아닌 거 같은데."

"나이가 뭐 문제 돼요? 어차피 다 죽을 인생들인데 나이 따져서 뭐 해요. 친구면 친구 하는 거지."

서주가 보이지도 않는 창밖으로 고개를 돌렸다. 지금 서주의 세상은 흑빛이겠지. 빛의 유무도 알 수 없는 깜깜한 세상 속, 그곳에 서주가 산다. 그런 생각을 하자 골이 흔들렸다.

"저는 서른다섯 먹은 건장한 사내이고, 경제력 탄탄하고, 친구로 두면 썩 좋을 인맥인데 관심 없으세요?"

창밖으로 닿아 있던 서주의 고개가 다시 돌아왔을 때, 강한 이끌림이 들었다. 서주를 오래 보고 싶었다. 연락이 닿지 않은 채로 그렇게 또 시간을 보내기 두려워졌다. 그녀가 지금 느끼는 게 어떤 감정인지 중요하지 않았다. 당장에 서주와 이어질 인연의 끈이 간절히 필요했다.

지금이 아니면 기회가 또 오진 않을 것 같았다.

"전 서른하나 먹었고, 직업도 없고, 친구로 둬도 그렇게 이득 있는 인맥은 아닌데 괜찮으세요?"

서주의 말에 강은 격렬하게 웃음이 터져 버렸다. 자신을 소개하는 서주의 뺨이 복숭아의 색을 닮았다. 부끄러우면서도 부끄러운 내색을 하지 않으려는 그녀의 모습이 순수하게 감탄스러웠다. 예쁜 여자였다. 도서관에서 처음 봤던 그날의 그때처럼. 서주는 눈이 보이지 않을 뿐, 그대로 서주였다.

"난 그런 서주 씨가 좋아서 친구하자는 건데. 다 괜찮아요!"

"미안해요."

"네?"

서주가 불쑥 자신의 가방을 뒤적거리더니 무언가를 꺼냈다. 다름 아닌 핸드폰이었다.

"연락 받았어야 했는데, 그냥 제 자신 추스른다고 정신이 없었어요. 세상이 미워서 그냥 아무하고도 만나거나 연락하고 싶지 않았어요."

"그래요. 나 엄청 걱정했어요. 그리고 가서 언젠가부터 뚝 연락 끊겨서."

"번호 남겨 주세요. 음성 인식으로 사용할 거라 저장 이름은 성함으로 꼭 해 주시구요. 눈이 안 보여서…… 부탁드릴게요."

주 강, 그 이름을 새기며 번호를 남겼다. 그리고 그는 서주의 새로운 번호도 저장했다. 그 일련의 일을 처리하는 동안 서주는 얌전히 앉아 의자 등받이에 몸을 묻었다. 눈을 감고 빗소리에 집중하는 듯했다.

일렁이는 들판에 피어난 작은 들꽃. 언젠가 그 생명력에 감탄한 적이 있었다. 시골길을 걷다 들꽃 하나를 밟았고, 다음 날 그 길을 되짚어 가니 언제 밟혔냐는 듯 씩씩한 들꽃 한 송이를 보았다. 이름이 뭔지 모를 그저 들꽃 한 송이였을 뿐인데 질기고 꿋꿋했다. 서주는 분명 노란색 그 들꽃을 닮았다. 그래서 자꾸 시선을 빼앗긴다. 머릿속이, 마음이 서주에게 잠식되어 간다. 들꽃 한 송이는 사람을 이토록 무지몽매하게 매달릴 수 있도록 만드는 종류의 어떤 것인지.

"여기요."

서주의 손에 다시 핸드폰을 쥐여 주었다. 서주가 핸드폰에다 대고 주강에게 전화 걸어 줘, 하자 서주의 번호가 강의 휴대폰 액정에 빛을 내며 떴다. 자신의 존재를 알리듯 핸드폰이 부르르 진동을 일으켰다.

"전화 가요?"

"잘 와요. 이제부터 연락 안 받기만 해요."

"친구니까?"

"그래요. 친구니까 제때 연락 잘 받고 잘 하고 그렇게 해요."

서주의 씩씩한 모습에 꼭 강아지 같아 머리를 쓰다듬고 싶은 충동이 일었다. 그러나 강은 꾹 눌러 참았다.

"잘 부탁해요, 친구님."

서주가 엉뚱한 곳에 손을 뻗어 악수할 자리를 찾았다. 그 손을 잡아 악수에 응수했다.

"나도 잘 부탁해요."

"맹인이 되고 처음으로 친구가 생겼네요. 기뻐해야겠어요."

카디건 앞섶으로 넘어온 서주의 머리칼을 넘겨 주며 나지막이 그녀를 바라보았다.

"나도 마찬가지로 기뻐요."

비가 한층 가늘어졌다.

퇴근을 하면 강은 일상처럼 서주와 연락을 했다. 연락처를 교환하고부터 서주와 하루에 많으면 네댓 번, 적어도 두어 번은 통화를 했다. 최근에 부쩍 점자를 많이 익힌 서주는 <어린 왕자>를 읽어 보려 애를 쓴다고 한다. 통화를 하면서도 좋은 구절이 있다며 글귀를 곧잘 읽어 주곤 했다. 그렇게 오늘도 평소와 다르지 않은 퇴근을 하면서 서주와 연락을 했다. 그런데 다른 날과 달리 서주의 목소리가 축 늘어져 있었다.

감기라고 했다.

어젯밤부터 목이 간질간질하더니 아침이 되어서는 식은땀을 뻘뻘 흘렸고 계속 토를 하게 되어 그저 한숨 자고 싶다고 했다. 무슨 말을 더 할 수가 없어 정 안 되겠으면 내일 병원으로 나오라는 말을 덧붙였지만 서주는 한숨 푹 자면 나을 거라는 말을 남기고 전화를 끊었다. 서주의 목소리로 왕왕하던 차 안이 돌연 침묵으로 잠겼을 때 강은 서주가 자신의 일상에 많이 침범했다는 것을 절감했다.

차를 주차하고 집으로 올라가는 엘리베이터가 꽤 길게 시간을 허비하는 것 같았다.

집으로 들어섰을 때 여느 날과는 다른 안락함이 느껴졌다.

집 안에 사람 냄새가 그윽했다. 앞치마를 두르고 주방에서 나오는 할머니 경애가 보였다.

"저녁 안 먹었지?"

목소리가 유독 꽃다운 경애는 나이 또래에 비해 굉장히 동안이었다. 외모만큼이나 목소리도 동안 노릇을 하고 있었다.

"어쩐 일이세요?"

경애가 강이 들고 있던 가방을 받아 들었다. 할머니라면 으레 손주에게 하는 엉덩이의 터치도 가감이 없었다. 반가움의 표시로 경애를 왈칵 안았다. 오랜만에 보는 얼굴은 이상하게도 조금 야위었다.

"그날이잖니……. 집에 영감이랑 단둘이만 있기 싫어서 이리 왔지. 오랜만에 바쁜 손자 얼굴도 볼 겸."

아아. 벌써 그날인가. 되짚어 보는 기억의 날짜에 멋쩍게 비소만 흘렀다. 옷을 갈아입고 간단하게 손만 씻은 채로 강이 경애와 식탁에 앉았을 때는 '그날'을 맞이해 마땅한 음식이 갖춰져 있었다. 잘 먹겠다는 말을 남기고 수저를 들었다. 탕국에서 구수한 맛이 배어났다. 먹으면 눈가가 시큰해지는 맛이었다.

"맛이 괜찮니? 요새 간이 싱거워졌다고 다들 그래서. 특히 영감이 자꾸 그 소리를 해 대니 졸갑증 나서 살 수가 있어야 말이지."

"할아버지가 워낙 입맛이 까다로우시잖아요."

"나이 들면 남자는 영락없이 애가 된다더니, 우리 집 영감이 그럴 줄 누가 알았대니. 아니 내가 모임을 나가면 자기도 같이 가자고 한다니까?"

"저도 늙어서 그러면 와이프 될 사람이 할머니처럼 구박하려나."

강은 고사리나물을 씹으며 말했다. 식탁에 올라온 음식들이 하나같이 코끝이 찡해지는 맛이어서 수저 갈 데가 없었다.

"장가갈 여자는 두고 그런 소리 해야지. 선이라도 한번 보라니까 단칼에 거절해 놓고는. 할미 이러다가 손자며느리도 못 보고 눈감을까 그게 제일 걱정이다."

"아직 머셨어요. 요새 백세 시대라는데, 할머니는 아직 멀었지."

"그렇게까지 살아서 뭐 해. 정정할 때 곱게 죽어야 그게 제일이지."

불쑥 경애가 자리에서 일어나 국이 식었다며 탕국 그릇을 가져갔다. 국을 다시 데우면서 등을 돌린 경애의 어깨가 축 처졌다. 대화는 물처럼 흐르는데 감정은 물처럼 흐르지 못하는 건 세월이 가도 여전하다.

"우리가 먼저 갔어야 했는데……. 괜히 자식들이 고생했지."

국자로 국을 푸던 경애가 넋두리하였다.

"난 할머니 덕에 잘 먹고 잘 사는데. 고생 전혀 안 하고."

강이 장난스레 말을 받아쳤다. 경애가 다시 내어 온 국에는 온기가 그득했다.

"할머니 할아버지 두 분 덕에 집도 으리으리한 데 살고 차도 좋은 거 끌고 다니고 뭐 하나 부족하게 커 봤어야 말이죠. 안 그래요, 정 여사?"

"넉살은. 얼른 먹어. 잘 챙겨 먹고 다녀야 내 아들 며느리도 하늘에서 네 걱정 안 할 거 아냐. 내가 그래서 너 알뜰살뜰하게 챙기는 거잖니."

"여부가 있겠습니까."

탕국을 훌훌 뜨다가 문득 이 따뜻한 음식을 먹이고 싶은 사람이 자연히 떠올랐다. 밥 한 그릇을 채 먹지도 않고 수저를 내려놓으니 경애가 더 먹으라고 성화였다.

"할머니 왜 나 감기 오면 해 주던 거 있잖아요."

"배숙?"

"네, 그거. 지금 그것 좀 해 주실 수 있어요?"

"왜? 몸이 안 좋아? 의사가 제 몸 하나 제대로 못 챙기고……."

경애의 핀잔에 강은 고개를 가로저었다.

"친구가 몸이 좀 안 좋대서요. 혼자 있는 거 같은데 그거라도 좀 갖다 주고 싶어서요."

"밥마저 떠. 내 얼른 해서 싸 줄 테니까."

자리에서 얼른 일어난 경애는 냉장고에서 갖은 재료들을 꺼냈다. 아무래도 오랜만의 방문이라 많은 것을 챙겨 왔는지 텅 비었던 냉장고 안이 그득그득했다.

매번 그랬다. 경애가 왔다 가면 혼자 사는 집이 마치 대식 구가 사는 것처럼 온기가 펄펄 끓었다. 그러다 며칠이 지나 고 냉장고에 있던 음식들이 쓰레기가 되어 갈 즈음 그 온기 들도 수그러들어 다시 원상태로 돌아왔다.

언젠가 경애에게 할아버지와 본가가 아닌 손자 집에 같이 사는 건 어떠하냐고 권한 적도 있었지만, 차마 죽은 아들 내 외와 같이 살던 그 집을 비워 둘 수가 없다고 거절했다. 그래 서 대학을 다니기 시작한 때부터 지금까지 줄곧 혼자였다. 의사가 되기 위해 늘 바빴고 해서 이런 가족의 정 같은 거 별로 신경 쓰이지 않을 줄 알았더니 그게 또 그렇지가 않다.

어느 무렵부터 가족과 같이 사는 정이 그리웠다. 조부모로 는 채워지지 않는 가족의 정이 애착과도 같이 깊어져 그런 정의 갈증이 유독 심했다.

하지만 그 모든 게 사치임을 깨닫는 것이 그리 오래 걸리 지 않았다.

시부모는 없으나 조부모가 돌아가실 때까지 돌보아야 하 는 점, 바쁜 의사라는 직업, 그것에 지쳐 떠나간 인연들이 몇 몇 겪으니 바로 한 가족의 울타리를 가진다는 게 쉬운 일이 아니라는 걸 알았다. 크게 미련 두고 싶지 않아 더는 여자를 만나거나 가족을 가지기 위한 노력조차 하지 않았다. 결과적으로 이렇게 나이를 먹어 가는 처지였다.

달큼하고 고소한 냄새가 어우러져 풍겨 왔다. 경애는 제법 많은 것들을 준비해 준 눈치였다. 쇼핑백에 뭐가 많이도 끊임없이 들어가는 중이었다.

"배숙하고 전복죽도 좀 같이 끓였어. 흰쌀로 안 하고 불린 현미로 죽 끓였으니까 조금만 먹어도 배부를 거라고 하고. 다른 과일하고 이것저것 챙겼는데 아파서 입에 안 맞아도 잘 챙겨 먹으라고 해. 아플 때는 뭐니 뭐니 해도 잘 챙겨 먹는 게 보약이야. 아파서 안 먹고 있다가는 더 아프다니까."

"할머니도 참. 뭘 그렇게나 많이."

"내 손자 친구면 내 손자나 다름없지 뭘."

"손자 아니고 손녀일걸요?"

외투를 챙겨 나오면서 퉁명스레 대답하니 경애의 눈이 동그랗게 변했다. 뭔가 기대해서 놀랄 때나 짓는 표정이었다.

"아니에요, 그런 거. 진짜 친구야."

"친구가 애인 되고 애인이 배우자가 돼. 네 할아버지가 딱 그랬어."

"하여튼 고마워요, 할머니."

묵직한 가방을 손에 쥐어 주는 경애의 눈에 떨어지지 못한 눈물이 그렁그렁했다. 할아버지는 말렸을 것이다. 이런 날에 손자한테 가서 주책스러운 짓 그만하라고. 하지만 경애는 남편의 말에 조금도 아랑곳없이 장을 보고 여기까지 손수 운전을 해 와 음식을 장만하고 청소며 빨래며 집안일을 해 두었을 것이다. 어머니의 빈자리 따위 느끼지 못하게 하려고 무던히 애를 썼을 모습이 그려진다.

"이리 잘 큰 거 보면 너네 부모가 얼마나 좋아했을까…….
너 낳고 그리도 좋아했던 사람들인데."

"내가 더 잘해야 하는데 그러지 못해서 죄송해요."

강은 소매 끝으로 경애의 눈가를 닦아 주었다.

"친구 몸조리 잘 해 주고. 나도 이제 그만 가 봐야겠다."

"집에 며칠 있다 가시지. 이렇게 가시면 저 서운하잖아요."

"우리 집 영감 나 없으면 밥도 못 챙겨 먹잖니. 이 할미 신세가 그래. 그래서 너 들여다보기가 안 쉽다니까."

현관문까지 배웅을 나온 경애가 다정하게도 외투의 주름을 펴 주며 머리를 쓰다듬었다. 제 키보다 훌쩍 자란 큰 손주가 아직까지 애 같은 모양이었다.

"다음에 한번 시간 맞으면 네 부모 보러 다녀오자. 잘 지내고 있을는지…… 기일인데 혼자서는 통 가 볼 용기가 안 나서."

"알겠어요. 이따가 조심해서 내려가세요. 응?"

"그래. 먹기 싫어도 네 부모 젯밥은 잘 챙겨 먹어. 네 할아버지 생전에 자식 제사 모시기 싫다는 거 내가 젯밥 만드는 걸로 대신하니까 버리지 말고 잘 챙겨 먹었으면 좋겠다."

기다리던 엘리베이터가 열리고 문이 닫히기 직전까지 손을 흔들던 경애는 문이 완전히 닫히면서 모습이 사라졌다.

손에 묵직하게 들린 가방이 왠지 경애가 살아온 삶의 무게인 것만 같아 가슴께가 쓰라렸다.

집에 한번 데려다주고 알게 된 길을 밤에 되짚어 가려니 찾는 데 시간이 제법 지체되었다. 서주의 집인 것만 같은 주택의 초인종을 눌렀을 때, 인터폰에서 서주의 목소리가 들렸다. 전화로 들었던 것보다 더 저음의 쇳소리였다. 매일같이 듣던 정답고 달콤한 목소리는 마치 서주의 것이 아닌 것처럼 다른 형태였다. 이내 대문이 열리고 서주가 빼꼼히 연 현관문 사이로 보였다.

서주의 머리며 옷매무새가 엉망이었다. 아픈 사람이라고 잔뜩 표시된 모습에 도리 없이 한숨이 터져 나왔다.

"어쩐 일이세요?"

"친구가 아프다는데 그럼 가만히 있어요? 걱정되는데."

서주를 데리고 집 안으로 들어서자 꼭 서주를 닮은 향기가 났다. 하지만 그 향기와 반하게 집 안은 텅 비어 있었다. 꼭 필요한 가구 외에 부수적이거나 부가적인 것들은 없었다. 발이나 몸에 걸리지 않게 정말 최소한으로 생활에 필요한 것들만 있었다.

눈이 보이지 않아 집 안이 이럴 거라 마음속으로 짐작했었다. 하지만 짐작과 실상은 다른 것인지 조금 어색했다.

"밥은 먹었어요?"

"아뇨, 그냥 잤어요. 잘 자고 있는데 강이 씨 왔구요. 내 잠 방해했어요."

"그러다 진짜 병나요. 살 챙겨 먹고 아파야 덜 아프지."

식탁에다 경애가 싸 준 꾸러미들을 풀어 놓는데 가짓수가 뭐 그리도 많은지 꺼내는 것만 한참이 걸렸다. 그러다 강은 자연스레 의식된 서주를 바라보았다. 식탁 의자에 몸을 기대 앉은 서주의 표정이 꼭 뚱딴지같아 피식 웃음이 새어 나왔다.

"왜 웃어요?"

"뭐가 그렇게 궁금해서 표정이 그래요?"

"아, 그냥……. 뭐 들고 왔나 해서요. 냄새가 되게 좋아서."

그때였다. 어디서 꼬르륵, 하는 소리가 작은 집에 황황히 울려 퍼졌다. 서주의 것이었다. 머쓱한지 서주는 얼굴이 홍당무처럼 변해 고개를 숙여 버렸다. 저절로 서주의 머리에 손이 갔다. 안 그래도 헝클어진 머리를 더 헝클어 버렸다.

"배고팠네, 우리 서주 친구."

"뭐예요. 어린애한테 하듯이."

"어린애 맞는데 뭘. 나보다 어리잖아요."

"친구예요, 친구."

"그럼 나 그냥 이거 도로 들고 갈까요? 괜히 왔나 보네."

"아, 아뇨! 배고파요……."

껄껄 참을 수 없는 웃음이 귀여운 서주의 토끼 같은 말에 터져 버렸다. 한참을 웃으니 서주가 이제 그만 웃으라며 타박을 해 댔다.

조금은 식어 버린 배숙을 다시 데우고 전복죽도 다시 데웠다. 눈이 보이지 않는 서주에게 식혀 먹을 필요성이나 다른 번거로움을 주지 않기 위해 몇 번이고 입술에 대어 보았다. 그리고 적정한 온도가 되었을 때 서주의 앞에 차렸다.

서주의 손에 숟가락을 쥐여 주었다.

"서주 씨 기준으로 왼쪽에 배숙 오른쪽에 전복죽. 내가 먹여 주는 건 안 할게요. 잘 먹을 줄 아는 거 같으니까."

"잘 먹을게요. 고마워요……."

"내 솜씨는 아니고 우리 할머니 솜씨인데 맘에 들지는 모르겠어요. 근데 난 세상에서 우리 할머니 음식이 제일 맛있더라고요. 그리고 배숙 먹으면 몸살이건 감기건 금방 나아요. 양약보다 최고."

엄지를 치켜세웠지만 서주가 보지 못한다는 걸 알고는 손을 내렸다. 보지 못한 서주는 전혀 개의치 않는지 그저 웃음이 그렁그렁한 얼굴이다.

"의사면서 양약보다 못하다고 하면 어떡해요."

"사실은 사실이니까. 얼른 먹어요. 식혀서 먹지 말고 바로 먹어도 돼요. 내가 온도 체크했어요."

얌전히 숟가락을 든 서주는 배숙부터 먹기 시작했다. 한술 뜨더니 표정에 감출 수 없는 미소가 번져 갔다. 입에 맞는 모양이었다. 차례대로 먹기 시작했다. 배숙을 다 먹고 물을 조금 마시고 전복죽을 싹싹 비워 냈다. 다 먹을 동안 말 한마디 없었다. 아이처럼 색색 고른 숨소리와 입에서 나는 음식을 씹는 소리가 말소리를 대신 채웠다. 먹다가 사레드는 일도 없이 서주는 너무도 잘 먹었다.

"안 가져다줬으면 큰일 날 뻔했네."

숟가락을 빈 그릇 위로 둔 서주는 다시 물을 찾는지 손을 더듬거렸다. 그러다 돌연 식탁의 가에 있던 컵이 떨어져 쨍그랑 소리를 이어 갔다. 컵이 산산조각 나서 바닥에 무참히 깨져 버린 뒤였다. 잡아 줄 새도 없이 벌어진 일에 서주의 미간이 일순 일그러졌다.

"가만있어요! 내가 치울게. 가만히 그대로 있어요."

바닥에다 손을 뻗으려는 서주를 말린 강은 재빨리 유리 조각들을 서주의 발치에서 멀리 빼냈다. 다행히 잘 깨진 덕에 유리 조각의 파편이 많은 편은 아니었다. 쩡하게 큰 조각들로만 갈라졌다.

"컵을 스텐이나 플라스틱 재질로 바꿔야 했는데……. 생각이 거기까지는 닿지 못했어요. 번거롭게 해서 미안해요."

"금방 치워요. 뭘 그런 걸로 미안해해요. 우리 그런 간사한 사이인가?"

현관 입구에 수북한 신문을 가져다 유리 조각을 쌌다. 테이프를 찾아내 바닥을 하나하나 훑고 물걸레로 닦아 냈다. 그렇게 강이 할 수 있는 일을 하는 동안 서주의 표정은 점점 더 경직되어 갔다. 유리 조각을 다 치우고 나서야 그 얼굴이 보였다. 식탁 아래에 둔 서주의 손이 바닥에 뒹구는 낙엽같이 파스스 떨렸다.

강은 조심스레 서주의 손을 답삭 잡아 쥐었다. 그리고 그녀의 발치에 앉아 쥔 손을 다독였다.

"괜찮다니까, 그럴 수 있지. 뭘 그렇게 떨어요."

"남이 내 뒤치다꺼리하잖아요……. 내가 안 보여서 못 하니까 강이 씨가 치우고 있으니까요. 불편해요, 이런 거."

"친구끼리 왜 불편해해요? 그리고 서주 씨 눈이 안 보여서 치워 준 게 아니고, 내가 서주 씨 발 다칠까 봐 걱정돼서 도와준 거라구요. 서주 씨가 지금 눈이 보여도 내가 치웠을 테고."

"불편해요, 난……. 아직 눈 안 보인다는 거 가족한테도 못 알렸어요. 그런데 내가 어떻게 이런 걸 아무렇지 않게 받아들여질 수 있겠어요."

기가 폭 꺾인 서주가 크게 숨을 토해 냈다.

"그럼 그동안 어떻게 지냈어요? 당장에 많이 불편했을 거 아니야."

"그냥 병원 몇 군데서 확정 선고 받고, 수용하고, 나 혼자 잘 살 궁리를 했어요. 그런데 차마 가족한텐 알리지를 못하겠어서…… 당장에 필요한 돈은 보험금도 꽤 나오고 해서…….”

말을 힘겹게 뱉어 내는 서주의 입술 언저리가 새파랗게 질려 있었다. 이런 이야기는 아무래도 힘들다는 내색이 역력했다.

“돈 말고요. 당장의 생활이요. 씻는 거라든가 뭘 해 먹는다든가 그런 거.”

“그냥 먹고 싶은 게 있음 사 먹고, 아님 굶고 그랬어요. 집 안에서 생활하는 건 이제 많이 익숙해져서 괜찮구요.”

말문이 턱 막혀서 입을 뻐끔거리다 강은 다시 입을 닫아 버렸다. 눈이 보이지 않으면서 시작된 생활의 변화에 서주는 무감각해진 것처럼 말했다.

강도 서주의 눈에 대해 알아보았지만 더는 손을 쓸 도리가 없었다. 급성망막괴사였다. 서주는 이미 적절한 조치를 취하면서 수술까지 받았으나 실명을 막을 수는 없었고, 각막이 손상되어 잃어버린 시력이 아니기 때문에 각막 이식은 당연히 허사였다. 이미 판결 난 선고에 반박하거나 항소할 수 있는 부분이 아니었다. 그래서 서주는 있는 그대로를 그저 받아들여야만 하는 입장에 서 있었다. 해서 그저 받아들였을 뿐, 뭘 더 어쩌진 못했다는 뜻이다.

입안이 돌연 텁텁해졌다.

물을 마신다고 해결되진 않을 듯해 침을 삼켜 보아도 텁텁함은 가시질 않았다. 서주의 손을 다독거리는 일밖에 할 수 없는 스스로가 강은 한심했다.

"그럼 집 안이 이렇게 깨끗한 건 서주 씨가 한 거예요?"

"눈 완전히 잃기 전부터 치우기 시작했어요. 눈 감고 집 안 위치도 외웠어요. 근데 당장에 안 보이니까 많이 넘어지고 부딪히고 그랬죠."

"사람이 왜 이렇게 미련해요. 가족한테는 언제까지 숨기게요?"

"기약이 없어요. 가족들은 나 여행 간 줄 알아요. 오래 걸릴 거 같다고만 그렇게 이야기해서……."

"혼나야 돼. 어쩌자고 이런 일을 숨겨요."

"그러게요. 어쩌자고, 어쩌려고 지금 이러고 있을까요……."

고개를 바짝 숙인 서주의 숨결이 손등에 닿았다. 그래서 서주의 등을 쓸어 주었다.

서주에게 해 줄 수 있는 것이 강에겐 많이 없었다. 한심하기 짝이 없는 사람이라고 스스로를 힐난하게 된 것은 그 때문이었다. 스스로가 나약한 인간임을 증명한 꼴이 되었다. 의사로서 할 수 있는 도리를 다하면 그 이상은 신의 영역에 속했기에 그저 최선을 다하면 그걸로 끝인 인생이었다. 그런데 그게 얼마나 나약한지를 깨닫는 지금이 꼭 죄악 같았다.

"앞으로 저녁 나랑 같이 먹어요."

대뜸 생각을 거치지 않은 말이 튀어나왔다.

"아침 점심은 혼자 챙겨 먹을 수 있게 내가 저녁에 와서 준비해 줄게요."

"아니, 굳이 그러지 않아도……."

"끝까지 들어요."

서주의 말을 가로채 하던 말을 이어 붙였다.

"내 말 안 들을 거면 지금 당장 가족한테 연락해요. 그리고 사실대로 전부 다 말해요."

"강이 씨, 그건 그런 문제가 아니잖아요."

"당장에 그럴 자신 없으면 내 말대로 해요."

"우리 아무 사이 아니에요. 강이 씨가 굳이 그렇게 할 필요 없어요. 번거롭게 뭐 하러 그래요."

"친구니까요. 친구잖아요, 우리?"

"친구도 이렇게는 안 해요."

"그럼 뭐 할까요? 친구 말고 뭐 다른 거 있어요? 어떤 관계면 그게 가능해요?"

"그런 말 아니잖아요."

"그러니까요. 말장난 그만하고 내 말 들어요. 나 이래 봬도 의사고, 서주 씨가 어떤 상황에 놓여 있는지 잘 알아요. 지금 나만큼 서주 씨 잘 아는 사람 있어요? 그러면 나 신경 안 쓸게요."

서주가 난감한 듯이 이마를 짚었다. 불편할 테지. 남의 도움을 받는다는 게 쉽게 정할 일이 아닐 것이다, 특히 서주에게는. 사실 이러는 자신도 이해가 가질 않지만 서주에게는 꼭 이래야 할 것만 같았다. 아니, 꼭 그래야만 했다.

임서주에겐 현재 주강밖에 없었다.

다른 선택의 여지가 없이 주강 오로지 한 명이었다.

"염치도 없고, 미안해요. 그리고 그런 도움 받기에는······."

"얼굴에 철판 깔아요. 나보고 뭐랬어요? 좋은 일도 많이 했고, 나쁜 짓 해 본 적도 없다면서요. 그 복 지금 받는다고 생각해요."

"힘들잖아요. 귀찮고."

"안 힘들고 안 귀찮아요. 대신에 시간은 정확하게 약속 못 해요. 내 직업이 직업인지라. 그래도 굶는 것보다는 나을 테니까 믿어 봐요."

자리에서 일어나 빈 그릇을 치우고 과일을 차렸다. 귤을 하나 까서 서주의 손에다 쥐여 주니 서주가 얌전히 그 귤을 만지작거렸다.

"먹어요. 먹으라고 까 준 건데."

"그냥 미안해서······. 자꾸만 그런 마음이 들어서요."

그가 보다 못해 간 귤을 서주의 입안에 넣어 주었다. 잠잠히 있던 서주의 입이 그제야 조금씩 움직이기 시작했다.

"잘 먹고 잘 자고, 그래서 잘 견뎌야 해요. 앞으로는 안 보이는 세상이 서주 씨의 세상이에요. 갑자기 어느 날 아침에 눈을 뜨니 빛이 보인다는 그런 기적 같은 일은 없어요. 그러니까 이제 안 보이는 그 세상에서 다른 걸 느끼고 살 수 있도록 노력해요. 서주 씨는 살아온 인생보다 살아갈 인생이 더 많이 남았잖아요. 그러니까 부단히 더 노력해야 해요."

부산스레 움직이던 서주의 입이 잠시 멈추더니 다시 움직였다. 그리고 고개를 주억였다.

"오늘처럼 아프지도 말고요. 그리고 가족한테 말할 연습도 해 봐요. 언젠가는 말을 해야 될 테니까."

"고마워요, 그리고 미안하고······. 번번이 면목이 없어요."

"고맙다는 말, 미안하다는 말 하지 마요. 그런 거 챙길 거 같았으면 서주 씨보고 친구 하자고도 안 했을 테니까. 다음부터 그 말 하면 딱밤 때릴 겁니다."

서주는 손에 있던 귤을 마저 먹었다. 맛있다면서 입과 눈이 반달로 휘어진다.

밤하늘의 캄캄한 어둠 속에서 빛나는 별처럼 서주가 빛이 났다.

─여행은 어때? 재미는 있어?

전화 너머로 들려오는 오빠의 물음은 가짓수가 많았다. 비상약은 잘 챙겼느냐, 지금은 어디 숙소에 묵고 있냐, 불편한 건 없냐, 그런 등등의 물음들이었다. 다 괜찮다고 몇 번을 말해도 오빠는 뭐가 그리 궁금한 것이 많은지 또 묻고, 묻고,

물었다.

"재밌어. 새롭게 알게 되는 것들의 연속이야."

말하고 보니 아예 틀린 말이 아니었다. 눈이 안 보이고부터 새롭게 알게 되는 것들의 연속인 세상이다. 인간이 그리 불친절한 생물이라는 걸 처음 깨닫게 된 것도 눈이 안 보이고부터니까. 책상에 있던 물을 찾아 찬찬히 마셨다. 그나마 안심되었다.

ㅡ보고 싶다.

"나도, 오빠."

ㅡ그럼 뭐 해! 전화하면 겨우 받을까 말까. 메시지 한 통을 안 남기고, 이 나쁜 자식.

"동생한테 나쁜 자식이 뭐야."

보고 싶다, 우리 가족.

아직 용기가 나지 않았다. 정말 가족을 만나야 하는데, 그래서 이야기를 해야 하는데. 못 하겠다, 정말. 아직 거기까지 용기가 도통 서질 않는다.

한숨이 입 밖으로 흩어져 공기로 돌아간다.

ㅡ나 병원 옮겼어, 스카우트 제의가 들어와서.

"그래? 잘된 일이야?"

ㅡ응. 연봉도 더 많고, 더 많이 배울 윗분들도 있어서. 좋은 기회였거든.

"다행이야. 안 그래도 전 병원에서 힘들다고 그랬잖아."

－근데 그 병원에서 힘든 것보다 내 동생 못 봐서 힘든 게 더 크다. 여행, 이렇게 길어질 줄은 몰랐더니.

서주는 오빠에게 무슨 말을 해야 할지 몰라 입을 꾹 다물었다. 오빠에게만큼은 먼저 말하자 싶었는데, 그마저도 못 했다. 지금에 와서 자신의 눈이 의학의 그 무엇으로도 더는 어떻게 될 수 없다는 것을 그 누구보다 오빠가 가장 잘 알 것이다.

그래서 그런 죄책감 같은 거 떠넘겨 주고 싶지 않았다. 이건 오빠의 탓이 아니었다. 사실 수많은 병원을 다닐 때 조금의 희망이라도 있었다면 오빠에게 털어놓고 기회를 만들자 싶었다. 하지만 일말의 희망도 없다는 사실을 깨달았을 때 오빠에게 짐만 되리란 걸 직감했다. 모두 스스로가 감당해야 할 업임을 마음속 깊이 새겼다.

"오빠……."

낮게 불러 본 오빠, 라는 말에 덜컥 눈물이 날 것만 같았다. 아니, 이미 눈에서는 눈물이 흘러나왔다. 목소리가 눈물에 젖지 않기 위해 안간힘을 썼다.

－왜 불러, 이 똥멍청이야.

"그냥. 보고 싶네. 오래 떨어져 있어서 그런가."

어째서인지 오빠의 얼굴이 이제는 가물가물하다. 본가에 가서 길게 여행을 하고 온다는 말을 남겨 놓고 마지막으로 봤던 오빠의 모습이 이젠 기억 속에 희미하다. 시력을 잃으

면 잃기 전에 보았던 세상이 잘 기억이 나지 않거나 희미해
진다던데, 그 말이 절감되는 순간이다.

　─여행이 지치면 이만 돌아와도 돼.

　"그러기엔…… 아직 여행이 더 좋은 거 같아."

　─그럼 더 많이 보고, 더 많이 즐기다 와. 넌 그래도 돼.

　"임서환."

　조용히 오빠의 이름을 읊조려 본다.

　─이 자식이, 오빠 이름을 이제 막 부르네?

　"메롱. 약 오르면 나 있는 곳으로 오든가."

　전화 너머의 오빠는 조용히 입을 다물었다 약간의 침묵 뒤
에 진심을 다한 말을 전해 왔다.

　─가까웠으면, 그래서 내가 갈 수 있는 곳이었으면 진즉에
가서 끌고 왔을 거다. 근데 서주야, 너도 많이 힘들었잖아.
네가 쉬고 싶은 만큼, 즐기고 싶은 만큼 많이많이 있다가 와.
혹여나 돈 모자라거나 그럼 말하고. 오빠가 다 해 줄게.

　언젠가 아버지가 멀리 나가 일을 해야 한다고 가 버린 순
간, 그런데 어머니마저 자식들을 버리고 집을 나가 버려서
고모집에 맡겨져 살았던 내내 서주는 서환의 뒷바라지를 했
다. 서환이 학교 갔다 와서 내놓은 속옷, 양말, 그 옷가지들
을 빨았으며 고모가 시키는 집안일을 도맡아 했다. 서환도
집안일을 하려고 했으나 실상은 좋아하는 공부에 더 매진했
다.

서주는 단지 공부보다 서환 뒷바라지가 더 좋았던 것뿐이다. 책과 서환이 세상의 전부인 것처럼 살았다. 그리하여 아버지가 돌아와 다시 같이 살게 되었을 때도 아버지와 서환의 뒷바라지를 서주가 전처럼 계속 이어서 했다.

서환은 그런 세월 속에 서주가 희생되었다고 생각했다. 돌이켜 보면 그렇지도 않았는데 말이다. 단지 서주는 어머니가 없는 빈자리를 아버지나 서환이 느끼게 하고 싶지 않았다. 서주의 바람은 단지 그거였다. 해서 결국 서환이 의사가 되었을 적에도 아버지와 서환은 서주가 있어 이리 된 것이라며 치사致謝를 아끼지 않았다.

그런데도 서환은 그게 내내 미안한 앙금으로 남아 있었다.

"오빠, 나한테 미안해하지 마."

숨을 깊게 들이쉬었다. 집에서는 항상 뿌리는 편백수 향이 났다. 항균에 좋다며 강이 매일 뿌려 주는 탓에 이제는 집에 편백수 향이 배었나 보다. 슬며시 웃음이 입가에 스며들었다.

"그래도 나 여행 와서 무지 좋은 친구 생겼어."

─설마 남자야?

"응. 남자면 좀 그런가?"

─많이 그래! 너 오빠가 어딜 가든 남자 조심하라고 몇 번을 말해!

귓가가 쟁쟁해지는 우렁찬 소리에 핸드폰을 귀에서 슬쩍 멀리 떨어뜨려 놓았다.

"심성이 되게 고와. 오빠처럼 나한테 땍땍거리지도 않고, 엄청 잘해 줘. 나 그 친구랑 매일 저녁도 먹어."

―미쳤어. 너 남자들은 하나같이 다 늑대 새낀 거 몰라서 그러는 거야?

"무슨. 그 사람은 안 그래."

서환은 심통이 난 것인지 음성에 가득 적개심을 충전했다.

―너 남자들은 다 똑같아! 오빠랑 아버지 빼고, 남자 탈을 쓴 놈들은 믿는 게 아니야!

"그럼 오빠 만나는 여자한테 내가 우리 오빠 늑대예요, 하고 이야기해도 되는 부분이야?"

―그거랑 이건 다르지!

"내로남불 하지 마시구요. 못살아, 내가."

긴 수다가 한참이나 이어졌다.

서환은 내내 강이 어떤 사람이냐고 꼬치꼬치 캐물었고, 서주는 자신이 아는 한 최선을 다해 강이 어떤 사람인지 설명했다. 결국 타협점은 친구로 만나되 그래도 남자는 조심해야 한다는 쪽으로 서환이 결론을 내렸다.

그렇게 꽤 길었던 통화가 막을 내렸다. 막상 전화를 끊고 나니 아쉬운 건 어쩔 수가 없었다. 핸드폰을 얌전히 책상 위에 내려놓자 통화가 끝났다는 게 현실로 느껴졌다.

마음이 따뜻하면서도 쓸쓸했다.

서환은 집안의 기둥 같은 역할을 했다. 가세도 서환이 일으킨 것이나 다름없었다. 아버지 혼자 살 집을 마련해 준 것도 모자라 서주의 집을 마련해 준 이도 서환이었다. 하고 싶은 거 마음껏 하고 살라며 자신의 통장도 내어 준 사람이 서환이었다. 서환은 그렇게 서주에게 있어 정말 좋은 사람이었다.

해서 이 비밀 아닌 비밀을 서환에게만큼은 쉬이 말할 수가 없었다.

차라리 아버지에게 말하는 편이 심적으로 덜 어려울 것이다. 하지만 아버지가 알게 되면 서환이 알게 되기 때문에 아버지에게도 차마 털어놓지 못했다. 이 비밀을 언제쯤 입 밖으로 낼 수 있을까. 서주는 웅크려 앉아 머리를 다리에 묻었다. 이대로 잠식되어 버렸으면 좋겠다 싶은 순간. 등에 따스한 손길이 닿았다.

"왜 이러고 있어요?"

강이었다.

강의 목소리와 냄새였다.

몸을 돌려 더듬더듬 그의 팔을 만졌다.

"오랜만에 오빠랑 통화를 해서요."

"좋은 이야기 많이 했어요?"

강이 옆에 있는 의자를 끌어와 앉았다. 바닥에 의자 발이 긁히는 소리가 들렸다. 그 소리는 날카롭지만 어딘가 서글펐다.

"그냥. 잘 지낸다고. 거짓말투성이인 그런 이야기들."

"그리고 또?"

곰곰이 생각했다. 그리고 이내 말을 꺼냈다.

"강이 씨 이야기요. 근데 오빠가 오빠랑 아빠 빼고 다 늑대래요."

"그래서?"

"그래서 믿지 말래요. 아무리 친구여도 믿지 말랬어요."

큼지막한 웃음소리를 내던 강은 그 말도 맞네요, 하고 수긍했다. 그리고 곧 차를 내어 오겠다고 주방으로 가 부산히 움직였다. 찻잔이 달그락거리는 소리가 주방에서 들려왔다.

강이 집에 오는 저녁이면 꼭 사람 사는 집처럼 요란했다. 서주 혼자 있는 집은 고요하다 못해 적막하기까지 했다. 강을 친구로 두면서 많은 것들이 바뀌었다. 안 보이는 세상이 그나마 덜 무서운 것도 강 덕분이었다. 고맙다는 말을 하고 싶은데 강이 그 말을 완강히 거부해서 어떤 말로 대체해야 하는지 도통 모르겠다.

책상으로 가져온 따뜻한 차는 향이 좋았다.

"유스베리 티래요."

찻잔을 입가에 가져가자 달큼한 맛이 혀끝에 퍼졌다. 향만큼 맛이 좋은 차였다. 매일 저녁마다 마시는 차도 종류가 달라진다. 강이 저녁에 올 때마다 새로운 차를 사 오거나 구해 왔다.

"맛있죠? 오늘 카페 가서 한잔 마셨는데 맛이 좋더라구요. 티백도 팔길래 사 왔어요."

"네, 맛있어요."

차를 한 모금 더 들이켰다. 첫 모금에 느끼지 못한 다양한 종류의 맛이 혀에 더 새겨졌다.

"좋은 소식 있어요."

"무슨 소식요?"

"안내견 서류 통과돼서 면접 보고 분양 교육만 받음 된대요."

"아……."

이건 강이 준비해 준 나름의 배려였다. 강이 안내견 이야기를 꺼냈을 때 서주는 살짝 고민했지만 금세 동의하였다. 사실 혼자서 엄두도 못 내고 있었던 일이었는데 강이 해결해 준 것이나 다름없었다. 하지만 썩 내키지가 않았다. 이런 호의를 정말 아무렇지 않게 받아도 되는 것인지도 모르겠고. 사실 판단이 서지 않는다는 게 맞다. 친구라는 이유로 너무 많은 것을 의탁하는 것은 아닌지 하고 생각하게 된다. 이건 과연 올바른 관계인 것일까.

그저 다시 차를 마셨다. 더는 말을 잇지 않았다. 실상 이어 붙일 말도 없었다. 조용히 차를 마시는 일밖에 할 수 없던 찰나. 강이 서주의 손을 붙잡았다.

"서주 씨 내 말 들었어요?"

"네."

"그럼 면접 보고 분양 교육 받을 거죠? 서주 씨한테 필요한 거잖아요."

"제가 알아서 할게요."

자리에서 일어나 더듬더듬 침실로 들어갔다. 뒤쫓아 들어오는 강의 발걸음 소리가 들렸다. 하지만 무시했다. 자리를 찾아 누워 이불을 푹 뒤집어썼다. 강이 이불을 들추어내려 했지만 이불자락을 붙들고 절대 놓지 않았다. 포기한 듯 이불을 놓아 버린 강이 자리를 옮겨 침대에 앉았다. 그래도 굳이 이불을 끄집어 내리는 일은 하지 않았다.

"뭐가 맘에 안 들어요?"

침묵 속에 들려온 물음. 그건 또 하나의 배려와 호의였다.

친구라는 이유로 잘해 주는 게 내심 마음에 걸린다. 그런 관계는 변질되기 쉽잖아. 그게 새로운 시작이거나 혹은 끝을 맺는 이별이거나. 그런 관계에서 서주야, 넌 괜찮아?

서환의 물음이 부상한다. 응, 이라 거리낌 없이 대답했지만 무언가 텁텁하다는 느낌을 감출 순 없었다. 친구라는 이유로. 이건 무슨 관계일까. 일종의 남녀 간의 사랑 관계인가. 관계의 의심이 든 건 진작부터였지만 일부러 티 내지 않았다. 관계의 의심을 하기 시작하면 강을 잃을 수도 있다는 이유에서였다.

그러나 너무 많이 의지하고 있다는 느낌을 받은 순간.

관계의 의심은 종말로 다가왔다.

"저녁은 안 먹을래요. 오늘은 그만 가 줘요. 부탁이에요."

서주의 조용한 으름장에 강은 한참을 망설이다 외투와 가방을 챙겨 집을 나갔다. 하여 집은 다시 적막에 잠겼다. 서주는 이불을 끝내 내려놓지 않았고, 책상에서 차는 서서히 식어 갔다.

강이 없는 서주의 집은 쌀쌀한 바람이 불었다.

추운 날씨에 눈발까지 거세졌다. 도시는 온통 하얀 눈에 먼지가 엉겨 붙어 잿빛으로 변해 가고 있었다. 썩 유쾌하지 않은 날씨였다. 퇴근하는 길이 평상시보다 더 막힐 것이고, 차도 온통 엉망이 되어 세차를 해야 될 터였다. 빤히 보이는 앞일이 짜증나 화가 치밀었다. 하지만 속내와는 다르게 강은 냉철하게 차트를 바라보았다.

이 환자가, 다음은 저 환자가 그렇게 길고 길게 환자들의 연속인 날들이다. 그 와중에 유일한 낙이 있다면 저녁에 만나는 서주였다. 같이 밥을 먹고 차를 마시고 이야기를 떠들다 집으로 돌아가 잠을 잤다. 그리고 다시 서주를 만나러 갈 시간을 기다리는 하루를 시작했다.

그러나 이제는.

서주는 일종의 잠수를 탔다. 대문 열쇠는 그대로였으나 현관 비밀번호가 바뀌어 있었고, 연락은커녕 집에 있지도 않았다. 저녁만 시간을 비우나 싶어 불시에 찾아도 가 봤지만 마찬가지였다. 그러니까 집에 항상 없는 것이다. 일부러 피하고 있다는 뜻이다.

서주의 태도가 확연하게 바뀐 것은 안내견 이야기를 꺼낸 그날로부터였다. 그 이야기 와중에 실수를 한 것이 있나 되짚어 보았지만 아무래도 마음에 걸리는 일은 없었다. 그저 섣부르게 이야기를 한 게 실수라면 실수이려나.

안내견은 서주에게 꼭 필요했다. 서주는 아직 길을 찾는 것도 서툴고 여러 가지가 다 어려워 안내견이 필요한 실정이었다. 전문가에게 듣자면 처음부터 전맹이 아니라 살다가 도중에 전맹이 된 경우가 안내견이 더 절실할 것이라고 하였다. 강이 보기에도 그랬다. 안내견이 있다면 서주의 생활이 더 윤택해질 수 있었다. 그런데 서주는 거절했다. 말하자면 보기 좋게 까인 셈이었다.

실은 할 수만 있다면 서주를 24시간 내내 보고 싶었다. 안내견 따위 필요 없도록 자신이 다 할 수 있었다. 하지만 그럴 수 없기에 안내견을 권했다. 처음에 안내견 이야기를 했을 때는 서주도 동의했다. 그런데 서류 통과도 다 되고 면접과 교육만 받으면 되는 상황에 서주가 단칼에 거절하더니 다시 사라졌다.

그는 서주를 어디서 어떻게 찾아야 하는 것인지 돌연 막막해졌다. 처음처럼 그런 우연이 또 있을 리 만무했다.

절망이 엄습했다.

서주를 보고 싶었다. 서주와 함께하는 일상이 그리웠다. 서주 없이, 서주를 뺄셈 하면 아무것도 남는 것이 없을 정도였다.

한참 생각에 잠겨 있을 때 노크 소리가 들려왔다. 강은 천천히 차트에 붙박였던 시선을 문으로 돌렸다.

"주 선생님, 새 외과 선생님 오셨어요."

노크와 함께 문이 열린 곳에 유 간호사와 함께 건장한 남성 한 명이 서 있었다. 새로 온다던 외과 의사였다. 스카우트 제의를 받고 왔을 정도로 실력이 쟁쟁하다고 전해 들었는데 인상에서도 똑 부러짐이 묻어 나왔다.

"들어오세요."

남자는 앞쪽에 위치한 소파에 바른 자세로 앉았다.

그런데 어딘지 모르게 익숙했다. 인상이며 자세며, 기시감이 들었다.

"안녕하십니까, 임서환입니다."

이름을 듣는 찰나, 남자는 서주와 겹쳐 보였다.

"아, 네. 안녕하세요."

마실 것을 대접하려던 예의는 일순 사라졌다. 가만히 남자와 마주 앉아 서주를 생각했다. 서주와 비슷한 이름. 서주와 비슷한 생김새. 이건 혈육으로 관계된 무엇이 아니고서야 있을 수 없는 일임을 알아차렸다. 손끝이 저릿해졌다.

"인사할 겸 들렀습니다. 실력이 유능하시다고 소문이 자자하더군요."

서환의 음성도 서주의 것과 비슷했다. 말투와 행동 모두 이상하리만큼 닮아 있었다.

"혹시 쌍둥이신가요?"

얼토당토않은 물음이 나온 건 그 때문이었다. 서주와 닮아도 너무 닮아서. 서주가 아닌 다른 건 떠오르지 않는 사람이 대차게 앞에 마주 앉아 있어서.

어떤 간절한 바람이 이루어질지 모른다는 생각이 들었다.

"아니요. 쌍둥이는 아니고 예쁜 동생이 한 명이 있습니다. 그런데 그건 왜 물으시는지."

쉬이 대답해 주면서도 미간에 주름이 진 서환의 되물음은 자못 민감했다. 하지만 강은 쉬이 물러서지 못했다. 서주가 목말랐다. 서주 없는 일상에 지쳐 있었다. 당장 서주가 어디 있는지 알아야 했다.

"어디서 본 것 같아서요. 맞아요, 임 선생님과 닮은 여성분이었는데."

"네, 그럼 맞을 겁니다. 생김새가 꼭 쌍둥이처럼 비슷하다고들 동네 어르신들이 그러셨거든요."

손에 절로 힘이 들어갔다. 주먹을 꽉 쥐었다.

"제 기억에 무릎을 조금 다쳐서 병원에 내원하셨거든요."

강의 한마디에 서환의 인상이 순식간에 험상궂어졌다.

"언제요? 동생은 지금 여행 중인데, 언제 그런 일이 있었습니까?"

서환의 물음에 손에 들어간 힘이 탁 풀렸다. 몸 전체가 흔들리는 거 같았다. 하긴. 눈앞에 앉아 있는 서환이 진정으로 서주의 오빠라면 당장에 서주의 행방을 물을 수는 없을 터였다. 서주가 자신의 가족에게 이 모든 일을 비밀로 하고 있기에. 그러니 결과적으로 서환에게서 서주의 소식은 들을 수 없었다. 못내 아쉬움이 남아 한숨이 흘렀다. 앞에 있는 사람이 서환이 아니라 서주였으면 얼마나 좋았을까.

"작년 여름쯤이었던 걸로 기억이 나네요."

"그때라면…… 아마 여행을 가기 전이었을 겁니다. 그런 일이 있었군요. 녀석, 내색도 안 했는데."

이야기가 오가던 중 대화가 단절된 것은 갑자기 울리는 서환의 휴대폰 때문이었다. 그런데 전화를 받자마자 서환의 입에서 응 서주야, 하고 말이 나왔다. 통화를 듣고 싶었으나 다음에 더 이야기를 하자며 서환은 그대로 나가 버렸다. 그때였다. 서주를 볼 수 있는 방법이 떠올랐다. 못되고 고약한 방법이기는 했으나 달리 다른 방도가 없었다.

실행에 즉시 옮겼다.

이게 아니라면

울지도 않으면서 울고 있는 모습을 한 채로 서주가 앉아 있었다. 협박 아닌 협박을 받고 나와서인지 서주의 표정에 불안함과 당황스러움이 묻어났다.

멀리서도 서주임을 확신했다. 단정한 옷매무새. 흐트러짐 없이 바른 자세. 고고한 학처럼 그녀가 그대로 멈춰 있었다. 거짓이 아닌데 거짓인 것만 같아서 눈이 짓무를 듯 아팠다. 그는 서주를 눈에 담는 것조차 힘겨웠다. 강이 인기척을 내며 서주의 앞에 마주 앉자 서주는 긴장한 티가 역력했다.

"서주 씨."

조심스레 불러 보는 서주의 이름은 입안을 깔끄럽게 만들었다. 조갈이 나 웨이터를 부르려는데 서주가 자신의 앞에 있던 물을 내밀었다. 가뭄에 단비 같은 물이 목으로 넘어갔다.

"하."

상한 기분을 티내고 싶지 않았으나 몸에서는 거부라도 하듯 제멋대로였다. 해서 서주의 긴장은 배가 되어 나타났다. 어깨가 가냘프게 떨렸다. 그녀는 곧 부서질 석고처럼 보였다. 함부로 손을 댈 수 없었다.

"임서주, 진짜. 사람 미치는 꼴 보고 싶어서 이래요? 왜 이래 정말."

"그러는 강이 씨야말로 왜 그래요. 사람 약점 가지고 그러고 싶어요?"

서주를 볼 수 있는 방법은 단 하나였다. 일종의 협박. 오차 없이 완벽히 통할 거라 생각하고 쓴 방법이었다. 자연히 넘어가는 음성 메시지에 그저 남겼을 뿐이다. 그쪽 가족에게 알리겠노라. 당신의 오빠 되는 사람과 같은 병원에서 일하게 되었으니 원한다면 곧장 알릴 수 있다고. 그게 싫으면 연락하라고.

이런 협박에 서주는 별달리 타개할 방법이 없었을 것이다. 그래, 서주의 약점을 요긴하게 이용했다.

"지금 어디서 지내고 있어요?"

"강이 씨가 알 바 아니에요."

"나 두 번 안 물어요. 지금 어디에 있어요?"

목에 핏대가 섰다. 말 한 글자를 내뱉을 때마다 어금니에 힘이 들어갔다. 그러나 서주는 입을 앙다물었다. 더는 이야기하지 않겠다는 표현이었다.

"그래요. 이야기 안 하면 어떻게 되는지 두고 보면 알겠지. 난 그만 일어날게요."

약간의 틈도 없이 일어나 등을 돌렸다. 그런데 서주가 자리에서 벌떡 일어나 그런 강을 붙잡으려다 그대로 테이블에 걸려 넘어졌다. 카페에 있던 사람들 눈이 일제히 서주에게로 꽂힌다. 서주는 이런 실수를 극도로 싫어했다. 자신의 눈이 안 보인다는 사실을 타인이 알아채고 관심 받는 일이 거북스럽다고 했다. 그러니 지금의 상황은 서주가 그토록 피하고 싶은 상황이었다.

강은 가던 발걸음을 돌려 서주에게 멈췄다. 보기만 해도 안쓰럽게 서주가 떨고 있었다. 스스로를 한심하다고 힐책했다. 이렇게 서주를 내몰고 싶던 게 아니었는데 감정이 과잉했다.

조심스레 서주를 일으켜 차로 향했다. 차 안에서 불을 켜고 넘어진 서주의 손과 무릎을 살폈다. 언제 다쳤는지 모르겠지만 자잘하게 다친 상흔이 그대로 남은 손과 무릎은 바라만 보고 있어도 가슴을 죄어 왔다. 하지만 감정과는 별개로 속에서 치고 올라오는 무엇인가가 행동의 잠금장치를 풀어 버렸다. 강하게 클랙슨을 내리쳤다. 주차장에 경적 소리가 어마무시하게 퍼져 메아리가 되어 돌아왔을 때야 입을 뗄 수 있었다.

"내가 뭐 잘못했어요? 내가 많이 실수했어요? 그럼 말을 해 줘요! 사람 이렇게 피 말리게 하지 말고!"

처음으로 서주에게 큰 소리를 내며 말했다.

이런 일일랑 없었다. 평상시에도 큰 소리로 이야기하는 적은 극히 드물다. 하물며 차 사고가 나도 조용히 보험사를 부르지 이토록 큰 소리로 고함을 친 적은 없었다. 그러니 적어도 이건 감정 과잉에서 비롯된 행동이 아니었다.

"어떻게 해도 연락은 안 되지, 집에 찾아가도 사람은 없지. 나 계속 서주 씨 연락 기다렸어요."

"미안해요."

"그런 말 들으려고 하는 말 아닌 거 서주 씨가 더 잘 알잖아요!"

숨을 고르는 서주의 모습이 눈에 들어왔다. 서주는 어쩐지 이를 악물고 있었다. 분해하거나 화내는 모습이 아니었다. 그런 모습에 강은 더 화가 났다.

"도대체 왜 그러는데요, 왜? 한두 살 먹은 어린애예요? 내가 서주 씨 언제 찾나 숨바꼭질하는 중이에요?"

"한두 살 먹은 어린애 아니니까요. 내가, 한두 살 먹은 어린애가 아니고 다 큰 어른이니까요. 죽었다 깨도 내 상황이 지금 변하지를 않으니까요!"

쨍한 고함이 허공을 꿰뚫었다. 씩씩거리면서도 이내 그런 모습이 들키기 싫은지 고개를 숙여 버리는 서주는 강에게 있어 가슴께에 걸리는 체증과도 같은 존재였다.

너무 보고 싶었던 사람인데 막상 마주 앉으니 부서질 것만 같아 보기도 두려웠다. 이대로 또 사라지면 어쩌지 싶은 불안감이 덮쳐 왔다.

"연락? 내가 더 하고 싶었어요. 만나도 내가 더 만나고 싶었다구요. 근데…… 이러면 안 되는 걸 알았어요. 난 더는 강이 씨랑 만나거나 연락하면 안 되는 사람이에요."

"어째서요? 연락하고 싶었으면 하지! 만나고 싶었으면 만나지! 사람 왜 속 썩여요? 내내 서주 씨 걱정했을 내 생각 정말 안 했어요? 내가 음성 메시지를 그렇게 남겼는데, 서주 씨 그거 다 들으면서 무슨 생각이었어요, 대체?"

"나 병신이니까요."

서주의 말에 덜컥 심장이 내려앉았다. 이 여자가 도대체 무슨 생각을 하고 있는 것인지 감이 오질 않았다. 언뜻 무언가가 떠오르려 했지만 이내 서주가 말을 이었다.

"안 그래도 턱없이 부족하고 모자란 데다가, 눈까지 안 보이는 병신이니까요."

"그런 말이 어디 있어! 내가 언제 서주 씨한테 그렇게 느끼게 한 적 있어요? 그래서 이래요?"

"아니요. 사실이 그래요, 사실이."

가만히 모으고 있던 손을 꼭 쥐며 서주가 바락바락 악을 썼다.

"왜 나랑 친구 해요? 그냥 좋은 친구 아니잖아요, 우리. 나 강이 씨한테 일방적으로 받기만 했어요. 내가 뭐 준 적도 없이 받기만 했다구요. 그런데 여기서 더 욕심내면 나 진짜 나쁜 사람 되는 거잖아요. 그래서 싫어요. 강이 씨랑 연락하거나 만나기 더는 싫어요."

조금도 짐작하지 못했던 서주의 마음을 알게 되는 일순 상황에 맞지 않게 기뻤지만, 이 순간에 가장 안타까운 일은 서주가 눈이 보이지 않는다는 사실보다 스스로를 병신, 이라 칭하며 깎아내리다 못해 내리누르는 현실이었다.

서주는 자존심이 셌다. 보아 온 시간은 짧았지만 그 짧은 시간에 알게 된 서주는 자신이 결심한 것은 똑 부러지게 해내려 노력했고 눈이 안 보인다는 이유로 어떤 일을 미루거나 외면하려 들지 않았다.

그런데 나만.

나를 밀어낸다, 서주가.

서주의 말이 백번 옳았다. 서주에게 그저 좋은 친구로 남고 싶지 않았다. 꽤 오랜 시간 동안 서주를 몰래 지켜보면서 흔히들 일컫는 짝사랑을 했다. 해서 서주의 곁에 남고 싶어 그 마음을 숨기고 좋은 친구인 양 허울 좋은 짓을 해 버렸다. 관계를 깨뜨리기가 어려웠다. 서주가 당장에 스스로를 버거

위하는 마당에 마음까지 강요하고 싶지 않았다. 계속 이렇게 좋은 친구여도 괜찮을 거 같다고 자위했다.

욕심을 감추려 한 결과가 이렇듯 허무하다니.

"욕심내요. 서주 씨 욕심 챙겨요. 나도 내 욕심 챙길 테니까."

바싹 숙이고 있다 고개를 가로저은 서주는 몸을 돌리고 있던 강의 몸에 거리를 두려는지 손을 뻗쳤다. 가까이 가려던 강의 몸이 일순 빳빳이 굳어 버렸다.

"욕심내면, 그래서 친구가 아닌 어떤 다른 관계가 되면 우린 달라질까요?"

"달라져요."

"어떻게요? 난 여전히 눈이 안 보여요. 강이 씨한테 도움 받으면 받았지 내가 해 줄 수 있는 건 없어요. 지금까지 해 온 것만 봐도 그래요. 그래서 결심한 것뿐이에요."

"뭘요. 대체 뭘 결심해서 나한테 이래요."

"좋은 친구도 이제는 안 하는 게 좋겠다고."

어두운 감색의 원피스가 젖어 들어 흑색의 빛이 났다. 서주는 울고 있었다. 소리도 없이 좌절과 절망을 감내하는 자세였다. 섣불리 손을 뻗어 서주를 다독일 수 없었다. 언제나 그랬던 것처럼 그렇게 쉬이 서주의 아픈 속내를 어루만져 줄 수 없을 만큼의 거리였다.

"할 이야기가 있어요."

그러나 그 거리를 좁혀 서주의 손을 잡았다. 강의 손아귀 안에 놓인 서주는 여전히 떨었다.

"난 무서웠어요. 좋은 친구가 아닌 다른 선택지를 서주 씨한테 내놓을 만큼 용기 있는 사람이 아니었거든요. 그래서 좋은 친구라도 괜찮겠다 생각했어요. 그걸로 서주 씨를 오래 볼 수만 있다면 더 욕심내지 않아도 좋겠다고 여겼어요."

목이, 입안이, 그래서 입술까지 말랐다. 눈을 깜빡이면서도 그 찰나의 순간에 서주가 사라질 수도 있을 거란 불안감이 초조함을 생성했다. 절로 서주를 잡고 있던 손이 파르르 순율했다. 그런 손을 서주가 살포시 잡아 주었다.

"비겁했어요, 내가. 사실 욕심내고 싶었는데, 그럼 서주 씨가 상처받을까 봐. 내 마음은 그게 아닌데 서주 씨가 동정한다고 느낄까 봐 내 딴에는 조심한 결과가 이래요."

젖어 버린 서주의 뺨을 어루만졌다. 온기가 느껴졌다. 부모를 잃기 전의 집 안에서 느껴지던 온기. 그립고 따스하던 그날의 온기가 서주로 인해 물밀려 들었다.

"잘못했어요. 내 마음 속이려고 해서. 그래서 서주 씨가 더 상처받은 거, 정말로 미안해요."

"그래도 난……."

서주의 말을 가로막았다.

"더는 좋은 친구 안 해요. 나 서주 씨랑 좀 진지하게 만나 보고 싶어요. 서주 씨 좋아하는 마음, 더는 숨기고 싶지 않아요."

피가 안 통할 정도로 입술을 질끈 깨물었다. 왠지 앞이 까마득해지면서 현기증이 일었다.

"당장 대답하라고 안 해요. 천천히 생각해 봐요. 그런데 서주 씨가 눈이 안 보인다는 이유로 숨거나 핑계 만들지 말아요. 난 서주 씨가 눈이 안 보인다고 해서 얕잡아 보거나 불쌍하게 보지 않아요. 내가 그런 사람 아니라는 건 서주 씨가 더잘 알 거라고 믿어요."

"……그냥 이런 일이 지속될 게 싫어요. 강이 씨 도움 없이, 내가 강이 씨한테 해 줄 거라고는 일절 없이 이어질 앞날이 싫은 것뿐이에요."

함께 저녁을 보내던 보통의 날처럼 서주의 머리를 매만졌다. 보드라운 머릿결이 그대로였다. 서주에게서 나는 좋은 향이 후각으로 전해져 왔다.

"서주 씨 없는 일상이 내가 너무 힘이 들어요. 그것만으로는 이유가 안 돼요?"

서주는 더 이상 항변하지 않았다. 그대로 시트에 몸을 묻어 기대고 눈을 감았다. 피로가 짙은 만면은 눈물이 지나간 자리가 선명했다. 그런 서주에게 동의도 없이 차를 몰았다. 서주를 쉬게 해 주고 싶은 마음이 전부였다.

집 안은 냉기가 철철 흘렀다. 다급히 보일러를 틀었지만 그렇다고 쉬이 따뜻해질 기미가 보이지 않았다. 서주를 침대에 눕혀 이불을 폭 덮어 주었다. 그러고 주방에 가서 뭐라도 하려는데 서주가 강을 붙잡았다. 미약한 어둠 속에 한 줌의 빛처럼 서주의 손이 따뜻했다. 도저히 서주의 그런 손을 뿌리칠 수 없어서 다시 서주의 곁에 앉았다.

"왜요. 뭐 필요해요?"

"여기, 강이 씨 집이에요?"

"네. 혼자 사니까 아무도 올 사람 없어요."

"그렇구나……."

긴장이 풀렸는지 서주의 목소리가 조금 갈라졌다. 서주가 자신처럼 목이 퍼석하게 말랐을지도 모른다는 생각이 들었다. 잠시만 기다리라고 하고 서둘러 물을 한 잔 가져왔다. 몸을 반쯤 일으킨 서주가 숨도 쉬지 않고 물 한 잔을 말끔히 비워 냈다.

"오빠가…… 집에 와 있어요. 당분간은 같이 살자고, 여행 끝나고 돌아오면 오빠가 맛있는 거 많이 해 준다면서."

서주의 집으로 향하던 차를 서주가 안 된다고 다른 곳으로 가자던 이유는 서환 때문인 듯했다. 다행인지 불행인지 서주의 집에 찾아가는 동안에 서환과 마주치는 일이 일은 없었다. 조심스레 괜찮다고 등을 쓸어 주었다.

"그럼 그동안은 어디서 지냈어요? 그래서 내내 집에 없었어요?"

"모텔……. 아직 집을 못 구했어요. 구할 엄두도 안 난 게 사실이에요."

가슴이 참혹해진다. 모텔이라니. 눈이 보이지 않는 상태로 익숙하지 않은 곳에 사는 것이 얼마나 힘들었을지. 도리어 목이 메어 왔다. 힘들었을 텐데 자신한테 이야기도 안 한 서주의 막막함을 가늠해 볼 수조차 없었다. 괜찮으냐고 그 간단한 물음조차 쉬이 나오지 않았다.

"이 집에서 나가면 다시 그 모텔에 갈 거란 이야기네요?"

"네. 그래야죠."

"짐은 다 거기 있어요?"

"아뇨. 옷 몇 가지랑 당장에 필요한 것들이랑 점자책 읽던 거 조금…….."

"그럼 거기 다시 가지 마요. 짐 정리는 내가 해 올게요."

"아니요. 그럴 필요 없어요."

기탄없이 대답하는 서주는 정말 그곳으로 다시 돌아갈 모양새였다. 그래서 도리어 불안한 건 강이었다.

"내가 싫어요. 당분간 여기서 지내요."

"그건 내가 싫어요."

정말 싫은 모양인지 서주의 입꼬리가 축 처졌다. 서주는 저런 표정이 어울리지 않았다. 미소를 머금은, 바람이 불어와도 다소곳한 들꽃 같은 모습이 어울리는 사람이었다.

강은 서주의 볼살을 살짝 당겼다.

"말 들어요. 아님 서주 씨 오빠한테 내가 불어 버릴 테니까."

"협박 그만해요. 나빠, 정말."

"나보다 서주 씨가 훨씬 더 나빠요. 뻑하면 잠수나 타고. 나 심장 하나뿐이에요. 하나뿐인 심장 새카맣게 타들어 가게 하고 숨도 못 쉬어서 죽게 만들어야 속이 시원할 작정인 거 아니라면 내 말대로 해요."

얌전히 다시 이불 속에 누워 버린 서주는 베개에 얼굴을 파묻었다. 영락없이 어린아이 같았다. 서주에게 이불을 포근하게 덮어 주고 어깨를 토닥여 주었다.

말도 안 된다는 거, 스스로가 더 잘 알고 있었으나 서주를 놓칠 수 없었다. 여기서 그녀를 놓친다면 여태 살아오면서 했던 후회 중 가장 큰 후회가 남을 것만 같았다.

이대로 영원히 서주와 함께. 그런 꿈을 꾼다.

"이대로 우린 괜찮을까요?"

그럼에도 서주는 불안해한다. 주강이 옆에 있음에도 여전히. 서주에게서 어떤 대답도 듣지 못했지만 더는 마음을 숨길 수가 없었다.

"괜찮아요. 어쩌면 지금까지보다 더 좋을지 몰라요. 겁먹지 마요."

어깨를 토닥이는 강의 손 위로 서주의 손이 머물렀다.

간절하다. 강은 어떤 것보다 서주가 간절했다. 무슨 말도,

그 어떠한 행동도 불필요했다. 암흑 속에 갇힌 서주보다 외려 자신이 그녀를 필요로 하고 있었다.

"너무 보고 싶어서, 말로 다 설명이 안 될 정도로 당신이 보고 싶어서 죽을 것만 같아서……."

조용한 강의 고백이 서주의 등허리로 떨어졌다.

창가의 햇살에 갇힌 서주는 적막히 아름다웠다. 어제 점자 책을 사면서 긴 머리를 단발로 자른 서주는 아직은 어색한 모양인지 귀 뒤로 넘겨도 앞으로 넘어오는 머리가 조금은 불편해 보였다. 하지만 썩 잘 어울리는 머리였다.

점차적으로 강의 집에 익숙해진 서주는 집 안의 위치를 곧 잘 파악하고 있었다. 약간의 설명을 해 주었을 뿐인데 언제 다 외운 것인지 화장실을 갈 때나 부엌을 갈 때 거침이 없었다. 옷방과 침실은 그래도 아직은 어려운지 헷갈려 했지만 나름 잘 찾아가는 편이었다.

서주가 머무르는 강의 집은 포근했다. 침대가 하나뿐이라 서주를 침대에 재우고 혼자 옷방에 이불을 펴고 누워야 하는 신세지만 그런 불편함이 전혀 느껴지지 않을 정도로 서주가 집에 있어 주는 것이 좋았다.

강이 퇴근해서 집으로 돌아오면 서주는 조잘조잘 아기 새처럼 말을 많이 했다. 차려 주는 밥도 잘 챙겨 먹을 뿐만 아니라 간단한 요리는 혼자 준비해서 강을 맞이할 정도였다.

여기 살면서 살이 오른 느낌이라고 서주가 종종 투덜거렸지만 강의 눈에는 전혀 그래 보이지 않았다. 외려 혈색이 좋아져서 다행이라고 생각했다.

오디오북을 다 들은 서주는 이어폰을 빼며 강을 찾았다. 소파에서 책을 보던 강이 서주의 곁으로 자리를 옮겼다. 햇살 속에 갇혀 있던 서주의 모습이 더 선명해졌다.

"예쁘다, 임서주."

서주의 눈언저리에 입술이 가 닿았다. 부끄러운지 서주의 몸이 움츠러들었지만 강은 몸을 빼지 않았다. 그녀의 온기가 입술에 전해졌다. 말랑하고 보드라운 살결도 서주의 성품을 닮았다. 기분 좋은 주말이었다.

"오디오북 더 결제해 줄 수 있어요?"

삐죽삐죽 핸드폰을 내미는 서주의 손에 아직 부끄러움이 묻어났다. 서주는 매일 듣는 재미에 빠져 시간이 가는 줄 모르고 핸드폰을 붙들고 있었다. 주말도 어김없이 그랬다.

"살짝 질투 나려고 해요. 오디오북이 나보다 더 좋은가?"

"그런 말이 어디 있어요."

"알았어요. 내일 퇴근하고 결제해 줄게요. 대신 오늘은 나랑 좀 놀아요."

이어폰 끝을 매만지다 서주는 갑작스레 강의 얼굴로 손을 뻗었다. 찬찬히 조심스레 강의 얼굴을 어루만지는 서주의 손은 지극히 차분했다. 강은 서주의 손에 자신을 맡겼다.

"기억이 잘 안 나요. 어제 꿈에 도서관에서 강이 씨와 만난 그 순간이 나왔는데 강이 씨 얼굴이 안 나왔어요."

못내 아쉬운 표정을 하고 한숨을 픽 내뱉는 서주는 강의 얼굴이 이제는 정말 기억에 남아 있지 않은 눈치였다.

"이젠 자꾸 기억에서 흐려지고 없어져요. 내가 봤던 세상들이, 안 보인 시간보다 본 시간들이 아직까진 더 많은데 왜 그런지 모르겠어."

눈은 거짓말을 하지 않는다. 단지 눈으로 여과된 세상이 뇌의 필터링을 거치며 진실이 왜곡되거나 바뀔 뿐이다. 하지만 지금의 서주가 찾는 건 눈이 그대로 받아들이는 그 진실을 말하고 있었다.

그러나 그 누구도 서주에게 해 줄 수 있는 일은 없다. 서주의 눈을 고칠 수 있는 사람도 없는 실정이었다. 현대 의학이 그러했으므로 당면한 현실이 현재의 처지였다.

이 위치는 고작 서주의 생활을 조금 나아지게 할 뿐, 근본적인 원인을 해결하지는 못한다. 강은 난처했다. 자신이 해 줄 수 없는 영역 밖의 일이었다. 그렇게 서주는 처음부터 지금까지 줄곧 외톨이가 되어 갔다.

"다시 볼 수 있다면 강이 씨 얼굴 실컷 보고 싶어요."

귓가에 소곤거리는 서주의 말에 덜컥 가슴이 주저앉았다. 다른 사람도 아닌 자신. 강은 그 대목에서 놀랐다. 서주는 아직 고백에 대한 그 어떠한 답변도 내어놓지 않았다. 해서 서주의 이런 말은 가슴에 무리를 오게 만든다.

"다시 캄캄해져도 안 잊어버리게."

가만히 서주의 어깨에 몸을 기댔다. 이대로 잠이 들 것만 같은 달콤한 유혹이 뻗어 왔다.

이런 네가 없다면 내가 살 수 있을까. 그는 자문했다. 다시 연락이 안 되는, 볼 수도 없는 그런 날들이 이어지는 건 이제 싫다. 충분히 겪었다. 이제 더는 그럴 수 없다.

"난 서주 씨한테 해 줄 수 있는 게 많이 없어요."

"그런 말을 왜……."

"그래도 서주 씨가 좋다면 힘든 길 같이 걸어 줄게요. 그 길이 가시밭길이든 눈길이든 다 같이 걸어 줄게요."

눈을 감았다. 미약한 빛줄기가 질끈 감은 눈 새로 스며들었다. 서주의 세상은 이런 빛마저 없는 온통 흑백의 세상일 것이다. 그걸 알기에 더욱 스스로가 못나게 여겨졌다.

"난 서주 씨 사랑하니까. 뭐든 다 할게요. 그러니까 숨지 마요. 내 눈 앞에서 절대 사라지거나 없어지지 말아요."

생전 처음 자신이 할 수 있는 최선의 노력으로도 닿을 수 없는, 그 위대한 신의 영역을 원망한다. 의사의 삶은 자신이 할 수 있는 모든 걸 걸고 환자의 목숨에 최선을 다하는 것뿐. 그 밖의 것은 오로지 신의 권능.

그러나 이런 순간에 신은 꼭 사람의 편이 되어 주질 않는다. 하물며 서주의 일만 봐도 그러하다.

"안 그럴게요. 이제 다신 그런 일 안 만들게요."

주섬주섬 강의 손을 찾아온 서주가 약지를 걸었다. 어린애들 소꿉장난처럼 다정한 손놀림에 도리 없이 웃음이 났다.

서주.

임서주.

서주야.

소리 없이 불러 보는 이름은 창가에 들이치는 햇빛보다 더 따스하다.

커피를 건네주던 장현이 강을 이상하다는 듯 바라보았다. 수술이 끝나고 마시는 커피는 가히 훌륭한 맛이었다. 입 안에서 달콤하게 퍼지는 인스턴트커피 한 잔이 이토록 고마울 수가 없었다.

"미친놈이냐?"

가만히 지켜만 보고 있던 장현이 입을 떼었다. 맛있게 마시던 커피가 돌연 목에 걸린 건 그 때문이었다.

"이게 왜 시비야?"

"아니 진짜 미친놈인가 해서."

"뭔 소리야, 가만있는 사람한테."

"너 무슨 마약 했냐? 수술하는데도 히죽. 메스 받으면서도 히죽. 마취과 선생이랑 어시들 표정 못 봤어? 다들 너 이상하게 봤어."

"그러든 말든 무슨 상관."

종이컵에 남은 커피를 마저 마셨다. 노곤하게 달라붙은 피로가 한결 털어진다. 어려운 수술임에도 비교적 출혈이 없어 예상보다 빨리 끝나 다행이었다. 목 빼고 자신만 기다리고 있을 서주가 눈에 아른거려 수술에 집중을 하느라 피로가 더 켜켜이 쌓여 버렸지만 상관없었다. 이대로 빨리 퇴근을 하면 되는 일이었다.

"오늘 임 선생 환영회 있는 거 알지?"

장현의 한마디로 사고 회로가 잠깐 멈춰 버렸다. 아. 오늘이 그날이었구나. 스케줄을 정리한다고 정리했는데 깜빡해 버렸다. 이건 빠질 수 없는 스케줄이었다.

서주는 퇴근을 하는 강에게 늘 서환에 관한 걸 물었다. 점심도 같이 먹을 수 있으면 먹어 달라는 통에 종종 두 남자가 구내식당을 찾아 머리를 맞대며 밥을 먹는다. 주변 사람들이 서환과 왜 그렇게 친하게 지내냐며 궁금해할 정도였다.

서환과 친하게 지내면서 좋은 점을 꼽는다면 서주의 유년 시절 이야기를 듣는 일이었다. 서환의 휴대폰에는 서주의 관한 사진들이 많았다. 서환은 이런저런 사진 다 보여 주면서 그때를 회상하며 이야기보따리를 풀어놓았다. 동생을 마치 자기 자식처럼 챙겼다. 근래에는 여행을 가더니 사진 하나를 보내 주지 않는다는 서운함을 토로하기도 했다.

그런 와중에 알게 된 사실 중 하나는 서주에겐 모친이 부재한다는 거였다. 모친 없이 크면서 서주는 혼자 집안일이나 가정의 대소사를 짊어졌다고 했다. 서환은 내내 그게 마음에 가장 걸린다며 시집을 가게 된다면 좋은 집안의 남자와 편하게 살길 꿈꾼다고도 했다. 서환은 서주에게 있어 정말 좋은 가족이었다. 타인이 바라보기에도 충분히 짐작이 갔다. 그래서 더욱이 서주는 서환에게 자신의 비밀을 터놓지 못하고 있었다.

서주에게 조금 늦는다는 연락을 남기고 서둘러 옷을 갈아입고 병원을 나섰다. 술집에 도착했을 때는 윗분들은 먼저자리를 뜨고 나머지 사람들만 남은 채였다. 서환이 강에게자신의 옆자리를 팡팡 두들기며 손짓을 했다. 외투를 벗어놓고 서환의 옆에 앉자 취기가 불콰하게 달아오른 그는 지독한 술의 냄새가 짙었다. 빈 잔을 주며 어서 받으라고 재촉하는 서환을 모른 체할 수가 없어 술을 받아 들었다. 한 잔 목에 넘기니 토악질이 나올 정도로 술이 썼다.

술에는 취미가 없었다. 제일 싫어하는 것이 있다면 아마술일 것이다. 나이가 들어서도 절대 술은 배우지 않았다. 술을 좋아하던 조부마저 술을 끊었다. 다 술이 원인이었기 때문이다.

끔찍한 기억을 털어 내듯 술잔을 엎었다. 그러자 다시 술을 따르려던 서환의 눈초리가 길게 휘어졌다.

"주 선생님 더 안 마실 겁니까?"

"아! 임 선생님 이 자식 술을 못해요. 술 젬병이에요."

중간에 끼어든 장현이 거들었다.

"멋지십니다, 우리 주 선생님!"

갑자기 술병을 내려놓고 서환이 박수 세례를 퍼부었다. 다들 분산되어 있던 눈길이 고스란히 박혀 온 건 서환의 박수세례 덕분이었다.

"진짜 이런 바른 남자는 본 적이 없는데, 주 선생님 너무 멋지십니다."

혀가 조금 꼬인 발음으로 또박또박 말을 하는 서환의 입술에 연신 미소가 떠나질 않았다. 뭐가 그리 좋은 것인지 더 과하면 춤이라도 출 기세였다. 온정신이 아닌 상대방의 이런 상태가 싫었지만 서주 때문에 외면할 수는 없었다.

서환의 앞에 있던 술잔을 슬며시 빼냈다.

"그만 마시시죠. 좀 과하십니다."

"주 선생님."

술 대신 물을 들이켠 서환이 작게 강을 불렀다.

"만약에 우리 동생이 여행을 마치고 오면 한번 만나 보실 생각 없으십니까?"

무언가를 마시고 있었다면 그대로 서환의 얼굴에 내뿜어 버렸으리라. 당혹스러운 질문에 강은 일순 새하얗게 질려 버렸다.

"주 선생님은 좋은 분 같아서요. 성격으로 보나 뭘로 보나, 그런 느낌이 드네요."

"과찬이십니다."

"동생이 제대로 연애해 본 적도 없어요. 사실 남자를 만나 본 적이 없는 아이예요."

흥미로운 이야기에 귀가 동했다. 남녀 관계에서 모든 것이 서툴던 서주의 모습이 납득이 되는 순간이었다. 이런 사실은 전혀 몰랐다. 서주의 입을 통해서도 들어 본 적이 없거니와 서환도 이렇게 서주의 개인적인 이야기는 평소에 하지 않았다. 새로운 사실 하나에 어쩔 수 없이 미소가 새어 들었다. 괜스레 헛기침을 하며 미소를 감추려 해 봐도 좀체 감춰지지 않았다.

"내 동생이라서가 아니라 그냥 인간 대 인간으로 봐도 걘 참 좋은 사람이에요."

"네."

"남한테 모진 소리 한번 해 본 일이 없고, 타인을 위해 자신의 시간쯤 버리는 일도 허다했습니다. 동냥하는 사람을 그냥 지나치지 못해 잔돈이 없어 불쑥 큰돈을 스스럼없이 내기도 했어요."

지금쯤 집에서 얌전히 자신을 기다리고 있을 서주는 서환을 말 그대로였다. 좋은 사람. 그 단어만으로도 설명할 길이 없는 사람. 미소가 자꾸만 새어 나왔다. 이러면 안 되는 줄 알면서 서환의 입에 설명되는 사람이 자신이 마음에 담은 사람이라는 걸 알아 더욱 새로이 각인된다. 가슴이 연신 설렌

다. 서주. 서주. 서주. 그것이 마치 주강의 전부처럼.

"그런 예쁜 내 동생이 주 선생을 만나면 좋을 것만 같습니다. 허물없이 누군가에게 제 동생 이야기를 이토록 줄기차게 해 본 사람이 없어요. 주 선생님이 유일합니다."

"그 동생분 정말 한번 만나 뵙고 싶네요."

새빨간 거짓말을 진실인 양 떠들어 댔다. 입에 미소도 채 감추지 못한 채로. 이미 그 귀한 동생을 데리고 지내고 있다고 하면 서환은 어떻게 나올지. 상상으로 서환에게 한 대 맞는 그림을 떠올리니 아찔해졌지만 한편으론 이 비밀이 빨리 밝혀지길 바랐다. 하루라도 빨리 서주의 짐을 좀 더 내려놓게 하고 싶었다. 하지만 어떻게 고백할 수 있을까. 동생을 한없이 아끼는 사람에게 서주는 대체 어떤 식으로 말을 꺼내 마음을 누그러뜨리게 할 수 있을는지.

입가에 미소가 걷힌 건 그로 인한 한숨이 뒤를 이어서였다.

술자리는 거기서 조금 더 이어졌다. 서로의 고충을 털어놓으며 병원의 실리가 어떻다느니, 그런 소리가 줄을 잇는 술자리는 곤혹스럽게 그지없었다. 술을 마시지 않는 사람에게 술자리는 시간이 더디 가는 자리였다. 그래도 자리를 지키려 노력했다. 집에서 기다리고 있을 서주가 눈에 밟혔지만 그런 서주가 눈에 밟혀 할 사람이 서환이었음에 만전을 기해 인내했다.

"강아 너 집에 안 가냐?"

자리를 오가며 먹던 술자리에서 번뜩 강의 옆자리를 차지한 장현이 물었다.

"가야지. 자리 파하면 일어나려고."

"2차까지 갈 모양인데, 넌 안 갈 거지?"

"거기까진 안 돼. 집에 기다리는 사람 있어."

"할머님이라도 오셨냐?"

서주, 라는 말이 입 밖으로 튀어나오려는 걸 겨우 삼켰다.

"그래, 인마."

"그럼 나 너네 집에 가서 잘까? 할머님 해장국 그립다."

경애가 집에 오는 날이면 장현은 종종 집에 들러 경애의 밥을 얻어먹었다. 고향이 멀어 타지에서 생활하는 처지에 경애는 강의 친구라는 이유로 장현의 밥을 곧잘 챙겨 주곤 했다. 버릇이 든 탓인지 경애가 집에 왔다고 하면 이런 식이었다.

"헛소리 마. 집에 다른 손님도 있어."

"거참. 더럽게 까칠하게 구네."

시끌벅적한 술자리가 지겨운 탓에 밖에서 커피라도 한잔하려 자리를 일어서자 장현이 쫄래쫄래 따라 나왔다. 안 그래도 싫어하는 담배까지 입에 문 상태였다.

"왜 따라 나와. 그냥 술이나 마시지."

"담배 한 대 피우려고. 그렇게 아니꼽냐?"

더 대답하기 싫어 입을 다물고 자판기에서 커피를 뽑았다. 이내 달달한 커피 향이 코끝에 훅 배어들었다.

"커피 좀 그만 마셔. 그러다 당으로 쇼크 오겠다. 좋은 커피도 아니고 인스턴트커피를 왜 그렇게 입에 달고 사냐."

담배 연기를 길게 뿜어내는 장현이 지청구를 늘어놓았다. 술도 담배도 하지 않는 강의 유일한 취미는 인스턴트커피였다. 서주는 커피를 마시지 않아 주로 혼자일 때 즐겼다. 저렴한데다 맛도 좋았다. 그래서 끊을 수가 없었다. 중독이라면 중독이었다.

"너 집에 여자 숨겨 뒀지?"

담배 연기를 다시 한 모금 토해 낸 장현이 강에게 허를 찌르는 물음을 던졌다.

"하루 종일 싱글벙글. 수술 일정 타이트한데도 아랑곳없이."

맞는 말의 연속이었다. 장현은 강을 누구보다 잘 아는 친구였다. 해서 웬만한 일을 잘 숨길 수가 없었다. 병원 일이 힘들 때도 알게 모르게 장현이 뒤에서 도와주곤 했다. 그런 녀석이 이런 변화를 눈치채지 못하는 게 더 이상한 일일 것이다.

"그냥 짚어 보는 건데, 네가 만나는 여자 임 선생이랑 연관 있으면 조심하라고. 성격 칼 같다더라. 저렇게 웃는 얼굴이라도 사람 무서운 건 또 별개야."

여전히 시끌벅적한 술자리 속 서환을 가리키며 장현은 경고를 던졌다. 뭔가 알고 있는 눈치인 듯 보였다.

"때려 맞추기. 너 누구랑 친하게 지내는 사이 아니잖냐. 그런데 임 선생한테만큼은 안 그래서. 이야기 들어 보니 둘이

서 여자 이야기하는 거 같고."

순간 흠칫했던 마음을 다잡았다. 하여간 눈치는 빨라서. 버석하게 마른 비소가 입에 담겼다.

"충고 고맙게 받아들일게."

"아, 그리고 이거."

한 손에 들고 있던 자그마한 종이 가방을 장현이 불쑥 내밀었다. 안을 살펴보니 저번에 부탁한 찻잎이었다. 장현의 방에 들렀을 때 좋은 향이 나서 부탁했는데 못 구할지도 모른다고 해서 기대도 안 했더니 신경을 써 주었다.

종이 가방 안에 향긋한 차 내음이 그득했다.

"이제 좀 사람 같네. 세상 다 산 얼굴로 지내더니, 요샌 보기 좋다."

강의 등을 툭툭 치며 장현은 담뱃불을 꺼 버렸다. 담뱃불이 까물까물 사위어 들었다.

"그만 가 봐. 임 선생은 내가 챙길게. 집에서 기다리는 사람 목 빠질라."

다시 술자리로 섞여 들어가는 장현이 뒤로 손을 흔들었다. 고맙다는 말은 그래서 하지 못하고 서주가 있을 집으로 발걸음을 옮겼다.

아파트 단지 맞은편에 있는 아이스크림 가게를 무심히 지나치려다 발이 멈춰 섰다. 이불 덮어쓰고 한겨울에 먹는 아이스크림이 맛있다고 했던 서주의 말이 문득 기억났다.

가게 문을 열고 들어서자 딸랑, 종소리가 아담하게 울려 퍼졌다. 종업원이 친절하게 인사를 건넸다. 종류가 무수히도 많은 아이스크림 매대 앞에 서서 뭘 골라야 할지 몰라 고민하다 머리를 긁적였다.

이런 데도 처음 들러 보았다. 편의점이나 슈퍼 아이스크림만 사 먹어 봤지 이 나이 먹도록 다양한 종류의 아이스크림만 전문적으로 파는 곳은 처음인 탓이었다.

강의 난처함을 알아챘는지 종업원이 이것저것 설명을 해 줘서 골라 담아 포장을 했다.

"아내분이 참 좋아하시겠어요."

계산을 하려 카드를 내밀었는데 아이스크림과 함께 돌아온 종업원의 말에 머쓱하게 웃음이 지어졌다.

아내.

발음도 어색한 그 단어는 그럼에도 이질감이 느껴지지 않았다. 안녕히 가세요, 라는 종업원의 인사에 꾸벅 감사하다는 인사가 스스럼없이 나왔다. 집에 가는 발걸음이 너무 가벼워 이대로라면 날아갈지도 모른다는 어처구니없는 생각까지 들었다.

피식피식 새어 나오는 웃음을 감출 겨를도 없이 횡단보도 앞에 섰을 때 길 반대편으로 어째서인지 서주 같은 사람이 오도카니 주저앉아 있었다. 마침 횡단보도가 빨간불에서 초록불로 바뀌고 서둘러 뛰어갔을 때는 서주 같은 사람이 아니라 서주임을 확신했다. 그는 얇은 외투 하나 걸치고 옴팍 주저앉은 서주의 그 모습에 가슴이 철렁했다.

"왜 이러고 있어요?"

놀란 마음에 다급히 서주를 일으키자 철없이 서주가 배시시 입가에 미소를 띠었다.

"늦어서요. 혹시나 무슨 일 있나 해서. 전화하려다가 오빠랑 같이 있을까 봐서요."

"그래도 이렇게 추운데 왜 밖에서 기다려요. 나 횡단보도에서 얼마나 놀랐게요."

미안하다며 또 배시시. 걱정이 안도로 뒤바뀌어 강도 웃음이 흘러나왔다.

"이 길로 안 올 수도 있는데, 다음엔 이렇게 기다리지 마요."

서주의 손을 팔에 얹히고 천천히 길을 걸었다. 겨울의 밤바람은 차가웠다. 서주의 뺨이 그만큼 차갑다는 걸 말해 주고 있었다. 하얀 뺨 위로 붉은 꽃이 피어올라 만개한 채였다. 천천히 가던 길을 멈춰 세우고 외투를 벗어 서주의 어깨에 걸쳐 주었다. 손사래를 치는 서주에게 다시 팔을 내어 주고 길을 재촉했다.

"강이 씨도 춥잖아요."

"별로요. 술도 한잔해서 별로 안 추워요."

"많이 마셨어요?"

그러면서 서주가 가만히 코를 킁킁거렸다. 술 냄새를 찾으려는 듯했다.

"아뇨 딱 한 잔. 임 선생님이 권해서 한 잔 마셨어요."

"오빠는 많이 마셨어요?"

"내 걱정 좀 해요. 임 선생님이 주신 술 아니었음 안 마셨을 건데. 나 술 안 좋아하거든요."

읍, 하고 입을 다문 서주는 더 말을 하지 않았다. 미안하다는 암묵적인 표현이었다. 미안하다는 말을 듣기 싫다고 지속적으로 종용했더니 나타난 결과물인 셈이다. 그런 모습이 좋아, 그런 서주가 좋아 마음에 묵혀 두었던 이야기가 흘러나와 버렸다.

"나 어릴 적에 부모님이 눈앞에서 돌아가셨어요. 차 사고가 났는데 상대편 운전자가 음주운전을 했다나 봐요. 그래서 술 진짜 싫어해요."

누구에게도 하지 않던 어릴 적의 이야기. 다시 떠올리기도 암담할 정도의 사고였다. 모친의 생일이었고, 하여 외가에 다녀오다 난 사고였다. 뒷좌석에서 안전벨트를 맨 자신만 살았다. 앞좌석에 앉아 안전벨트를 하고 있던 부모는 그 자리에서 즉사했다. 아직도 그 기억이 생생하다. 병원에 와서 아무 말도 못 하고 눈물만 흘리던 조모. 말도 없이 우두커니 천장만 바라보던 조부. 그 모든 일이 생경했다.

자식들 앞세워 보내고 손자라도 살아 다행이라며 정작 자기 자식들 장례야 연미사야 일절 지내지 않던 조부모였다. 그것도 다 그들의 손자인 자신을 위해서였다는 걸 알아서 더욱 끔찍했다. 이제야 젯밥이라도 챙기는 신세가 되었지만 부모가 죽은 지 얼마 지나지 않았을 때는 조부가 젯밥 챙기는 것도 불같이 화를 냈다. 손자 버젓이 살아 있는데 뭐 하러 먼저 간 자식들 젯밥까지 챙기느냐는 이유에서였다.

처음에는 지옥 같았다. 불과 며칠 전까지만 해도 같이 책 읽으며 잠자리에 들던 부모가 순식간에 사라져 이승에 없는 사람이 되었다는 사실이 믿기 어려웠다. 조부모가 그 빈자리를 채우려 무던히 애를 썼지만 그 자리는 누군가가 대신 채워 줄 수 있는 자리가 아니었다.

부모의 정이 그리운 채 자라 왔다.

그런데 그 빈 공간을 서주가 온전히 채워 주고 있었다. 마치 거짓말처럼. 강은 사람 하나로 삶이 변할 수 있다는 말은 믿지 않았다. 도서관에서 몰래 서주를 훔쳐볼 때까지만 해도 이렇게까지 마음이 뻗치리라곤 예감할 수 없었다.

"미안해요. 어려운 이야기 꺼냈죠?"

"아니에요! 제가, 제가 더……."

해 줄 말을 찾는 것인지 서주가 머뭇거렸다.

"그냥 그래서 술 안 마신다는 말이에요."

"미안해요."

"또 그런다. 그 말 안 하기로 해 놓고선."

엘리베이터가 어느새 16층에 멈췄다. 익숙하게 마스터키를 대면 열리는 집 안은 훈훈했다. 사 온 아이스크림을 냉동실에 집어넣고 장현이 준 종이 가방을 서주의 손에 쥐어 주었다. 작은 종이 가방 입구에 코를 묻은 서주는 이내 향이 좋다며 또 배시시 미소를 터뜨렸다.

"우리가 무슨 일이 있어서 어긋나게 되면 오늘처럼 거기서 내가 기다릴게요."

전기 포트기에 물을 채워 전원 버튼을 켰을 때, 차 향기를 맡던 서주가 조용히 읊조렸다. 얼마 지나지 않아 포트기가 바르르 수증기를 일으켰다.

"무슨 뜻이에요?"

포트기가 꺼졌지만 찻물을 찻잔에 옮기지 못하고 서주 앞에 마주 앉았다. 여전히 종이 가방을 그러쥔 채 서주는 다시 말을 이었다.

"때에 따라 순간에 따라 사람이 서로 길이 어긋날 때가 있잖아요. 그럴 때는 내가 오늘처럼 거기 그 자리에서 기다릴게요. 너무 늦지만 않게 강이 씨가 찾아와 주면 돼요."

그게 무슨 뜻인지 알고 말하는 것일까. 서주는 그 말이 자신에게 어떤 말미를 주는지 알고나 하는 것일까. 무작정 서주의 말이 힘이 되어 가슴 깊숙한 곳에 자리 잡았다. 왈칵 눈물이 난 건 그래서였다. 부모가 죽고도 실감이 나지 않아 울지 않았던 눈물이 지금에 와서 왜. 서주에게 들키기 싫어 소리를 죽였다. 하지만 서주는 조심히 곁으로 다가와 다 아는 양 그의 목덜미를 감쌌다.

세상에 남겨진 외톨이처럼 혼자.

조부모가 있음에도 혼자라는 생각을 지우지 못했다. 도리어 차라리 부모가 죽었던 그날 자신도 같이 죽었어야 했다고까지 생각했다. 혼자 살아가는 세상이 죄스러웠다. 자신을 보며 자식 생각을 지울 수 없는 조부모에게도 면목이 없었다. 독립한 후로 여태까지 혼자 산 이유도 살아 있는 게 죄수 같다고 스스로 인정해 버렸기 때문이다.

"강이 씨 탓이 아니에요."

귓가에 바람처럼 속삭이는 서주의 말에 사뭇 죄인, 이라는 단어가 씻겨 나가는 것만 같았다.

"내가 눈이 안 보이는 것처럼, 세상에는 자신의 탓이 아닌 일들이 있잖아요."

자세를 고쳐 잡아 서주를 무릎에 앉혔다. 서주의 가슴에 얼굴을 감추고 숨을 내쉬었다. 서주가 보드라운 손길로 자상하게 머리를 만져 주었다.

"참 많이 고생했어요."

그 한마디에 참고 있던 울음소리가 무너져 내렸다.

기약 없던 봄이 도래했다. 온통 하얗던 세상은 딴 나라 이야기처럼 초록이 돋아났다. 사람들의 옷이 한 겹 얇아지고 대지에 스미는 바람이 순해졌을 즈음 서주는 보지 못하는 세상에 많이 적응하고 있었다. 활동 범위를 점점 넓혀 혼자서도 도서관 출입이 많이 용이해졌다. 그리고 강이 심혈을 기울였던 안내견과도 이제는 함께였다. 봄을 낮이할 때 서주의 곁으로 오게 되어 안내견의 이름은 그래서 당연한 듯 '봄'이 되었다.

봄이 스며든 어느 날 조부모의 집으로 향하는 길이었다.

한적한 도로를 차는 빠른 속도로 내질렀다. 봄의 풍경이 빽빽하게 이지러졌다. 차창을 내리자 봄의 바람이 넘어 들었다. 꽃향기와 풀냄새가 짙었다. 조금 더 달려 차를 멈췄다. 심호흡을 하고 물을 한 모금 마셨다. 눈앞에 있는 집에 들어서기가 여간 쉬운 일이 아니었다.

부모를 잃고 혼자 돌아왔던 그 집이다. 자식들을 잊지 못해 조부모가 떠나지 못하는 그 집. 차에서 내려 초인종을 눌렀다. 한달음에 달려 나온 경애의 이마에는 송골송골 땀이 맺혀 있었다.

조부모가 찾아오지 않는 이상 독립하고 나서 이 집으로는 발걸음 자체를 하지 않았다. 조부모만 지내는 공간엔 아직 부모의 흔적들이 고스란히 남아 있었다. 마주할 자신이 없었다. 부모를 잃고 한동안 그 집에 살았음에도 부모의 흔적을 마주하기란 쉬운 일이 아니었다.

그런 집에 발걸음 했다. 서주가 한번 찾아뵙고 먹을 것도 많이 싸 오라는 부탁을 해 왔다. 며칠 내내 처음 맛봤던 경애의 그 음식이 그립다고 몇 번을 간곡하게 청해서 쉽지 않지만 결국 이렇게 찾아오게 된 꼴이었다.

정원으로 들어서자 눈이 시릴 정도로 익숙한 풍경이 세월이 흘렀음에도 그대로였다. 이건 오롯이 조부모의 덕이었다. 자식들과 함께한 집을 떠나기는커녕 긴 세월을 지켜 왔다. 그가 앞서 걷던 경애를 뒤에서 왈칵 안아 버렸다. 말로 풀어내지 못하는 마음을 전했다.

"어제 잠도 한숨 못 잤어."

앞서 걷던 몸의 방향을 돌려 경애는 강을 마주 보았다. 다 안다는 얼굴로 손자를 매만지는 경애의 마음은 지금의 강보다 몇 갑절은 더 아프고 해졌을 것이다.

"와 줘서 고맙다. 할미 지금 이 자리에서 죽어도 이젠 여한이 없네."

경애와 다정히 손을 잡고 긴 정원을 걸었다. 모친이 가꾸던 텃밭도 고스란히 경애가 예전의 그때처럼 가꾸고 있었다. 사람 손이 많이 필요한, 해서 조부모의 힘만으로는 감당이 버거운 큰 집이었다. 이 집에 부모가 조부모를 모셨을 때 자기 자식들 결혼시켜서도 다 함께 데리고 살자고 했던 집이었는데 어쩌자고 조부모만 여기 남아 있는지.

거실에 앉아 있던 할아버지 말섭은 강을 보자마자 천천히 걸어와 껴안았다. 말섭은 눈물짓고 있었다. 강은 독립할 적에 다시는 이 집에 못 돌아올 것만 같다는 말을 남겨 놓고 나갔다. 그런 집에 다시. 말섭은 믿기지 않는 표정을 하고서 강을 소파에 앉혔다.

"이게 웬일이누. 네가 여길 다 오고."

"할아버진 좋아 보이시네요."

"그럼. 우리 손자가 이렇게 왔는데 할아비가 안 좋을 턱이 있나."

거실 장식장에는 그대로 부모의 사진들이 가득했다. 강의 기억에 존재하는 부모는 정말 좋은 분들이었다. 자식에게 아낌없이 주는 나무처럼 그랬다. 놀이공원을 가고 싶다면 시간에 맞춰 놀이공원을, 수영장에 가고 싶다면 없는 시간을 할애해 수영장을, 모든 걸 자식과 함께해 준 부모였다. 그래서이 현실은 허상 같았다. 부모가 없어진 세상은 허상에 지나지 않았다.

경애가 꿀에 쟀다는 인삼차를 내왔다. 한겨울에 부친이 매번 감기를 달고 사는 통에 경애가 해 주는 극약 처방인 차였다. 김이 피어나는 인삼차를 한 모금 들이켜니 부친의 것을 야금야금 옆에서 나눠 먹던 그 맛이 혀끝에 감겨들었다.

아직도 여전히, 조부모는 앞서간 자식들을 못 잊고 있었다.

지금 자신이 부모를 추억하듯이.

"맛있다."

찻잔 안에서 얇게 저민 인삼이 유영했다. 고상한 춤사위였다.

"그래, 무슨 일로 왔어? 할미가 간다니까."

경애는 본론이 궁금한 모양이었다. 찻잔을 내려놓고 가만히 한쪽 벽에 크게 걸려 있는 가족사진을 응시했다. 저것도 그대로구나. 속으로 생각했다.

"사랑하는 사람이 생겨서요."

차를 마시던 말섭과 경애는 허공에서 손짓을 멈췄다. 분산되어 있던 시선 둘이 그대로 강에게 박제되었다.

"사정이 있어서 지금 제 집에 같이 지내요."

"그래서 네 집에 오지 말라고 했던 거니?"

경애는 급히 찻잔을 내려놓고 되물었다.

"네."

"그럼 둘이서 동거를 한다고?"

"그냥 방을 나눠 쓰는 개념이에요. 같이 자거나 그러진 않아요."

말섭이 꼬치꼬치 캐묻는 경애를 조용히 진정시켰다. 밀려드는 질문은 그래서 잠깐 휴지 상태가 되었다.

다시 차를 음미했다. 이것도 싸 가서 서주에게 맛보여 주면 좋겠다는 생각을 하였다.

"앞이 안 보이는 사람이에요."

경애의 눈이 동그랗게 달라졌다. 말섭은 겉으로는 내색하지 않았지만 경애와 함께 많이 요동쳐 보였다.

"장애가 있다고⋯⋯?"

경애는 극도로 조심스러웠다. 무작정 누군가를 욕보이게 하는 성정이 아닌 탓도 크지만 남의 자식도 자기 자식만큼 귀하다고 여기는 성품에서 비롯된 행동이었다.

"네. 맞아요."

"혹시 기일에 아프다고 네가 배숙 가지고 갔던 그 친구니?"

"그것도 맞아요."

"그래⋯⋯."

처음과 같이 다시 차를 들이켜는 경애는 생각 외로 차분했다. 말섭도 차를 다시 마실 뿐 더 이야기하지 않았다. 그래서 천천히 서주의 이야기를 더 편히 하게 되었다. 어떤 사람인지, 그 사람으로 인해 어떤 생활을 하고 있는지 시간 가는 줄 모르고 이야기를 늘어놓았다. 경애와 말섭, 두 사람은 마치 기다리기라도 한 것처럼 서주의 이야기를 귀담아 들어 주었다. 그게 못내 고마웠다. 어려울 줄 알았더니 막상 하고 보니 그렇지도 않았다. 서주. 이름만 입에 담아도 기분이 좋아졌다.

한참 서주에 대해 이야기하다 시계를 보니 어느덧 3시간이 훌쩍 지나 있었다. 차를 몇 잔이나 마셨는지 헤아릴 수 없었다. 담담히 서주에 대해 듣던 말섭이 입을 뗀 건 그즈음이었다.

"그래서 앞으로는 어쩔 생각이냐."

"이대로 좀 더 같이 있을 예정이에요. 서주 씨가 좀 더 시간이 필요해서."

"그 여자 남은 평생을 책임질 마음이라도 있는 게야?"

말섭은 의미심장한 표정으로 물었다. 경애가 눈치를 줘도 물릴 생각은 없는 것인지 '아닌 거냐?' 하고 재차 물었다.

"그러고 싶어요. 제가 할 수만 있다면 꼭 그러려고요."

먼 앞일을 예측하거나 상상해 본 일이 없었다. 서주와 함께. 그것만이 당연한 명제였지 그 이상의 것을 욕심내면 안 될 것 같았다. 많이 가까워졌음에도 서주는 아직 정확한 대답을 내놓지 않았다. 그래서 마음이 앞서면 안 된다는 걸 알지만 조부모 앞에서 거짓말을 할 수는 없었다. 마음에 담은 사실을 그대로 말했을 뿐이었다.

"그래, 그거면 됐다. 장애가 무슨 소용이냐. 살아가면서 사람 일은 모르는 거라 했다. 당장에 네가 늙어 그 서주라는 사람의 도움을 받게 될지 누가 알겠냐."

"네 할아버지 말씀이 백번 맞다. 서주 양도 한 집안의 귀한 자식이겠지. 그런데 우리가 이래라저래라 한다고 네 마음 안 바뀔 거고, 괜히 나이 먹은 사람들이 나무라 봤자 서주 양만 마음고생할 거다. 우리는 괘념치 말렴. 네가 좋은 거면 우린 다 괜찮다."

그대로 경애는 자리에서 일어나 주방으로 갔다. 집에 있는 사람 혼자 저녁 먹게 하지 말라며 이것저것 싸 주겠다고 했다. 그래서 인삼차도 부탁한다고 말했다. 경애는 흔쾌히 싸 준다고 화답했다.

"네가 여기까지 온 건 순전히 서주라는 여자 때문이겠지."

다 안다는 음성으로 신문에 눈을 돌린 말섭의 말이었다.

"우리가 고마워해야 할 일이구나."

"사실 걱정했어요. 할머니 할아버지가 안 좋아하실까 봐."

"네가 좋은 일이면 네 할머니 말처럼 우린 다 괜찮다. 우리 걱정하지 말거라. 혼자 큰 거나 다름없는 네가 선택한 일은 언제나 우릴 기쁘게 했지 슬프게 한 일은 없었어."

신문에 시선을 붙박인 말섭은 어느새 많이 늙어 있었다. 어릴 때 기억으로 말섭은 오른쪽 눈가에 깊게 팬 주름이 없었다. 하지만 이제는 손등에 검버섯도 피었고 오른쪽 눈가에 자잘한 주름 뒤로 깊게 몇 가락의 주름도 있었다. 세월이 가긴 갔나 보다. 자식들이 죽어 시간이 가지 않을 것만 같다는 경애의 혼잣말을 들었을 때가 엊그제만 같은데 벌써 강도 나이를 먹어 가는 중이었다.

소파에 깊게 등을 묻었다. 부친의 무릎을 베고 누웠을 적에 안락함이 피부로 와 닿았다. 소파 하나조차 바뀐 것이 없는 집. 마치 세월이 비껴가기라도 한 듯 그대로인 집. 그 속에서 사는 사람들만 늙어 가는 집.

이건 그러니까 한때 내 부모의 집이었다.

"강아, 이제는 뒤돌아보지 말거라. 그리된 게 네 탓도 아니고, 너라도 살아서 우리도 살았다. 너 아니었으면 늙은 노인네 둘이 무슨 낙이 있었겠누."

신문에 가려져 말섭의 모습이 보이지 않았다. 짐작하건대 말섭은 울고 있었다. 아직도 죽은 자식들을 잊지 못했다. 그럼에도 살아가는 이유. 그건 죽은 자식들이 남기고 간 강 때문이다. 그 사실을 인지하고 있었기에 여기까지 찾아오는 길이 쉽지 않았다. 이 무수한 추억들을 마주하기 두려웠다.

"앞만 보고 걸어. 네가 좋아한다는 그 사람이랑 어떻게 살아갈지만 생각해라. 나머지 짐은 우리가 지마. 살아갈 날보다 살아온 날이 우리는 더 길지. 그런데 너는 반대잖니. 그러니 너만 생각해. 우린 이제 우리가 거둔 업보대로 떠나면 그만인 사람들이다."

넓게 펼친 신문이 접어들고 말섭의 모습이 보였다. 부친의 잔상이 남은 말섭의 모습에 눈이 시렸다. 눈을 감았다. 아직도 선연한 예전의 기억들이 천천히 머릿속을 스쳐 간다. 그곳에서 강은 부친과 모친의 손을 잡고 정원을 거닌다. 벤치에 앉은 조부모가 이리 오라며 손짓한다. 이제는 없어진 꿈같은 과거다.

"한숨 자고 일어나거라. 늦지 않게 깨워 주마."

자리에서 일어난 말섭이 경애의 곁으로 가면서 말했다. 수면제라도 먹은 듯 깊이깊이 잠이 들었다.

꿈결에 잊고 지낸 부모가 나와서 말했다.

괜찮아. 괜찮아. 괜찮아, 아가야.

가로등 불빛 아래로 형체도 작은 것들이 날아다닌다. 어떤 건지 자세히 보려 해도 가로등 불빛으로 눈이 부셨나. 보기를 포기하고 고개를 내렸다. 경애가 보기에도 무거워 보이는 가방을 조수석에 실어 줬다. 말섭은 전부터 좋지 않던 다리가 더 안 좋아진 탓에 걸음이 느렸다. 그래도 손자 가는 길을 보겠다고 기어코 배웅을 나왔다.

말없이 두 사람을 안았다. 각자의 손으로 자신의 등을 다독이는 이들에게 무슨 말을 해 주어야 할지 모르겠다.

"얼른 가. 늦었다. 저녁까지 먹이고 싶다마는 집에 기다리는 사람 생각도 해야지."

경애가 품에서 강을 떨어뜨려 놓았다. 말섭도 못내 아쉬워했지만 굳이 드러내진 않는다. 운전석에 앉아 시동을 걸었다. 차체가 부르르 떨렸다.

"한 번이면 된다. 어렵게 또 안 와도 돼. 네 마음 우린 충분히 아니까."

차창을 톡톡 두드린 경애의 말을 가슴팍에 품었다.

한 번이면. 단 한 번.

다시 올 수 있을지 기약이 없는데 경애는 그걸 다 알고 있다는 얼굴로 말한다. 완전한 내 편들이 아직 살아 있다. 부모를 대신해서 모든 것을 감내하며 그렇게. 마른 얼굴을 손으로 비볐다. 머금어지지 않는 미소를 억지로 입에 담았다.

"다음에 또 올게요."

조부모는 더 이상 말하지 않았다. 대신 두 사람 모두 미소로 화답했다. 언제까지 기다리겠노라는 낯빛이었다. 조부모를 뒤로하고 차를 출발시켰다. 차가 골목에서 벗어나는 내내 손을 흔들던 조부모는 점점 룸미러에서 작아져 이윽고 모습이 사라졌다.

봄이라는데 폐부를 찌르는 밤바람은 아직 차가웠다.

벚꽃이 분홍빛으로 휘날렸다. 바람에 가지에서 훌훌 털어지는 벚꽃은 자꾸만 발치에 따라붙었다. 아스팔트 도로가 분홍 잎이 분분히 번져 하얗게 변해 갔다. 볼 수 없는 풍경은 사람을 간지럼 태웠다. 작년의 봄과 같을까. 지금의 풍경은 그때와 같이 아름다울까. 눈이 멀어지기 전의 봄을 떠올렸다. 하얗게 부서져 내려 아름답던 그 봄의 벚꽃 나무는 털어낸 꽃잎을 뒤로하고 초록의 잎들을 피워 냈다. 생생히 기억나는 봄의 순간들. 그냥 샐긋 미소가 번졌다.

볼 수 있다면 더 좋았을 풍경이지만 이젠 그로 인해 낙담하거나 실망하지 않는 법을 배워 나갔다. 서주는 보지 못해서 느낄 수 있는 감각들에 더 귀를 기울였다. 그러자 세상이 다시 움직였다. 막연히 혼자 고립되었다는 망상에서 벗어나 다시 사람들 살아가는 세상으로 귀환했다. 보이지 않는 세상이 더는 혼란스럽지 않았다.

"서주 씨, 오랜만이에요."

상냥한 여자의 목소리. 그것은 오래 알고 지낸 점자도서관 사서였다. 커피 향이 짙었다.

"네. 안녕하세요."

서주는 해금에게 옆자리를 내주었다. 서주의 손에 음료를 쥐여 준 해금은 다소곳이 그녀의 손을 잡았다. 예전과 별반 다를 바 없이 해금의 손끝이 거칠었다.

"그 손 여전하시네요."

"그렇죠. 서주 씨 없으니 더 바빠서 그래요."

"새로운 봉사자는 들어왔어요?"

"아니요. 아직. 그래서 강이 씨가 괜히 고생이 많네요."

어렴풋이 한숨 소리가 들렸다.

봉사자를 구하기 쉽지 않은 현실이었다. 봉사 시간이 필요한 학생들도 반짝할 뿐 꾸준히 이어지진 않았고, 일반인도 일이 바쁘다는 핑계로 하다 곧잘 그만두곤 했다. 그런 사람들 틈바구니 속에 서주는 입력봉사를 십여 년 넘게 해 왔다. 이렇게 눈이 멀지만 않았어도 계속 이어 왔을 일이었다.

"강이 씨가 서주 씨 봉사 시간 계속 채워 주고 있어서 그나마 나아요."

"네?"

"몰랐어요? 서주 씨 그만두고 나서부터 강이 씨가 더 해 주겠다고 그러더라구요. 그래서 서주 씨가 하던 시간도 강이 씨가 맡아서 해 주고 있어요."

그랬구나. 그래서 매번.

강은 주말이 되면 봉사 시간보다 훨씬 전에 집을 나서곤 했다. 그에 따른 핑계가 항상 있었다. 다급한 환자가 생겨서. 병원에 일이 있어서. 만날 사람이 있어서. 매번 달라지는 핑계에 그냥 그런 줄로만 알았다. 자신이 했던 봉사 시간을 강이 대신 채워 주고 있으리란 예상은 전혀 하지 못했다.

그는 무슨 마음으로.

서주가 입력봉사를 하게 된 계기는 아주 사소했다. 대학을 입학하고 도서관에 필요한 자료를 찾으러 갔을 때였다. 한쪽 구석에 자리 잡은 점자도서관, 거기 유리문 앞에 붙은 포스터에 눈이 갔다. 입력봉사자를 구한다는 내용이었다. 무슨 일인지 알고 싶은 마음에 들어가서 정확히 어떤 것을 해야 하는지 물었다. 그때 친절하게 대답해 준 이가 해금이었다.

그것이 인연이 되어 해 왔던 일이었다. 봉사를 하면서 나름의 성취감이나 우월감 따위는 없었다. 그냥 자신이 치는 그 글들이 점자가 되어 눈이 안 보이는 사람에게 편히 읽혔으면 좋겠다는 바람밖에는.

봉사를 하면서 시간이 갔다. 대학을 졸업했고, 취직을 했고, 일을 그만두고 일상을 즐기기도 했다. 그 시간 동안 함께

한 봉사에서 많은 점자책이 태어났다. 그리고 졸지에 이제는 자신이 무수한 점자책을 읽게 되었다.

입력봉사는 이렇게 될 스스로를 위한 일이었는지도 몰랐다. 한 번씩 그런 예감이 들었다. 자신이 점자를 배워 점자책을 읽게 될 순간이 올지도 모른다는. 뜻밖에도 그런 상황이 현실이 된 지금, 그렇다고 마냥 서글프지만은 않았다. 차곡차곡 해 둔 일이 있어 그나마 위로가 되었다.

"아마 서주 씨를 위해서 그런 게 아닐까요."

발치에 앉아 있던 봄의 코 위로 벚꽃 잎 하나가 올라앉았다.

"서주 씨가 봉사 그만두고 연락이 안 된다며 강이 씨가 나한테 물은 적이 있어요. 알고 있던 집 주소를 가르쳐 주기가 좀 그래서 그냥 모른다고만 했어요."

바람결에 봄의 콧등에 앉았던 벚꽃 잎이 다시 날아갔다.

"그런데 어느 날 갑자기 저한테 서주 씨랑 만난다고 하더라구요. 그런데 서주 씨가 앞을 못 보게 됐다면서 앞을 못 보는 사람한테는 어떻게 대하는 게 맞냐고 물었어요."

"네……."

"그래서 똑같다고 그랬어요. 앞이 안 보인다고 다를 게 없다고. 처음에 힘들겠지만 어차피 사람 살아가는 데서 똑같이 살아가면서 먹고산다고. 그랬더니 강이 씨가 글쎄."

이야기를 하다 말고 해금이 뜬금없이 픽 웃어 버렸다. 웃음을 다잡으려 헛기침을 몇 번 하고는 다시 말을 이었다.

"그럼 서주 씨에게 변함없이 대해야겠다고, 그런데 서주 씨가 눈이 불편해서 끝내 그만둬야만 했던 시간들을 자신이 대신해서 해 보겠다고 했어요. 굳이 그렇게까지는 하지 않아도 되지 않느냐고 물으니, 서주 씨가 눈이 보일 때 가졌던 온전한 일상을 스스로가 대신해서라도 지켜 주고 싶다고 하더라고요."

"그래서 그렇게 된 거군요."

"그것도 그렇지만 한 가지 일이 더 있었어요. 오늘 새로 나온 점자책이 있어요. 그거 강이 씨가 대여해 갔거든요."

뜬금없는 엉뚱한 소리에 의아했지만 해금의 말을 끊진 않았다.

"그 책 강이 씨가 다 입력한 걸로 만들었어요. 봉사 시간 말고도 책 가져가서 타이핑해서 원고 그대로 가져왔더라구요."

가슴에서 울컥 무언가가 목 끝으로 올라왔다.

"아마 강이 씨는 서주 씨의 안 보이는 세상을 묵묵히 응원해 주는 게 아닐까, 하는 그런 생각이 들었어요."

눈시울이 점점 분홍빛으로 색을 달리했다.

"예쁘잖아요, 그 마음이."

가슴이 정처 없이 흔들렸다.

"네, 정말 그러네요……."

"책 타이핑한 걸 강이 씨가 검수까지 다 했다며 가져왔었어요. 책이랑 토씨 하나 틀리지 않게 해 왔더라구요. 그러더니 점자로 나오면 자기 먼저 빌려 달래서 그렇게 했구요."

"감사합니다."

"권력 남용 좀 했어요. 원래 대여해 주는 기간보다 훨씬 많이 썼으니까 천천히 읽어요."

해금은 자리를 툭툭 털고 일어났다. 서주의 정수리 위로 벚꽃 잎이 많이 떨어졌다고 그것도 잊지 않고 조심스레 털어주었다.

"내가 보기엔 누구 하나가 서로한테 기울어지지 않게 서로가 서로한테 좋은 사람인 거 같아요, 두 사람."

그 말만 남겨 둔 채 해금은 종종 걸음으로 멀어져 갔다. 코로 깊숙이 숨을 들이쉬었다. 서로가 서로한테 좋은 사람. 그건 마치 자신에게는 해당되지 않는 말 같아 거리감이 들었다.

이 자리는 강에게 별로 해 줄 것이 없는 자리였다. 처음의 예상과 별반 다르지 않았다. 그저 강에게 받는 것만으로도 버거워지려 했다. 서환에게 그러했듯 강의 병원일이 늦어지면 도시락이라도 싸다 줄 수 있는 일도 못 한다. 사소한 것부터 큰 것까지, 그 모든 것은 강의 힘으로 이루어졌지 자신의 힘으로 이루어지진 않았다.

이래서 관계를 쉽게 정의 내리지 못했다. 마음이 가 닿지만, 그래서 말하고 싶지만 그러기엔 턱없이 모자란 자신이 비춰진다. 강은 대답을 기다리는 눈치였지만 그렇다고 재촉하진 않았다. 어떤 대답이 그를 기쁘게 해 줄지 누구보다 잘 알면서도 어쩐지 입에서는 돌이라도 물고 있는 양 무거워졌다.

하릴없이 까마득한 물속으로 가라앉는다.

"미안. 오래 기다렸죠?"

끝이 보이지 않는 물속에서 서주를 끌어 올린 건 다시 강이었다.

당신은 이다지도 예쁜 마음을 가지고 왜 나한테. 하필이면 나 같은 사람한테. 하고 싶은 말을 목구멍으로 꾸역꾸역 삼켰다. 들어 봤자 강이 좋아할 말이 아님을 알아서였다. 가만히 몸을 바람에 맡겼다. 벚꽃 잎이 감기는 바람은 온후했다. 마치 모든 것을 감싸는 강을 닮아 있었다.

"내 봉사 시간까지 강이 씨가 맡았다면서요."

"사서님이 말해 주셨구나. 서주 씨한테 말하지 말아 달라고 부탁했는데."

바람결에 의지해서인지 심중에 묻어 둔 것이 저릿하게 아파 왔다.

"괜찮을까요?"

"뭐가요?"

"이런 나라도……."

마음이 툭 튀어나왔다. 이러면 안 된다고 생각했지만 머리와 마음은 반대처럼 행동했다.

"이런 나라도 강이 씨는 괜찮을까요?"

캄캄한 세상 속에 손 뻗어 준 그를 더 이상 물리칠 재간이 없었다. 그저 이대로. 마음이 가닿는 대로. 크고 강직한 그의 손을 잡았다. 다정한 온기가 노도처럼 밀려와 살갗 깊숙이 배어들었다.

"별로 해 줄 수 없는 나 같은 사람이라도 강이 씨는 정말……."

"서주 씨, 나는 나 혼자 잘 살 수 있는 사람인 줄 알았어요. 여태까지도 그렇게 잘 살아왔거든요."

서주의 말을 강이 가로막았다. 환한 얼굴로 그는 말하고 있었다.

"그런데 서주 씨를 만나고, 서주 씨랑 시간을 보내고, 그러면서 깨달았어요. 아. 나는 이제 비로소 숨을 쉬면서 사는구나, 하고."

서주의 만면으로 얇은 햇빛이 들이쳤다. 그 빛을 강의 큰 손이 가림막처럼 우뚝 가려 주었다.

"내가 서주 씨한테 해 준 게 많다고, 그래서 도리어 서주 씨는 나한테 해 준 게 없다고 생각한다면 그러지 말아요."

"그렇지만…… 그래도."

"물질적으로 받은 게 없다고 마음까지 안 받은 건 아니니까요. 난 서주 씨한테 물질적으로 헤아릴 수 없는 많은 마음을 받았어요. 그게 날 지탱하게 해요. 이보다 행복할 수 없는 순간들을 서주 씨 덕에 살아가고 있어요."

그와 잡은 손이 미약하게 떨렸다. 자신의 속내를 대변하는 손의 떨림이었다.

"우리 친구 그만둬요."

서주의 냉철한 한마디에 일순 강의 표정이 굳었다.

"친구 그만두고, 우리 애인 할까요?"

굳은 표정이 풀어진 건 새침한 서주의 물음 때문이었다. 강이 품, 하고 작게 웃음을 터뜨렸다. 동시에 서주의 뺨이 발긋하게 물들었다.

"그거 내가 한 고백의 대답이에요?"

"아마 그럴걸요."

"대답치고 너무 저돌적인 거 아닌가."

서로 맞잡던 손을 풀어 헤치고 강이 무언가를 서주에게 건넸다. 질감에서 느껴지는 빳빳함은 책이었다. 손끝에 전해지는 책이 말한다. 이건 분명히 새 책이라고. 아직 누구도 보거나 만지지 않은 완벽한 새것이라고.

"사서님이 서주 씨한테 미주알고주알 다 말했죠? 그래서 이거 뭔지도 알죠?"

"고맙다는 말로 설명이 다 안 될 거 같아요."

책을 쓸어 보았다. 아직 누구의 손끝에도 읽히지 않은 점자들이 선명하다.

"기다리는 행복."

한없이 높은 하늘을 올려다보던 강이 말했다.

"책 제목이요. 참 예쁘지 않아요?"

"네. 예쁘네요."

"내용이 더 예뻐요. 그래서 이 책은 꼭 서주 씨한테 읽어 보게 해 주고 싶었어요."

잠잠하던 바람이 다시 불어와 길섶에 가라앉은 벚꽃 잎이 조용히 휘몰아쳤다. 머리 위에 가지를 길게 뻗은 나무에서도 우수수 벚꽃 잎이 떨어져 내렸다. 바람결에 강의 향기가 났다. 천천히 강의 향기가 가까워지며 강의 입술이 서주의 입술 위로 꽃잎처럼 살포시 내려앉았다. 말캉한 촉감으로 느껴지는 강의 입술은 뜨겁기도 따뜻하기도 했다. 심장이 터질 듯 쿵쾅거렸다. 가슴이 꼭 벚꽃 잎을 틔운 봄처럼 설레었다.

"서주 씨가 이 책처럼 예쁘니까."

서로 포개었던 입술이 떨어졌지만 입술에 그의 온기가 고스란히 남아 있었다.

"나 서주 씨 남자 친구, 그거 해 보고 싶어요. 그러니까 우리 애인 해요."

두근두근.

봄의 약동처럼 심장이 울렸다.

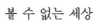

볼 수 없는 세상

애인. 다른 말로 연인. 같이 마음을 나눈다는 뜻의 단어인.
서주와 관계된 그 단어 하나가 작은 씨앗이 되어 가슴에서
나무가 자라났다. 이 나무는 서주가 물을 어떻게 주냐에 따
라 크기가 바뀌곤 했다. 처음에는 피골이 상접해서 나무인지
도 몰랐다가 지금은 우거지고 빽빽해져 나무의 심지가 보이
지 않을 정도로 커져 있었다.

애인.

서주의 애인.

서주의 남자.

되뇌어 보는 단어들만으로 가슴이 설렜다. 이건 그래서 행복의 전조였다. 지금도 행복하지만 앞으로도 창창하게 행복할 거란 전조. 세상이 분홍빛으로 보였다. 존재하는 모든 사물에게서 미약하게 분홍빛이 흘러나왔다. 사랑을 하는 순간 모든 것들이 분홍빛으로 바뀐다더니 그 말이 거짓은 아닌 모양이었다.

"여기요."

서환이 건네준 커피를 받았다. 기어코 자신이 사겠다 해도 앉아 있으라며 사 온 커피는 인스턴트커피보다 비싼 아메리카노였다. 향은 좋았지만 쓴맛을 예상해서인지 입에 쉬이 가져가질 못했다.

"달달하게 해 왔으니까 마시세요."

"아, 감사합니다."

"자판기 커피처럼 단 거 좋아하신다면서요."

어느새 장현이 말해 버린 것인지 서환이 강의 취향을 파악하고 있었다. 만나면 장현의 입을 때려야겠다고 다짐했다. 어쩔 수 없어 아메리카노를 한 모금 마셨다. 서환의 말처럼 달달했지만 그러나 말미에서 쓴맛이 강렬하게 다가왔다. 이래서 인스턴트커피 말고는 다른 커피는 별로였다. 굳이 비싼 돈을 지불해 가며 먹는 맛이 왜 이래야 하는지 이해가 가질 않았다. 술이나 담배도 그중 하나인 것들이었다.

"쓴가요?"

강의 표정을 읽은 것인지 서환이 물어 왔다.

"아뇨. 먹을 만합니다."

"그럼 다행이네요."

자기 몫의 커피를 마시는 서환은 어쩐 일인지 콧노래를 불렀다. 같이 밥을 먹을 때도 그러더니. 무슨 좋은 일이 있는 게 분명했다.

"좋아 보입니까?"

"네?"

"주 선생님이 저한테 좋은 일 있냐고 물으실 거 아닌가 해서요."

서환은 꼭 저랬다. 마치 서주처럼. 사람을 다 꿰뚫고 있었다.

서주도 그러했지만, 서환은 서주보다 더했다. 사람의 앞을 가지 뒤를 가진 않는다. 그래서 어쩌면 저토록 성공했을지도 모를 일이었다. 지방대 출신답지 않게 어마어마한 논문 양과 수술 케이스들. 인맥도 없이 이 자리까지 올라앉은 대단한 사람이었다.

"맞아요. 무슨 좋은 일 있으십니까?"

"동생이 곧 여행에서 돌아온다고 해서요."

덜컥. 일순 심장이 추락해 단애로 떨어졌다. 분홍빛 세상이 막막한 암흑에 잠기는 순간은 많은 시간을 필요로 하지 않았다. 잠깐 사이에 막막해진 기분으로 나동그라졌다.

이젠 정리를 하려구요.

주말에 점자책을 읽던 서주가 나지막이 말했다. 강이 만들어 준 그 책이 좋다며 한참을 끼고 살다 반납일이 도래해 가져다주고 새로운 책을 빌려온 날이었다. 지극히 평범한 날에 평범한 날씨였던 그날 서주는 결심한 듯했다.

오빠를 먼저 만나야겠어요.

가까운 시일 내에 그렇게 하겠다는 뜻을 비친 서주는 힘들어 하거나 괴로워하지 않았다. 단지 자신이 보기에 안쓰러웠다. 아픈 시련을 또 감내해야 할 서주가 딱했다. 처음엔 가족에게 말하는 것이 좋지 않겠느냐고 서주를 설득했지만, 이제는 솔직하게 털어놓겠다고 말하는 서주를 좀 더 붙잡고 싶은 욕심이 그래서 강에게 생겨났다.

스스로한테 떳떳해지고 싶어요. 누구에게가 아닌 나 스스로한테.

그렇게 말하는 서주에게 뭘 더 어떻게 할까. 그저 알겠다고 했다. 서환에게 진실을 고할 때 꼭 자신을 데려가라는 부탁을 하고 붙잡기보다 응원하는 쪽을 택했다. 이내 서주가 환히 웃었다. 고맙다는, 그런 뜻의 미소였다.

생각이 뻗어 나가 몽우리를 틔울 즈음 아메리카노는 바닥을 드러냈다. 물처럼 마셔 댄 탓이었다.

"동생이 오면 맛있는 밥 한 끼를 해 주고 싶어서요."

아직 반이 넘게 남은 아메리카노 잔을 빙빙 돌리며 서환이 말했다.

"이 흰 가운을 처음 입었던 날에 동생이 축하한다며 따뜻한 밥을 지어 놓고 날 기다려 줬어요. 아직도 그날을 잊지 못하거든요."

하얀 가운을 자랑하듯 으스대는 서환은 서주가 축하해 준 그날을 정말로 잊지 못하는 듯했다.

"그래서 똑같이 해 주고 싶다는 뜻이군요."

"마음은 그런데 아마 실력이 못 따라갈 겁니다. 그 녀석 요리에 꽤 능숙해서요. 아마 저는 그런 맛은 못 내지 싶습니다."

"그래도 임 선생님 동생분은 좋아해 주지 않을까요."

"그럴 겁니다. 그 녀석 성격에 그러고도 남죠. 칠락팔락 웃으며 자기가 세상에서 제일 행복한 사람인 양 굴 거예요."

단숨에 남은 커피를 서환이 입에 털어 넣었다. 쓰긴 쓰네요, 하고 퍼석한 농담을 던지는 일도 잊지 않은 채로.

"혹시 동생이 온다는 그날, 저도 초대해 주실 수 있습니까?"

농담 뒤에 이어진 타인의 진담으로, 그래서 서환의 의아한 눈초리는 강의 것이 되었다.

"굳이 그럴 필요까지 있습니까? 가족끼리 보내는 오붓한 시간을 주 선생님이 방해할 이유가 없다고 보입니다만."

장현이 했던 말이 떠올랐다. 웃는 얼굴과 사람 좋은 건 별 개라는. 엄중하고 날카롭게 변한 서환의 인상이 장현의 말이 사실임을 증명했다. 하지만 주눅 들지 않았다. 앞에 이보다 크게 감당해야 할 진실이 남아 있었다.

그래서 실상 이런 상황이 무섭거나 당혹스럽지 않았다.

"저한테 소개시키고 싶으시다면 제가 하는 제안을 거절 못 하시는 게 맞다고 봅니다만."

"그렇단 말은 주 선생님께서 제 동생이 마음에 드신다는 이야기입니까?"

"네. 임 선생님한테 전해 듣는 서주라는 분한테 마음이 갑니다."

이건 거짓의 일환이었다. 지금까지 서환에게 해 온 무수한 거짓말 중 단 하나. 나중에 어떻게 될지언정 지금은 아직 거짓말을 할 필요성이 있었다. 서주의 입으로 진실이 나오기 전까지 이 거짓말들은 유효했다.

"좋습니다. 대신."

말을 한 템포 쉬어 나간 서환은 노여움을 사그라뜨렸다.

"제 동생을 잘 봐 주셨음 합니다. 제가 한 선택이 맞다고 확신이 들 게 말입니다."

있는 그대로 서주를 봐 달라는 그런 뜻이었다. 알겠다는 말 대신 고개를 주억였다. 홀연히 자리에서 일어난 서환은 강의 손에 들려 있던 빈 잔을 앗아 갔다.

"이건 제가 대신 버리겠습니다. 약속 시간 정해지면 알려 드리죠."

커피도 서환이 샀는데 쓰레기 처리마저 서환이 담당했다. 아. 타이밍을 놓쳤다. 쓰레기는 자신이 버렸어야 하는 건데. 어쩔 수 없이 그에게 겁먹은 건가. 서환이 뜬 자리를 바라보며 강은 헛웃음을 쳤다. 어쩐지 어깨가 무거워져 의자에 진탕 기대앉아 버렸다. 서주의 오빠. 서주의 아버지. 생각만으로도 몸서리가 쳐지는 난관들이었다. 내가 이럴 정도면 서주는 더하겠지. 그때였다. 주머니에서 잠잠하던 휴대폰이 울렸다.

서주였다.

"네, 임서주 씨 남자 친구입니다."

전화기 너머로 푸흡, 하는 웃음소리가 들렸다.

―그 소개말 마음에 드네요.

"의왼데. 닭살스러워서 싫다고 할 줄 알았더니."

―아니요. 완전 마음에 들어요. 좋아요, 그거.

"서주 씨가 좋으면 나도 좋아요."

자지러지게 웃는 서주의 음성이 듣기 좋았다. 요새 부쩍 잘 웃는 서주의 모습은 보는 사람으로 하여금 에너지를 만들어 냈다.

―뭐 해요, 지금?

"서주 씨 오빠가 사 주신 커피 한잔 마시고 농땡이 치는 중이요."

―오빠랑 되게 친해졌나 봐요?

"그런 거 같기도 하고 아닌 거 같기도 하고. 어렵네요."

―우리 오빠가 어려운 데가 좀 있긴 하죠.

농담 섞인 말을 한참 주고받다 돌연 정적이 찾아왔을 때 먼저 입을 연 건 강이었다.

"서주 씨."

―네. 말해요.

"가족들한테 말하면 서주 씨는 집으로 돌아가요?"

―아마도 그렇게 되겠죠.

서주가 돌아가면 집도 다시 사람 온기 없는 예전처럼 돌아갈 터였다. 목울대에 몽글몽글한 무언가가 솟아올라 왔다. 내심 섭섭한 마음이 들었다.

―자주 만나면 되니까.

서주의 목소리에도 힘이 없었다.

―난 괜찮은데, 강이 씨는 안 괜찮을까요?

"네. 난 별로예요. 그래도 서주 씨가 좋으면 괜찮은 척할게요."

기운이 쭉 빠졌다.

―내 애인 힘내요.

자그맣게 서주가 소곤거렸다. 흐물흐물 풀려 버린 자신을 다잡아 주는 건 아무래도 서주 쪽이 탁월한 능력을 지님에

틀림없었다. 서글프지만, 해서 마음이 공허했지만 빙그레 웃음이 났다.

"사랑해, 임서주."

전화기 너머에서 속삭이는 이 말이 서주에게 잘 전달되길 바랄 뿐 더는 욕심내지 말자고 스스로를 자위했다.

긴 원피스에 노란 카디건을 걸쳤다. 강이 유독 좋아하는 이 카디건은 서주가 직접 짜서 만든 옷이었다. 실을 사러 공방에 들렀는데 유독 노란 실이 예뻐 보여 뜬 거였다. 공방 사람들이 보는 족족 예쁘다며 얼마 주면 팔겠냐는 소리까지 들었을 정도였다. 하지만 이제는 촉감으로 알고 있을 뿐 쨍하게 노랬던 그 실의 색깔은 서주의 기억 속에서 빛바랬다.

오늘도 혼자 도서관을 갈 생각이었다. 강이 없는 집에선 시간이 잘 가지 않았다. 이렇게 외출이라도 해야 시간이 갔다. 책을 읽으며 점자를 더 익히고 그러다 보면 까무룩 저녁이 되어 강이 돌아올 시간이 되었다.

그가 없는 시간은 시간이 아닌 것 같은 느낌을 받는다. 초침이 빠르게 움직여 분이 되고, 분침이 움직여 시가 될 뿐 강이 없을 때 시간의 개념은 그 이상의 것이 되지 않았다. 그래서 노력했다. 그 없이 혼자서도 보낼 수 있는 시간을 점차 만들어 나갔다. 그래서인지 이젠 강이 없는 시간이 마냥 무료하지만은 않았다.

사랑은 위대한 힘이 있었다. 사람을 좌절의 구렁텅이에서 빠져나오게 했다. 하염없이 진흙 속에 먹혀 들어가는데도 그 깊이가 깊어지지 않는다. 흔히들 말하는 사랑은 그래서 좋은 건지도 몰랐다. 사람 하나가 전에 없이 바뀌어 가는 것만 보아도 그러했다. 암흑 속에 갇혀 있어도 사랑은 빛을 휘감고 길을 안내해 줬다. 강의 곁에 그래서 닿을 수 있었다.

봄과 함께 엘리베이터를 기다렸다. 이내 딩동, 하는 소리가 들렸다. 천천히 열리는 문 사이로 봄이 먼저 발걸음을 터벅터벅 옮겼다. 그리고 서주도 엘리베이터를 타려는 찰나. 그녀의 손이 누군가에 의해 붙잡혔다. 섬뜩 놀라 주춤하다 손에서 전해지는 타인의 체온이 피부로 와 닿았다. 세게 움켜쥐지도 않고 최대한 살짝 잡아 보려는 그 손놀림에 움츠러들었던 몸이 조금이나마 이완되었다.

"혹시 임서주 양인가요?"

조심스레 물어 오는 여성은 곱게 나이가 든 목소리를 가지고 있었다.

"네. 그런데 저를 어떻게 아시는지?"

"반가워요. 나는 강이 할미 되는 사람이에요."

반가움보다 덜컥 놀란 맘이 컸다. 이야기로만 전해 듣던 그의 조모를 이렇게 빨리 볼 줄 모르고. 서둘러 나가려던 걸음을 돌려 집으로 향했다. 긴장한 주인의 기색을 봄도 알아차렸는지 현관에 들어서자마자 거실에 들어가지도 않고 신발장 앞에 얌전히 앉았다.

서주는 자신이 직접 차라도 대접하려 했지만 그마저도 경애가 하겠다 하는 바람에 영락없이 소파에 앉은 몸이 되었다. 침묵을 조용히 견뎌 냈다. 주방 상부 장이 여닫히는 소리가, 포트기에서 물이 끓는 소리가, 달그락거리는 찻잔 소리가 다 끝나고서야 경애가 서주를 향해 자리를 잡고 앉았다.

이건 무슨 상황인지 납득하려 해 봐도 납득되지 않았다. 강에게도 미리 듣지 못한 이야기였다. 그러니까 적어도 이런 식으로 강의 가족을 마주하리라 의심하지 못했다.

"미안해요. 내가 불쑥 찾아와서 놀랐나 보네요."

"아니에요. 괜찮습니다."

찻잔을 서주의 손에 슬며시 쥐여 주는 경애는 강과 같이 다정했다. 강은 이런 성정을 보고 자라서 그런 거겠지, 하고 속으로 생각했다.

"따뜻할 때 들어요. 기관지가 약하다고 들어서, 내가 가져온 차예요."

찻잔을 입 가까이에 가져오자 배 향이 그윽이 풍겨졌다. 대추 향도 약간 섞여 있었고, 도라지의 향도 어느 일부분을 차지하는 듯했다. 한 모금 입안에 머금자 예상했던 대로 달큼하고도 쌉쌀한 맛이 혀를 휘감았다. 눈이 녹듯 경직된 몸이 풀렸다.

"차가 맛있어요."

"맛있어서 다행이네요. 챙겨 오면서 아가씨 입맛에 안 맞으면 어쩌나 걱정했는데."

서주가 마시는 걸 보고서야 한 모금 들이켜는 경애의 입술에 커다랗게 자루바가지 같은 미소가 걸렸다.

"작년에 담았는데 맛이 좋네요."

"감사히 잘 마시겠습니다."

그러고는 다시 막막한 적막이 찾아왔다. 누구에게도 편하지 않은 자리였다. 그래서 일부러 침묵을 깨뜨리려는 노력을 서주는 하지 않았다. 한참을 차 마시는 소리만이 적막을 대신했다.

"이런 자리 어렵겠죠. 미안해요. 내가 알면서도 찾아왔어요."

"아니에요. 전혀 그렇지 않아요."

서주는 수많은 대처를 생각했다. 연애한다는 것만으로도 강의 집안에 노여움을 살 것이 짐작이 갔기에 이런 상황에는 이렇게, 저런 상황에는 저렇게 해야지 줄곧 마음을 먹고 있으면서도 막상 맞닥뜨리니 머릿속이 희뿌옇게 백짓장이 되었다.

"저는 그러니까……. 죄송합니다."

경애가 아연실색하며 찻잔을 내려놓았다. 허공으로 찻잔이 소서에 부딪히는 소리가 명향했다.

"죄송하다는 말밖에 드릴 말이 없어서 더 죄송합니다."

죄인처럼 무릎을 꿇으려 했다. 말로는 다 설명할 길이 없어 할 수만 있다면 행동으로라도 보이고 싶었다. 하지만 경애가 그런 서주를 붙잡았다.

"이러지 말아요. 내 손자가 이 모습을 보면 얼마나 마음 아파하겠어요."

다정히도. 눈이 시큰해질 정도로 다정히. 경애는 가만가만히 서주의 등을 쓰다듬었다.

"그냥 정말로 한번 보고 싶었어요. 도통 여자 이야기는 입에 안 담는 애인데, 불쑥 집에 찾아와 서주 양 이야기를 해서. 대관절 어떤 사람이기에 우리 손자가 애걸복걸하나 싶어서요."

"죄송해요……. 강이 씨 욕심내서 정말 죄송합니다."

"왜 그런 말을. 무슨 신파 찍으러 온 것도 아닌데 이러면 내가 불편해서 도로 가야 할 판이에요."

"죄송합니다."

괜찮다고 그 말은 그만하라며 서주의 손에 다시 찻잔을 쥐여 주는 경애는 아름다웠다. 눈으로 볼 수 없지만 그 아름다움은 눈을 꿰뚫어 가슴속에 비춰졌다. 달콤한 차 때문인지 아름다운 경애 때문인지 모르겠으나 아차 하면 눈물이 날 거같아 서주는 눈가에 힘을 주었다.

"우리 집 영감은 말렸어요. 나중에 강이가 소개시키면 보자면서. 그런데 이 늙은이가 도통 참을 수가 있어야 말이죠."

"감사해요. 이렇게 찾아와 주셔서. 제가 가서 만나 뵈어야 하는 건데."

"누구든 그 길이 편한 사람이 오면 되는데 사람들은 그걸 예의라고들 해요. 알고 보면 그런 건 예의가 아닌데 말이에요."

많이 배우고 많이 아는 사람은 경애와 같은 모습을 하지 않았을까. 문득 그런 생각이 들었다. 말 하나에도 조심스러우면서 격식 있게. 강이 말을 예쁘게 하는 건 그래서 경애를 닮아 있었다. 어렴풋이 강의 유년 시절이 그려졌다.

"서주 양은 대견하네요."

자신의 자식한테 말하듯 경애가 말했다.

"강이한테 전해 듣는 말로 서주 양이 이런 사람일 거라 분명 예상하고 왔는데 막상 보니 예상했던 것보다 더 잘 지내는 것 같아 내가 다 보기가 좋아요."

찻잔 주둥이를 매만졌다. 매끈한 표면에 손가락 끝이 굴러가듯 미끄러졌다.

"마음이 한결 놓여요."

후련한 짐을 내려놓는 것처럼 경애는 길게 그리고 조용히 숨을 뱉어 냈다.

"강이는 많이 겉돌았어요. 우리 손으로 무언가를 해 주기 전에 알아서 척척 다 해 놓고는 우리에게 아무것도 필요 없다고 손사래 치는 애였거든요."

서주는 경애의 말에 귀를 종긋 기울였다.

"그런 애가 난데없이 서주 양을 사랑한다고 하더니, 몇 시간을 앉아서 서주 양 이야기를 했어요. 살다 보니 이런 날도 있구나 했네요. 학교 다닐 때도 친구 이야기 하나 나불나불 안 하던 애가 그날은 입 아픈 줄도 모르고 종일. 그래서 서주 양을 찾아와 꼭 고맙다는 인사를 하고 싶었어요."

"아니요. 그런 말은……. 제가 외려 더 감사하고 죄송합니다."

"나는 서주 양이 마음에 드네요. 마음 예쁜 아가씨가 내 손주 옆에 있어 줘서 너무너무 고마워요."

다소곳이 서주의 손등을 다독이며 경애는 울었다. 부모 없는 손주가 한평생 마음에 걸리다 한시름 놓은 듯, 이제는 걱정이 없다는 얼굴을 하고 있었다.

"이만 가 봐야겠네. 잠깐 얼굴만 보려고 했는데 오래 붙잡아서 미안해요."

서둘러 짐을 챙긴 경애는 자리에서 일어났다. 뭐가 그리도 급한지 황황히 현관으로 나가려는 경애를 서주가 일어나 뒤쫓았다. 그리고 다급히 경애를 붙잡았다. 허공에서 겨우 찾은 경애의 손을 꼭 다잡았다.

"좀 더 있다 가세요. 같이 강이 씨랑 저녁도 드시면 좋잖아요."

그런데 경애가 난데없이 자신이 하고 있던 스카프를 풀어

서주의 목에 감아 주었다. 아이보리색의 스카프는 서주의 카디건과 썩 잘 어울렸다.

"목이 너무 허전해 보이네. 봄이라도 목에 두르고 다녀요."

스카프 하나 목에 감았다고 그렇게 따뜻할 수가 없었다. 경애의 체온이 서주의 목에 서렸다.

"할머님 이렇게 가시면 서운하시잖아요."

"오늘 만난 건 우리 두 사람 비밀로 해요."

현관에서 벗어 두었던 구두를 마저 신고 경애는 앞으로 넘어온 서주의 머리를 뒤로 정리해 주었다.

"우리 강이 잘 부탁해요."

따뜻한 품으로 서주를 안은 경애가 하릴없이 다정히 말했다.

"다음에는 오늘보다 더 많이 웃고, 더 씩씩하게 만나요. 늙은이 명령이에요."

그렇게 현관을 나서는 경애는 가만 앉아 있는 봄에게 주인 말 잘 들으렴, 하는 마지막 말을 남겨 두고 떠났다. 그녀는 눈물을 감추고 싶었던 경애의 속을 알아 더는 붙잡지 않았다.

다시 휑해진 거실은 배청의 향이 둘러싸고 있었다.

"많이 긴장했어요?"

잔뜩 굳은 채로 길을 걷는 서주는 안색이 창백했다. 그제부터 잠을 설치더니 결국 컨디션이 좋지 않은 듯 보였다. 말을 걸어도 단답형의 대답만 돌아올 뿐 길게 말하지도 않았다. 해 줄 수 있는 게 가만히 팔을 빌려준 채 서주와 같이 걸어 주는 일밖에는 없었다.

이 익숙한 길을 거쳐 서주는 자신의 집으로 걸어갔다. 곧 서환을 마주해야 한다. 며칠을 설치고 설쳐, 몇 밤을 까마득히 지새우고 드디어 만날 서주의 가족이었다. 며칠째 컨디션이 좋지 않은 탓인지 약간 미열도 동반하고 있었다. 괜찮으냐 물어도 돌아오는 대답은 고작해야 네, 였다.

대문 앞에 서서 가지고 있는 열쇠로 문을 열었다. 대문에서 현관까지 그 짧은 거리가 슬로모션처럼 느릿하게 지나간다. 딩동, 하는 초인종 소리와 함께 마주한 서환은 그득한 반가움이었다가 냉랭한 차가움이었다.

"너, 어째서 주 선생이랑 같이 와?"

서주는 눈을 감고 있었다. 아직 초점 없는 눈으로 서환을 바라보기 전이었다. 그래서 집으로 먼저 들어가자고 한 건 강이었다. 익숙한 집의 풍경이 그러나 서환의 짐들이 채워진 집은 서주가 비워 둔 지 꽤 되었는데도 서주의 향기가 났다. 서주를 먼저 조심스레 식탁에 앉혔다. 의아해하는 서환도 곧장 서주와 마주 앉았다. 해서 강은 서주의 옆자리에 앉았다. 두 명의 시선과 셋의 마음이 엉겨들어 냉랭한 집 안의 공기를 데웠다.

"주 선생님은 빠지시고. 임서주 네가 말해 봐. 지금 이거 뭐야?"

극도로 차가워진 서환의 음성은 병원에서 들어 보지 못한 것이었다.

"오빠. 이야기할 게 있어서 왔어."

"그럼 여행은 마친 게 아니야? 여행에서 돌아와서 온다고 했잖아."

"오빠."

"말을 해, 말을! 너 지금 내 앞에서 눈도 안 뜨고 뭐 하는 짓인데? 내가 지금 얼마나 당황스러운 줄 알아?"

서환은 지금 이 상황이 당황스럽고, 의아하면서도 화가 잔뜩 난 것 같았다. 대화가 더는 통하지 않는다는 걸 직감했다. 이 사태는 적어도 자신이 끼어들어야 했다. 흥분한 서환을 두고 강은 서주를 침실로 데려갔다. 침대에 앉히고 입을 꾹 다문 서주에게 내가 할게요, 하고 말했다. 침실 문 너머로 들썽거리는 서환의 음성이 계속해서 들려왔다. 그는 서주를 뒤로하고 나가 침실 문을 닫았다.

강을 마주하고 입을 다문 서환은 눈초리가 매서웠다. 서주는 서환을 만날 약속을 잡아 놓고부터 이런 상황을 미리 예견했다. 그래서 강이 자처했다. 이런 상황이 된다면 자신이 설명하겠다고. 서로 감정 붉히면서 상처 주는 방법보다 어쩌면 타인이 직관적으로 다가가는 게 더 현명하다는 판단에서 였다. 그리고 그 판단은 틀리지 않았다. 눈앞에 서주를 두었을 때보다 서환은 더 냉철한 인상을 하고 있었다. 수술실에 들어갈 때 짓는 표정과 같았다. 차라리 이게 나은 편이라고 강은 확신했다.

"앉으세요, 임 선생님."

음식이 차려진 식탁으로 가지 않고 가만히 거실에 자리를 잡았다. 시간을 맞춰 분주히도 움직였는지 식탁에는 제법 음식 가짓수가 많았다. 서주를 위해 준비했을 텐데. 마음이 절로 쓰였다.

"놀라셨을 줄 압니다."

"집 앞에서 만났다고 하기엔 두 사람 사이가 가까워 보이던데, 어떻게 된 일입니까?"

"처음부터 이야기할까요, 아님 본론부터 이야기할까요?"

"그게 뭐든 이야기하세요. 앞뒤 상관없으니까. 그리고 납득이 안 갈 시에 주 선생은 이 집에서 나가셔야 할 겁니다."

목이 말랐다. 오는 길에 물을 충분히 마셨는데도 조갈이 지독했다.

"먼저 아셔야 할 건, 서주 씨 눈입니다. 이거 보시죠."

준비해 온 진단서가 담긴 봉투를 서환에게 내밀었다. 백 마디 말보다 진단서 한 장이 의사에겐 더욱 설득력 있었다. 서주가 갔던 병원마다 뗀 진단서였다.

봉투를 열어 진단서 하나하나를 확인하는 서환은 표정의 변화가 없었다. 담담했다. 그래서 더 위화감이 들었다. 좌절하리라, 해서 낙담하리라 예상했던 반응에서 완전히 벗어나 있었다. 하지만 표정과 머릿속은 다른지 보았던 진단서를 보고 또 봤다. 한참을 말없이 진단서만 들여다보던 서환이 고개를 들었다.

나라를 잃은 백성 같은 얼굴을 하고서는 서환이 강에게 눈을 맞춰 왔다.

믿을 수 없겠지. 자신도 처음에 그랬으니까. 서주를 앞에다 두고도 모른 척 위로를 건넸지만 현실은 잘 믿기지 않아 분간 자체가 어려웠다. 그날의 낙담이 아직 강의 마음 언저리에 남은 채였다.

"이게, 그러니까 이게……?"

"보시다시피 이건 의학 범위 밖의 눈입니다. 해 볼 수 있는 만큼, 아니 해 볼 수 있는 이상으로 알아봤지만 방법은 없습니다."

"주 선생이 뭔데 그런 의사 같은 얼굴로 내 동생 이야기를 합니까? 우린 안과가 아니잖아요. 우리 주 종목은 외과고 그러니까……."

"그래서 임 선생님은 모르시겠습니까? 이 많은 진단서를 보고도 믿기 힘들다, 뭐 그런 말을 하고 싶으신 겁니까?"

강은 서환의 말을 가로채 침착히 말했다.

"빤히 아는 지식을 가지고 왈가왈부하면서 서주 씨 상처 주는 일은 하지 마시죠. 현재로서는 방법이 없는 게 사실이니까."

돌연 서환에게 멱살이 잡혀 버렸다. 그는 울고 있었다. 눈물을 뚝뚝, 부모 잃은 짐승인 양 서럽게. 이 자리는 강이 서주의 짐을 대신 지는 자리였다. 그래. 서주라면 못 견뎠을 짐의 무게였다. 자신에게도 이렇게 무거운데 서주에겐 더 고통이었을 테지. 서환의 손을 떼 내지도 않고 가만히 놔뒀다. 지쳐 먼저 움켜쥐었던 손을 놓은 건, 해서 서환이었다.

"네가 뭔데. 다 알면서 사람 가지고 놀았어? 네가 왜! 내 동생 이야기 들으면서 모른 척하고! 너는 대체 뭐야!"

"……사랑하는 사이입니다. 그래서 임 선생님 말 들을 때마다 찔리고, 아프고, 그럼에도 좋았습니다."

"하. 사람 가지고 놀았구나. 다 알면서 너란 인간이랑 서주는 나를 바보 만들었네."

"그런 거 아니란 거 아시지 않습니까!"

"알긴 뭘? 내가 뭘 아는데? 여행 마치고 돌아왔다는 애는 눈을 못 쓴다 그러지, 갑자기 의사 같은 얼굴을 하고 너는 나한테 서주 눈 상태를 이야기하고. 내가 어떻게 받아들여야 할까? 네가 우리를 알아? 우리가 어떻게 살아왔는지 아냐고? 갑자기 이런 난데없는 불행을 너라면 그냥 네, 하면서 받아들일 수 있어?"

서환은 절규했다. 몸을 낮추고 바닥을 쾅쾅 내리쳤다. 바닥의 울림은 깊고 넓게 퍼져 나갔다. 건조한 목재의 바닥이

둔탁한 그의 힘을 받아 내느라 소리가 거칠었다.

"꿈이라고 말해! 고약한 악몽을 꾸는 거라고 말해 줘, 제발……."

어떤 말을 해 줘야 이 자리에서 괜찮을 수 있는 일인지 알 수 없었다. 그럼에 그저 입을 다물었다. 한없이 자책하는 서환에게 당장에 필요한 것은 없어 보였다. 굳이 필요한 것을 생각해 본다면 이 현실이 모두 거짓이라는, 그런 말도 안 되는 말이 필요할까. 아마 자신이 절감했던 그 순간보다 서환이 더 암담할 것이다. 함께 자라며 함께 인생을 해 왔으니 그럴 테지.

사람은 살아가다 간혹 아찔한 찰나를 마주하게 된다. 그 찰나의 구렁텅이에 빠지면 꼭 이런 모습이다. 자책하고, 하염없이 스스로를 질책하며, 스스로의 무능함을 마주한다. 이건 이루 형언할 수 없는 모진 시련이다. 하지만 이겨 내야 한다. 찰나의 구렁텅이에 계속 갇혀 있다가는 정작 놓치지 말아야 할 현실을 놓쳐 버리기 마련이니.

"똑바로 알아차리셔야 합니다. 이건 현실이고, 절대 바뀌지 않습니다."

"왜! 왜! 왜! 어째서 이게 현실인데? 어째서!"

"서주 씨가 당장에 앞이 보이지 않으니까요. 이것보다 더 정확한 설명이 있습니까?"

잔인하다 못해 독하기까지 한 강은 서주에게 다정하던 모습은 조금도 없는 사람이었다. 다정함을 깨끗이 지워 낸 자리에 냉철함이 뚝뚝 묻어 나왔다.

"서주 씨가 말 못 하고 여태껏 숨긴 이유, 그걸 정말 임 선생님은 몰라 이러십니까."

울분을 토하던 채로 서환이 눈을 지르감았다. 삭막한 집 안에 돌연 서글픈 소리가 들려온 건 서주의 방에서였다. 두 남자 모두 숨을 죽이고 서글픈 소리에 귀를 기울였다.

두 마음이 서주를 향해 애달팠다.

시간이 그러구러 지나갔다. 하지만 아직도 서주는 자신의 집에 돌아가지 못했다. 간다던 서주의 결심이 무색하게 서환은 서주를 거부했다. 연락은커녕 남매끼리 말조차도 안 하는, 소위 남보다 못한 그런 사이가 되어 가는 중이었다.

병원에서 가끔 마주치는 서환은 얼굴이 부쩍 수척해졌다. 구내식도 챙겨 먹지 않아 구내식당에서 그림자조차 찾을 수 없었다. 일적인 대화가 아니고서야 강마저 피해 버리는 서환은 어딘가 모르게 분위기가 많이 바뀌어 있었다. 전에 없이 쓸쓸함을 머금은 그런 모습으로.

어김없이 입에 무는 인스턴트커피는 맛났다. 몸에 유해무익한 이 커피는 입에 감겨 왜 이렇게 감칠맛을 내는지. 마시기 전에는 수도 없이 끊으리라 다짐했던 것이 막상 마시면 홀홀 털어져 끊기 어렵게 되는 악순환의 반복이다.

"으휴. 또 그놈의 커피는."

방으로 불쑥 찾아온 장현이 대뜸 소파를 장악하고 비스듬히 누웠다. 앞서 한 수술 때문인지 장현은 피로한 기색이 역력했다.

"네 방 가서 좀 푹 쉬지 그래."

"그냥 너 뭐 하나 볼 겸 들렀어."

"그러면서 소파에는 왜 누워 인마. 내 방 소파 비싼 거야."

"미친. 그런 실없는 농담 따먹기 재밌냐?"

돌연 눈을 감고 조용히 한동안 말이 없던 장현을 두고 서둘러 봐야 할 차트로 눈을 돌렸다. 적막이 오래 이어졌다. 고요한 속에 한참을 차트를 바라보면서도 머릿속에는 빽빽이 서환과 서주가 머물렀다. 답답해 미칠 지경이었다.

"수술 중에 임 선생 실수했어."

잠잠하던 장현이 눈을 감은 채로 말했다.

"무슨 소리야?"

"임 선생이 하던 수술 내가 중간에 바뀌어서 들어간 거야."

"그럴 리가 없잖아? 실력 좋은 걸로 평이 자자한데."

"그래. 그럴 리가 없는 사람이 혈관을 죄다 놓쳐서 뒤처리 하느라 식겁했다고."

절대. 그런 실수일랑 없는 사람이. 서주가 알게 된다면 얼마나 속상할까. 서주는 서환의 그런 면을 많이 이야기했다. 완벽하고 섬세해서 아픈 환자에게 더없이 좋은 의사라는. 그러니까 지금의 실수하는 서환은 어쩌면 임서주나 주강이 만들어 낸 결과의 산물인 터였다.

"두 사람 무슨 일 있지? 요새 같이 밥도 안 먹고."

이곳저곳 쑤시지 않는 구석이 없는 몸을 일으켜 장현은 차트에 눈길을 주는 강에게 시선을 두었다.

무어라 변명할 거리가 없었다. 서주는 서환을 걱정했고, 강은 그런 서주를 걱정하는 중이었다. 해서 이 관계는 무슨 일이 있고도 남았다.

보던 차트를 덮고 눈을 감았다. 깜깜한 세상이 엄습했다. 칠흑같이 까만 이런 세상에 서주가 산다. 그리고 이런 세상에 사는 서주를 서환은 아직도 믿지 못하고 있었다.

"답답하다, 나도."

"나한테는 말 못 할 거냐?"

"응. 아직은 좀 그래."

"어려운 문젠가 보다?"

"많이 그러네. 진짜 많이."

입에서 거푸 한숨이 쉬어졌다.

"내가 수능 때 못 푼 언어 문제가 있었거든? 마킹 다 하고 문제를 읽어 보고 또 읽어 봤는데 말이야, 그게 유독 안 풀렸어. 근데 시험지를 가지고 집에 가서 다시 읽어 봤는데 바로 답을 맞혀 버렸네?"

장현의 뜬구름 잡는 말에 귀를 기울였다.

"세상을 살다 보면 그런 문제들이 있어. 도저히 안 풀릴 거 같은데, 마음 편히 먹고 한 걸음 물러서면 답이 보이는 것들."

소파에서 일어난 장현이 방을 나서려 했다.

"인마, 세상 안 무너졌어. 네 문제도 그렇게 풀리는 문제 중 하나일 거야."

손을 흔들며 유유히 장현이 사라졌다. 문이 쿵, 조심스레 닫히는 소리가 뒤를 이었다.

서주가 더는 상처받는 일이 없기를.

서환을 찾아가는 길은 무서웠다.

어깨를 맞부딪히는 사람들과 시끄러운 세상 소리가 갑작스레 두려워져 여기까지 오는 길에도 다시 돌아갈까 고민을 했지만 결론은 서환에게 오고야 말았다.

손이 바들바들 떨렸다. 흰 지팡이가 손의 떨림을 동반한다. 가만히 자리를 찾아 앉았다. 어쩐지 공기가 낯설고 거칠었다. 숨 쉬기조차 버거웠다. 이건 어쩌면 잘못된 판단이라는 생각이 그제야 들었다. 자리를 다시 박차고 일어나려던 일순 등 뒤로 거칠게 문소리가 났다. 쾅, 하고 닫힌 소리 뒤에 이어 붙은 숨소리 하나가 느껴졌다.

서환의 것이었다.

"오빠야?"

조심스레 한마디를 묻는다. 하지만 돌아오는 대답은 없었다.

적막, 그 자체였다.

"오빠?"

"여긴 왜 왔어."

겨우 돌아오는 대답 한마디에 눈물이 왈칵 날 것만 같았다. 하릴없이 흐르는 눈물로 강을 만들지도 몰랐다. 마음을 다잡았다. 흔들리지 말자. 흔들리지 말자. 속으로 속절없는 주문을 되뇌었다. 그러나 결국은 눈물이 힘없이 떨어져 내렸다.

서환의 발소리가 들렸다. 물을 한 잔 내어 주면서 같이 휴지까지 서주의 손에 쥐여 주었다. 볼 수 없지만 보였다. 서환의 모든 것이 선명하게 보였다. 아픈 모습이 여실하게.

서주는 휴지로 눈가를 벅벅 닦았다.

"보고 싶어서 왔어. 연락도 안 받고……."

"볼 수 없는 눈으로 뭐가 보고 싶은 건데?"

서환의 말이 비수처럼 서주의 가슴을 찔렀다. 잔인하게 그지없는 말이었지만 잔인하지 않은 이유는 자신만큼이나 서환이 상처받은 걸 알기 때문이었다.

"서주야, 그만 가. 나 지금 너 안 보고 싶어."

"내가 다 잘못했어. 알아. 나도, 아는데……."

"알긴 네가 뭘 아는데!"

서주의 말을 막은 서환은 쩌렁쩌렁하게 고함을 질렀다. 머리가 아찔해지는 소음이었다.

"잘못? 내가 왜 화가 난지 알기는 해? 넌 알고 있으면서 지금 나한테 그러는 거야?"

잘못. 서주는 곰곰이 생각했다, 자신이 저지른 그 어떤 과오를. 어디서부터 잘못되었는지 모를 아득히 먼 과거를. 그리고 어렴풋이 떠올랐다. 아버지가 어느 날부터 부재했던 그 순간이. 그 멀었던 과거가 조금씩 부상하면서 가장 먼저 떠오른 일이 평생의 멍에로 남아 있는 하나의 잘못이었다.

서환의 등에는 큰 화상 흉터가 있었다. 어릴 적에 살던 고모 집에는 따뜻한 물이 나오지 않았다. 따뜻한 물을 쓰려면 물을 꼭 끓여서 써야 했는데 그날도 마찬가지로 가마에다 물을 펄펄 끓여 내오고 있었다. 서환은 머리를 감아야 했고, 겨울이었고, 그러니까 따뜻한 물이 필요했다. 그뿐이었던 일인데 서환에게 장난을 치려 서성거리다 실수로 펄펄 끓는 그물을 서환의 등에 엎어 버렸다.

정확하게는 기억나지 않는다. 서환이 많이 다쳤을까 봐 무서웠고, 일을 마치고 돌아온 고모가 서환을 보고 자신에게 나무랄 것이 두려웠다. 그대로 도망을 가서 어느 창고에 처박혀 벌벌 떨었다.

하루를 꼬박 보냈을 즈음 동네 떠나가라 자신을 찾아 대던 서환의 목소리가 들려왔다. 그대로 서환에게 안겨 엉엉 울었다. 잘못했다는 그 말을 수십, 수천 번은 되풀이하면서. 그날의 서환은 수십 수천 번을 괜찮다고만 했다.

서환은 화를 낸 적이 없었다. 화상 때문에 살이 갈라지고 터져 벌어져서 움직이기가 힘들어도 화를 낸 일이 없다.

그러기에 이번에도 믿었다. 절대 오빠는 이렇게 자신과 척을 지고 살 사람이 아니라는, 그런 식의 허황된 믿음이 서주에겐 있었다.

"오빠는 이런 사람이 아니잖아. 내가 아는 오빠는 나를 버리거나 외면할 수 없는 사람이잖아. 근데 나한테 왜 이래? 오빠마저 나한테 이러면 나는 어떻게 살아……. 내가 잘못해도 오빠는 그냥 받아 주기만 했잖아. 이러지 마……. 나한테 이러지 마 오빠……."

뚝뚝 눈물이 흘렀다. 배신당한 느낌이 가슴을 덮었다.

"그래! 우린 둘밖에 없는 거나 다름없으니까. 항상 그래 왔으니까. 우린 가족이었고, 친구였고, 누구보다 의지했던 그 무엇이었으니까! 근데 네가 이러면 나는 어떻게 살 거 같아? 여행 갔다고 했어! 네가 분명히 나한테 그랬어! 너 근데 다 준비하고 있었잖아? 눈 안 보일 거 알고 다 준비하고 다 받아들이면서 왜 나한테는 말을 안 한 거야! 어쩌자고 이만큼이나 속여서 나를 이렇게 만들어!"

서로가 서로를 기만하고 배신했다는 생각에 마음이 썩어 가고 있었다.

다 부서져 녹아내려 없어진 눈사람 꼴처럼.

"나는 좋았어. 별로 크게 무언가를 네 인생에서 온전히 즐겨 본 적 없는 네가 엄청 긴 여행을 간다길래 너무 기뻤어. 같이 가 줬으면 더 좋았을 텐데, 내 형편상 같이 가 줄 수 없는 게 내내 마음에 걸렸어. 간간히 걸려 오는 네 전화 매일 기다렸다고, 난!"

서환의 목소리에 물기가 묻은 채였다.

"그래서 여행 마치고 온다는 네 얼굴 볼 생각에 들떠서 잠을 못 잘 지경이었어. 그런데 네가, 내 뒷바라지만 하다가 시간을 보낸 네가 눈이 안 보인다며 왔어. 내가 무슨 생각을 할 수 있겠어? 여태 너한테 아무것도 못한 내가 이 억장이 무너지는 순간을 뭐라고 해야 하냐고!"

"그건……. 알아, 내가 잘못했어. 오빠한테 너무 잔인할 정도로 내가 잘못한 일이야."

"그래. 그럼 난 괜찮다고 해야겠지. 우린 언제나 늘 그랬으니까. 네 빌어먹을 잘못했단 소리에 나는 정말 괜찮았으니까! 근데 이번엔 아니라고……. 나 안 괜찮아. 서주야, 나 진심 죽을 거 같아……. 네가 어떻게 나한테 이런 모습으로 나타날 수가 있어? 네가 왜!"

쿵쿵, 서환이 주먹으로 테이블을 내리치는 소리가 쩌렁쩌렁하게 울렸다.

"내가, 내가 정말 너한테 아무것도 해 줄 수가 없잖아. 지금 내 손으로 너한테 해 줄 수 있는 게 아무것도 없잖아. 난 이런 상황이 제일 싫어. 너한테 무슨 일이 났는데! 그래서 내가 뭐든 해 주고 싶은데! 근데 아무것도 해 줄 수 없는 이런 엿 같은 상황이 너무 싫어……"

서주는 더듬더듬 자리를 찾아갔다. 서환의 옆을 찾아 앉아서 그를 꼭 보듬었다. 만면이 흠뻑 젖어 버린 서환을 으스러지게 꼭 안았다. 그래도 마음이 다 전해지지 않았다.

"미안해. 내가 잘못했어. 그러니까 이번에도 괜찮다고 해 줘. 내가 정말로 괜찮으니까 오빠도 괜찮다고 해 줘. 부탁이야."

이게 얼마나 잔인한 부탁인지 알면서도 그럴 수밖에 없어 가슴이 죄어 왔다.

"아무것도 못 해 줘서 내가 미안해. 내가 잘못했어. 서주야…… 정말로 내가 다 잘못했어."

서환이 죄인처럼 무릎을 꿇고 서주에게 엎드려 빌었다. 서주는 꺼이꺼이 목 놓아 울어 버렸다.

왕왕 울음소리가 번져 나간다.

서주는 일주일째 몸져누워 일어나질 못했다. 겨우 화장실이나 가는 정도일까. 어느 저녁에 늦게 집에 들어와서는 같이 술을 마시자고 했다. 서환을 만나고 왔다는 그 말 이후로 서환에게 사과 받았다며 취중에 그런 이야기를 늘어놓았다.

화해했다고 하였다. 그러나 마음이 한참을 고생해서인지 서주의 몸에 병이 나 버렸다. 꼼짝없이 누워 밥맛도 없다며 물도 겨우 넘겼다.

이불 속에 푹 파묻혀 식은땀만 뻘뻘 흘리는 서주의 안색은 누가 보아도 좋질 않았다. 원래 하얀 피부는 하얗다 못해 창백했다. 식은땀으로 젖어 버린 머리 때문에 감기라도 들까 걱정되었다. 마른 수건으로 식은땀을 닦아 보아도 마음이 놓이질 않았다.

"나 괜찮아요."

퍼석한 음성으로 말하는 서주는 그 짧은 말도 힘에 겨워 보였다.

"병원에 입원이라도 할래요? 일주일을 꼬박 이렇게 아파서 어떡해요."

"싫어요. 오빠가 걱정해요."

"그 오빠 걱정하다가 내가 서주 씨 때문에 병나겠어요. 사람 조마조마하게."

"미안해요."

씩 웃으며 사과의 말을 건네는 서주가 얄미웠다. 그러나 얄미우면서도 예뻐서 더는 채근할 수 없었다. 콩깍지가 이렇게 무서운 건가 싶어 헛웃음이 났다.

"나 물어볼 거 있어요."

힘없이 늘어져 있던 몸을 바로 눕힌 서주가 말했다.

"혹시 나 여기 조금 더 있어도 돼요?"

"그게 무슨 말이에요?"

"강이 씨 집에서 조금 더 지내도 되나 해서요."

어안이 벙벙하다가 속으로 의뭉스레 미소가 번졌다. 서주가 자신의 집으로 돌아가지 않고 조금 더 함께 지낼 수 있다는 사실이 반가웠다.

그는 식은땀에 함빡 젖은 서주를 꽉 안았다. 서주가 옷 버린다고 나무라도 가만히 서주를 품에 안고 행복에 젖었다. 서주와 좀 더 함께. 그 사실이 마냥 어린애처럼 좋았다.

"그런 걸 왜 물어요. 당연히 되지. 내가 안 된다고 할 사람이에요?"

"오빠 말이 맞는 거 같아. 남자는 오빠랑 아빠 빼고 다 늑대란 거."

"에이. 나 그런 나쁜 사람은 아니잖아요. 난 완전한 서주 씨 편인데. 서주 씨만을 위한. 서주 씨만 사랑하는."

"듣기 좋다. 나만을 위한. 나만 사랑하는. 그거 무척 좋아요."

다시 조심스레 서주를 눕혔다. 힘없이 털썩 떨어지는 몸짓에 퍽 마음이 아팠다. 서주는 작고 약하지만 그럼에도 씩씩하게 강한 사람이었다. 이런 몸과는 어울리지 않는 기량과 기백이 있었다. 못내 겉모습이 서주의 속을 제대로 담지 못하는 것 같아 아쉬웠다.

"근데 집에는 왜 안 가겠다고 생각했어요?"

물어도 되나 싶은 질문이 이미 입 밖으로 나와 버렸다. 꼭 보이는 사람처럼 슴벅이던 눈을 제대로 뜨고 천장을 향한 서주는 겨우 침을 삼키는 듯했다.

"오빠한테 짐 되기 싫어서요. 그렇다고 강이 씨한테 짐 되겠다는 말은 아니에요."

"오빠가 그러자고 해요?"

"응. 말했어요. 오빠가 그게 더 편하면 그렇게 하래요. 그리고 아빠한테는……."

움직이던 입술을 잠깐 굳게 다물어 버린 서주는 무언가를 생각하는 모양이었다. 그녀의 미간이 약간 일그러졌다.

"오빠가 말하겠대요. 오빠가 다 정리한댔어요."

서주의 옆에 잠시 몸을 뉘여 서주의 어깨를 토닥토닥 다독였다. 빗장뼈가 위태하게 손끝의 감촉으로 전해졌다. 툭 때리면 톡 하고 부서질 듯 여렸다.

"우리 서주 고생 많이 해서 이제는 내가 행복하게만 해 줘야겠다."

낮간지러운 고백의 말이 불쑥 튀어나와서는 막상 말을 전한 강도, 고백의 말을 들은 서주도 둘 다 뺨이 발그레해졌다.

이런 말을 아무렇지 않게 할 수 있는 사이가 된 지금이 강은 다만 행복했다. 서주의 짐도 어느 정도 해결을 보았고 이제는 정말 어렴풋하게 행복한 일만 남을 것 같았다. 추후의 일은 조금도 예측하거나 예상하지 못하는 채로. 꼭 이 행복한 시간만 남을 것처럼.

다시 그녀가 잠이 들 때까지 가만히 서주의 등을 도닥였다. 이내 새근새근한 서주의 숨소리가 들려왔다. 그러고도 얼마 지나지 않아 초인종 소리가 들렸다. 서주가 깰까 봐 나가는 걸음도, 닫는 방문도 기척을 죽였다. 다행히도 서주는 깨지 않고 그대로 깊은 잠에 빠져들어 있었다.

초인종의 손님은 경애였다. 양손 가득 무거운 짐을 들고 왔다. 마스터키도 있으면서 굳이 초인종을 눌렀던 것은 집에 강만 있는 것이 아니기 때문이었다. 그 작은 배려 하나가 강의 가슴에 콕 박혔다.

"할머니는 왜 손님처럼 초인종을 눌러요. 새삼스럽게."

주방에다 가져온 짐을 내려놓은 경애는 한껏 미소를 머금었다.

"괜히 이 할미가 방해가 되어선 안 되지. 젊은 사람들한테."

"이런 건 또 무겁게 왜 많이 들고 오시고."

"서주 아프다며. 좀 괜찮다니?"

짐을 한 꾸러미 가득 꺼내 놓고 냉장고로, 찬장으로, 인덕션으로 가져가는 경애는 무척 분주했다. 그래서 경애를 식탁에다 끌어 앉혔다. 포트기에 물을 끓이며 찻잎을 꺼냈다. 서주가 자는 방은 주방에서 거리가 있지만 그래도 깰까 봐 모든 게 조심스러웠다.

"자고 있나 보구나."

경애가 알아챈 듯 말했다. 대답 대신 싱겁게 웃었다.

보글보글 끓는 물을 찻잔에 둘렀다 다시 비워 내고 찻물을 우렸다. 그렇게 강이 내온 차를 경애는 입에 대지 않았다.

"내가 그 아이였다면, 어쩌면 아직도 가족에게 말을 못하고 있었겠구나."

찻잔만 멍하니 만지던 경애의 말이었다.

"나는 겁쟁이잖니. 그래서 그 입장이라면 어려울 거 같구나. 그 모든 게."

차를 한 모금 들이켜자 따뜻한 온기가 입안으로 옮겨졌다. 몸이 풀리는 따스함이었다. 서주의 곁에서 잠들어도 좋을 만큼의 적당한 온기라 알맞게 우린 차를 경애에게 대접할 수 있다는 사실이 감사했다.

"그래도 할머니는 겁쟁이시면서 뭐든 다 잘하셨어요. 저를 보면 알잖아요. 할머니는 저를 이만큼이나 키워 내신 장본인이세요."

부모가 죽고 난 후의 집은 아주 삭막했다. 누구 하나 웃는 일도 없이 적막강산에다 시간이 흘러가지 않고 고여 있는 썩은 우물처럼 그랬었다. 그런 와중에 경애는 삭막해진 집을 가꾸어 나갔다. 새벽 꽃시장에 나가 꽃을 사 오고, 죽은 사람들은 떠나가도 산 사람들은 먹어야 한다며 음식들을 꾸역꾸역 만들어 냈다. 집에 오던 가정부도 물린 채로 혼자서 모든 걸 해 나갔다. 그래서 고였던 시간이 제자리를 찾아 흘러갔다.

하지만 정작 경애도 겁쟁이였던 것이다. 한밤에 소변이 마려워 화장실을 찾아가던 그 밤, 경애는 샤워기 물을 틀어 놓고 거기에 앉아 소리 없이 울고 있었다. 몸을 발발 떨면서 이 사실이 믿기지 않는 듯이. 낮에 계속 웃는 얼굴을 해 놓고는. 밥에 반찬을 올려다 주며 어서 먹으라고 채근을 해 놓고는. 학교 다녀왔냐며 가방을 받아 주고 샤워를 시켜 주고서는. 아무렇지 않은 사람처럼 굴어 놓고 실은 그렇지 못했던 것이다.

경애의 자식이었던 부친은 그녀가 어렵게 얻은 자식이었다. 시부모가 애가 들어서지 않는다고 온갖 약이야 음식이야 해 먹여서 토악질을 해 댈 정도였다고 말섭에게 들었던 적이 있었다. 그렇게 어렵사리 얻은 자식이 딸이 아닌 아들이어서 시부모가 경애를 떠받들고 살았다고 했다. 하여 부친은 엉덩이가 바닥에 닿는 일이 없었다. 온전히 안겨서 업혀 자랐다고. 그렇게 귀했던 아들을 잃은 경애의 심정은 누구도 헤아릴 수 없는 일이었다.

그런데 경애는 희한했다. 자신의 아들과 며느리를 죽게 만든 그치에게 합의를 해 줬다. 어마어마한 합의금 따위 일절 받지도 않았다. 경애와 말섭이 같이 한참을 의논해 내놓은 결론은 합의였다.

병원에 있던 자신에게 그 사람을 용서해 주려 한단다, 하고 건넸던 경애의 말을 강은 아직 기억하고 있었다. 억울하지 않았던 걸까. 부지불식간에 일어난 사고에 자식들이 죽어 나갔는데 경애는 정말 괜찮았던 걸까.

"할머니."

문득 오래전부터 궁금했던 물음을 풀어놓으려 경애를 불렀다. 경애는 무언가 직감한 것인지 고개를 찬찬히 끄덕였다.

"그래. 네가 뭘 물을지 알 거 같구나."

경애는 그제야 차를 한 모금 마셨다. 맛이 좋구나, 하고 나지막이 말했다.

"왜 그때 합의해 주셨어요? 용서란 거 쉽지 않은 거잖아요. 그게 용서가 되는 일이었어요?"

"너까지 잃었다면 용서가 안 되었겠지. 차마 그러진 못했을 거다. 할미도 사람이고, 내 자식들이 그렇게 죽어 나갔잖니. 나나 네 할아버지가 무슨 부처도 아니고 그렇게까지는 못했겠지. 그런데 네가 있었어."

찻잔을 내려놓는 경애는 곧 울어 버릴 사람처럼 표정이 어두웠다.

"합의는 바라지도 않고 그만한 돈도 없다고 했어. 그런데 자식새끼들이 있다고, 생때같은 그 자식들을 위해서 마음으로라도 용서를 구한다고 그 사람도 성치 않은 몸으로 무릎을 꿇고 빌더구나. 그때 네 생각이 났어. 네가 태어나고부터 줄곧 좋아했던 내 자식들이 생각이 났지. 그래, 그 사람에게도 너 같은 자식이 있었던 거야."

경애가 강의 손 위에 자신의 손을 포개었다. 바들바들한 떨림이 전해졌다.

"몇 날 며칠을 고민했지. 병원에서 호흡기를 끼고 잠든 네 옆에서 생각하고 또 생각했다. 그러다 네 할아버지가 먼저 그러더구나. 마음에 걸릴 일은 하지 말자고. 이젠 손자를 먼저 간 자식들을 대신해서 키워야 하는데 같은 부모 입장으로 마음에 짐이 될 일은 말자더라."

무슨 말을 꺼내야 할지 몰라 강은 입을 다물었다.

"구치소에 수감되어 있는 그 사람한테 도시락을 들고 네 할아버지랑 같이 만나러 갔어. 피죽도 못 먹은 얼굴을 하고 있는 그 사람에게 싸 간 도시락을 먹였지. 그러면서 용서하겠다고 했다. 다 용서하겠다고. 합의도 해 주고 원한다면 탄원서도 써 준다고 했어. 그런데 그 사람이 거부했다. 그러지 말라고, 그럴 수는 없는 일이라고 울면서 그랬어."

"어째서요……?"

"속내는 알 수 없다만 우리한테 미안해서겠지. 내가 이렇게까지 뉘우칠 거라면 왜 술 먹고 그런 짓을 저질렀냐고 물었을 때 그 사람은 자식 때문이랬어. 그래서 더는 묻지 않았어. 도시락을 다 먹었을 즈음에 고맙다고 우리한테 절을 하고 가더구나. 그 길로 합의서를 제출했지. 탄원서는…… 차마 거기까진 용기가 나지 않아서 그만둔 일이었다."

미적지근하게 식어 버린 차를 크게 들이켰다. 맛이 씁쌀했다.

"용서해 놓고도 앙금이 많이 남았지. 그랬어. 그래서 사람이란 게 무섭다고 생각했지. 합의서를 제출해도 그 사람이 형을 면하지는 못했어. 그걸 보면서 무슨 생각을 한 줄 아니? 저렇게 벌 받게 되어 다행이라고 그렇게 못된 생각을 했다."

"그런 거……. 그런 건."

"그래, 위선이지. 위선이란다."

경애가 강의 말을 가로챘다.

"네 할아버지가 그 사람이 형을 받아 자식들은 어쩌냐고 걱정했을 때, 나는 그 정도 벌은 그래도 받아야 하지 않겠냐고 했다. 그러다 네가 몸을 다 회복하고 커 갈 때 그 사람을 진심으로 용서했어. 네가 우리한테 어버이날에 꽃을 달아 주면서 키워 주셔서 감사하다는 말을 할 때 그 사람을 용서하기를 정말 잘했다고 생각했어. 네가 살아 있어 주어서 너무 고맙다고 하늘에 기도했지."

"왜 굳이 그렇게 어렵게 용서란 걸 하셨어요. 굳이 그러지 않았으면 할머니가 마음고생 할 일은 없었던 거잖아요."

"그래. 그런 날이 있었어. 내가 왜 굳이 이런 어려운 용서란 길을 택했는지 후회도 했지. 그런데 네가 남아 있어서 좋더구나. 네가 우리 곁에서 씩씩하게 잘 자라니 우리가 모진 마음을 먹지 않아 네가 잘 크는 것만 같았어. 네가 대학을 가서 집을 나갈 때 네 할아버지가 그때 우린 잘한 선택을 한 거라고 말해 줬어. 그래서 지금은 아무것도 후회하지 않는단다."

자리를 털고 일어난 경애가 등 뒤에서 강을 꽉 껴안았다. 어머니의 자리를 대신했던 경애의 향기는 언제나 좋았다.

"잘 자라 주어 고맙다. 이렇게 널 사랑해 주는 서주한테도 고맙고. 할미가 앞으로 너희한테 해 줄 수 있는 남은 것들을 다 해 주고 눈 감으마. 그거 하나는 꼭 약속할게."

아무 일도 없던 것처럼 경애는 다시 주방에서 다망하게 움직였다. 그는 서주 몸 건강 생각한다고 싸 온 것들이 태반인 걸 지켜만 보면서 어느새 많이 늙어 버린 경애를 바라보았다.

예쁘게 젊었던 경애의 시절이 점점 쇠락해 간다.

여름은 다채롭고 뜨거웠다. 길에 내리쬐는 햇볕이 강렬하다 기울어져 갈 즈음 하늘이 물들어 분홍빛을 띠었다. 몽글몽글 구름 사이에서 분홍색과 하늘색이 섞인 하늘은 장관이었다. 보고만 있어도 설레는 풍경이었다.

여름의 바람이라고 믿기지 않을 만큼 선득하게 얼굴을 스친 바람은 나무 끝에 달린 초록의 잎을 흔들었다. 이파리 부딪히는 소리가 매미 소리에 섞여 들었다.

바람의 소란에 강은 잠시 눈을 감았다. 촉감과 청각으로 전해지는 계절은 깨끗했다. 서주의 세상은 이처럼 청량하고 깨끗하게만 존재했으면 좋겠다는 바람이 더불어 생겼다.

천천히 눈을 뜨니 도서관에서 나오는 서주의 모습이 눈에 여실히 맺혔다. 옆에 쫄랑쫄랑 서주를 이끄는 봄도 눈에 들어왔다. 그래서 휴대폰을 꺼내 사진을 찍었다. 멀리서 걸어오는 그 장면에 마음이 시큰거렸다.

"서주 씨."

점점 가까워지는 그녀를 부르자 서주의 만면이 환해졌다.

"여기로 앉아요."

서주를 이끌어 옆자리에 앉혔다. 봄이 다소곳이 서주의 발치에 같이 앉아 몸을 낮췄다. 땅을 훑는 바람이 봄의 코끝을 간지럽혔는지 킁, 하는 소리를 냈지만 이내 다시 평온해져서는 눈까지 감아 버렸다.

"오랜만이에요."

서주가 더듬더듬 강의 손을 찾아 잡고 말했다.

"응. 오랜만. 보고 싶어서 눈 짓무르는 줄 알았어요."

"통화 많이 했잖아요."

"전화랑 같아요? 이러면 서운해질 거 같은데. 안 되겠다.

나 도로 가야지."

"알았어요. 내가 잘못했어요."

키득키득 아이처럼 웃음을 터뜨리는 서주는 여전히 예뻤다. 꼭 2주 만에 보는 서주였다. 많이 편해진 모습으로 의연히 앉아 있는 서주가 아이스크림은 사 온 거냐고 재촉했다. 일회용 스푼을 까서 서주의 손에 쥐여 주고 아이스크림 통도 같이 손아귀에 넘겨주었다.

"왼쪽은 녹차, 오른쪽은 요거트."

먹기 좋게 반씩 포장한 아이스크림이었다. 가게 직원이 녹차를 밑에 깔고 요거트를 위에 올려 드릴까요? 하고 물어본 걸 정확히 그냥 반반씩 먹기 좋게 넣어 달라고 부탁한 터였다.

모양이 흐트러지지 않고 예쁘게도 담겨 있었다.

"잘 먹을게요."

녹차를 먼저 맛본 서주는 맛있다며 조곤조곤 말했다. 오랜만에 만나는 서주의 얼굴을 한참이나 그냥 바라보았다. 앞으로 자꾸 떨어지는 머리를 귀 뒤로 넘겨주는 일도 잊지 않았다.

"그만 봐요. 얼굴 닳겠다."

어느새 녹차를 거의 다 먹은 서주는 알고 있다는 듯이 경고를 던졌다. 피식피식 웃음이 났다. 바라보고 있는 것만으로도 이렇게 좋을 수가 없었다.

"나 안 바라봤는데요?"

"느껴져요, 강이 씨 눈빛. 나 바본 줄 아나 봐."

"그럼 어떡해요. 자꾸 보고 싶은걸."

"사람 부끄럽잖아요."

"사랑하는 사이에 며칠노 아니고 2주나 못 봤는데 그럼 이렇게라도 봐야 할 거 아니에요. 난 숨이 안 쉬어지던데. 서주 씨는 숨도 잘 쉬고, 잠도 잘 자고, 잘 먹고 그랬잖아요."

"하여튼. 오버야."

"하. 오버요?"

"네. 너무 극성맞아. 애인한테 너무 극성맞으시죠, 우리 주 강 씨는."

"임서주 씨는 애인한테 너무 안이한 거거든요?"

강은 일부러 삐진 척을 하고 입을 다물었다. 그러자 서주가 먹다 만 아이스크림을 옆에 제쳐 두고 손으로 더듬더듬 강의 입술을 찾더니 입맞춤을 해 왔다.

입에서 입으로 전해지는 달콤함에 전율했다. 무르녹은 입술 사이로 한여름의 열대야가 밀려들었다. 목까지 타오를 즈음 서주는 잽싸게 입술을 떼어 냈다. 아쉬운 쪽이 우물을 파려 달려드는데 서주가 자신의 입술을 손으로 막았다. 치, 하는 핀잔이 강의 입술 새로 흘러나왔다.

"그만요. 누가 봐요."

"누가 보라고 하는 거 아니에요? 아직 해도 안 저물었는데.

이렇게 환한 곳에서 그것도 도서관 앞인데. 서주 씨가 먼저 해 놓고 발 빼는 게 어딨어요?"

뾰로통한 강의 입술로 서주는 짧게 촉, 하고 입맞춤했다. 해서 강의 뾰로통한 입술은 다시 자리를 찾아 얌전해졌다.

"됐죠? 이제 진짜 그만요."

"하여간 은근 못됐어. 사람 아주 손바닥에 올려놓고 조련시킨다니까."

"나한테 그런 재주가 있었어요? 그건 몰랐는데."

다시 아이스크림 통을 붙잡고 남은 요거트 맛을 한 입 한 입 먹는 서주는 즐거워 보였다. 어느새 붉게 물들어 가는 노을이 서주의 뺨으로 내려앉았다. 물든 노을의 색을 입은 서주가 꽃다워 눈이 아렸다.

"마음은 어때요?"

조심스레 강이 물었다.

"오랜만에 아빠랑 밥도 먹고 오빠랑 떠들고. 너무 좋았어요. 다 꿈같아서 이상했어요."

아이스크림에 스푼을 쿡 꽂아 버린 서주가 빙긋이, 그러나 아프게 성글벙글거렸다. 눈이, 입술이 호선을 그리고 있는데 어딘지 모를 아픔이 서려 있었다. 아직 모든 게 단단해지지는 않은 모양이었다.

2주 동안 서주의 외출은 그녀의 본가였다. 서환이 병원에 휴가를 내고 서주와 함께 다녀왔다. 막상 부친을 맞닥뜨리니 말도 못 하고 사뭇 울기만 했다며 서주가 전화로 말했었다.

그 후로도 매일같이 전화를 주고받았다. 오늘은 뭘 했고, 내일은 뭘 할 거라며 밝은 모습으로 떠들던 서주가 아직은 그래도 힘들다고 했던 말을 강은 기억하고 있었다. 괜찮은 척하고 싶은데 그럴 수 없는 게 싫다던 서주의 말도 기억한다.

서주의 부친은 목숨에 지장이 없는 일이라 차라리 다행이라고 서주를 다독였다고 했다. 그러나 서주는 밤에 기척을 죽이고 우는 부친의 소리를 들었다고, 해서 누구 하나 괜찮은 사람이 없다는 걸 서주는 안다고도 하였다.

"아빠가 다음에 강이 씨 한번 보재요."

조심스레 꺼내는 말에 서주는 표정마저 조심스러웠다.

"좋아요. 언제든지 환영. 수술 중이라도 서주 씨 아버님이 뵙자고 하면 달려갈게요."

"그건 안 돼요. 환자가 우선이잖아요."

"알았어요. 서주 씨가 안 된다고 하면 안 그럴게요."

서주가 픽, 하고 웃음을 터뜨렸다.

"오늘도 하늘이 예뻐요?"

남아서 녹은 아이스크림 통을 들고 서주가 물어 왔다. 전화로 며칠째 하늘이 예쁜 여름날이라고 했던 말이 서주의 기억 속에 남아 있나 보다.

"네. 서주 씨만큼 예쁘고 높은 하늘이에요."

"보고 싶다, 그 하늘. 그리고 강이 씨도."

푸념처럼 내려앉은 서주의 말이 하늘의 빛처럼 무럭무럭 번져 갔다.

오랜만에 집으로 서주가 돌아와서인지 서주의 온기로 집 안이 물들었다. 텅텅 빈 것만 같던 집이 제 주인을 찾은 것처럼 반짝였다. 서주는 집에 도착하자마자 씻고 쉬고 싶다며 욕실로 향했다. 서주가 다 씻고 나오면 먹을 디저트와 차를 준비했다. 본가에서 하도 밥을 잘 챙겨 먹어서 식사는 싫다는 서주가 그래도 먹고 싶다던 케이크를 집에 돌아오는 길에 함께 사 왔다.

서주만큼 봄도 지친 것인지 거실 한 자리를 차지하고 앉아 잠이 들었다. 고요한 집이었으나 전혀 고요하지 않았다.

욕실에서 물줄기 소리가 들려왔다. 다 준비를 해 놓고 서주만을 기다리며 욕실의 물줄기 소리를 감상했다. 서주의 살갗이 닿일 때마다 소리를 줄이는 물줄기는 화음처럼 들렸다. 그러다 돌연 물줄기 소리가 끊길 때 서주의 샤워가 막을 내린 줄 알았다.

포트기를 켜려던 일순 날카로운 소리와 짧은 비명이 들렸다. 서둘러 욕실로 뛰어갔다. 주황색과 백색이 감도는 조명 아래 나신이 되어 넘어진 서주가 있었다. 물기에 미끄러져 바닥에 무릎을 크게 찧어서는 살이 터진 채로 피가 흘렀다.

"나가요. 나 괜찮아요."

수건으로 몸을 추슬러 다시 일어나려는 서주는 손을 뻗어 강의 움직임을 멈추게 만들었다.

"나 부끄러워요. 그러니까 나가 줘요."

한없이 웅크린 서주의 몸이 동그랗게 오므라들었다. 하지만 그대로 서주를 두고 못 본 양 뒤돌아설 수가 없었다. 새 수건을 꺼내 서주의 몸에 한 겹 더 두르고 안아 들었다. 그의 품에 안긴 서주는 더 이상 말하지 않았다. 그저 묵묵히 이 상황을 견디고 있었다.

서주를 침대에 앉히고 구급함을 가져왔다. 다행스럽게도 꿰맬 정도로 살이 심하게 벌어지진 않았다. 따가울 텐데 소독을 하고 약을 바르는 동안 내내 서주는 단 한 번의 신음도 내지 않고 입을 그대로 다문 채였다.

"아프면 아프다고 해도 돼요."

반창고까지 붙이고 구급함을 닫았다. 서주의 머리칼 끝에 물기가 남아서인지 물방울이 대롱대롱 매달려 있었다.

"이럴 때 나 써먹어요. 아프면 아프다고 하고, 뭐 필요한 거 있음 해 달라고 하구요. 나 서주 씨한테 그러라고 있는 사람이에요. 그런 거 해 주고 싶어서 있는 사람이라구요."

"그거 너무 철없는 어린애 같잖아요."

서주는 아프면서 또 웃었다. 입가 가득 미소를 머금은 채 다 괜찮다는 듯이. 그 모습이 잔인했다. 서주를 바라보는 자신은 마음이 타들어 가는데 정작 장본인인 서주는 뭐가 그렇게 다 괜찮은 건지 도통 알 수 없었다.

"나한테 다 말해요. 아픈 거, 힘든 거, 그래서 도움 받아야 하는 거. 그런 거 전부 나한테 말해요. 내가 다 해결해 줄게요."

"어떻게 다 해결해요. 강이 씨가 신도 아닌데."

"서주 씨한테만큼은 신이 되어 볼게요. 내가 그런 사람이 될게요."

강은 곱씹듯 말했다.

"너무 바보 같다."

"어째서요."

"아무 조건도 이유도 없이 무조건적이잖아요. 그것도 나한테만 국한되는."

"그러니까 다 말해요. 다 말하고 살아요. 속에 넣어 두기만 하면서 참지만 말고 나한테 다 털어놓고 지내요. 내가 세상의 전부인 것처럼 다 해 주는 그런 전지전능한 신이 될 테니까."

서주가 먼저 강의 품을 찾아와 바싹 안겼다. 서주에게서 좋은 샴푸 향이 났다. 시원한 치약의 향도 났다. 그리고 그 속에 그녀의 향이 가득했다. 서주의 숨소리가, 서주의 맥박이 고스란히 느껴졌다.

이건 일종의 유혹이었다. 이대로. 좀 더 이대로 있다가는.

위험한 생각이 들었다. 더 안고 싶었으나 강은 서주를 밀어 내듯 떨쳐 냈다. 그래서 서주는 그대로 얼음장으로 굳어 사색이 되어 버렸다.

"내가 싫어요? 왜……."

한껏 당황하고 한껏 초라해진 서주가 오도카니 앉아 지금 강의 태도를 납득하지 못하고 있었다.

"진짜 바보는 서주 씨네."

강은 차분히 물이 떨어지는 서주의 머리를 수건으로 감싸 털어 냈다. 그래도 여전히 젖은 채였지만 더는 머리칼에 물방울이 맺혀 바닥으로 추락하는 일은 없었다.

"나 서주 씨 안고 싶어요."

"안으면 되는 걸……."

"같이 자고 싶단 말이에요. 그러니까 내가 서주 씨를 덮치고 싶다는 거예요."

강은 서주의 말을 가로채 담담히 말을 이어 붙였다. 그러자 서주는 민망하거나 부끄럽지 않은지 몸을 감싸고 있던 수건을 조심스레 내렸다. 나신이 그대로 드러난 서주가 허공으로 팔을 뻗어 왔다. 안아 달라는 몸짓이었다.

환한 조명 아래 서주의 선은 눈이 부시게 아름다웠다. 그는 그대로 그 유혹에 넘어갔다. 서주의 몸 선은 아스라이 피어나는 아지랑이와도 같이 곧 사라져 버릴 듯 위태했다. 그러나 강의 손아귀에 서주의 몸이 놓이자 이 모든 선과 굴곡이 자신의 것이 된 양 모든 게 빠듯하게 열기로 변형되었다.

"내가 강이 씨의 모든 것이 될게요."

베개를 찾아 몸을 뻗은 서주의 속삭임이 꽤 달콤했다. 서주의 입술을 찾아 깊게 입을 맞췄다. 서주의 도드라진 어깨뼈를 만지다 젖무덤에 손이 닿을 때 서주는 바르르 떨었다. 해서 그의 손길이 멈추자 서주는 멈추지 마요, 하고 작게 소곤거렸다.

간신히 참던 모든 게 끊긴 암흑 속, 서주만 보였다. 서주만 존재했고 서주가 우주의 그 모든 것으로 여겨졌다. 서주의 몸에 이리저리 입을 댔다. 그에 맞춰 손도 여실히 움직임을 함께했다. 거친 숨소리와 달뜬 몸의 열기가 방 안의 공기를 다 채웠을 즈음 한 남자와 한 여자는 하나가 되어 서로의 세상이 되었다.

서주의 작다란 신음이 강의 움직임에 따라 연주했다. 하얗게 흔들리고 이지러져 부서지지 않을 만큼의 모든 관계가 끝나고서도 못내 아쉬워 입을 맞추고 서로의 살결을 훑었다. 강의 입술이 마지막으로 머문 자리, 그곳은 서주의 눈언저리였다.

서로의 세상이 되었음에도 해결해 주지 못하는 한곳이 강의 가슴에 머물렀다. 강의 눈가장이 눅눅하게 젖어서는 아래의 서주에게로 떨어져 내렸다.

"내가 정말로 신이었으면 좋겠다. 네 눈을 다시 돌려줄 수 있게 내가 그런 권능이 있는 사람이라면 좋겠어, 서주야."

서주가 자신의 몸 위에 있는 강을 말없이 껴안았다. 서로의 맨 살결이 그대로 엉겨들었다. 눅진한 땀과 눈물이 한데 섞여서 서로에게 다닥다닥 들러붙었다.

"다 해 줄게. 그게 뭐든 너한테 다 줄게. 내 심상까지 원한다면 내 손으로 도려내서 너한테 쥐여 줄게. 그러니까 서주야…… 영원히 나랑 살자. 어떻게든 나랑 같이 사는 그런 꿈을 꿔 줘."

"그럼 서주의 강에 살러 와요. 내가 강이 씨인 듯, 강이 씨가 나인 듯 그렇게."

눈을 감아도 느껴지는 서주는 떠나간 부모처럼 허상이 아님을 그는 절감한다.

서주의 강에.

서주의 강에 살다.

예쁜 이름이 예쁜 문장이 되어 예쁘게 나열된다. 그러므로 이건 꿈이 아니다.

서로의 나신을 비비대며 그저 웃어 버렸다. 낮고도 깊게, 높고도 넓게. 그렇게 한바탕 웃으며 서로의 몸을 탐하며 그러다 보니 어느새 날이 희붐하게 먼동이 밝아 왔다. 하얗게 새 버린 날 속에 서주는 어느덧 지쳐 얌전히 잠들어 버렸다. 강은 그런 서주의 옆에 누워 함께 잠이 들었다.

순항 중

．

"괜찮으면 같이 한잔할까요?"

퇴근을 하려던 길에 갑작스럽게 방문한 서환이 머쓱하게 제안을 해 왔다. 서주와의 일이 있고부터 강과 서환이 말을 섞는 건 처음이었다. 한동안 남보다 못하게 모르는 척을 하더니 오늘은 평소와 다르게 예전처럼 먼저 말을 건넨다. 애당초 아무 일도 없었던 듯 강은 그 모른 척에 동조했다.

흔쾌히 서환을 따라나선 길은 여름이라는 말이 무색하지 않게 대지의 스며든 열기가 고스란히 남아 있었다.

남자 둘이서 나란히 병원 뒤편에 어묵 국물이 기가 막힌 포장마차로 향했다. 서환은 모르나 강은 아는, 소위 이 병원에서 일한다는 사람들의 아지트였다. 툭툭 무심히 내어놓은 의자에 앉아 음식을 주문하니 주인아주머니가 어서 와요, 하고 인사를 건네어 왔다. 서환을 가리키며 못 보는 얼굴이라고 물어 와 새로 온 선생이라는 말을 잊지 않았다.

조촐하게 한 상 차려진 술자리에 강은 말없이 서환에게 술을 따랐다. 곧이어 강의 술잔에도 술이 채워졌다. 오늘 끼니를 제대로 챙기지 못한 탓인지 강은 어묵 국물 한 숟가락에 왈칵 기뻐졌다. 하지만 서환은 어묵에는 관심이 없다는 듯 눈길 한번 주지 않았다.

"전에는 미안했습니다. 제가 너무 못되게 굴어서."

머쓱하게 또 채워진 술잔을 비워 내며 서환이 건넨 사과는 어디 한 모퉁이가 많이 닳아 있는 것 같았다. 미안하다는 말을 헤아릴 수 없을 정도로 서환에게 많이 들었다는 서주의 말이 멀리 뻗은 기억 속에서 부상했다. 그래서 서환의 미안하다는 말은 귀퉁이가 많이 닳았나 보다.

"서주가 주 선생한테 술은 먹이지 말라고 해서 이 술은 제가 마시겠습니다."

강의 앞에 얌전히 놓여만 있던 술잔을 가지고 가 한입에 털어 넣은 서환은 그대로 비워진 술잔을 엎어 놓았다. 서환만 술을 기울이는 고독한 자리였다. 그럼에도 서환은 빠르게 술을 비워 나갔다. 안주 먹는 일도 일절 없었다.

"있잖아요, 우리 서주가 그런 고약한 벌을 받을 이유는 없었습니다."

서환이 술에 조금도 취하지 않은 모습으로 한탄했다.

"서주가 어릴 적에요, 학교에서 왕따를 크게 당했어요. 집에 엄마가 없다는 이유로. 서주는 머리 모양도 그렇고 옷도 그렇고 다른 애들 보기에 좀 허름했나 봐요. 학교에는 소문이 파다하게 났는데, 글쎄 그런데도 저한테 학교에서 힘들다는 그런 말을 한 적이 없어요."

"같은 학교가 아니었나요?"

"같은 학교였는데 나중에 한참 뒤에 알게 된 일이었어요. 서주가 이미 친구들한테 당할 대로 당해서 마음을 다치다 못해 망가질 정도가 되어서야 그제야 제가 알았어요."

손으로 턱을 괴고 침울하게 앉은 서환은 충분히 고통스러워 보였다. 서주에게 일어난 일 전부가 적어도 서주에게만큼은 올바른 결과가 아니었다는 걸 대변하고 있었다.

"그때는 그래도 해 줄 수 있는 게 있었어요. 서주를 괴롭힌 애들을 똑같이 뒤에서 괴롭혀 주는 식으로."

술 한 병이 단숨에 비워져 다시 주문했다. 새 술병을 따는 소리는 경쾌했으나 자리에 앉은 두 사람 중 누구도 경쾌한 사람은 없었다.

"근데 이번에는 내가 정말 해 줄 게 없잖아요. 그래서 서주를 보기가 힘들었어요. 서주를 어떻게 대해야 하는지 모르겠고. 걔는 뭐가 그렇게 전부 괜찮은지 괜찮다고만 하는데 제일 안 괜찮은 사람이 서주란 걸 모르는 이가 누가 있겠어요."

갖다 붙일 말이 없어 강은 한숨을 내쉬었다. 여름밤의 공기가 끈적했다.

"이제는 서수가 바라는 걸 해 줄 수 있는 나이가, 녕예가, 지위가 다 있는데, 다 되었는데 이딴 게 필요 없다는 식으로 서주 혼자 아파서 억울했습니다. 그래요, 막말로 하고 많은 사람들 중에 서주일 수 있어요. 그런 게 인생이니까. 그런데 왜 하필 서주인지 아직도 나는…… 납득하지 못하는 중입니다."

예전처럼 우락부락 화를 내진 않았으나 서환은 예전처럼 조용히 아파했다. 서주와 화해했다면서, 본가에 다녀왔다면서도 아직은. 여전히 받아들이지 못한 모양이었다. 서환은 깜깜한 세상 속에 갇힌 서주를 본 그날에 머무르는 듯하였다.

"내 등에 커다란 화상 흉터가 있어요. 서주가 옛날에 장난을 치다 실수로 뜨거운 물을 엎었거든요. 아직도 이런 눅눅한 여름날이 되면 짓무르고 겨울날이 되면 터서 쩍쩍 갈라지죠."

"그건 너무 아프시겠네요."

서환은 고개를 내저었다.

"합리화했어요. 서주가 저만큼 자신의 인생을 할애해서 내 인생에 버팀목이 되어 줬으니까 이 화상 흉터는 내가 서주에게 덜 미안해할 수 있는 그런 구실이라고 여기면서 내내 살았어요. 그래서 매해 계절마다 서주가 그곳은 괜찮으냐며 물을 때 다 네 탓이야, 하고 우스갯소리처럼 해 댔어요. 이 말이 비수가 되어서 나한테 이런 식으로 돌아올 줄 모르고 말이죠."

"원래 사람 인생이란 건 한 치 앞도 모르는 거잖아요. 어느 날에 평탄한 길을 걷는 거 같다가도 다음 한 걸음을 옮길 때, 그곳이 낭떠러지일 수도 있는걸요."

"무수히 그래 왔어요. 등록금이 다 마련되지 못해서 내로라하는 명문 의대는 문턱도 못 넘어 보고 지방 의대에 겨우겨우 장학금을 받아 들어갔을 때도 그랬고, 아버지 일신에 문제가 생겨 서주랑 나만 남겨졌을 때도 그랬고, 항상 그래 와서 이제는 좀 평탄하나 했는데. 결국은 또 이렇게 되네요."

꿀렁꿀렁 술병에서 술잔으로 옮겨지는 술에서는 요상한 소리가 났다. 어딘가 마음이 동하는 그런 소리였다.

"나만 그러면 좋을 텐데. 우리 아버지만 그러면 좋을 텐데. 왜 항상 나쁜 일은 서주의 몫인지……."

서환의 어깨가 들썩였다. 소리 없이 그는 흐느끼고 있었다. 하얀 티셔츠의 어깨선이 빳빳한데 그게 자꾸 오르락내리락 반복한다. 그는 서주가 눈을 잃었다는 걸 알게 된 그날로부터 줄곧 소리 없는 울음을 내뱉느라 매일의 하루가 고단했을 것이다.

강은 서주가 왜 그렇게 오빠를 걱정했는지 이제는 알 것만 같았다. 서주는 이런 식으로 상처받게 될 오빠의 존재를 미리 예견하고 있었다. 다 괜찮아졌다고 했지만 속은 전혀 그러지 못하고 곪아서 터지기 직전인 이런 상황을 무수히 걱정했다.

만약에 서환에게 이런 고통의 날이 비춰진다면 서주는 자신을 대신해서 오빠에게 따뜻한 말 한마디 건네 달라고 강에게 부탁했었다.

하지만 그런 허울만 번듯한 말은 필요치 않았다. 고통에 젖은 이에게 내어 줄 수 있는 빈말은 어디에도 존재하지 않았다. 남이라면, 속내를 알 필요 없는 남이었다면 그저 던져 주는 식으로 빈말이라도 했겠지만 강은 서환에게 그러면 안 된다는 것을 알고 있었다.

어떤 빈말 대신 강은 서환의 어깨를 투덕거렸다. 흐느끼는 그에게 이 작은 손짓 하나가 위안이 되길. 해서 서주도 서환도 더는 깊게 상처가 새겨지지 않기를. 그냥 이대로 이제 아무는 일만 남기를. 강은 아무도 들어주지 않는 기도를 했다.

"저 대신 우리 서주 옆에 있어 줘서, 그래서 그나마 서주가 저렇게 살 수 있게 해 줘서 너무 고맙습니다."

대뜸 자리를 박차고 일어난 서환이 90도로 허리를 숙여 강에게 인사했다. 타인들의 시선이 서환에게 박혔다. 강이 그러지 말래도 서환의 숙인 허리는 펴지지 않았다. 그대로 시간이 멈춘 듯 그는 예의를 차렸다.

"서주가 주 선생 덕에 산다고 했습니다. 나도 아버지도 아닌, 서주는 주 선생 덕에, 주 선생을 위해 산다고 말했습니다."

"저도 서주 씨 덕에 사는 중입니다. 그러니 이런 인사는 안 하셔도……."

"그러니 딱 하나만 약속해 주세요."

서환이 곧 무릎이라도 꿇을 듯 자세를 낮췄다.

"더는 잃을 게 없는 서주를 외면하거나 버리지 말아 주세요. 이제 우리 서주한텐 주 선생밖에 남아 있지 않으니까 그것마저는 잃지 않도록 부단히 노력해 주세요."

서주에게 남은 마지막.

서환은 그 말이 무슨 의미인지 충분히 알면서도 부탁하고 있었다. 강은 그러겠다고 고개를 주억였다.

"고맙습니다. 이 말로는 다 설명하기 어려울 정도로 신세 지게 되어 죄송하지만 그래도 고맙습니다."

모든 짐을 내려놓은 양 서환은 비로소 입가에 미소를 머금었다. 서주 하나만을 위한 서환의 절절한 부탁에 가슴께가 쓰라렸다. 서환 혼자 먹는 술자리가 계속되었지만 어쩐지 오늘은 마셔도 좋을 것만 같은 기분이 들어 엎어져 있던 술잔을 곧추세웠다. 서로 기울어지는 술잔 속 남자 둘이 나누는 서주의 이야기는 끝나지 않을 것만 같이 계속 이어졌다.

한여름의 밤은 더웠으나 시원스레 홀가분했다.

파릇파릇한 정원을 서주는 흰 지팡이로 앞을 가늠하며 거닐었다. 봄도 오랜만에 신이 났는지 정원 이곳저곳을 킁킁거리며 돌아다니기가 바빴다. 수국이 한껏 피어 있는 자리에 멈춰 선 서주는 여기 꽃이 있어요? 하고 물었다. 경애가 그렇다며 즐겁게 대답해 주었다.

부모의 흔적이 고스란히 머무는 집에 말섭이 서주를 초대했다. 후련하게 서주가 짐을 털어 낸 것을 축하하자며 정원에서 조촐하게 바비큐 파티나 하자는 말섭의 제안에 서주가 흔쾌히 수락하여 여기까지 오게 되었다.

서주는 말섭을 처음 만났다. 경애와는 몇 번 만나 이야기도 나누고 말도 편하게 한 사이가 되었지만 말섭과는 아직 아니었다. 그럼에도 처음 만난 거 같지 않게 서주는 다정히 말섭을 대했다. 말섭도 마찬가지였다.

멀리서 그 두 사람을 보고 있노라면 할아버지와 손녀 같은 정겨운 풍경이었다. 서주의 옆을 지키던 경애가 벤치에 앉아 관망하던 강의 옆에 자리를 같이했다. 툭 놓인 강의 손을 감싸 쥐고 경애는 그렇게 행복할 수 없다는 얼굴로 맘껏 기쁨을 표했다.

그러니까 이런 날이 오기도 하는구나, 실감이 났다. 사랑하는 사람이 부모의 자리를 대신하는 조부모에게 이렇게 살갑게 인사하며 이야기 나누는 날이 있을 거라곤 예감하지 못했는데. 수국의 색에 묻힌 서주는 뭐가 그리 즐거운 것인지 전에 보지 못한 미소로 자꾸만 웃는다. 자꾸 웃는 서주 때문에, 그 서주로 인해 자꾸 웃는 조부모 때문에 속절없이 강도 웃음이 새어 났다.

"진짜 사람 사는 집 같아서 좋구나."

경애가 약간은 떨리는 어투로 말했다.

이 넓은 집을 손자가 출가하고 조부모 두 사람이서 지켰다. 이토록 넓은 집을 고작 두 사람이 가꾸며 언제 찾아올지 모를 손자를 기다렸다. 그래서 이런 식의 행복이 조부모나 강도 믿기지 않았다. 이건 서주 하나로 바뀐 모든 것이었다. 그래, 기껏해야 서주 단 하나가. 단지 서주 하나뿐인데. 세상이 바뀐 듯이 한 가족의 인생이 변화한다.

여태까지 허다하게 죽음을 봐 왔다. 병원에서는 사람의 목숨이 헐값이라도 되는 양 죽음이 수두룩했다. 아무리 마음을 쏟던 환자가 죽어도 마음이 슬프다는 걸 알면서 눈물이 나지 않았다. 마음이 자꾸만 무덤덤해져 갔다. 모든 감정이 무감각해진 즈음 가족이 아닌 이상에야 어떤 식으로 사람이 죽어 나가도 마음이 슬프지 않았다. 이렇게 둔감하게 지나가야 살아남을 수 있었다. 그래야 스스로가 살 것만 같았다.

그런데 이제는 아닌 모양이었다. 어제 수술을 한 환자가 오늘 새벽에 죽었다는 말을 들었을 때 마음이 아파 견딜 수가 없었다. 가슴 어디 한 군데가 찢긴 것처럼 아팠다. 화장실에 덩그러니 앉아 눈물도 났다. 처음 의사 가운을 입고 돌보던 환자가 죽었을 때처럼, 어쩌면 그때보다 더 아픈 듯싶었다.

이건 고로 서주가 곁에 있음으로 생긴 감정의 변화였다. 인생 자체가 바뀌고 있었다. 고작 서주 하나였다. 인생에서 고작 임서주 하나가. 입에서 도리 없이 미소가 번졌다. 주강에겐 임서주가 제일 위대했으므로 이게 마땅한 이치란 것을 깨닫는다.

"너한테 할미가 줄 게 있어."

"뭘요?"

경애는 앞치마 앞주머니에서 작은 상자 하나를 꺼내 강의 손에 쥐여 주었다. 붉은빛 벨벳으로 된 상자는 빛이 바래 눈으로 짐작하기에도 오래된 것이었다. 조심스레 상자를 열어 보았다. 거기에 한참이나 익숙하지만 낯선 반지가 하나 머물렀다. 눈자위가 금세 벌겋게 달아올랐다.

"이거……."

음성이 쩍 갈라져 말이 나오질 않았다.

"하긴 워낙 많이 봐서 알겠지."

"이걸 어떻게 지금까지……."

"네 엄마 유품에 있었던 걸 다시 세팅해서 가지고 있었어.

언젠가 너한테 줄 날이 있지 싶어서."

어릴 적 기억에도 남아 있던 모친의 반지였다. 남아 있는 모친의 사진마다 그 반지가 함께여서 기억하던 반지였다. 모친이 우리 강이 커서 결혼할 신부한테 물려줘야지, 하던 말이 매번 따라붙던 그 반지였다.

"그때 당시로도 한참이나 비쌌던 다이아였지. 시어머니가 나 아들 낳았다고 해 주셨던 반지였어. 반지 안에 네 아비 이름 새겨 넣으면서 줘서 내가 얼마나 어처구니가 없었는지."

오랜 기억을 끄집어내는 경애는 물끄러미 하늘만 바라보았다.

"그래도 좋아서 몰래 몰래 꺼내 봤지. 끼기엔 너무 아까웠거든. 그렇게 간직만 하고 있다가 네 엄마 시집올 때 함에 넣어서 보냈단다. 네 엄마가 보석을 참 안 하고 다녔는데 그 반지만큼은 시도 때도 없이 끼고 다니더구나."

"그런 걸 왜 저한테 주세요."

"네 엄마 약속 지켜 주고 싶어서. 네 엄마가 너 장가갈 색시한테 그거 꼭 끼워 줄 거라고 나한테 입이 닳도록 말했었거든."

"할머니도 참⋯⋯."

"네 엄마가 많이 껴서 금도 많이 줄었고 다이아도 많이 닳았지만 너만 괜찮으면 가져가."

경애는 다 이룬 사람처럼 웃었다. 미련도 여한도 없는 얼굴이었다.

"서주 하얀 손에 그 반지 잘 어울릴 거 같더라. 네 엄마처럼 어찌 그리 손도 예쁜지. 할미가 대충 보기에 사이즈도 딱이야. 너만 괜찮으면, 네 마음만 괜찮으면 가져가. 네 엄마가너무 바랐던 일이라 할미가 대신 전달해 주는 것뿐이야."

말없이 강은 경애를 껴안았다. 다 큰 손자 녀석이 왜 이러냐는 핀잔을 주면서도 경애는 강의 등을 쓸어 주었다.

"서주가 그리 좋든?"

품에서 손자를 품고서 머리를 만져 주며 경애가 묻는다.

"네. 좋아 죽겠어요. 없으면 못 살 거 같아. 진짜…… 바보처럼 그렇다니까요."

"죽고 못 살겠거든 잘해 줘."

"네."

"주책스럽게 네 아비 생각이 나는지. 네 아비 결혼할 때도나한테 이렇게 안겨서 네 엄마가 그렇게 좋다고 그러더니.이 집 남자들은 하나같이 어째 이러누."

옛 과거를 담담하게 말하는 경애는 더 이상 눈물짓지 않았다. 죽은 자식들 이야기만 나오면 울컥 눈물이 앞서던 그날의 기억이 없는 사람처럼 경애는 웃는 낯빛이었다.

"옛일로 울지 말어. 다 제자리가 있단다. 네가 서주를 만난거, 해서 더 먼 미래를 바라보는 일, 그게 현재야."

"하여튼 우리 할머니 때문에 내가 산다니까."

"안 되지. 이제 너는 서주 때문에 살아야지. 이 할미 때문에 살아서 어디다 쓰게."

강은 한결 편하게 농담을 던지는 경애의 손을 힘주어 꽉 쥐었다.

"네가 서주의 방패막이가 되어 줘. 저렇게 어린 애한테 일어난 비극이 더는 비극으로 남지 않게 네가 많이 잘해 줘야 해. 서주는 너를 많이 사랑하잖니. 너도 그만큼은 잘해야지."

"네. 내가 더 잘할게요. 예전에 할아버지가 그랬듯. 아버지가 그랬듯."

"그럼. 네 할아비나 네 아비나 자기 여자한테는 참 잘하는 사람들이지. 너도 그 성정을 닮아 잘할 거야. 아무렴, 할미는 우리 손자를 믿는단다."

"할머니는 나한테 이렇게 멋진 사람이라니까. 내가 우리 할머니 손자라는 게 참 자랑스러워."

"나도 네가 내 손자라는 게, 내 자식이라는 게 무진장 자랑스럽단다."

자리를 털고 일어난 경애는 홀홀히 서주의 곁으로 갔다. 꽃을 따다가 서주의 코끝에 대어 주며 향기가 좋지 않으냐고 했다. 서주가 네, 하고 작게 말하자 경애는 꽃을 한 아름 따다가 나중에 갈 때 예쁘게 싸서 주겠다고 말했다. 그러자 서주가 또 네, 하고 작게 대답했다. 말섭이 조용히 그 장면을 보고 웃는다.

강은 멀찍한 그 풍경에 같이 웃음이 났다.

밤이 깊어도 소란한 밤, 서주는 양껏 먹은 음식들로 배가 불러 소파에 조심스레 몸을 앉혔다. 경애를 돕느라 주방에 있는 강을 두고 자신만 편한 것 같아 좌불안석이었지만 그런 걱정이 무색하게 앞에 마주 앉아 식구처럼 대해 주는 말섭 덕에 편했다. 꼭 제 집에 온 듯이 편안할 정도였다.

"우리 마누라가 후식도 가져 나올 텐데 먹을 수 있겠누."

우스갯소리로 던지는 말섭의 농에 서주는 고개를 두어 번 주억였다.

"저녁은 다 맛있었고?"

"네. 진짜 이렇게 배부르게 먹은 거 오랜만이에요. 감사히 잘 먹었습니다."

"잘 먹었다고 하니 내가 다 기뻐. 고맙다."

"아니요. 별말씀을요. 제가 더 감사하죠."

자신에게 이렇게나 친절한 분들이라니. 서주는 속으로 감탄했다. 이건 불가능에 가까운 현실이었다. 변변한 직업도 없는, 그렇다고 멀쩡한 몸도 아닌 자신을 이다지도 챙기는 두 사람이 쉽게 납득되지 않았다. 그래서 터무니없는 불안감 이 생성된다. 이래 놓고, 이렇게나 다정하게 해 놓고 뒤에는 불호령이 떨어지는 나쁜 꿈을 꾼다. 근래에 악몽을 꾸면 꼭 그런 류의 꿈이었다. 꼭 비련의 여주인공이나 되는 양 뒤끝이 나쁜. 갑자기 공포가 서주를 좀먹기 시작했다.

"서주야."

공포에 급작스레 몰린 서주를 말섭이 나긋이 부른다.

"네, 말씀하세요."

"많이 힘들었지?"

선뜻 건네는 조부의 말 한마디가 서주를 녹인다. 서주를 좀먹던 어떤 공포는 잠시 움직임을 멈췄다.

"네 나이에 감당하기 버거운 일들이 태산처럼 밀려와 하염없이 힘들기만 했겠지."

"아니요. 저는 다 괜찮았어요."

"우리한테는 그러지 않아도 된다. 인생을 이만큼 살면 터득하는 예감이란 게 있다. 그래서 네가 어땠을지 강이한테 듣지 않아도 어렴풋이 알 수 있지."

물 한 모금으로 목을 축이며 말섭이 허허 사람 좋게 웃었다.

"서주야, 보이지 않는 건 어떤 세상이냐고 이 할아비가 물어도 되누?"

느닷없는 질문에 서주는 생각했다. 눈이 안 보이고 나서부터의 세상들을. 칠흑같이 까만 어둠 속에서 앞이나 뒤가 가늠되지 않아 혼자 동떨어져 있는 듯한 기분. 세상이 굴러가는데 자신만 어디선가 멈춰 허우적대는 느낌. 배가 고픈데 음식을 찾기도 어려워 포기했던 어느 아침. 샤워를 하다 거품이 덜 씻긴 부분이 있었는데도 그걸 다 씻고 나서야 알게 된 밤. 눈이 보이던 때처럼 꿈을 꾸다 일어났는데 앞이 그저 캄캄할 때. 눈으로 보지 못한 날보다 보았던 나날이 더 길었던 임서주. 떠올리는 것만으로도 가슴이 턱 막힐 것처럼 답답했다.

"억울한데, 그래서 원망스러운데 그래도 세상은 꽤 괜찮다고 생각해요."

숨을 깊이 들이쉬었다가 내쉬었다. 어쩐지 공기가 청량했다.

"어째서 그럴 수가 있누. 늙어서 가는 귀가 멀고 눈이 약간만 멀어도 불편한데. 너는 아예 안 보이잖니."

"네. 사실 아직도 불편하고 답답해요. 처음부터 안 보였던 건 아니라서 보이는 세상이 더 그립고 보고 싶은 게 사실이에요. 그런데, 그런데요."

한껏 들뜬 표정으로 말을 가다듬는 서주를 말섭은 얌전히 기다려 주었다.

"강이 씨가 옆에 있어서요. 할아버님과 할머님이 고이 키워서 장성한 그 사람이 있어서, 이런 눈을 가지고도 불행하다 안 느껴지고 행복하다 느껴져요."

"그 말에 추호의 거짓도 없는 거냐?"

"네. 정말 눈곱만큼의 거짓도 없어요. 아무것도 안 보이는 곳에 강이 씨가 길을 만들어 줘요. 그래서 그 길을 걸으며 어제도 오늘도 내일도 열심히 살아가는 중이에요."

"그럼 네 인생은 지금 순항 중인 거구나."

"네. 순항 중이에요. 그래서 이 말씀은 꼭 드리고 싶었어요."

서주의 초점 없는 눈이 초롱초롱하게 반짝였다. 남들이 보기에 손가락질할 수 있는 그 눈이 말섭에겐 이보다 더 보기 좋을 수 없었다.

"강이 씨 키워 주셔서, 저만큼 착한 사람으로 키우시고는 저한테 보내 주셔서 정말 감사드려요."

말섭 스르시 눈물지었다. 누구에게도 듣지 못할 말을 서주를 통해 들어 말섭은 믿기지 않았다. 이미 떠나간 자식들에게 들을 수도 없는 말을 서주가 차분히 앉아 하고 있음에 허했던 마음에 무언가 빽빽이 채워진 느낌이 들었다.

"서주야, 언젠가 연이 더 닿아서 강이랑 네가 맺어지는 그런 날이 오기를 기다리고 있으마."

"할아버님……?"

"그러니 어딘가 가고 싶을 때, 뭐가 먹고 싶을 때, 이 집이 생각나면 언제든지 오려무나. 우리는 언제나 너를 반길 준비를 하고 있을 테니."

어느새 주방에서 복닥거리던 경애와 강이 접시 한가득 과일과 차를 내왔다. 그래서 서주와 말섭, 둘만의 이야기는 조용히 덮였다.

그러나 end가 아닌 and로 이어져 꼭 서로가 비밀을 간직한 것처럼 남아 있었다.

찻잔을 내려놓는 강이 무슨 이야기를 했냐며 서주를 찔러 댔지만 조부는 아무 이야기 안 했다, 로 종결시켰다.

만뢰 잠잠한 깊은 밤, 식구가 그득한 화기애애한 저녁이 갈무리되고 있었다.

"진짜? 진짜야?"

같이 커피를 마시다 말고 장현이 캑캑거리며 물었다. 강은 종이컵을 입에 물고 고개만 까딱거렸다. 짝다리를 짚고 서 있던 자세를 고친 장현은 몸을 더욱 바싹 붙였다. 괜히 말했나 싶기도 했지만 언제까지 숨기고만 있을 수도 없는 터였다.

"와. 미친. 대박. 사실입니까, 주 선생님? 진짜로?"

"아 몇 번 말해. 맞다고 했잖아."

"아니, 어디서 어떻게 만나서? 언제 어떻게 그런 사이가 되고?"

"어휴. 말을 말자."

몸을 돌려 진료실로 향했다. 그런데 장현이 졸졸 뒤꽁무니를 따라왔다. 진료실에도 같이 들어와서는 한 자리 차지하고 앉아 먹던 커피를 마저 홀짝였다. 나갈 생각일랑 없는 듯이 엉덩이가 무거워 보였다.

"나가. 오후부터 진료 봐야 해."

"말을 좀 자세하게 해 줘. 우리 그렇게 먼 사이냐? 우리가 그렇게 못한 사이였어?"

"봉사 다니는 도서관에서 만났고, 짝사랑했는데, 그 짝사랑에 성공한 남자가 되었지. 됐냐?"

"근데 그 여자분이 임 선생 동생이고? 와. 사람 앞일 모른다더니. 네가 딱 그 짝이네."

"그래. 사람 앞일 모르지. 근데 그 앞일 알고도 난 행복하니까 상관없고."

"행복? 행복? 진짜, 세상에 우리 주 선생 입에서 행복이라는 단어가 나오다니. 오래 살고 볼 일이야."

배를 부여잡고 깔깔대는 장현이 얄미웠지만 그래도 내심 반가워하는 기색이라 더 타박하고 싶은 말을 강은 참아 냈다. 장현은 강의 집안 사정도 어느 정도는 알고 있는 유일무이한 친구였다. 그래서 서주의 일을 마냥 숨기고 있을 수 없는 노릇이었다. 언젠가 알게 되어도 알게 될 일이었다.

"그런데 눈이 안 보여."

히죽대며 빈정거리던 장현이 강의 한마디에 돌연 숙연해졌다.

예상하고 있던 반응에서 한 치의 오차도 없이 들어맞는 완벽함. 강은 버석한 헛웃음이 났다. 강이 알고 있는 장현은 언제나 예상 가능한 범주에 머물렀다. 그래서 다음으로 장현이 무슨 말을 할지도 알았다.

하지만 장현은 의외의 말을 꺼내 놓았다.

"그게 뭐라고 무슨 일 있는 것처럼 말하냐?"

뭐가 모자라서 그런 여자를 만나냐느니. 너는 장애가 뭔지 알기나 하냐느니. 얼핏 그런 말들을 머릿속에 나열하고 있었다. 장현은 곧 죽어도 해야 할 말은 해 버리는 그런 사람이었고, 그렇기에 이번에도 별반 다르지 않게 그럴 것이라 여겼던 예상은 보기 좋게 빗나갔다.

시멘트 화분에 심겨 있는 커피콩나무 앞에 서서 장현은 남은 커피를 마저 다 마셨다. 처음 진료실을 배정 받았을 때 장현이 사 왔던 커피콩나무는 처음에 뿌리내린 화분이 작아져 작년에 분갈이를 했었다. 회색빛의 정사각형 반듯한 화분에 거처를 옮긴 커피콩나무는 하루가 다르게 무럭무럭 자라 관리를 안 해 주면 울창한 숲처럼 잎들이 금세 번져 나갔다. 푸르다 못해 쨍한 초록빛의 커피콩나무를 만지며 장현이 벙긋이 미소를 지었다.

"우린 의사잖아. 그런 누군가의 불행을 수도 없이 봐 온."

"그랬었지."

"네가 만나는 여자도 별반 다를 바가 있겠냐? 스쳐 가는 불행을 비껴 나지 못해서 정통으로 맞았겠지. 그런 여자를 너는 사랑하는 것뿐이고."

뜻 없이 의미만 좋은 겉치레 같은 말들을 장현은 결코 하지 않았다. 하얀 가운에 앉은 작은 먼지들을 털어 내면서 병원에 사느라 매번 헝클어진 머리를 만지며 그는 환자에게 어쩔 수 없이 해야만 하는 위로 섞인 말 따위를 절대 내뱉지 않는다. 그런 위선적인 말들로 관계에 초래할 수 있는 위험성을 완전히 배제시켰다.

그래서 마음이 외려 더 편해졌다. 아무 곡해 없는 말과 시선이 고마웠다. 서주에게는 늘 많은 편견과 오해가 따라붙었다. 눈이 보이지 않으면서 받는 그 모진 것들이 서주를 더 괴롭히곤 하였다. 해서 주변에 오래 볼 수 있는 사람들만큼은 그러지 않았으면 하고 바랐다. 그 바람이 이루어진 지금이 강은 좋았다.

"오후 진료 끝나고 서주 씨 보러 갈래?"

맑은 날씨 탓인지 좋은 기분 탓인지 툭 상냥한 권유가 입 밖으로 나왔다. 커피콩나무에 시선을 붙박인 채로 장현이 그래, 하고 말했다.

시계를 들여다보니 벌써 1시 30분이었다. 오후 진료가 시작되었다.

장현을 서주는 기탄없이 맞이했다. 사지 않아도 된다는 것들을 주렁주렁 사 와서는 자기가 뭘 가져왔는지 장현이 서주에게 조곤이 설명한다. 거실에 나란히 앉아 봄을 두고 안내견이 맞냐는 말도 물어본다. 그래도 손님이라 마실 것은 대접해야 할 것 같아 강은 차 대신 시원한 주스를 내갔다. 아침마다 서주한테 갈아 주는 사과즙이었다.

"잘 마실게요, 서주 씨."

음료를 대접한 건 강인데 인사는 엄한 사람에게로 돌아가 서주는 자못 당황한 티가 역력했다.

"이런 거 서주 씨 없으면 구경도 못 해요. 이 자식 친구한테 완전 무심한 놈이거든요. 저 녀석한테 이런 거 한잔 마시는 게 얼마나 하늘의 별 따기게요."

"그럼 저한테 엄청 고마우시겠네요?"

서주가 듣기에도 민망한 질문을 장현에게로 던졌다. 하지만 장현은 서주처럼 당황하지 않고 당연하죠, 라고 맞받아쳤다.

"그러면 저희 강이 씨 잘 부탁드려요."

깍듯하게 예의까지 갖춰 가며 고개를 조아리는 서주였다. 그녀는 늘 강의 걱정만 하는 사람처럼 굴었다. 헤아릴 수 없는 깊이의 사랑을 서주에게 받고 있었다. 눈이 안 보이는 스스로보다 강을 걱정하는 서주가 그래서 더 눈에 밟혔다.

"제가 더 잘 부탁드려야 하는데. 서주 씨가 선수 쳐 버리셨어요."

헛헛한 미소를 던지며 장현은 그렇게 말했다.

"이 모자란 놈 거둬 주셔서 감사합니다."

강이 장현의 옆구리를 툭 쳤지만 아랑곳없이 강이가 저 때리네요, 하고 서주에게 일러바친 장현은 뭐가 그리 좋은지 생글생글한 얼굴이었다.

담배 연기가 밤하늘 위로 짙게 번졌다. 냄새가 밸까 봐 신경이 쓰였지만 그래도 장현의 곁에서 떨어지지 못했다. 인스턴트커피 가지고 구박을 하던 놈은 담배를 끊지 못한 채 여전했다. 매년 새해가 되면 강은 인스턴트커피를, 장현은 담배를 끊자고 서로 철석같이 약속해 놓고 작심삼일인지 딱 3일째를 넘기지 못한 채 결심이 무색하게 되곤 하였다. 어쩌면 고뇌와 번뇌 가득한 의사 생활에 인스턴트커피나 담배가 유일한 낙인지도 몰랐다.

고개를 들어 하늘을 바라보니 별 무리 일절 없이 외로이 달만 덩그랬다. 어릴 적에 발견했던 그 많은 별 무리들은 어디로 모습을 감춘 것인지 아무리 찾아봐도 찾을 수가 없었다. 달 옆으로 빨간빛을 가진 점이 지나간다. 헬리콥터나 비행기, 그쯤 되려나.

"눈을 살릴 방법은 없는 거지?"

담배를 꺼 버린 장현이 어려운지 데면데면 물음을 끄집어냈다. 멀리 하늘로 가닿은 강의 시선은 그래서 다시 땅으로 돌아왔다.

"그런 기술이 차라리 있었으면 좋겠다. 잔인하지만 현대 의학에서 아직 그런 기술이 없네."

무언가 희망이 없다는 사실은 사람으로 하여금 힘을 빠지게 만든다. 아무것도 해 줄 수 있는 방법이 없었다. 그게 지금의 변하지 않는 현실이었다. 얼마나 더 가야 서주의 눈은 기적을 바랄 수 있는 일인지 기약이 없으므로 직시한 현실은 잔인했다. 페니실린의 발견으로 많은 생명이 기적을 받은 그때처럼 서주의 눈도 언젠가는. 하지만 그 전에 서주는 지금같이 사는 이 모든 주변인들과 함께 이미 저승에서 이승과 이별을 한 상태일 것이다.

그러니까 지금 최선을 다하자는 게 강의 목표였다. 서주와 함께 지낼 수 있는 동안 내내 감정을 숨기거나 부러 포장하지 않고 무조건 직진. 우회나 유턴은 필요 없었다.

"나 근데 아까 엄청 당황했다? 서주 씨가 널 무슨 유치원생 대하듯 노심초사하는 거 같아서. 뭔가 굉장히 이상했음."

다시 자연스레 담배를 피우려다 장현은 담뱃갑을 도로 주머니에 집어넣었다.

"너도 굉장히 이상했어. 서주 씨한테 그런 인사를 왜 해?"

"처음이잖냐."

밤의 공기를 깊게 들이마시며 꼭 술 취한 사람처럼 장현은 강에게 팔을 두르며 몸을 기대 왔다.

"어떻게든 살아도 된다는 식으로 너 매번 그랬어. 장시간 수술실 들어갔다 와서 좀 쉬어야 하는데, 그래서 TA(교통사고) 환자 다른 선생들이 봐 준다고 했는데 네가 하겠다고 곧장 수술실 들어가서 또 12시간 내리 수술하고 왔잖아. 너 그때 수술실 나와서 한 말 기억하냐?"

강은 기억을 떠올리려 애를 썼다. 하지만 여태 해 온 수술 중에 그런 날은 없는 것처럼 기억에서 떠오르지 않았다.

"살아지는 대로 사는 거지. 지켜 낼 것도 없는데 환자라도 지켜 내야 하는 거니까."

그런 말을 했던 자신을 강은 기억하지 못했다. 이건 서주가 있고 없고의 명확한 경계선이었다. 부모가 있고 없고의 명확한 경계선이기도 했다. 부모를 잃고, 그래서 서주를 만나기 직전까지의 모든 기억들은 정확하지 않거나 혹은 불분명했다. 지킬 것이 사라졌다 다시 생긴 셈이었다.

장현은 아쉬웠는지 머뭇거리는 손짓으로 담뱃갑을 다시 꺼내 들었다. 한 개비의 담배가 장현의 입에 물리고, 담배 끝에는 숨결로 잠잠해졌다 다시 태우는 불이 붙었다. 냄새가 지독스럽게 고약했다.

"그랬던 네가 처음으로 나한테 소개시킨 사람이야. 사람답게 사는 좋은 얼굴을 하고서는 네가 난생처음으로 나한테 인사시킨 사람이라고."

"그런데 핀트가 이상하다? 왜 네가 나보다 더 좋아하냐?"

"널 아니까. 할머님이 종종 나한테 잘 부탁한다던 네 예전 모습을 나는 아니까."

길에서 강은 멈춰 섰고, 장현은 계속 걸어갔다. 장현의 뒤로 담배 연기가 안개처럼 쌓여 그의 모습이 희미했다. 희미한 모습 속 장현은 돌아보지도 않은 채 손을 흔들었다.

"간다. 내일 보자."

그 한마디가 전부였다.

진료가 끝나고 강은 서랍에 들어 있는 작은 상자를 꺼내 만지작거렸다. 상자의 촉감은 보드라웠다. 세월이 무색하게 느껴질 만큼 여전히 보드라운 것이 믿겨지지 않았다. 족히 60년은 더 된 상자와 반지였다. 긴 세월을 견뎌 왔는데도 상자의 질감이 여전히 살아 있는 건 행운이었다.

만지고 또 만져 보아도 용기가 생기지 않아 집에 두지 못하고 병원에 고이 모셔 두었다. 강은 서주가 이 반지를 끼는 상상을 한다. 반지가 예전의 어머니처럼 길고 곧게 뻗은 하얀 손에 끼어져 또 세월을 견뎌 내는 그런 모습을 상상한다. 그 상상 속에 서주는 항상 웃는 얼굴을 하고 있었다. 하지만 막상 직접 끼워 주기까지의 용기가 도통 생겨나질 않았다.

상자를 다시 서랍에 넣고 닫는 걸로 끝이 났다. 아무런 일 없던 양 책상 위로 머리를 기울였다. 낮잠이나 한숨 잘까 싶다가 고개를 옆으로 돌리니 창가에 들이치는 햇살이 너무 좋았다. 좋은 날씨를 조금 더 즐기고 싶었다. 하지만 낮잠의 유혹을 이겨 내지 못하고 눈꺼풀은 무겁게 내려앉았다. 창가의 빛이 가득 고인 채였다.

눈을 뜨니 창밖은 낮이 물러나 저녁을 바라보고 있었다. 책상에 기대어 잔 잠이 불편해서인지 몸이 여기저기 삐걱거렸다. 몸을 일으켜 기지개라도 켜려는 일순 강은 한 지점에 시선이 멈췄다. 소파에 자기만큼이나 불편하게 기대 잠든 서주였다. 눈에 넣어도 아프지 않다는 말을 실감한다. 부모가 자식에게나 한다는 말을 왜 자신은 서주에게 향하는지. 잠든 서주의 옆으로 가 슬며시 몸을 앉혔다.

수술로 인해 어제 집에 들어가지 못해 오늘 일찍 들어가겠다고 약속했는데 서주가 병원으로 발걸음 했을 줄은 짐작하지 못했던 일이다.

강은 서주의 뽀얀 뺨을 쓰다듬었다. 손도 슬쩍 쥐어 보았다. 긴 속눈썹도 신기해서 쓸어 보았다. 그리고 서주의 도톰한 입술에 자신의 입술을 맞대었다. 말랑하게 느껴지는 입술이 서주의 하나처럼 느껴졌다. 혀가 의지와는 반하게 서주의 입속으로 깊게 침투했다. 서주가 먹은 무언가의 달콤한 맛이 혀끝에 전해진다.

네가 이렇게 예뻐서는. 내 마음을 이렇게나. 온통 다 헤집은 채로 너는 잠만 자고. 너는 무어길래 나한테 자꾸만 예뻐서.

강의 시야 가득 서주만 존재했다. 그래서 일방적인 입맞춤이 끝나고 잠에서 깨나는 서주를 온전히 시야에 담을 수 있었다. 초점 없는 서주의 눈이 허공을 방황한다. 아무 걱정도 없는 사람처럼 서주의 무릎을 베고 강은 누워 버렸다. 노을이 지는 창을 뒤로하고 서주는 입술을 호선으로 예쁘게 말았다.

"보고 싶어서 왔어요."

미소 짓는 입술로 예쁘게 조곤조곤. 서주의 입이 달싹인다.

"장현 씨가 데려다줬는데 강이 씨 잔다고 해서 기다리는 중이었어요."

"깨우지 그랬어요."

"새벽까지 수술했다면서요. 난 나쁜 여자 아니니까."

"그거 깨운다고 나쁜 여자 안 되거든요."

서주의 무릎은 침대처럼 폭신했다. 엄마의 무엇처럼 포근하기도 하였다. 빠져나올 수 없는 늪 한가운데로 풍덩 던져졌다. 허우적거리며 나오려 해도 한곳에만 머물렀다. 그래서 결국은 서주였다.

어느 날의 어머니가 생각난 건 그래서였다. 강아, 예쁜 내 새끼. 속삭이던 어머니는 곱디고운 한복을 입고 엄마 오늘 예쁘냐고 강에게 물었다. 고개를 하염없이 끄덕였다. 입에 그렁그렁 미소를 달았다. 그날의 어머니는 자홍색의 한복을 입고 있었다. 외갓집에 가서 시어머니가 손수 지어 준 한복이라는 자랑을 빼놓지 않았다. 아버지는 그만하라고 핀잔했지만 그마저도 웃는 낯빛이었다.

외갓집에서 으리으리한 잔칫상 대접을 받고 집으로 돌아오던 때에 차창 밖의 풍경은 어머니의 자홍색 한복을 닮아 있었다. 높고 높던 하늘이 더 멀어 보이던 그때. 그날, 어머니는 앞좌석에서 뒤를 돌아보며 강에게 쉴 새 없이 행복한 이야기를 늘어놓았다. 그러던 순간에 쾅. 방금 나누던 이야기가 거짓인 것처럼. 으리으리했던 잔칫상의 외갓집이 아예 없었던 것처럼. 옆에서 어머니의 손을 다정하게 잡아 주던 아버지가 원래 없는 사람인 것처럼. 시어머니가 지어 줬다고 자랑하던 한복을 입은 어머니가 마치 사라진 것처럼.

모든 게 이미 다 죽어 있었다.

잠시 눈을 감았다 뜬 것뿐이었는데 아버지와 어머니는 말이 없었다. 숨도 쉬지 않았다. 하염없이 외쳤다. 살려 주세요. 살려 주세요. 제발, 저 좀 살려 주세요. 아버지와 어머니가 죽은 것보다 먼저 살아야겠다는 생각이 엄습했다. 그러던 때에 전복했던 차의 문이 날카로운 쇳소리를 내며 열렸다.

꼬마야!

꼬마야, 괜찮니?

괜찮아?

머리에 가득 피가 흘러 얼굴도 알아볼 수 없었던 남자가. 차 문을 억지로 더뻑 열어젖힌다고 팔이 찢긴 그 남자가. 괜찮으냐고 안아 주며 죽은 부모의 시신까지 차에서 끌어내던 그 남자가. 하필 어머니의 생신에 부모를 죽게 한 원수란 걸 알게 된 건 나중의 일이었다.

너무 기뻐. 엄마는 태어나 이렇게 기쁜 생일은 처음이야.

그게 마지막 유언이 될 줄 몰랐을 그날의 어머니는 예뻤다. 예쁘냐 물어보지 않아도 예쁘다고 말할 수 있을 만큼 예뻤다. 외갓집과 의논해 어머니의 수의는 죽을 때 입었던 자홍색의 한복이 되었다. 어머니는 그토록 좋아했던 자홍색의 한복을 입고 관에 묻혀 다시는 헤날 수 없는 불 속에 떨어져 한 줌의 재가 되었다.

조부모는 부모가 담긴 작은 단지를 강에게 잠시 내주었다. 병실에 앉아 두 개의 단지를 나란히 올려놓고 한참을 들여다보았다. 사람 하나가 죽으면 단지 하나에 담길 정도로 작아진다는 사실이 믿기지 않았다. 아버지는 한참이나 컸는데. 아버지보다 작았지만 어머니도 한참 컸는데.

살아온 세월이 무색하게 느껴질 정도로 초라하게 작아져 고작 단지 하나에. 아무것도 가져가지 못한 채로 육신만 타서 한 줌의 재로 남아. 억울하게 눈물이 났다. 하고 많은 사람들 중에 왜 그날이었고, 왜 자신의 부모여야 했는지. 하고 많은 날들 중에 왜 꼭 그날이어야만 했는지. 단지 둘을 와락 끌어안고 강은 으엉, 하고 울어 버렸다.

"서주 씨."

지르감았던 눈을 뜨고 강은 서주를 불렀다. 네, 하고 따라오는 대답은 당연히 서주의 것이었다.

"언제 한번 우리 어디 갈래요?"

"어디요?"

"좋은 데."

"좋은 데 어디요?"

"우리 아버지 어머니 있는 곳."

어렵게 한 자 한 자 또박또박 말했다.

대학 졸업하고 딱 한 번 간 적이 있다. 조부모와 발걸음 같이 해도 입구만 서성거리다가 결국 발걸음을 돌리던 그곳에 서주와 함께 가고 싶었다. 부모에게 서주를 보여 주고 싶었다. 아들이 이렇게 잘 살고 있다고 자랑도 늘어지게 하고 싶었다. 그러니 이제 걱정하지 않아도 된다는, 그 말을 해 주고 싶었다.

"네. 가요."

해맑게 서주가 웃는다. 타인의 시름을 다 녹이는 그런 얼굴을 하고선.

"가서 이 마음에 남아 있는 거 거기다 다 두고 와요."

조심스레 강의 가슴에 손을 얹히고 서주가 소곤거렸다.

"임서주 나쁜 여자 맞네."

눈자위가 시큰거려 강은 다시 눈을 감아 버렸다. 누워서 올려다보던 서주의 모습이 더는 보이지 않았다.

"임서주 나쁘다. 자꾸 사람 마음 이렇게 흔들어 놓고."

"당신, 마음 많이 아프잖아요."

곧게 뻗어 하얀 손으로 서주는 강의 가슴께를 동그란 모양으로 찬찬히 문질렀다. 원으로 퍼져 나가는 온기는 가슴 언저리에 태양이라도 품은 듯 열기가 갇혀 뜨거웠다. 그래서 아팠다. 참았던 마음이 허물어 내려앉았다.

"나한테 그랬잖아요. 아프면 아프다고 하라고. 강이 씨도 나한테 그렇게 해요. 나 강이 씨한테 그러라고 있는 사람이잖아요."

서주에게 했던 말이 똑같이 강에게 돌아왔다. 눈을 더 힘주어 감았다.

"내가 아프지 않다고 당신도 아프지 않은 척하지 마요. 아프다고 무사하지 않은 건 아니니까. 내 인생이 이렇게 평안해졌듯이 당신의 인생도 분명히 그럴 거니까. 아플 땐 그저 아파도 돼요."

다행이다.

서주야, 네 인생이 무사해져서 정말 다행이야.

하고 싶은 말을 가슴에 묻어 둔 채 강은 다시 잠에 빠져들었다. 단지 속 부모를 껴안고 울던 어린 강의 모습이 자꾸만 꿈속을 헤집어도 자신의 인생이 무사하다는 서주의 말만 기억했다. 엉엉 울던 어린 강을, 그래서 어른이 된 강은 와락 껴안았다. 어린 강은 그제야 눈물을 그쳤다.

꿈속이 아득히 깊었다.

강은 바싹 긴장했다. 대문이 낮은 붉은 벽돌집이 유달리
크게 강을 짓눌렀다. 초인종이 없는 집이었다. 앞에 도착하
면 전화 달라는 서주의 말이 비로소 기억났다. 핸드폰을 꺼
내 서주의 번호를 눌렀다. 신호음이 가지만 전화를 받는 이
는 없었다. 단지 붉은 벽돌집에서 나와 낮은 대문 앞으로 서
주가 나왔다. 어제와도 같이, 그제와도 같이 서주는 밝게 웃
고 있었다. 그래서 주눅 들었던 몸이 탁 하고 풀렸다.

집에서 나올 때 맸던 넥타이가 목을 조았다. 하지만 느슨
히 늘어뜨리지 못했다. 외려 한 번 더 꽉 죄었다. 그러자 서
주가 강의 얼굴에 손을 갖다 대었다. 강의 눈매를 입가를 찬
찬히 만져 보던 서주는 낮게 희소했다. 음음, 하면서 웃음소
리를 지워 보려 애썼지만 잘되지 않는 모양이었다. 들어오라
며 말하는 서주는 말 속에도 웃음소리가 섞여 있었다.

"긴장 많이 했어요?"

서주의 말에 들고 온 과일 바구니가 손에서 떨어져 나갈
것만 같았다. 애써 다시 다잡아 보아도 손에 흘러내린 눅진
한 땀 때문에 미끄러질 듯 아슬아슬했다.

"나 마음의 준비가 아직 안 됐나 봐요."

"언제는 우리 아빠가 보자면 수술 중에라도 달려온다면서
요."

"그래서 이렇게 왔잖아요."

"그런데 긴장은 엄청 한 거고?"

서주는 자꾸만 키들거렸다.

"나 심장 터질 거 같아. 좀 무섭기도 해요."

"누가 보면 우리 아빠가 잡아먹는 줄 알겠다. 긴장 그만해
요."

현관문을 찾아 서주가 열어 주고 앞서 집 안으로 들어갔
다. 서주를 뒤쫓아 강은 천천히 걸음을 같이했다. 신발이 차
곡차곡 일렬종대로 놓인 입구를 지나면 노란 장판이 깔린 거
실이 바로 반기는 구조의 집이었다. 거실 벽면에는 서환과
서주의 사진이 많이 걸려 있었다. 낡은 소파와 현시대와 동
떨어지게 뒤가 툭 튀어나온 티브이가 있는 집. 남자 하나가
자식 둘을 기른 집. 본가에서 느끼지 못한 그런 요상한 정이
있는 집 같았다.

소파 아래 방석에 앉아 있는 서주의 아버지가 강을 반겼
다. 손에 든 과일 바구니를 내려놓자 손이 해방되었지만 긴
장 상태가 완화되진 못했다. 맞은편에서 방석을 내어 주며
어서 오게, 하고 말하는 서주의 아버지 한수는 예상했던 것
보다 더 늙어 보이는 얼굴을 가졌다. 젊을 때 고생 꽤나 한
듯했다.

"안녕하십니까."

강은 고개를 바싹 숙였다. 그러자 한수는 얼른 자리에서

일어나 강과 똑같이 인사를 했다. 그러지 않아도 되는 자리인데 한수는 마땅한 예의를 차려 보였다.

"먼 길 오느라 고생했네. 어서 앉으시게."

낡은 테이블 위에 오렌지 주스가 든 유리컵이 3개가 놓여 있었다. 테이블과 같이 하는 유리컵도 낡은 것 같았지만 유독 반질반질하게 빛이 났다. 닦고 닦아 만들어진 고유의 빛이었다.

바로 어제 서주에게 온 연락은 한수의 것이었다. 그 사람 한번 보고 싶구나, 로 시작한 말을 저녁을 먹으려고 식탁에 앉아 있던 강도 서주와 함께 들었다. 그래서 강은 짧게 수락을 표했고 서주는 핸드폰에 대고 알겠어요, 하고 대답했다. 그렇게 만들어진 자리였다.

아침에 서주를 한수가 있는 본가에 태워 주고 출근을 했다. 출근해서 근무하는 내내, 퇴근하고 과일 바구니를 골라 차를 몰고 찾아가는 내내, 강은 그래서 진정할 수 없었다. 이 자리가 어떤 자리일지 알아서 더 긴장되었다.

강은 오렌지 주스를 한 모금 마셨다. 맛이 쌉쌀하면서도 단맛이 크게 느껴지지 않았다. 자연의 맛이 강한 오렌지 주스는 슈퍼에서 파는 종류 중에 가장 비싼 축에 속하는 것임을 짐작하였다.

"한번 보고 싶어서 오라 한 것인데, 불편했으면 미안하네."

"아닙니다. 저도 뵙고 싶었습니다."

한수가 조용히 웃었다. 그 웃는 얼굴이 서주의 것처럼 낯설지 않았다. 혈육은 저런 건가. 본가에 있는 아버지의 사진이 절로 생각났다. 지금 자신이 웃으면 그때의 아버지를 닮아 있을지, 강은 문득 궁금해졌다.

"서주야, 미안한데 과일 좀 사 와. 골목 돌아 내가 맨날 가는 그 집 알지? 돈은 내 지갑 가져가고."

한수의 말에 강은 자신이 들고 온 과일 바구니를 물끄러미 쳐다봤다. 민망하게 거실 자리를 차지하는 과일 바구니는 커도 너무 컸다. 백화점에서 판매하던 직원이 이렇게 큰 과일 바구니는 명절이 아니면 잘 나가지 않는다고 했던 말이 머릿속 어디에 남아 있었다. 괜히 부담스럽게 해 드린 건가. 강은 속으로 자신을 반성했다.

한수가 건네주는 지갑을 사양하곤 자기 지갑을 챙겨 서주는 다녀올게요, 하며 현관을 나섰다. 강의 아파트보다 익숙한 듯 서주의 발걸음이 가벼웠다. 흰 지팡이는 현관을 나서는 동안에도 손에만 쥐고 있을 뿐 펴지 않았다.

눈으로 서주를 따르다 서주가 현관에서 나섰을 때 강은 다시 한수를 바라보았다. 그러나 어쩐지 한수의 뒤에 있는 서주의 사진에게로 눈이 갔다. 코스모스 가득 핀 곳 한가운데에 서서 머리에 코스모스를 꽂고 앞니가 빠진 채로 웃고 있는 서주의 어릴 적이었다.

"저 사진은 언제 봐도 예쁘지."

강의 시선이 닿은 곳으로 한수는 고개를 돌리며 말했다.

"서주 어릴 때 살던 동네에 코스모스 저렇게 피던 곳이 있었는데, 이제는 그 자리에 아파트가 올라섰지."

옛 추억을 회상하는 한수의 얼굴에서 어딘가 울컥하는 모습이 비춰졌다. 지나간 세월의 흔적이 아쉬운 것인지 아님 커 버린 서주가 아픈 것인지 강은 짐작하지 못해 아무 말을 내놓지 못했다. 오렌지 주스만 마셨다. 유리컵 속 주스가 턱없이 부족하게 느껴졌다.

"이런 자리 불편하지?"

"아닙니다. 괜찮습니다. 편합니다, 충분히."

"서주가 없었으면 해서 내보냈네. 자네가 가져온 과일은 잘 먹을 테니 걱정 안 해도 돼."

민망하게 큰 과일 바구니를 보며 한수가 말했다. 강은 안도의 숨을 내쉬었다.

"일단 미안하다는 말을 먼저 해야겠지."

한수는 비어 버린 강의 유리컵을 자신의 것과 바꿔 주었다.

"미안하네."

"무슨 그런 말씀을. 전혀 아닙니다."

"우리 딸 아껴 줘서 내심 고마우면서도 미안하니까. 아비라는 작자가 이런 말만 해서 더 미안하네."

사과의 의미를 강은 유추해 냈다. 그러니까 한수의 사과는 눈이 보이지 않는 서주, 라는 뜻이었다. 자랑스럽게 어디 가도 꿀리지 않을 자신의 딸이 눈이 보이지 않는다는 그 이유 딱 하나였다. 이런 게 미안해야 할 일인가. 부모의 자리는 그런 걸까. 강은 한수가 바꿔 준 오렌지 주스를 다시 마셨다. 오렌지 주스를 많이 마시면 올라오는 신물이 강렬하게 식도에서 찰랑거렸다. 애써 삼켰다. 그래도 입 안의 텁텁함이 지워지진 않았다.

"서주 씨 눈, 제가 서주 씨 사랑하는 마음과는 아무 상관없습니다."

한수가 무슨 말을 하려다 다시 입을 다물었다. 입매 끝이 묵직했다.

"서주 씨가 눈이 보이지 않아서 그게 못내 미안하신 거라면 그러지 않으셔도 됩니다. 죄인처럼 고개 떨구지도 마십시오. 저는 서주 씨 눈이 저렇든 저렇지 않든 만났을 사람입니다. 아버님에게 감사한데 아버님이 저한테 미안하다고 하시면 제가 더 민망합니다."

목소리가 살짝 떨렸다. 있는 그대로 하고 싶은 말을 한 것뿐인데 더 긴장 상태가 된 것인지 손바닥에 자꾸 땀이 고인다. 강은 한수처럼 입매 끝을 묵직하게 만들었다. 코스모스 꽃을 꽂은 서주의 사진에게 가려는 눈길도 다잡았다. 그런데 앞에 마주 앉은 한수가 말없이 입매 끝을 만개했다.

"서환이한테 다 들었네. 자네가 우리 서주한테 마음을 많이 썼다지."

"그것도 잘못된 이야기입니다. 제가 서주 씨한테 더 많은 마음 받았습니다. 제가 이만큼 사람 구실하게 된 것도 다 서주 씨 덕입니다."

"자네가 하나도 아니라고 한다면 내가 더 민망해야 하는 자리인가 보네."

한수가 껄껄 웃었다. 하지만 기합이 들어간 강은 같이 웃지 못했다. 꿇어앉은 다리가 저려 왔다.

"편하게 앉게."

아닙니다, 거절하고 싶었으나 강은 그러지 못하고 저린 다리를 펴서 좀 더 편하게 앉았다. 다리 혈관에서 고였던 피가 빠르게 회전하는 것이 느껴졌다. 한결 표정이 밝아졌다.

"나는 서주한테 아버지 역할을 제대로 해 주지 못한 사람이라 자네를 불러 이런 말을 늘어놓을 자격도 없네. 하지만 그냥 한번 보고 싶었어."

언제 웃었냐는 얼굴로 한수는 크게 한숨을 쉬었다. 한수가 스스로의 과오를 더듬는 중인지도 모른다고, 강은 생각했다.

"내 딸이 사랑하는 사람이 어떤 사람인지 얼굴 한번 보고 같이 밥 한번 먹고 싶었을 뿐이야."

문득 한수의 팔에 길게 그어진 상흔이 눈에 들어왔다. 부모가 다 죽은 그날, 자신을 구해 준 남자의 상흔이 저쯤 되려나. 얼토당토않은 생각이 들었다. 강은 꼬리에 꼬리를 무는 생각을 지워 내려 애썼지만 그 남자의 상흔도 저 정도쯤 되겠지, 라고 끝을 맺었다. 강의 지속되는 시선 탓인지 한수는 테이블 위에 두었던 자신의 팔을 밑으로 내렸다. 짧은 반팔을 머쓱하게 잡아 내리는 행동도 했다.

"팔은 어쩌다가 다치셨는지 여쭤도 될까요?"

하지만 강의 물음은 허공에 흐지부지 공기의 일부분이 되어 사라졌다. 현관문이 열린 소리와 함께 한 손 가득 검은 봉지를 들고 들어오는 서주 때문이었다. 한수가 자리에서 바로 일어나 서주에게 종종 걸음으로 다가가더니 무거운 검은 봉지를 받아 들었다. 고생했다, 라는 작은 인사의 말도 잊지 않았다.

"밥 맛있었어요?"

마당 평상에 과일을 내온 서주가 물었다.

"우리 할머니보다 된장찌개 잘 끓이시던데. 나 밥 두 공기나 먹었어요."

어떻게 보면 보잘것없는 그런 식사들 중 하나였다. 된장찌개 하나, 애호박전, 고등어 두 마리, 그게 전부인 식탁에 세 사람이 앉아 밥을 먹었다. 그런데 한수가 경애처럼 생선 가시를 발라 강의 밥 위에 끊임없이 올려 주었다. 호박전을 간간이 간장에 찍어 올려 주기도 하였다. 꼭 제 가족 챙기듯이 한수는 강을 대했다. 식사를 다 하고서는 볼품없는 식사라

미안하네, 하는 사과는 덤이었다.

서주가 내온 사과를 한입 베어 물었다. 아오리사과는 특유의 아삭함과 약간의 텁텁함이 공존했는데, 강은 그게 좋았다. 어울리지 않을 것만 같은 조합이 철석같이 잘 어울려서 사람을 감질나게 만든다.

"맞아요. 된장찌개 우리 아빠 주특기예요."

강의 옆에 앉아 있던 서주가 평상 위로 벌러덩 누웠다. 고개를 비스듬히 내려 누운 서주를 바라보았다. 양손을 배꼽 위에 모으고 눈을 감은 채 서주는 평온한 표정을 짓고 있었다.

"어릴 때 엄청 가난했어요. 그래서 매일 밥상에 된장찌개만 올라왔어요. 양파하고 참치캔 넣은 된장찌개. 너무, 진짜 너어무 싫었는데 가성비 좋게 아빠가 해 줄 수 있는 최대의 음식이 그거밖에 없어서 오빠랑 나는 투정 없이 먹어야 했어요."

가난. 경험한 적 없는 단어는 어색했다. 어색한 만큼 이질감이 들었다. 부족함 없이 컸던 강은 알지 못하는 무언가를 서주는 겪었다고 말한다. 먹고 싶은 음식도 마음대로 먹지 못하는 그런 것이 가난이라면 가지고 싶은 어떤 것도, 입고 싶은 어떤 것도 마음껏 소유할 수 없었을 텐데. 강은 속이 저몄다.

"아빠는 우리 공부시키겠단 일념 하나로 바쁘게 사셨거든요. 막노동판 전전하며 새벽에는 신문이랑 우유 배달도 하셨어요. 근데 이른 새벽에, 길에 사람도 안 다니는 그 시간에 아빠가 꼭 일어나서 된장찌개만큼은 끓여 두고 나가셨어요. 학교 갈 때 배곯지 말라구.”

누운 서주의 옆에 강도 같이 누웠다. 밤하늘에 절대 찾지 못할 것 같은 별 무리들이 떨어져 내릴 것만 같이 그들먹했다. 별 무리가 하도 많아서인지 거짓말 조금 보태어 달을 찾기 힘들 지경이었다. 강은 슬며시 서주의 머리를 만졌다. 서주의 머리칼이 손에 보드랍게 감겼다 스르르 빠져나간다.

“그래서 오빠랑 나는 학교 다닐 때 아침 굶어 본 적은 없어요. 아빠표 된장찌개 징글징글했지만 것도 추억이 됐는지 아님 나이가 먹어서 그런 건지 가끔씩 그립기까지 해요. 아빠가 아는지 모르는지 우리 올 때마다 그 된장찌개 끓여 줘서 우린 그런 그리움을 잠깐씩 잊었구요.”

강은 서주가 대견했다. 눈이 안 보이기 시작해서 지금까지. 자신을 만난 그 이전까지. 서주는 스스로의 인생을 꿋꿋하게 잘 견디어 살아 내고 있었다. 부모가 없다는 이유로 방황하고 싶었지만, 해서 주저앉아 울고 싶었지만 조부모 때문에 억지로 버텨 낸 누군가와는 달리.

그는 서주에게 팔을 내주어 벨 수 있도록 했다. 그러곤 서주를 지그시 바라보았다. 기세 가득해 호방하던 서주는 온데간데없이 여리고 작은 아기 새처럼 자신의 품에 기대어 있다.

"임서주 어린이는 아버님표 된장찌개 덕에 그럼 이만큼 큰 거네요?"

"그렇죠. 참치캔이 은근히 성장을 촉진시키니까?"

"착하네. 다른 거 더 많이 먹고 싶었을 나이였을 건데. 우리 서주 어린이는 무지 착하게 컸다."

"나보단 그때 우리 아빠가 더 힘들었죠. 오빤 모르겠지만 그래서 적어도 나는 괜찮았어요."

"그렇게 다 괜찮다는데 왜 내가 아픈지 모르겠네."

서주가 살아온 수많은 풍파들이 예상된다. 굴곡이 많은 길을 곡예를 하듯 살아왔을 서주의 모습이 그려져 마음이 암담한 순간. 서주는 강의 품을 파고들었다. 강의 가슴에 기대 어려움을 겪지 않은 얼굴로 웃는다. 바보처럼. 등신같이. 세상에 억울해하지도 않는 표정을 하고서는. 눈이 안 보여 억울해하던 임서주는 더 이상 없는 것처럼. 좀 더 원통해하고 힘들어도 되는데. 그래서 아픈 걸 아픈 걸로 털어 내도 되는데. 서주는 그러지 않는다.

"내가 아프다. 다 괜찮은 임서주 때문에 내가 아파."

"그러지 마요. 벼락 맞을 임서주 괜찮으니까 주강도 괜찮은 걸로 끝내요."

"속 편한 소리."

"나 속 편하니까, 그대 속도 편하길."

"하여간 조금도 안 지지."

"지는 건 내 성미랑 안 맞으니까요."

얌전히 누워 있던 서주가 바지 뒷주머니에서 뭔가를 꺼내 강의 손에 쥐여 주었다. 강의 손에 내린 예쁜 선물이었다.

"우리 아빠 선물. 아빠가 가져가래요. 이거 계속 쳐다봤다 면서요?"

거실에 걸려 있던 서주의 사진이었다. 지금과는 조금 다르 게 귀여운 구석이 있는 어릴 적의 서주. 앞니가 빠져도 예쁜 서주. 코스모스 가득 핀 중앙에 청원피스를 입고 있는 서주. 어릴 때도 여전히 예뻤던 임서주. 강은 휴대폰을 꺼내 마당 불빛에 잘 맞춰 그 사진을 찍었다. 그리고 받은 사진은 다시 서주의 손에 돌려주었다.

"다시 아버님한테 반납."

"그 말은 탐이 안 난다는 뜻이에요?"

"아니. 탐이 나죠. 그게 왜 안 나. 너무 예쁜데, 그래서 깨 물어 주고 싶은데. 당연히 가지고 싶죠."

"그런데 반납하는 이유는?"

"아버님한테 소중할 테니까. 자식들 키운 자랑스러운 표창 같은 걸 테니까. 그런 걸 내가 날름 받아 갈 순 없죠. 대신 휴대폰에 찍었어요."

강은 휴대폰에 남긴 서주의 사진을 들여다봤다. 그러다 서 주의 어릴 적 추억을 담은 사진 한 장을 배경화면으로 설정 했다. 밤이 되어도 환한 휴대폰 속에 서주의 어린 시절이 반짝였다. 전원 버튼을 껐다 켜도 그래도 계속해서 어릴 적의 서주였다.

입에 녹아내릴 듯 사진 한 장이 달콤했다.

추석을 앞둔 여름의 끝은 초라하게 선선했다. 여름의 푸름이 남지 않을 것처럼 홀홀 털어 버린 초가을의 날씨였다. 본가의 정원도 여름의 푸름을 벗는 것인지 이파리 색이 하나둘 변하는 중이었다. 어느새 다 져 버린 수국 앞에 앉아 강은 시들어 버린 꽃을 미워했다. 서주가 좋아했던 것인데 이렇게 흔적도 없이 져 버리다니. 괘씸스러웠다.

"꽃이 무슨 죄니."

경애가 강을 나무랐다.

"서주 씨가 좋아했잖아요. 져 버리니까 괜히 미워서요."

"팔불출이 다 되어서는. 할미 앞에서 창피하지도 않아?"

"왜 창피해요. 저 엄청 당당한데. 할머니는 손자가 창피하세요?"

아휴, 하고 경애가 지청구를 놓아도 강은 끄떡없었다.

경애가 내어 온 커피는 강이 반겨 마지않는 인스턴트커피였다. 본가에는 이런 커피가 없을 텐데. 경애는 주로 한방차나 직접 담근 차를 좋아했고 인스턴트커피는 절대 마시지 않았다. 몸에 유익할 게 없다는 이유에서였다.

"좋아하잖니. 네가 자주 오니 이제는 사다 뒀지."

강의 의중을 알아차린 듯 경애에게서 나온 말이었다. 그녀의 옆에 앉아 강은 경애의 살뜰한 마음을 마셨다. 입에서 달달한 커피가 진하게 번져 나갔다. 살 것 같다는, 그런 어처구니없는 표현이 나오려는 걸 간신히 참았다.

"그래서 서주 아버지는 잘 만나고 왔니?"

본가에 걸음 하자마자 경애가 물었던 질문이다. 강은 차 한잔 마시며 이야기하자 했는데 커피를 내어 오더니 대번에 다시 물었다. 강은 마시던 커피를 내려놓았다.

"네. 잘 만나고 잘 얻어먹고, 무슨 은혜 입은 까치처럼 대접해 주셨어요."

비유가 꽤 적절했는지 경애가 깔깔 웃음을 터뜨렸다. 웃음이 넘쳤는지 아랫배가 당긴다며 눈물도 찔끔 보였다. 아주 반가운 기색이었다.

한수는 강을 보낼 때 못내 아쉬워했다. 손도 여러 번 잡고 포옹까지 하며, 무안하게 컸던 과일 바구니에서 과일 몇 개를 손질해 가는 길에 같이 먹으라며 과일 도시락까지 싸 주었다. 혹시나 된장찌개 먹고 싶으면 언제든 오라는 그런 말도 했다.

집으로 돌아가는 길에 차 안에서 서주의 손을 잡았다. 신호를 받으면서 지하 주차장까지 도착해서도 두 손이 떨어질 줄 모르게 같이했다.

집으로 올라가서야 한수가 싸 준 과일 도시락을 꺼내 서주와 같이 먹었다. 비싼 과일 같다며 서주가 어디서 샀냐고 물었을 때 강은 백화점에서 어마어마한 거금을 쓴 거라는 말을 빼놓지 않았다. 그때 한수에게 전화가 걸려 왔다. 잘 도착했느냐고. 조심히 잘 갔느냐고. 정말 자상한 아버지처럼 한수가 강을 챙겼다. 전화는 적어도 서주에게 걸려 올 줄 알았더니 그게 아니라 강의 것으로 걸려 왔다. 강은 내심 그게 기뻤다. 없던 아버지라도 생긴 양 뒤가 든든한 그런 느낌이 들었다.

학교 다니던 시절 주말만 지나면 친구들이 자기 아빠와 무얼 했다는 애들이 강은 가장 부러웠다. 축구, 혹은 놀이공원, 혹은 그 이상의 것으로 즐비한 월요일의 아침이 그래서 강은 제일 싫었다. 아버지가 없었으므로 강은 그런 종류의 것들이 뭔지 알 수 없었다. 조부모의 지극정성으로 채워지는 부류의 것들이 아님을 알아 더 갈망했다.

하지만 채워지지 않는 갈망은 늘 목을 마르게 했다. 무럭무럭 원망을 키웠다. 나이를 먹지 않고 그때 그대로 멈췄다면 아마 지금도 이 세상에 없는 부모를 탓하며 원망했을 것이 분명했다.

모든 걸 적당히 이해할 수 있는 현재에 아버지가 생긴 것이나 다름없었다. 부모에게 하지 못했던 것을 서주의 아버지에게 할 수 있다는 기쁨이 자꾸만 부풀어 올랐다.

아들처럼 생각해도 되겠나?

통화가 끝날 무렵 들려온 한수의 물음에 강은 모든 걸 얻은 것같이 기뻤다. 기쁨에 벅차 그럼요, 하고 대답했다. 정말로 통화가 끝났을 때에 휴대폰 속 한수의 연락처는 아버님이 아닌 아버지가 되었다.

아버지가 생겼다.

나에게도 아버지가.

늘 부재로 남아 있던, 진짜 살아 있는 아버지.

잠자리에 누워서도 자꾸 설레어서 잠을 잘 수 없었던 밤, 그날은 휴대폰을 계속 만지작거렸다. 배경화면에 있는 서주와 연락처에 저장된 아버지 번호를 번갈아 보다 날이 샌 그런 날이었다.

"더 좋아 보이네, 우리 손자."

"네. 살맛 난다는 말이 꼭 절 두고 있는 말 같아요."

"그 정도나?"

"그러게요. 정말 그 정도로까지 느껴져서 저도 이상해요."

경애는 푹 하고 꺼질 듯 강의 어깨에 기댔다. 어깨에 경애가 살아온 생애만큼의 애절함이 고였다. 강은 조용히 어깨에 내려진 경애의 무게를 감당했다.

"할머니, 저 사실 엄청 부러웠어요."

"뭐가?"

"부모님 있는 애들이요."

처음으로 해 보는 말이었다. 결코 조부모에게 하지 않았던 이야기. 꺼내 봤자 서로 좋을 것이 없다 생각해 매일 숨기기 바빴던 이야기. 그런 이야기를 이제는 마음 편하게 할 수 있었다.

"다른 애들은 다 아버지 어머니 손잡는데 나만 할아버지 할머니 손잡는 게 너무 싫었어. 그게 계속 멍울처럼 가슴에 남았어요."

"그런 이야기 한 번도 할미한테 안 하더니……."

"안 했어요. 안 한 게 아니라 못 한 거죠. 할머니 아플까 봐. 할아버지 마음 쓰실까 봐."

"그런데 왜 이제는 하는 거니?"

"제가 이제는 그런 부모가 되어 보고 싶어서요."

심중을 깨어 강은 품었던 바람을 비로소 내어놓았다. 품고 가둬 풀어놓을 일이 없을 것만 같던 말들이 마침내. 강은 아득해지는 마음을 붙잡았다. 자칫하면 꺾이는 여름이라는 계절 아래 자신의 마음도 꺾일지 모를 터였다.

"결심했어?"

"네."

"고대했던 일이었는데. 영감이랑 누워 서주가 우리 가족이 되면 좋겠다고 늘 말했던 일이 이제 이루어질 모양이구나."

"할머니도 좋으세요?"

"그럼. 서주는 너를, 우리를 낫게 해 준 의사나 다름없잖니. 마치 신이 여기까지 올 수 없어 서주한테 대신 부탁한 것처럼. 서주는 우리한테 이제는 그런 존재란다."

신을 대신한 서주. 우리 곁에 와 준 보배 같은 선물. 무슨 말을 더할 수 있을까. 한 사람이 모든 사람의 행복과 기쁨이 되어 곁에 머무르는. 현실감 없이 동떨어져 있지만 그것이 마주한 현실이라는걸. 강은 자신에게 기댄 경애의 어깨를 감쌌다.

"버리지 않고 이만큼이나, 정말 이만큼이나, 감사해요."

목울대에 찰랑거리는 슬픔은 더 이상 없는 듯 강은 젖지 않은 목소리로 처음으로 경애에게 진심을 전했다.

"네가 정말 내 아들 같았다. 할미는 그랬어. 그러니 내 자식들 없이 이만큼이나 살아 냈지. 내가 더 고마워. 강이, 내 새끼, 우리가 더 고마운 일이었단다."

찰랑대던 수많은 슬픔들은 어디로 사라진 것인지 자취를 감췄다. 슬픔 대신 그 자리를 꿰찬 이는 서주. 그동안 찰랑이던 수많은 슬픔은 서주가 다 먹어 치운 거라고 생각했다. 그 생각이 맞는 것인지 경애도 슬픔일랑 없어 보였다.

쉽지 않은, 그러나 하고야 마는

목소리를 몇 번 가다듬어도 떨림은 멈추지 않았다. 물을 마셔 보고 마디가 하얗도록 손을 말아 쥐어도 진정이 되질 않는다. 서주는 깊이, 아주 깊이 심호흡을 하였다. 바닷속 심해를 관통해 어디든지 갈 수 있을 정도로 깊이. 뭐든 해낼 수 있을 것같이 깊이. 그래도 손의 떨림은 극심했다. 다리까지 후들거리는 지경이었다.

아아, 소리를 내 보아도 여전히 떨림은 계속 되었다. 옆에 놓여 있던 물병을 찾아 손을 뻗었다. 서주의 손이 닿기도 전에 서환이 물병을 따 서주의 손에 쥐여 주었다. 손가락의 마디가 긴장의 끈을 놓지 못해 하얗게 부풀어 올랐다.

"진정해."

듣기 좋은 톤의 목소리로 서환이 말했다. 서주는 다시 한 번 심호흡했다. 물을 한 모금 마시고도 다시 한 번. 앞이 아찔해졌다.

"잘할 수 있을까?"

"그럴걸."

"왜 대답이 애매모호해."

"네가 자꾸 진정 못 하고 이러니까. 조금 걱정은 되네."

장난스러운 서환의 말에 서주는 다리 사이에 놓아둔 작은 상자를 꾹 가로쥐었다. 상자 안의 마음을 무사히 전달해야 하는데 괜히 부끄러워졌고 가졌던 용기가 콩알만 해지고 말았다. 다시, 또다시. 무한 반복적으로 심호흡을 되풀이했다. 서주를 지켜보던 서환이 결국엔 실소를 하였다.

"지금 도망쳐도 늦지 않아. 지금이라도 도망쳐."

"오빠 꼭 한 번씩 그런 못된 소리 하더라."

"태생의 오빠라는 인간들은 다 그렇거든? 누가 넙죽 내 동생 좀 데려가세요, 그러겠냐. 특히나 너같이 예쁜 동생은 더 끼고 안 내놓지."

서환 덕에 서주는 점점 되풀이하던 심호흡을 놓쳤다. 심호흡을 놓친 순간부터 하얗게 부풀어 오른 손가락의 마디도 혈색을 찾았다. 그러기를 잠시. 서환이 강이 도착했다고 했다.

강이 도착했다는 소리와 동시에 심장이 격렬하게 요동쳤다. 잠시만. 이 일이 다 끝날 때까지만. 조금만 참아 줘. 제발. 서주는 작다랗게 기도했다.

무대에만 낮게 조명이 내리는 작은 바였다. 무대에는 스탠드 마이크와 피아노가 놓여 있었다. 그런데 이상하리만큼 조용했다. 맞이하는 직원 한 명이 전부였다. 서환도 아직 오지 않았다. 전화하기는 좀 그래서 문자를 보냈더니 먼저 앉아 계세요, 가 전부인 답장이 온다. 서환이 약속한 자리였는데 약속한 본인이 늦으면 어쩌자는 건지.

강은 직원이 안내하는 자리로 앉았다. 하필 조명이 낮게 깔리는 무대 바로 앞이었다. 술에 흥미가 없으니 이런 곳도 흥미와는 거리가 멀었다. 뭘 주문하시겠느냐는 직원에게는 올 사람이 있어 주문을 조금 나중에 하겠다고 했다.

자리에서 턱을 괴고 휴대폰 전원 버튼을 눌렀다. 서주의 사진이 화면을 밝게 밝혔다. 검지로 서주의 얼굴이 있는 부분을 문질렀다. 이렇게 귀여우면 어떡하라고. 피식 실없는 웃음이 새어 나왔다. 그때 또각또각 구두 소리가 났다. 출입구 쪽이 아닌 무대였다. 바에서 고용한 가수가 노래라도 부르려나 생각한 즈음, 거기엔 서주가 있었다. 서환의 팔을 붙잡고 스탠드 마이크 앞을 찾아 섰다. 본 적 없는 연보라색 원피스를 입고 있었다. 나풀나풀한 원피스는 서주의 작은 움직임에도 일렁였다.

"서주 씨?"

"네. 임서주입니다. 주강을 사랑하는 임서주요."

떨림을 안은 서주의 목소리가 마이크를 통과했다. 바 안에 서주의 목소리가 넓게 퍼져 허공으로 사라졌다. 서주의 목소리가 모두 사라져 다시 바 안이 잠잠해졌을 무렵 피아노 연주가 시작되었다. 마이크를 꼭 붙잡은 채 부동의 자세로 서주는 노래를 부르기 시작했다.

서주의 가는 목소리와 함께 연보라색 원피스 자락이 때때로 하느작거렸다. 그리고 강의 마음이 흔들렸다. 많이 떨리는 채로 그러나 애써 티 내지 않으면서 서주는 온 마음을 다해 노래를 말처럼 해낸다. 피아노 연주와 어우러지는 서주의 노래는 아름다웠다. 그래서 아름다운 노래를 부르는 서주는 하염없이 예쁜 들꽃이었다. 어떤 날에는 노란색을, 어떤 날에는 흰색을, 어떤 날에는 연보라색을 입은 한없이 굳건해 비나 바람을 피하지 않고도 꿋꿋한 들꽃의 모습을 하고 있었다.

세상의 모든 걸 잃어도 괜찮아요
그대만 있다면 그대만 있다면[1]

---

1) 러브홀릭. 그대만 있다면. 2006

노랫말이 자꾸만 심장에 각인을 남기며 새겨졌다.

나만 있으면 너는.

눈이 보이지 않아도 정말 나만 있음 되는 걸까.

임서주 너는, 정말로 나란 인간 하나면, 다 없어도 나 하나면.

정말로 그렇게 살 수 있니.

묻고 싶은 말들이 노랫소리에 묻혀 갔다. 서주는 아니라고 부정하지만 이렇게 만나는 동안 자신이 주는 것보다 서주에게 더 많은 마음을 받았다.

아직까지 어머니가 끼던 반지를 못 주는 이유는 하나였다. 주강이란 인간이 앞으로 어떻게 임서주를 더 행복하게 할 수 있을지 확신이 서지 않았다. 경애에게 포부 있게 밝혔던 말들이 다 거짓말인 것처럼 아직은, 아직은 조금 무서웠다. 그때처럼 비 오는 날 노란 우산 아래 앉아서 소리 내어 울까 봐. 평범했으면 하는 인생이 죽지 못해 살아가는 삶으로 바뀌었다며 손을 발발 떨면서도 웃을까 봐.

내 무언가의 잘못으로 너를 또 못 보게 될까 봐 나는 무서워.

우린 두 번이나 그런 식으로 어긋났으니까.

허벅지를 꾹 아프게 눌렀다.

이렇게 겁쟁이인 나를 어떻게 해야 할까.

노래를 마친 서주가 서환에게 의지해 무대를 내려왔다. 그리고 강의 앞에 섰다. 강은 빤히 서주를 올려다보았다. 무대의 조명 아래 서주의 뺨이 붉은 게 보였다. 서주의 손에 들린 작은 상자도 보였다.

"나 이 노래 무지 많이 연습했어요."

서주의 말에 강은 고개를 숙였다.

"강이 씨한테 프러포즈하고 싶었거든요."

"서주 씨……."

"거절은 내가 거절할게요."

서주는 작은 상자를 열어 보였다. 반지 두 쌍이 나란히. 어이없이 맑은 빛을 띠고 있었다.

"잘해 준단 말, 못 해요. 늘 강이 씨가 해 줘야 할 일들이 많을 거란 거 알고 있어요."

아직 무대의 여운이 가시지 않았는지 서주의 음성은 미약하게 떨렸다.

"뭐든 다 해 준다는 말, 그것도 못 해요. 결혼하자면서 그런 사탕발림 같은 말로 속일 생각 없거든요."

"뭐야. 다 안 된대……."

똑 부러진 서주의 말에 덮친 걱정이 실소로 바뀌었다. 강은 숙였던 고개를 들고 그저 웃어 버렸다.

"그래도 나랑 살고 싶으면 나한테 장가와요."

"우리 이미 같이 사는 중이잖아요."

"양가 축복 속에 결혼식 하고, 호적 하나로 합치고, 그렇게 사는 거 말하는 거예요."

서주는 손을 뻗어 강의 위치를 확인했다. 그리고 강의 시선 앞에 반지를 더 바짝 내밀었다. 맑은 빛의 영롱한 반지 두 쌍이 강의 시선을 장악했다.

"내가 주강의 신이 되어 준다니까? 절호의 기회예요. 언제 한번은 갈 장가, 나한테 와요. 내가 잘해 주지는 못하지만, 뭐든 다 해 주지는 못하지만 그래도 노력할게요."

꼬신다는 말이 더 정확하려나. 이건 남들이 하는 그런 평범한 프러포즈와는 거리가 멀었다. 그럼에도 강은 반지를 받아 들었다. 언제 한번은 갈 장가, 란 말이 마음에 들어서도 신이 되어 준다는 허무맹랑한 말이 믿겨서도 아닌, 저렇게 당당하게 말하면서도 떨리는 목소리와 손을 가진 서주란 여자를 잘 알고 있기 때문이었다.

"다 잃어도 난 주강밖에 없으니까 나만 믿어요."

서주가 왼손을 펼쳐 내밀었다. 다섯 손가락 중에 유독 약지를 추켜올렸다. 우습게도 서주의 손가락 끝이 바들바들 떨리고 있었다.

강은 결국 주렁주렁 매달고 있던 걱정의 열매들을 우수수 털어 버렸다.

"자꾸 쳐다보지 마요."

진득한 강의 시선을 느낀 탓인지 서주가 볼을 부풀렸다.

손끝을 계속 주무르며, 높은 구두를 생전 처음 신어 본 듯이 다리를 두들기며. 서주는 의자에 비스듬히 걸쳐 앉아 부끄러운지 얼굴을 잘 들지 못했다. 하나부터 열까지 저렇게 예쁘면 어떻게 감당하라고 이러는지. 너는 네가 나를 이렇게 만드는 걸 알까. 알면서 일부러 그러는 거라면. 강은 고개를 숙이고 있는 서주의 턱을 조심스레 들었다. 봐도 봐도 속을 알 수 없는 여자. 그게 임서주 너. 귀까지 빨개져서는 나더러 어쩌라고.

"막 나한테 프러포즈하면서 들이대던 임서주 양은 어디로 가고?"

"놀리지 마요."

"나한테 장가오라던 임서주는 다 어디 갔어요?"

"놀리지 말라니까요."

서주는 입술을 입 안으로 말아 앙다물고 시위하듯 볼을 더 크게 부풀렸다. 보고 있자니 자꾸 웃음이 터져 강은 입 안의 볼살을 깨물었다. 그래도 터져 나오는 웃음을 막지는 못했다.

"웃겨요? 내 프러포즈가 그렇게 웃긴가. 나한테 살러 오라는 그 말이 그렇게 웃겨요?"

"아니, 아니. 잠깐만……."

틈만 나면 비집고 나오는 웃음을 주체하지 못해 강은 하려던 말을 한 템포 쉬었다. 크흠, 목소리를 가다듬었다. 웃음을 누그러뜨렸다.

"화났어요?"

"아니요. 화는 안 났어요."

화는 안 났다면서 서주의 부푼 볼은 줄어들지 않았다. 서주의 양팔을 잡아 이끌어 강은 서주를 자신의 무릎 위에 앉혔다. 거의 무게가 나가지 않는 가벼운 몸이었다.

"언제 이런 서프라이즈는 몰래 준비했대?"

"짬짬이. 틈날 때마다."

부풀어 올랐던 볼이 다시 줄어들어 제 것인 양 서주의 것이 되었다.

"내가 할 건데 이렇게 먼저 선수 치면 어떡해요."

"꼭 그게 정해져 있어요? 먼저 하고 싶은 사람이 하는 거지."

그는 서주의 손과 자신의 손에 똑같이 끼워진 반지를 바라보았다. 일종의 약속과도 같은. 이 사람과 남은 평생을 같이 하겠다는 귀중한 약속의 증표였다. 바라만 보아도 눈이 아렸다. 눈과 같이 가슴이, 가슴 속에 있는 심장이 아렸다. 서주가 가만가만 강의 손을 찾아왔다. 손가락에 끼워진 반지를 더듬는다.

"나한테 살러 올 때, 길 잃어버리지 말라고 주는 선물이에요."

예쁜 입으로 예쁜 말을. 가슴 아프게. 서주는 그런 소질이 있었다. 예쁜 말로 사람의 마음을 저미게 해 꼭 아프게 만드는 소질. 그래서 나는 너를 벗어나지 못하지. 너를 죽을 것같이 사랑하지. 네가 하는 말 전부가 나한테는 다 아픔이니까. 그 아픔이 자꾸 나를 기쁘게 하니까. 서주의 허리를 감아 안았다. 반지를 낀 손에 서주 등허리의 척추뼈가 만져졌다.

"나 좋은 남편이 되지 못할 수도 있어요."

"괜찮아요."

"나는 서주 씨한테 좋은 가족이 못 될 수도 있어요."

"괜찮아요."

"그래도 다 괜찮다는 임서주한테 나 아무것도 없이 장가가도 돼요?"

"돼요. 나는 주강이라면 언제든지 환영. 무조건, 아무 이유 없이 환영."

어째야 좋을지 모르겠어. 그렇게 말하는 네 손을 그저 이렇게 잡기만 하면 되는 건지. 이렇게 끌어안기만 해도 되는 건지. 그래도 끝까지 가 보고 싶다. 너랑 함께. 꼭 너여야만 하는 나니까.

강은 아랫입술을 질끈 깨물었다.

"살러 갈게요. 내가 임서주한테 살러 갈게."

고백을 한다.

"서주의 강에, 살러 갈게요, 내가."

네가 전부인 곳으로 내가.

내가 갈게, 서주야.

종이컵의 매끈한 주둥이를 손끝으로 만져 보았다. 자꾸만 원으로 손끝이 돌았다. 김 때문인지 눅눅해져 안 그래도 매끈한 종이컵 주둥이가 더 미끈둥해졌다. 손이 계속 주둥이 밖을 침범한다. 손장난을 그만두고 아직 식지 않은 커피를 마셔 본다. 냄새가 유독 달콤해 기대했더니 기대와는 반대로 맛이 썼다. 쓴맛 때문에 괜히 혀에 침이 고였다.

"어디 가? 완전 번듯하게 차려입었네."

노크도 없이 들어와서는 장현이 멀끔한 놈 쳐다보듯이 한 말이었다.

"어디 갈 데가 좀 있어서."

"번듯하게 차려입었으면 표정도 번듯하게 하던가. 다 죽어 가는 꼴처럼 그게 뭐냐."

핀잔 아닌 핀잔을 주면서 장현이 커피가 담긴 강의 종이컵을 빼앗아 들었다. 한 모금 마시더니 의아하다는 얼굴로 어깨를 으쓱인다.

"서주 씨가 인스턴트커피 대신 병원에 가져가서 마시라고. 기계랑 원두를 사 놨더라고."

으흠, 추임새를 넣으며 장현이 다 마신 빈 종이컵에 다시 커피를 채웠다. 냄새가 좋다며 코를 자꾸 킁킁거렸다. 가만히 그 모습을 지켜보다 서랍에 들어 있는 작은 상자를 꺼냈다. 오늘은 기필코. 그런 다짐을 했다.

"어? 너 손에! 그게 그 반지야?"

장현이 강의 손에 끼워진 반지를 보며 물었다. 서주에게 프러포즈 받은 일을 장현이 어느새 알고 있었다. 서주와 종종 연락을 하는 것인지 장현은 강이 말한 적 없는 그날의 일을 꽤 소상히 알고 아는 체를 해 왔다. 이번에도 별반 다르지 않은 것인지 장현의 포착 망에 걸리고 말았다.

"맞아, 맞다고."

"와. 서주 씨는 역시 센스가 남다르네. 어떻게 이런 생각을 했대?"

"그러게. 내가 더 놀랐다. 간 떨어지는 줄."

"역시 여자는 이렇게 포부가 있는 사람이 좋은 듯. 내 주변에 서주 씨 같은 여자 없나."

"없어. 너란 놈은 없을 거야, 분명."

입으로는 분명 장현과 장난치고 있는데 표정이나 마음은 그와 상반했다. 시계를 확인하니 약속 시간이 가까워지고 있었다. 괜스레 입에서 한숨이 흘러나왔다. 어깨에 잔뜩 힘이 들어갔다. 오늘은 줄 수 있으려나. 번뇌했다. 주고 싶은데 왜 이렇게 어려운지. 고개를 절레절레 흔들었다.

"너 설마 프러포즈 하러 가?"

눈길만 주다 한참을 입을 다물고 있던 장현이 물었다.

"그래. 일생일대의 피티 하러 간다."

장현의 눈이 동그랗게 모양을 달리했다.

"헐. 서주 씨한테 받았다며?"

"그거랑 별개니까."

"돌았구만. 그래서 인생 피티를 하러 가는 차림이란 말이지? 지금 그 옷."

장현이 손가락으로 지적하는 옷이 다름 아닌 경애가 고르고 사 준 옷이었다. 무작정 양복점에 끌고 가 디자인을 고르고 치수를 재며 어떤 원단을 쓸지 정했다. 일련의 행위들에 강의 뜻은 전혀 없었다. 오로지 경애였다. 경애로 시작해 경애로 탄생한 그런 양복이었다.

이 옷을 입고 서주에게 하고 싶은 말을 전하고 오라며 기대하는 경애의 얼굴을 봐서인지 어깨가 더 무거웠다. 그리고 잘 보고 오라는 그 말에 가슴이 짓눌렸다. 그만 움츠러들어야지 싶다가도 미모사처럼 또 움츠러든다. 그래도 오늘은 기필코.

작은 상자를 안주머니에 챙겨 넣었다. 서주가 챙겨 준 원두의 향을 코끝에서 물렸다.

"인생 피티 지금 하러 간다."

장현을 남겨 두고 손목시계를 확인하며 방을 나섰다.

차로 이동하는 내내 서주는 잠들어 있었다. 기어에 있는 강의 손을 잡은 채로 깊은 물속에라도 빠진 듯이 잠에서 헤어나지 못했다. 해가 내려와 쇠약한 땅을 어루만질 때도 서주는 잠에 어렸다. 목적지에 도착하고 나서도 한참을. 차에 시동을 끄고도 한동안을. 서주는 새근새근 잠만 잤다.

노을의 빛으로 땅이 잠긴다. 잠든 서주를 바라보다 안주머니에 손을 가져갔다. 다시 서주에게 시선이 닿았다. 핸들에 팔을 걸고 얼굴을 묻었다. 그러다 또다시 서주에게로 시선이 옮겨갔다. 품에서 반지를 꺼내 서주의 손에 살짝 대어 본다. 반지가 제 주인을 찾은 것처럼 눈부시다. 하지만 반지는 원래대로 안주머니에 돌아갔다.

"도착했어요?"

잠이 서린 음성을 내며 서주가 일어났다. 몸이 찌뿌둥한지 기지개도 켜면서, 아래로 팔을 뻗치면서 으으, 이런 소리를 낸다. 강은 서주의 뺨에 손을 얹었다. 유달리 뺨이 뜨끈했다. 서주는 꼭 사람 마음을 읽은 것처럼 자다 일어나서 그래요, 라고 작게 말했다.

"어디 아픈 건 아니고?"

"잠을 계속 설쳐서 그래요."

"잠을 왜? 어제도 내가 서주 씨 잠드는 거 확인하고 잤는데."

"여기 오니까. 그래서 강이 씨 마음 괜찮은가 해서."

너는 또 내 걱정을. 강은 시트에 흐트러진 서주의 머리칼을 정돈했다. 왼쪽 어깨로 무심히 쏠린 옷매무새도 같이 정

돈했다. 그리고 목선에 난 땀도 손수건으로 닦아 냈다. 손수
건에 덜컥 서주의 땀내가 배었다. 어슴푸레 달큼하지만 딱
그만큼 포근했다. 이런 걱정을 수만 가지. 너는 내 걱정을 수
만 가지나. 왜 하지 않아도 되는 내 걱정을 해서는.

나를 어쩔 수 없게 만들지. 꼭.

내리자는 말을 남겨 두고 운전석에서 조수석으로 가는데
서주가 발밑에 벗어 둔 배낭을 찾아 메었다. 출발할 때부터
서주가 메고 있던 배낭이었다. 뭐가 들었는지 물어도 도통
말해 주지 않았다. 내리면서도 배낭이 기울어질까 조심한다.
대체 무엇이냐고 조심스럽냐고 물어도 돌아오는 대답은 미
소뿐이었다.

조부모와 같이 와도 그 이상 발걸음 하지 않았던 경계선을
서주와 함께 넘었다. 대학을 입학하며 혼자 와서는 그 이후
로 발걸음 딱 끊었던 경계를 넘어서 더 걸어 들어갔다. 죽음
마다 하나씩 배당된 나무들이 쭉 늘어서 있었다. 누구누구의
나무, 라고 새겨진 팻말들이 걸린 나무들을 지나 수목장에서
제일 양지바르다는 곳에 도착했을 때. 나무 두 그루에 아버
지 어머니의 이름이 새겨져 있었다.

주배학

이미진

이름만 남은 두 나무 앞에 서주와 섰다. 사람이 한 줌의 재
가 되더니 나무가 되었다. 그 두 그루의 나무가 제 부모였다.

자연을 위해 많이 심자는 나무인데. 고작 자연을 위해서 나무가 될 사람들이 아니었는데. 부질없는 생각이 들었다. 엉겨드는 생각에서 벗어나기 위해 서주의 손을 꼬옥 싸쥐었다.

"나무 냄새 좋다."

숨을 한 번 들이쉰 서주가 흥얼거리듯 말했다.

"좀 앉을래요?"

서주는 고개를 저으며 대뜸 메고 온 배낭을 벗더니 강의 품에 떠넘겼다. 생각보다 배낭의 무게가 좀 나갔다.

"준비한다고는 했는데 맞는지는 잘 모르겠어요."

주저 없이 지퍼를 열었다. 배낭 안에는 청주와 잔, 그리고 몇 가지 과일들이 들어 있었다. 오면서 미처 생각하지 못했던 걸 또 서주가. 배낭을 끌어안고 강은 주저앉았다. 기척으로 감지한 서주도 강을 따라 주저앉았다.

"왜요? 내가 뭐 잘못 준비해 왔어요? 여긴 이런 거 들고 오면 안 되는……."

"고마워서. 나보다 서주 씨가 더 낫네."

서주의 말을 잘라 강이 이었다.

"비 오나 봐."

마른하늘을 두고 무슨 말을 하는 것인지 자신도 알 수 없었지만 그냥 흘러나와 버렸다. 하늘은 검불그스름하게 노을이 두터웠다. 비가 내릴 조짐은 전혀 없었다.

"응. 오나 봐요. 비가 꽤 많이 오네."

다 안다는 듯이 또.

눈을 질끈 감아 버렸다.

"비가 와서 안 보일 거 같아. 아무것도."

사람 속내 다 읽은 듯이 또.

마음을 꽁꽁 동여맸다.

"그래서 괜찮을 거예요. 걱정하지 말아요."

또.

하지만 강은 참았던 것들을 흘려 버렸다.

노을이 내리는 나무 그늘 아래 울음에 젖은 비가 내렸다.

예를 차리고 남은 청주를 두 개의 잔에 나눠 부었다. 가등
불빛에 잔 안의 청주가 빛을 튀겼다. 한 잔을 서주의 손에 쥐
여 주고 한 잔을 자신의 앞으로 가져왔다. 그가 술과 곁들일
배도 손으로 반을 갈라 반은 서주에게 반은 자신의 몫으로
챙겼다. 서주가 먼저 술을 입에 홀홀 털어 넣었다. 통째로 한
잔을 비우고 와아, 그런 무구한 감탄사를 발했다.

"청주는 처음 마셔 보는데 엄청 다네요."

서주의 말을 믿었다. 서주를 따라 술을 목구멍 안으로 밀
어 넣었다. 하지만 서주의 말은 믿을 것이 못 되었는지 혀끝
이 알알했다. 목구멍이 타들어 갈 듯이 쓰다.

"맛없어요. 이게 왜 달아."

서주의 잔에만 술을 다시 채워 주고 강은 자신의 잔을 쓰

레기봉투에 넣었다. 쓰레기봉투에 처박힌 빈 잔이 쓸쓸해 보였다. 그래서 다시 쓰레기봉투에서 잔을 꺼내려다 아삭, 하는 소리에 시선이 돌아갔다. 꼭꼭 씹는 대로 아삭거리는 소리가 계속 이어졌다. 서주가 배에 선명한 잇자국을 남기며 먹어 댔다.

"서주 씨는 토끼처럼 뭘 잘 먹더라."

"내가요?"

배를 먹다 말고 서주가 주춤 움직임을 멈췄다.

"토끼가 뭐 먹을 때 눈 동그랗게 뜨고 빠르지만 야금야금 천천히 먹잖아요. 서주 씨 먹는 거 보고 있으면 그 토끼 생각이 나더라고."

"칭찬이에요?"

"칭찬이라기보다, 뭐랄까, 일종의 의미 부여죠."

"의미 부여?"

서주의 입매가 자신의 말을 똑같이 따라 읊는다. 거기에 물음표만 하나 더 얹어서.

"한 사람을 지속적으로 기억하기 위한, 사소한 것 하나라도 놓치지 않고 싶어서 하는 의미 부여."

채워진 잔을 찾아 서주는 다시 술을 마셨다. 술을 물처럼, 가볍게. 그러나 자세 하나 흐트러지지 않고 꼿꼿이 허리를 곧추세우며. 이번에는 한입에 다 털어 넣지 않고 한 모금 한 모금 천천히.

"그런 게 의미 부여라면 나도 하고 있어요. 잠잘 때 강이 씨가 어떻게 숨을 쉬는지, 아침에 눈뜨면 뭘 가장 먼저 하는지, 발걸음 소리는 어떤지. 눈으로 볼 수 있는 것들은 제외하고 나머지로 할 수 있는 것들로 강이 씨를 기억해요."

결국은 혼자 내버려진 잔을 쓰레기봉투에서 건져 냈다. 술은 채우지 않고 서주의 잔에 짠, 하고 맞대며 기분을 맞춰 주었다.

"그런데 덜컥 가끔 무서워질 때가 있어. 내가 안 보이니까 혹시 당신이 나 버려두고 어디 갔을까 봐. 내가 기억하고 있는 당신이 다 허상일까 봐 가끔씩은, 가끔씩은 좀 그렇더라구요."

"언제가 가장 그랬는데요?"

"밤에 병원에 일 있다고 가던 날 전부. 잠에서 깨어났는데, 아침인지 밤인지 분간도 안 가는데, 내 옆에 당신마저 없을 때. 강이 씨 빈자리만 덩그러니 내가 안고 있을 때."

잠을 깊이 못 자겠다고 했던 서주의 말이 떠오른다. 마른 목을 축인다고 잠시 주방을 갔다 왔을 때도. 소변을 본다고 잠시 화장실을 갔다 왔을 때도. 잠에서 깬 서주는 강을 찾았다. 다시 채워진 침대 옆자리에 안심하며 잠들다가도 또 잠시 비워지면 서주는 잠을 깼다. 그런 식의 반복이었다.

꼭 옆에 있을 거라고 약속했다. 너여야만 한다고, 너 아니면 안 된다는 고백을 수도 없이 해 왔다. 하지만 다 이해하면서도 괜찮다면서도 서주는 불안해한다. 잃을 것이라 예측하지 못한 것을 잃었을 때와 같았다. 눈. 눈. 눈. 그 빌어먹을 눈. 눈을 잃어 놓고도 괜찮다고 다 할 수 있다면서도 불안해하던 서주를 안다. 그래서 옆에 있어 주는 거 말고는 답이 없다는 것도 알고 있었다.

서주가 갑자기 강의 입술을 더듬었다. 그리고 덜컥 자신이 반쯤 먹어 치운 배를 강의 입에 물렸다. 청주와 반대로 너무 달았다. 다디달아 쓴맛이 느껴지는 것도 같았다.

"그래도 믿으니까 걱정 마요. 난 강이 씨가 나 두고 어디 도망갈 사람 아니라는 거 믿어요."

"그거, 믿으면서도 무서운 거잖아요."

"음. 그런 거죠. 안 믿으면 어쩔 건데. 그래서 헤어지기라도 하려고? 뭐 이런 식."

"그게 더 나쁜 거 아닌가."

"그래서 결혼하자는 거잖아요. 그런데 딱 부러지게 대답은 커녕 사람 불안하게 살러 간다고만 하고. 그런 뜬구름 잡는 대답은 어떤 여자가 들어도 불안하니까."

서주는 칫, 소리를 내면서 술을 또 마셨다. 그래서 뜻하지 않게 의연히 안주머니로 손이 갔다. 꺼내 몇 번 쓸어 보다 마침내 상자를 열었다. 할머니 시절에도 아주 값비쌌다는 다이아가 박힌 반지는 여전히 반질반질 윤이 났다.

"그 대답 지금 해 줄게요."

상자에서 반지를 빼내 이미 자리가 정해져 있는 왼손 대신 서주의 오른손에 끼웠다. 사이즈가 진짜 제 주인인 듯 딱 맞아떨어졌다. 신데렐라 구두가 저렇게 잘 맞았으려나. 부은 눈과 어울리지 않게 입가에 웃음꽃이 만개한다.

"나랑 결혼해요. 다른 사람도 아닌 나랑."

서주가 자신의 손에 끼워진 반지를 어루만져 본다. 그러다 흡, 하고 잠시 숨을 참더니 후, 하고 내뱉었다.

"대충 느낌으로 무지막지하게 비쌀 거 같은 반지네요."

"비싸서 거절할 수도 있어요?"

"내가 강이 씨한테 끼워 준 반지도 이거 못지않게 비싸서요."

강의 입술 사이로 비죽 실소가 흘러나왔다.

"할머니가 끼다, 우리 엄마가 끼다, 다시 할머니가 가지고 있다, 서주 씨한테로 갔어요."

"그래서 반지가 이렇게 무겁구나."

반지를 낀 손을 반대쪽 손으로 어루만지면서 서주가 한숨 내뱉듯 말했다.

"시간이 지나면 지난 시간만큼 모든 게 닳는다지만, 사람 마음은 시간이 갈수록 더 짙어지고 무거워지잖아요."

서주는 다 알고 있었다. 지나는 시간만큼 퇴색되지 못하고 묵어지는 사람의 마음을. 해서 시간이 약이라는 어쭙잖은 말은 절대 하지 않았다.

"시간은 독이에요. 약이었다면 강이 씨나 내가 이렇게 여전히 아파하진 않았을 거니까. 시간이 약이라는 말은 다 잊은 사람들이나 부리는 허세예요."

강은 배를 먹다가 써서 안 마실 거라 내버린 청주를 잔에다 부어 다시 마셨다. 여전히 그대로 쓴맛이었다.

"마음이란 건 가면 갈수록 묵어서 무게를 만들어요. 무게를 잔뜩 늘려 놓고는 이따금씩 독을 뱉어 내요. 그래서 우린 무거운 마음을 짊어져서 때때로 아픈 거고."

"그럼 우린 언제쯤 안 아파지는데요?"

"아마도 계속 아프겠죠."

"그럼에도 살아가는 거고."

"그렇게 살다 보면 그 독이 덜 아픈 그런 날이 올 거예요."

짠, 하는 소리를 내며 서주가 강의 잔을 찾아와 맞대었다. 술을 마신다. 이따가 운전은 어떻게 하려고 이러는지 자신도 모르는 체로 들어가는 대로 술을 목에 꾸역꾸역 부었다. 이따금씩 과일도 몇 입 집어 먹으며 술을 즐겼다.

"독 같은 시간을 지금처럼 버티면서 살아가면."

보이지 않는 눈으로 서주는 하늘을 올려다보았다. 그는 서주의 눈에 뭔가가 보일 거라는 착각이 들었다. 그게 술의 탓인지 마음의 탓인지 알지는 못했지만.

"독에 이력이 나서 아프지 않을 날도 언젠가는 올지 몰라요."

서주의 말이 심장 어디에 쨍하게 닿았다. 술에 취했다. 취한 만큼, 딱 거기만큼 마음도 취기가 올랐다.

"그래도 무거운 반지 끼고 나랑 결혼해 줘요."

일방적인 마음을 표출했다.

"그거 협박이에요, 권유예요?"

"권유를 가장한 협박."

하지만 안다.

"좋아요. 시간이 독이어도, 난 강이 씨랑 결혼하고 싶으니까. 나한텐 당신 말곤 선택지가 없으니 기꺼이 협박에 응할게요."

너도 동의할 거란 걸.

"내가 임서주를 버리거나 임서주를 두고 도망가는 일은 없어요. 그런 일은 애당초부터 없었어."

"응. 다 믿을게요. 모두 다."

네가 나에게로 올 거란 걸.

나는 다 알고 있어.

넘칠 듯 담겨진 술을 몸 안에 차곡차곡 탑처럼 쌓았다.

"세 시간이나?"

통화 내용을 전해 들은 서주가 되물었다. 말이 세 시간이지 거의 못 온다는 거였다. 거기까진 타산이 안 맞아서요, 말하는 콜센터 상담원의 눈치가 그러했다. 대리 기사 잡는 보겠지만 기대는 마세요, 라고 번거롭다는 듯이. 내일이 쉬는 날이라 망정이지 아니었으면 사달이 날 뻔했다. 아니, 이미 사달은 났다. 서주를 차 안에 재울 수도 없는 노릇이었다. 걱정이 더 큰 걱정으로 파생되었다.

"그냥 자고 가는 게 낫겠다. 그렇죠?"

"근처에 잘 만한 곳이 없어서요."

"차에서 자면 되는데 뭘 그렇게 걱정해요."

별일 아니라는 듯 서주가 무심하게 말한다.

"그럼 잠깐 기다려요. 어떻게든 해 볼게."

고개를 주억이며 서주는 충분히 기다리겠다는 뜻으로 쪼그려 앉았다. 밤공기가 제법 쌀쌀한데 아랑곳하지 않았다. 쪼그려 앉아 있는 서주의 어깨 위로 양복 웃옷을 벗어 서주에게 걸쳐 주었다. 따뜻하다고, 서주는 강에게도 들리지 않을 정도로 자다랗게 말했다.

뒷좌석 시트를 앞으로 접으면 트렁크와 연결되면서 평평해지는 구조였다. 처음에 병원 냄새가 너무 싫어 차에서 자려고 차를 살 때 선택했던 옵션이었다. 이런 식으로 쓰일 줄은 꿈에도 모르고. 한결같이 챙겨 다니던 이불도 요긴했다. 서주는 폭삭한 이불에 누워 집에서처럼 몸을 둥글게 말았다. 척추뼈가 동그랗게 튀어나왔다.

"손에 낀 반지들만 팔아도 오늘 밤 걱정 안 하는데, 내가 참는다, 정말."

서주가 우스갯소리를 던졌다.

"불편하면 말해요. 여기 좀 좁아서 내가 앞좌석 가서 자도 되니까."

"싫어요. 좁아도 같이 자요. 난 그게 좋아요."

차에 갇힌 공기에서 옅은 술 냄새가 났다. 아마도 거나하게 마시는 서주에 보태어 같이 마신 자신 때문이었다. 이렇게 술을 마신 적은 없었다. 서환과 마실 때도 딱 다섯 잔, 그것도 작은 잔으로. 하지만 오늘은 잔도 큰데다가 마시기도 많이 마셨다. 목이 아직도 뜨거웠다. 몸에서도 열기가 뻗쳐 나가고 있었다.

옆으로 누워 아직 잠들지 않고 노래를 흥얼거리는 서주를 바라보았다. 동그만 콧대를 따라 오목하게 팬 인중을 지나 윗입술과 아랫입술이 모인 입술에 시선이 멈췄다. 사로잡힌 욕망은 무서웠다. 일말의 망설임도 없이 서주에게로 향했다. 집어삼킬 듯이 서주의 입술을 가졌다. 끈적한 타액의 소리가 만연한다. 혈관이 떨어져 나갈 듯 맥박이 빨랐고, 행동은 멈췄다. 입술을 힘겹게 떼고 가쁜 호흡을 뱉어 냈다. 서주의 눈에 비친 자신이 보였다. 몸 전부가 뜨거워져 목에 핏대가 선. 임서주를 가지고 싶어 안달 난. 짐승의 눈빛을 한 주강이 얼비쳤다.

술의 냄새가 짙었다.

"계속해요."

서주의 한마디는 곧 총성이었다. 탕, 하고 소리를 냈다. 다시 격렬히. 한층 더 짙어져서는. 서주를 집어삼켰다. 손은 원피스 단추를 풀어 헤치고 브래지어 후크를 찾았다. 입은 여전히 서주의 입술에서 머물렀다. 혀로 서주의 매끈한 어금니를 핥았다. 후크를 찾아 풀었을 때 키스로 달았던 숨을 몰아쉬었다. 단숨에 브래지어를 끌어 내렸다. 브래지어에서 해방된 서주의 가슴은 작은 파동을 안고 출렁였다. 자연히 가슴으로 입술이 가닿았다. 한 손에 쥐면 조금 넘치는 가슴이었다. 입술로 짓뭉개며 손으로 어루만졌다. 서주의 입에서 작지만 쨍한 신음이 흘러나왔다.

천천히 공들였다. 음식을 음미하듯이. 법당에 절을 하듯이. 서주가 애원하는 순간을 절실히 기다렸다. 입술로 서주의 몸을 채근했다. 입술이 닿는 곳마다 서주의 몸에서는 꽃이 피었다. 그리고 어느 순간 하얗게 질려서는 술 냄새 품은 숨을 토해 내며.

"제발."

그렇게 말했다.

투둑투둑 기다림이 끊어져 사나운 파도가 되었다. 그는 머릿속에 이성이 남은 인간이 아니었다. 단지 인간의 탈을 쓴 하나의 짐승에 지나지 않았다. 서주의 남은 모든 것을 먹어 치웠다. 허기를 달래듯이 모조리 집어삼켰다.

아슬아슬하게 부위를 가린 채 남아 있는 팬티마저 다 치워

냈을 때 갑자기 서주가 강의 목덜미를 잡아당겨 속삭였다.

"내 모든 걸 가져가요. 다 내어 줄게요."

처음이 아니면서 처음처럼 서주는 매번 그런 식이었다. 처음의 잠자리가 아닌데 처음처럼 굴었다. 새침하고 부끄러워하는 그런 게 아니라 그저 처음 어떤 의식을 치르듯이 겸허한 자세로 스스로를 공양했다. 그는 그녀를 가지고 싶어서 죽을 것 같았다. 처음이 아닌 처음의 서주를 가지기 위해 몸부림쳤다. 그래도 서주는 뭔가 자신의 몫이 아닌 것처럼 여전히 처음으로 남았다. 이상하게도 영영 가질 수 없을 거라는 생각이 들었다.

서주의 허리를 들어 깊이 침범했다. 느껴진다. 서주의 안에 얇고 연약한 모든 것들이 정점에 와 닿았다. 시야에 들어오지 않던 것들이 점점 시야를 파고들었다.

파동을 안고 출렁이는 가슴이, 오르락내리락하는 배가, 곧 깨어질 듯 자리한 빗장뼈가, 자신의 팔을 붙잡고 있는 손이, 미간을 찡그리고 신음을 게워 내는 얼굴이, 그렇게 모인 서주가 보였다.

결혼을 하고, 호적을 하나로 합쳐지면, 그러고 나면, 정말 그러고 나면, 온전한 임서주를 다 가질 수 있을까.

자신의 아래에서 정처 없이 흔들리며 꺾어지는 서주를 보면서 강은 생각했다.

네 전부를 가졌는데 왜 전부 없는 것만 같은지.

뜨거운 숨결 사이로 서주의 안에 모두 쏟아 낸 후였다.

가을은 그다지 길지 않았다. 여름과 겨울의 사이, 가을은 어디까지나 그 역할만 충실히 해냈다. 길지도 않은 가을 탓에 추위는 금세 찾아왔다. 사람들의 옷이 한참이나 두꺼워져 더웠던 여름은 어디로 간 거냐고 아우성이었다. 선선한 가을을 바란 사람들에게는 못내 아쉬웠던 가을이었다.

물들었던 이파리들이 낙엽이 되어 가지 끝에서 땅으로 추락했다. 계절은 생성과 소멸을 반복한다. 다시 오지 않을 것 같다가도 언제 그랬냐는 듯 찾아와서 노크를 한다. 하지만 기다림이 길어서 그런지 계절의 생성과 소멸은 다른 나라 이야기처럼 멀게만 느껴졌다. 차가운 바람이 비집고 들어와 옷을 여몄다. 서주의 목에 두른 스카프도 한 번 더 단단히 만져 주었다.

상견례 자리였다. 결혼 준비를 차차 진행하면서 다다른 관문이었다. 별로 걱정할 일은 없었다. 상견례 약속을 잡으면서 조부모는 내내 기꺼워했다. 함에는 뭘 넣어 주고, 긴 밀월 여행 다녀와 인사 오면 무슨 음식을 해 줄지 그런 고민들을 하였다. 한수도 매한가지였다.

웅근 기와를 들어서자 직원들이 친절한 자세로 맞이했다. 이름을 대니 직원 하나가 방을 안내했다. 코트를 받아 걸어 주며 허리를 굽히는 친절을 유지하다 직원은 홀연히 나가 버렸다. 괜히 해도 되지 않을 긴장에 머리가 쭈뼛 섰다.

"숨소리 거칠어졌어요."

서주가 손을 포개어 왔다.

"이게 뭐라고 이러지."

"아빠한테 인사 왔을 때 생각난다. 그때 강이 씨 엄청 긴장해서 발발 떨었잖아요."

"그때보단 지금이 나아요."

말을 씩씩하게 했다. 이젠 불안의 끝이었다. 결과만 남아 있는 자리에서 더럭 주눅이 들어 긴장할 필요는 더더욱 없었다. 그때 방으로 한수가 들어왔다. 아까 친절했던 직원과 함께였다.

"사돈 내외분 도착하시기 전에 와서 다행이네."

한수는 양복을 갖춰 입고 머리까지 손질한 상태였다. 밥을 차려 주며, 가는 길 알뜰살뜰 챙기던 수더분한 한수의 모습과는 정반대였다. 예의를 갖춰 인사를 차리자 오랜만에 아들 보니 좋네, 하고 살뜰한 말을 얹어 주었다.

"오시는 길 멀지 않으셨어요?"

"서환이가 이만큼 데려다주고 갔어. 걱정하지 마."

"네. 아버지 드시고 싶은 걸로 고르세요. 뭐 드실지 몰라서 서주 씨랑 미리 주문 안 넣었어요."

"사돈 내외분들도 있는데 내가 먼저 골라서 쓰나."

그래도 강은 메뉴판을 한수에게 드밀었다. 메뉴판을 본 한

수가 억, 소리를 내더니 입을 다물었다. 아무래도 가격이 문제인 듯했다.

"한정식 집이라 그래요. 걱정 말고 고르세요. 좋은 날이잖아요."

"고마워서 어째."

잠자코 있던 서주가 한수를 더 채근했다. 강은 가만히 둘의 모습을 지켜보았다. 부녀의 모습은 언제 봐도 다정했다. 제 아버지를 알뜰히 챙기는 서주. 제 딸이라고 보듬는 한수. 그들과 가족이 될 자신이 강은 좋았다.

그는 근래에 행복한 상상을 많이 했다. 한수와 서환이 함께 목욕탕을 갔다가 집에 돌아와 서주가 있는 식탁에서 밥을 먹는. 거기에 자신이 포함된 그런 상상을 종종하였다. 서주와 지겹도록 같이 있다가 같이 한수에게 가 된장찌개를 해달라고 조르는 그런 상상도 머릿속에 이미 그려져 있었다.

하여 강은 문이 열리고 경애와 말섭의 얼굴을 마주하는 순간까지도 그 상상이 별문제 없이 현실로 이루어지리라 생각하고 있었다.

그런데 방에 들어서던 경애가 사돈이 될 한수를 보고 일순 멈칫하더니 하얗게 질려 가방을 툭 떨어뜨리고선 그대로 뛰쳐나갔다. 말섭이 그 뒤를 쫓아 나갔다. 방금까지 메뉴를 고르던, 해서 웃음 만발하던 한수는 어째서인지 잠깐 사이 고개를 숙인 채였다.

기탄없이 행복한 순간이 순식간에 깨지더니 한수의 이마에 송골송골 식은땀이 맺히기 시작하였다.

불안의 끝이 행복의 끝으로 탈바꿈하는 순간이었다.

집에 도착하자마자 경애는 몸이 닿는 곳에 무작정 걸터앉았다. 바람이 춥다는 말섭의 말은 혹독한 바람에 쓸려 어디론가 흘러가 버렸다. 조금의 예정도 없던 일이 벌어졌다. 혹신이라면 알고 있지 않았을까. 거실 벽에 걸린 십자고상 탓을 해 본다. 그래도 마음이 나아지는 일은 없었다. 눈앞이 까마득해지더니 죽은 자식들 생각이 난다. 어쩌라고 이런 시련을 주시나이까. 하느님은 가차 없이 또 시련에 희생양을 던져 넣었다. 그 사람을 마주했을 때는 어디까지가 끝인지 알 수 없는 구렁텅이 속에 이미 처박힌 듯했다.

임한수

아직도 잊히지 않는 이름. 예쁜 자식들 잡아먹은 작자의 이름. 피를 토해 내며 인내했던 이름. 그 이름을 가진 사내는 늙어 있었다. 자신이 나이 먹은 만큼 늙어 머리가 새고 얼굴 깊이 주름이 패어 있었다.

스스로를 죽여 가며 용서했다. 억누르고 억눌러 몸과 마음이 만신창이가 되고 나서야 겨우겨우 용서했다. 다시 보면 다음은 없다고 칼을 갈며 용서했다.

어떻게 용서했는데. 어떤 마음으로 용서했는데.

경애는 끅끅 가슴을 쥐어뜯었다. 곱게 차려입었던 한복 저고리가 터져 가슴이 훤히 드러나도 계속 쥐어뜯었다. 위쪽 가슴에 생채기가 나 피가 고였다. 말섭이 고래고래 악을 쓰고 말려도 한없이 가슴을 쥐어뜯었다.

"그만해! 이러다 탈 나. 그만 좀 해……."

아무렇지 않나요? 당신 새끼들 죽인 그 얼굴을 마주했으면서 조용히 예전처럼 체면 차리는 낯짝을 하고 싶어요? 그래요? 어떻게 그래. 두 발 뻗고 잠도 못 자면서 어떻게 보낸 자식들인데. 그 자식들 가슴에 묻으면서 피눈물 철철 흘리던 때가 바로 어제 같은데.

서주를 오랜만에 볼 생각에 내내 좋았다. 결혼 준비로 바쁘다고 잘 보지 못해 보고 싶고, 더구나 좋은 자리여서 더 좋은 마음 하나로 나갔는데. 문 하나 사이에 두고 들리던 목소리에 설마설마했다. 아직까지 목소리마저 기억하고 있는 게 신기하다면서도 아니겠지, 그랬다. 임서주, 예쁜 이름에 임한수 끼워 넣어 보는 스스로가 부끄러워 더 잘해 줘야지, 그랬다. 그런데 네가 그 딸이라니. 그 작자 딸이라니.

조금도 의심해 본 적이 없었다. 아버지 혼자라 할 때, 아버지 혼자 몸으로 자식 둘 잘 키웠다 할 때, 나주 임씨라고 말하던 때에, 매 때마다 말하는 네 아버지는 우리 강이 잘 보듬어 줄 그런 위인이라고 여겼다. 그랬는데, 그랬는데……. 서주 네가 어떻게 그 사람 딸이니. 네가 하필 왜 우리 강이를……

눈앞이 희뿌옇게 번졌다.

"들어갑시다. 바람이 차잖우."

신선이나 되는 얼굴을 하고선 말섭이 경애를 부축했다. 추위가 밀려온 탓에 말섭의 무릎이 작년보다 더 안 좋아져 절뚝질이 심했다.

"당신도 봤잖아요! 봐 놓고 왜 모른 척이야! 내 새끼들 버젓이 다 죽인 그 인간 얼굴 봤으면서! 당신은 왜! 왜!"

경애가 악다구니를 썼다. 이미 사람 손을 건너간 일을 두고 원망하지 말아야 할 대상에게로 원망이 확대된다. 그러지 말아야지, 마음먹었다가도 돌아서면 또 원망이 그렁그렁. 그대로 답보 상태였다. 용서했다면서 용서하지 못한 예전의 그대로였다. 강 때문에 다 용서했다 해 놓고 그래도 돌아보면 제자리를 면치 못 했다.

세월은 길었다. 강이 사십 줄을 바라보는, 그를 키운 이 두 목숨은 죽음을 바라보는, 길고 길어 고단했던 세월이었다. 하지만 세월이 가도 박제한 것처럼 남는 것들이 있었다. 자식들의 죽음이 경애에겐 그러했다. 매년 똑같은 날에 챙기던 젯밥을 두고, 수목장 입구에 강을 세워 둔 채 혼자만 두 그루의 나무를 보고 오고, 집에 즐비한 사진들을 두고 경애는 죽은 자식들을 강만큼 챙겼다. 해서 자식들 잡아먹은 한 사람의 모든 것을 또렷하게 기억하고 있었다.

살다가 다시 만난다면 자신이 죽는 한이 있어도 그 인간 숨통은 끊어 놔야지, 다짐했던 날들이 경애에겐 고스란히 남았다. 강을 키우면서 미움은 떨어내도 분통은 떨어내지 못해서였다.

"나도 당신만큼이나 놀라 기함했다. 지 자식 하나 딸랑 남겨 놓고 눈도 제대로 못 감았을 내 새끼들. 억만금 줘도 안 바꿀 내 새끼들 죽인 놈인데 꿈에서라도 잊을까. 그런데 이제 와서 뭘 어쩌게. 우리 두 목숨 얼마 못 살아. 천년만년 천수라도 누릴 줄 아는가? 그렇게 눈 감으면 끝나는 인생인데, 살날 창창하게 강이는 어쩌려고. 우리 원망 때문에 남은 새끼마저 꼭 죽은 사람처럼 그냥 목숨 붙어 있으니까 사는 걸로 만들게?"

"그때 내 새끼들 안 죽었으면 지금 강이 지 부모 밑에서 지금보다 더 귀하게 컸겠지! 지 부모가 물고 빨고 얼마나 예뻐하면서 키웠게! 그 작자 딸이야! 서주가! 우리가 귀해서 좋아 덩실덩실 춤추던 그 애가 그 작자 딸이라고!"

울부짖었다. 그 울부짖음에 누군가가 노한 것인지 하늘이 잿빛이었다.

"모르는 척 눈감으면 지나가."

말섭의 눈가가 젖어 들었다.

"우리 죽으면 끝나는 일에 애들한테까지 그 무거운 짐 넘겨주지 맙시다."

속 좋은 소리를 잘도.

경애는 이를 악물었다.

경애가 몸이 좋지 않다는 이유였다. 조부모가 상견례를 도망치듯 나간 이유가 단순히 그거였다. 자신이 아는 경애는 그런 이유로 중요한 일을 그르칠 사람이 아니었다. 어쭙잖은 이유가 간파될 걸 알면서도 말섭은 거짓말을 했다. 무슨 이유에서인지, 본가에 서주와 가겠다고 해도 한동안은 발걸음 하지 말라는 말까지 덧붙여 돌아왔다. 서주는 그 후로 침울해졌다. 그런데 더욱 이상한 건 한수도 상견례에 대해 가타부타 내색하지 않는다는 거였다. 일이 찜찜하게 돌아간다는 생각을 지울 수 없었다.

"할머님은 많이 안 좋으십니까?"

같이 밥을 먹던 서환이 수저를 내려놓고 물었다.

"네. 그런 거 같습니다."

구내식당이 오늘따라 유독 휑해 조용히 하는 말인데도 큰 소리를 낸다는 느낌이 들었다.

"상견례는 언제로 다시 잡나요?"

"할머니 몸 상태 나아지시는 대로 바로 잡아야죠."

"병원에 한번 내원하시는 것도 좋으실 텐데요."

"그러게요. 근데 할머니가 워낙 병원을 싫어하셔서."

양약은 면역을 약하게 하는 것 같아서 싫다는 경애의 얼굴이 순간 떠올랐다. 황황히 뛰쳐나가던 모습은 어디가 아프다기보다 못 볼 걸 본 사람처럼 새파랗게 질려 있었다. 뒤따르던 말섭도 똑같이 그런 모습을 하고 있었다.

기억이 훼손되지 않은 이상 그 기억은 정확했다. 거기다 한 사람 더. 한수의 모습도 별반 다르지 않았다. 어쩌면 이미 아는 관계의 사람들, 이라고 자연스레 추정되었다. 그렇지 않고서야 세 사람이 똑같은 얼굴로 똑같이 회피한 시선을 가질 수 없지 않은가.

왜 한수의 팔에 남겨진 긴 상처가 연결고리처럼 떠오르는지 도통 알 겨를이 없었다. 이성은 지워 내고 싶은데 본능은 지워 내지 않고 그대로를 간직했다. 모든 것들을 끼워 맞춰 본다. 비상식의 선에 놓은 것들까지 모조리 끌어내 퍼즐처럼 한 조각 한 조각 조심스레. 그렇게 맞춰진 전체적인 그림은 전혀 예상하지 않은 곳에서 완벽하게 맞아떨어졌다.

이후의 판단과 행동은 기억이 나지 않았다.

정신을 차려 보니 본가 앞이었다. 담쟁이넝쿨이 이제는 정말 핏기 없이 말라 앙상했다. 그래도 바람에 흩날리지는 않은 채 담벼락에 그대로 붙어 몸을 지탱한다. 예고도 없이 찾아온 불청객에게 또 거짓말을 둘러댈까 오래 쓰지 않았던 열쇠로 대문을 열었다. 천천히 억겁의 층계를 올라가 시들어진 정원과 마주했다. 볼품없이 쇠약한 나무들 중 소나무는 푸르렀다. 짧게 정원과 일별하고 현관문도 열쇠를 이용해 열었다. 신발을 벗고, 두 개의 열쇠를 주머니에 집어넣고, 그렇게 들어서자 경애가 정말 아픈 사람처럼 어두운 낯빛으로 소파에 앉아 있었다.

곧 울 거 같은 얼굴로.

"강아……."

부르고는.

"내 새끼 왔니……?"

운다.

밤에 샤워기를 틀어 놓고 울던 그때처럼 똑같이. 몸을 잔뜩 말아 들키고 싶지 않다는 듯이. 자식을 잃었던 그때와 같이. 왜 말도 안 되는 퍼즐의 그림이 맞는 것처럼 경애가 저러는 이유를 강은 부정했다.

"많이 아프시면 병원에 오지 왜 이러고 계세요."

"강아."

"할머니 이럴까 봐 손에 아무것도 안 잡히잖아요. 손자 마음 아프게 왜 이래요."

"강아……."

"가요, 병원 가. 가서 검사도 좀 받고, 어디 아픈지 정확하게 알아야죠. 손자가 의사인데 할머니 왜 이러고 있어요!"

툭, 툭, 툭, 무심하게 툭, 경애의 눈물이 아래로 추락을 거듭한다. 어린아이가 떼쓸 때보다 더 서럽게 운다. 부정한다.

수없이 많은 부정을 한다. 처음 아버지가 생긴 그날도, 아버지의 팔에 남은 긴 상흔도, 부정에 부정을 거듭한다.

"아픈 거잖아요. 할머니 그냥 아프신 거잖아요. 그래서 상견례 자리에서 나간 거잖아. 그러니까 나아야죠. 그래야 다시 상견례 날짜 잡고 만나서 서주 씨랑 나 결혼하죠. 할머니 그거 보고 싶어 했잖아요. 좋아했잖아."

"……강아, 서주는 안 된다."

그래도 잔인한 현실이 부정되진 못했다.

"좋다면서요. 서주 씨 누구보다 예뻐했잖아요! 우리 가족 낫게 해 준 은인이라면서! 앞 못 본다고 했을 때도 별거 아닌 일처럼 넘어가 놓고, 이제 와서 왜 그래요. 서주 씨 기다려요. 나한테 이 반지 끼워 주고 지금, 기다린다구요!"

설레고 예뻐서 아팠던 반지가 손에서 빛을 잃었다. 서주가 길 잃지 말라고 준 것인데 아무래도 길을 잃은 것 같았다. 아무래도 앞이 보이지 않았다. 서주에게로 가는 길, 어느 부분이 끊겼다. 다시 서주의 옆에 서지 못하게 될까 봐 무서웠다.

"예뻐했지. 너만큼 나도 그 애 아꼈어. 그건 옆에서 봐 온 네가 더 잘 알 테지. 그런데 안 된다고 할 때는 그만한 이유가 있는 거란다. 그러니 그냥 넘어가……. 이 할미가 반대해서 안 되는 걸로 생각해."

고개를 돌리는 경애에게 해선 안 될 말을.

"서주 씨 아버지가 할머니 자식들 죽게 만든 사람이라서요?"

꺼내 버렸다.

"서주 씨 아버지가 내 부모 죽게 한 사람이라서요?"

어느 순간 끼워 맞춰진 퍼즐의 그림은 잔인무도했다. 사실 약간은 알고 있었다. 어느 정도는 눈치 보고 상황을 쟀다. 부모를 죽인 자의 이름이 임한수, 라는 건 진즉부터 귀동냥으로 알았다. 그래서 서주의 아버지의 이름이 임한수, 라고 할 때 어쩌면 같은 사람이 맞을 수도 있다는 가능성을 염두에 두고 있었다. 상흔을 봤을 때 가능성은 배가 되었다. 그래도 모르는 척 외면했다. 다 알면서도 그저 넘어가길 바랐다. 서로 많이 늙었으니 서로를 못 알아볼 수도 있는, 그런 행운도 있으려니 안일하게 생각했다.

부모가 죽었어도, 자신은 살았다. 그 사람 손과 팔, 다 찢겨 가며 구해진 인생이었다. 그런 면으로 이해하려 노력했다. 일부러 누군가를 죽이려고 차를 들이받지는 않았겠지. 어쩔 수 없는 일이었겠지. 무슨 이유가 있었겠지. 그렇게 갖다 붙였다.

서주를 잃을 순 없어서였다. 다 잃어도 서주 하나만은 잃기 싫어서였다.

"어떻게 네가……."

가라앉는 낙엽처럼 경애가 파스스 부서졌다.

"할머니 제발, 이렇게까지 서주 씨 떼 놓지 마세요. 서주 씨는 몰라요. 아무것도 모른단 말이에요."

"넌 이 할미보다 기어이 네 부모 죽인 그 인간 자식을 택하겠다는 거니?"

"택하는 게 아니라, 처음부터 서주 씨였어요. 애초부터 제 선택지에는 서주 씨밖에 없었어요. 그런데 할머니가 이러시면! 저 어떻게 해요⋯⋯."

사정하듯 경애 앞에 강은 무릎을 꿇었다.

"제가 다 용서할게요. 부모 없이 아파 온 시간, 전부 용서할 수 있어요. 그러니까 할머니도 그냥 넘어가 주세요. 위선이든, 동정이든, 그게 뭐가 됐든 그렇게 용서하셨으니까 없는 일처럼 눈감아 주세요."

"네가 나한테 어떻게 이러니! 내가 너를 어떤 마음으로 키웠는데! 내 자신 죽여 가며, 깎아 가며, 내 새끼들 먼저 다 보낸 게 한이 되어서 너만 바라보고 살았는데! 너마저 나한테 이러면 나는! 나는 어떻게 살아! 내가 안 된다잖니! 한 번도 네가 한 선택에 반대한 적 없던 내가 안 되겠다는데! 그것도 다 이유가 있어서라는데! 네가 어떻게 내 앞에서 무릎을 꿇고 이럴 수가 있니! 나는 어떻게 살라고! 내 자식 다 보낸 나는⋯⋯ 나는 어쩌란 말이니⋯⋯."

경애가 무참히 강의 어깨를 몇 번이고 내리쳤다. 의자에서 내려와 강의 가슴도 몇 번이고 후려쳤다. 그는 자신보다 할머니의 손이 더 아플 거란 생각이 들었다. 그래도 경애의 분이라도 풀리기 바라는 마음에 가만히 있었다.

경애의 마음도 십분 이해가 간다. 죽은 자식들이 가여워 숨죽여 울었던 시간들, 자식들이 남긴 자식을 자신의 손으로 잘 키워야 했던 시간들, 그러한 시간들이 모여 만들어진 경애에겐 남은 거라곤 강밖에 없었다. 그래서 그는 서주밖에 없다는 자신의 말이 경애에게 비수처럼 꽂혀 아플 거란 것도 어느 정도는 짐작하는 바였다.

하지만 모질게 서주를 뺀 자신을 생각했다. 주강 빼기 임서주 이퀄, 답은 제로. 아무것도 남는 게 없었다. 키워 준 조부모에게는 미안한 일이었지만 실상이 그러했다. 물론 뭐가 되어도 남는 것이 있겠지만 그게 빈 서주의 역량을 채우진 못할 것이다. 그리고 서주가 상처 받는 일도 싫었다. 서주는 조부모를 사랑했다. 받아 본 적 없는 과분한 사랑이라며 그게 자신의 몫이라 참 좋다는 말을 입버릇처럼 해 왔다. 그래서 눈을 잃어 방황하던 그때처럼 또, 그런 상처를 안겨 줄 수는 없었다.

그 어떤 것도 서주에게서 잃게 하거나 잃어버리게 하지 않을 것이다.

"그냥 한 번만, 딱 한 번만······ 제발 한 번만."

강은 경애의 다리 위로 엎드렸다.

"저 잃을 수 없는 할머니만큼, 그만큼 저도 서주 씨 잃을 수 없으니까."

어려운 부탁을 했다.

"이런 못된 자식이라 죄송하지만 그래도 처음이자 마지막으로 하는 부탁이니 들어주세요. 부탁드려요."

경애의 마음이 썩어 가는 걸 다 알면서도 강은 부탁을 물리지 못했다.

"너도 은근 못된 구석이 있어."

손에 반시가 든 검은 봉지를 들고 말섭이 혀를 끌끌 찼다. 경애가 도통 식사를 하지 못해 시장에서 제일 좋아하는 걸 부랴부랴 사 오는 길이라고 했다. 경애가 반시를 좋아하는지 강은 알지 못했다. 할머니가 좋아하는 것 어느 부분도 몰랐다. 부모를 대신한 조부모였는데 자신은 아직 그런 것도 모르나 싶어 헛웃음이 났다.

"죄송해요."

"아니다. 입장 바꿔서 나였어도 그랬겠지."

반시 하나를 봉지에서 꺼내 말섭이 강의 손에 쥐여 주었다.

"서주는 아직 모르지?"

"네."

"이미 형도 다 산 사람이다. 죗값이라면 치를 만큼 치른 거겠지."

"네……."

흐무러진 반시가 손 안에서 물컹거렸다.

"자식들이 있다던 그 사람의 말이 잊혀지지 않았다. 내내 살면서도 그 사람의 자식들이 너만큼 잘 크는지 궁금했지. 똑같이 자식 가진 부모 입장이라 더 마음이 쓰였다."

쇠약한 정원을 한 번 훑어보며 말섭은 벤치에 몸을 기댔다. 강도 말섭의 옆을 따라 벤치에 앉았다. 볼품없는 정원이었다. 경애의 손길이 바지런히 닿았던 게 다 아니라는 듯이 정원은 초라하였다.

"네 할머니 몰래 물어물어 그 사람 자식들을 보러 갔다. 꼬물꼬물 작은 것들이 평상에 누워 뭐가 그리 좋은지 깔깔거렸어."

"그럼 서주 씨를⋯⋯?"

"그래. 내가 어릴 적 서주를 본 거겠지. 서주랑 똑 닮은 남자아이도 봤다. 마음이 처량해졌어. 어미도 도망가고 없다는데 아비도 없이 애들이 어쩔까 싶어서. 그래도 애들 얼굴에 슬픔 같은 건 없어 보이더구나."

"할아버지는 무슨 마음으로 거기까지 가셨어요⋯⋯."

"내 죽은 자식들 생각하면 억울했지. 분통했다. 잠도 제대로 못 잤어. 그런데 애들이 무슨 죄인가 싶었다. 연좌제 없어진 지가 언젠데 우리가 뭐라고 애들한테까지 그 죄를 덮어씌우나 싶었지. 그래서 갔다. 보고 싶었어. 제 새끼들이 꼭 너만 하다고 그랬던 말이 자꾸 생각이 나서 말이야."

"할머니가 아셨음 할아버지 뼈도 못 추리셨을 거예요."

농담 아닌 농담을 던지자 말섭이 껄껄 넉살 좋게 웃었다.

"사실 네 할머니한테 죽을 각오하고 그 애들을 집에 들이려고 했다. 그 사람 형 다 살 때까지만. 그런데 어린 서주가 뭐랬는줄 아누?"

하늘 한 번 올려다보며 미소 띤 얼굴로 말섭이 말했다.

"아빠 기다려야 해요. 아빠가 멀리 일하러 가서서 돌아오시면 저랑 오빠가 다녀오셨어요, 하고 인사해 줘야 해요."

아버지랑 서환밖에 없었다던 어린 날의 서주가 생각났다. 휴대폰 배경화면에 앞니 빠진 채로 방긋이 웃는 그 서주가 생각났다. 대문 앞에 앉아 이제나저제나 한수를 기다렸다는 서주의 말이 가슴에 걸린다. 너무 착해서, 착해 빠져서, 다 끌어안고 이해하려는 바보 같은 서주가 눈앞에 아른거린다.

"그 말을 듣는데 내가 죄인 같더구나. 자식 잃은 나나 부모 잃은 애들이나 별반 다를 바가 없었어. 어린애들한테는 부모가 세상의 전부니까."

"할아버지도 참……."

"애들 이름까지 기억에 남겨 두면 자꾸 더 눈에 밟힐 거 같아서 잊었다. 이럴 줄 알았으면 외워 두는 거였는데. 서주가 너한테 이리 귀한 사람 될 줄 알았으면 어릴 때 내가 그 애한테 더 마음 써 주는 거였는데. 나이가 이만큼 먹어도 후회하는 일이 태산 같아서 아쉬울 따름이다."

"죄송해요, 정말 할아버지 할머니한테는."

"그럴 거 없다. 네 할미는 몰라도 나는 아니야. 나는 오래전에 다 털어 내고 용서했다. 그래서 서주한테 미운 감정 들거나 그런 일도 없어. 여전히 서주는 좋은 아이고, 나한테는 고마운 아이다."

말섭이 강을 말을 잘라 내어 자신의 말을 붙였다.

"그러니 네 마음에 앙금 남겨 두지 말거라. 그 사람이 그날그 시간에 네 부모 죽이자고 덤벼든 건 아니니까. 사고가 났고, 그래서 네 부모 죽고, 그 사람은 그 사람 나름대로 형벌을 받았어. 그뿐인 일이다. 흠이라면 그 사람이 술을 먹었다는 건데, 그래도 잊자. 잊어야 살아. 신이 주신 망각의 능력은 그러라고 있는 거다. 너는 그대로 서주를 좋아하는 마음만 남기고 다 털어라. 나머지는 나랑 네 할머니 몫이지 네 몫이 아니야."

내 몫. 내 몫이 무어지. 강은 골똘히 생각에 잠겼다. 자신이 아닌 조부모가 맡을 몫이란 건, 그래서 아픈 추억을 말하는 모양이었다. 두 단지로 남아 두 그루의 나무가 된, 살아 보지 못한 두 사람의 인생을 말하는 모양이었다. 해서여태 묵혀 두었던 말 하나를 봄의 씨앗처럼 슬며시 꺼내 들었다.

"전 살았어요. 부모님이랑 같이 죽었을 수도 있었는데 서주 씨 아버지가 살려 주셔서, 전 살아서 이만큼 컸어요."

반시를 한입 베어 물었다. 입안에 물컹한 단맛이 떫었다.

무거운 마음을 지고 무작정 걸었다. 마음의 무게가 발이라
도 붙잡는 것인지 걸음이 더뎠지만 그래도 걸었다. 무심코
스쳐 가는 풍경과 차들 속 어딘가에 자신이 발붙일 자리 하
나는 있겠지 싶었는데 아무리 걸어도 그런 자리는 없었다.

발이 닿는 대로 걷다 보니 어느새 집 앞 맞은편 아이스크
림 가게였다. 아이스크림을 좋아하는 서주 생각이 났다. 아
이스크림 한 스푼 떠먹으면 세상 시름 다 잊은 얼굴로 웃는
모습도 기억에서 함께 부상했다. 아이스크림 가게를 들어갔
다. 작은 종이 딸랑, 울리는 소리와 친절한 직원도 며칠 전처
럼 그대로였다. 낯설었던 곳이 이제는 습관처럼 들르는 곳이
되었다.

"어서 오세요."

유리통 안에는 여전히 아리송한 이름들만 가득이었다.

"녹차랑 요거트는 꼭 넣어 주시고, 다른 맛은 알아서 더 넣
어 주세요."

"또 아내분 드실 거 사시나 봐요."

올 때마다 직원은 서주를 아내, 라고 칭했다. 서주와 같이
들렀을 때도 아내, 라는 말로 서주의 빰을 붉게 만든 주범이
었다. 강은 그런 게 다 좋았다. 서주와 나누는 일상 사이에
곁가지들처럼 서주를 예쁘게 봐주는 이들이 있고, 서주는 마

냥 예쁜 사람이 된 자체가 좋았다. 그런데 곁가지가 부러져 나갔다. 너무 아픈 모습으로 서주를 사랑하던 할머니는 없는 사람이 되었다. 이걸 서주에게는 어떻게 설명해야 하며 어떤 거짓말로 둘러대야 하는 것인지 속이 터져 나갈 것만 같았다.

계산을 마친 아이스크림을 들고 가게를 나섰다. 횡단보도 앞에 서서 반대편 신호등을 바라보았다. 그리고 신호등 아래 서주가 있었다. 초록불이 깜빡깜빡. 넘어가면 안 되는 줄 알면서도 뛰었다. 횡단보도를 반쯤 지나갔을 때 깜빡이던 초록불이 빨간불로 바뀌었다. 그래도 벅차게 뛰어가는 한 사람을 기다려 주는 것인지 횡단보도 앞에서 질주를 시작하려는 차들이 클랙슨을 울리지 않고 가만히 기다려 주었다. 횡단보도 끝에서 서주를 덥석 안았다. 두꺼운 옷을 꿰뚫고 서주가 품고 있던 추위가 밀려들었다.

"또 이런다 또⋯⋯. 왜 사람 속상하게 해."

품 안에 묻었던 얼굴을 빼꼼 내밀고 서주가 철없이 웃는다.

"길에서 이렇게 기다리다 얼어 죽으려고⋯⋯. 손이랑 얼굴 얼었잖아요. 발은? 발은 괜찮아요?"

"다 괜찮아요. 하나도 안 추워."

"안 춥다면서 이렇게 다 얼어서는. 사람 속상하게 만드는 재주도 참 많아."

"그래서 미워요?"

"아니, 사랑하지. 그래서 내가 밉네."

그래. 누구도 아닌 나 스스로가 제일 미웠다. 조부모에게 모진 말로 못 박으면서까지 너를 잃기 싫은 내 자신이 가장 미웠다. 그래도 너를 포기 못 하겠지. 이 비밀을 니한테 절대 알리지 않으려 나는 안간힘을 쓰겠지. 나는 알고 있다. 네가 알면 네 스스로가 이기지 못해 나에게서 도망칠 거란 걸. 나한테 미안해서 고개도 들지 못할 걸. 그러니까 나는 이 비밀을 영원한 비밀로 만들기 위해 애쓸 거다. 서주, 네가 나한테 남은 전부이자 하나니까. 더는 아무것도 잃을 게 없는 나 자신을 위해서. 이게 나를 키워 준, 내 부모나 다름없는 조부모에게 몹쓸 짓이란 걸 알아도 나는 너여야만 하니까.

"업혀요."

서주에게 등을 내주었다. 등에 업히는 서주는 초라할 정도로 무게감이 없었다. 드레스를 가봉하고 나서도 체중이 자꾸 빠져 걱정을 하더니. 다시 가봉해야 할지도 모른다는 서주의 말이 거짓말이라면 좋을 텐데. 가볍다 못해 날아갈 수도 있을 법한 초라한 몸무게였다.

"왜 기다렸어요. 내가 기다리지 말랬잖아."

서주가 강의 목덜미를 느슨하게 감쌌다.

"길 잃어버렸을까 봐. 나한테 오는 길. 그럼 내가 기다린다고 했잖아요."

빛을 잃은 반지가 무색하게 서주는 상냥했다. 반지 따위 없어도 괜찮다는 그런 말로 들렸다.

"내가 언제 올 줄 알구요."

"너무 늦지 않게만 오면 된다고 그랬잖아요. 강이 씨 알맞게 왔어요. 나 적당히 기다렸고, 그래서 강이 씨 길 안 잃은 거면 그걸로 됐지 뭐."

무거운 마음이 서주의 체중만큼이나 가벼워진다. 고작 서주의 말 때문에. 자신만을 기다리고 있던 서주의 마음 때문에. 자꾸만 버스러져 형체 없이 녹아내렸다. 무거운 마음은 시초부터 잘못되었다고, 서주는 그렇게 강을 다독였다.

"미안해요."

그래서였다.

"뭐가?"

"그냥. 전부 다."

서로 하지 말자 약속했던 말이 나와 버린 건.

"무슨 일 있어요?"

"아니. 일이 있기는."

"목소리는 확 풀 죽어서, 서로 하지 말자고 손가락 걸고 약속까지 한 말을 강이 씨 입으로 하잖아요."

"이렇게 기다리게 한 거 미안해서."

귀에 서주의 숨결이 자꾸 닿았다. 후들거려 무너질 것 같은 다리에 애써 힘을 주었다. 걷는 걸음이 무거워진다. 이렇게 가벼운 너인데. 한숨이 나오려는 걸 참았다.

"할머님 많이 아프세요? 그래서 그래?"

"응. 많이 아프세요."

"그럼 나도 내일 가 볼까요?"

"아니. 당분간은 그냥 모르는 척해요."

"어떻게 그래. 안 그래도 할머님 연락도 안 받으시던데."

"할머니가 때가 되면 연락하신댔어요."

모든 말이 다 거짓이었다. 하나의 거짓말을 진실로 만들려면 무수한 거짓말을 보태야 한다. 그 무수한 거짓말이 또 진실로 남으려면 또 수없이 많은 거짓말을 갖다 붙여야 한다. 이런 상황이 끝나지 않을까 봐 두렵다. 서주에게는 죽어도 거짓말 같은 거 하기 싫었다. 사랑하는 상대방을 속이는 건 기분이 더러울 정도로 찝찝했다. 그래도 알아서 좋을 일이 아니라는 걸 알아 이대로 거짓말을 계속할 예정이었다.

당장 내 자신이 더러운 기분으로 씻을 수 없는 찝찝함을 그대로 덮어쓴다 해도. 이게 서주를 위한 일이라면, 그래, 감당할 것이다.

"서주 씨는 반짝이기만 해요."

서주의 체중을 받친 손을 더 꽉 힘주었다. 어디로든 서주가 흘러내리거나 빠져나갈 수 없게.

"뜬금없이."

"내가 밤하늘 할게요. 서주 씨가 더 빛날 수 있게 만들어

주는 한없이 어두운 밤, 그거 내가 할 테니까."

"나는 별 하라는 말이에요?"

"반짝이기만 해서 떨어질 줄 모르는 별. 그게 서주 씨 역할이에요."

"왜요. 같이 별 하면 되지. 아님 내가 밤하늘 하든가."

"아니. 그냥 그 자리 그대로 서주 씨가 별 하는 거예요. 그러니까 절대 떨어지거나 없어지거나 그럼 안 돼요."

하얗게 부서지는 서주의 입김이 귀 옆을 타고 흘러나와 허공에 사라져 갔다.

"내가 밤하늘에서 떨어지거나 없어지면 강이 씨가 슬퍼지는, 뭐 그런 건가?"

"맞아. 정답."

"그럼 꼭 붙어 있어야겠다."

그럼 되겠지. 아무 문제없을 거야.

미련하게 그렇게 속단했던 길 위에서 아이스크림은 녹아가는 중이었다.

며칠째 아무와도 연락이 닿질 않았다. 경애와도 한수와도. 분명히 상대방의 전화에 부재중이 쌓였을 텐데, 이상하게도 누구 하나 연락 오는 법이 없었다. 와중에 말섭이 전화가 와 밥은 잘 챙겨 먹고 다니느냐고, 조만간 상견례 날짜 다시 잡자는 그런 대화가 오간 거 말고는 전혀 없었다. 특히나 더 이상하다고 짐작되는 쪽은 경애였다. 매일같이 아침저녁으로 전화를 먼저 하던 분이었는데 상견례 후로 연락을 뚝 끊었다. 강의 말로는 몸이 아직 완전히 회복되지 않아 그렇다지만 그 말을 온전히 믿을 수 없었다. 확인이 필요했다.

택시를 잡아 봄과 함께 탔다. 목적지가 어디냐고 기사님이 묻는다. 아는 주소를 읊었다. 어디어디에 몇 번지. 그러자 기사님이 길을 설명해 달란다. 네비를 찍어 달라 부탁했다. 눈이 보이지 않는다는 말을 덧붙여. 해서 기사님은 더 무언가를 묻지 않았다.

이런 상황은 좀체 익숙해지지 않는 것인지 낯설고 무서웠다. 좀 더 당당해도 되는 문제이려나. 강이 없인 아직 불편한 게 많고 스스로 해명해야 할 부분이 많았다. 대를 거쳐 물려받은 반지를 어루만져 본다.

다행스레 불편한 것들이 푹 하고 수그러들었다.

자주 와 본 곳이라 그런지 택시에서 내리자마자 익숙하다. 익숙한 공기, 익숙한 길목, 그리하여 도착한 익숙한 집. 대문의 비릿한 쇠 냄새가 맡아졌다. 초인종을 찾아 눌렀다. 이내 익숙한 집에 어울리는 익숙한 목소리가 흘러나왔다. 금방 나가겠다고 그 자리에서 기다리라는 경애의 목소리였다.

"서주야?"

대문의 비릿한 쇠 냄새는 어디론가 사라지고 포근해서 상냥한 경애의 향기가 맡아진다. 이상하게 기억도 안 나는 엄마가 생각나는 향기다. 그대로 향기에 이끌려 그녀의 품으로 빨려 들어갔다. 경애의 품에 폭 안겼다.

"혼자 온 게야? 강이도 없이?"

"네. 할머님 보고 싶어서요. 전화도 안 받으셔서 걱정도 되구 해서."

"추운데. 강이라도 앞세우고 오지. 어찌 혼자 와."

"할머님도 저 보고 싶으셨어요? 저 이렇게 온 거 잘한 일이에요?"

"그래. 얼른 들어가자. 날씨 춥다."

한 손으로는 경애의 손을 잡고 다른 한 손으로는 봄의 목줄을 잡은 채 층계를 올라 집 안으로 들어갔다. 밖과는 달리 집 안에 온기가 훈훈하게 서려 있었다.

연락을 받지 않아 했던 걱정이 마치 아무 걱정이 아닌 일처럼 경애는 예전과 같았다. 따뜻한 차를 내어 주며 밥은 먹었느냐고 따뜻한 말을 해 주며 두꺼운 옷을 벗겨 받아 주는 일까지, 늘 똑같은 일상처럼 경애는 그대로였다.

"밥 안 먹었음 어서 한 상 차려 줄게. 기다려."

일어서려던 경애를 서주는 기어이 붙잡아 앉혔다.

"조금 있다가요. 저 배 안 고파요."

"먼 길 왔는데 밥이라도 든든히 먹여 보내야 내 맘이 편할 거 같아서 그래."

"할머니."

두 손으로 경애의 손을 꾹 눌러 잡았다. 주름진 손에 세월의 흔적이 느껴졌다.

"아프지 마세요."

왜였을까. 진심을 꺼내서였을까. 아님 주름진 손 때문에 맘이 아려서였을까. 눈물이 났다. 무작정 그랬다. 대책 없이 눈물이 나서 그냥 엉엉 울어 버렸다. 서주는 경애의 품에서 그녀의 옷을 눈물로 젖게 했다.

"왜 늙은이 맘 아프게 이래……. 무슨 나쁜 소리라도 들었니?"

이대로 버려질까 두려웠다. 연락이 안 되는 내내 나쁜 생각에 젖어 있었다. 오디오북을 들으면서도, 아직 어려운 점자로 책을 읽으면서도, 강과 저녁을 먹고 잠자리에 들면서도, 자꾸만 나쁜 생각이 들었다. 많이 부족한 자신을 알아서였다. 게다가 눈까지 안 보이는 장애를 가진 자신의 처지를 너무도 잘 알아서였다. 이제 와 그들이 자신을 버린다고 한들 붙잡을 재간이 없었다. 그래서 이렇게 아무렇지 않은 경애를 마주하는 것이 다행이라 안도했다.

"제가 더 잘할게요. 할머님한테 더 잘할게요……."

울음에 젖어 든 목소리로 안간힘을 짜내어 말했다. 경애가 아무 말 없이 서주의 등을 쓸어내렸다.

"내치치만 마세요. 연락 안 하셔도 좋고, 안 예뻐하셔도 좋고, 마음 안 써 주셔도 좋은데……. 저 어디 내치지만 마세요."

"서주야. 할미가 그리 좋든? 야속하게 아프다는 핑계로 연락 한 번을 안 했는데, 그래도 내가 보고 싶든?"

"네."

울음을 견뎌 내며 서주는 겨우 대답을 만들어 입으로 끄집어냈다.

"제가 볼 수 없어서 죄송해요. 그래서 할머님 아픈 거 짐작밖에 할 수 없어서, 얼굴 보면서 가늠하지 못해서 죄송해요. 다 죄송하고, 다 죄스럽게 생각해요. 그래도 어디 버리진 마세요. 저 그러면 못 살 거 같아요. 아무래도 살 수가 없을 거 같아요."

"나를 왜……. 너는 강이만 보고 살면 되지. 뭐 때문에 나를……."

"아무것도 아닌 저한테 감히 넘어다보지 못할 사랑 주셨잖아요. 사람 마음이 어떤 건지 이만큼이나 알게 해 주셨잖아요. 그래서 이제는 할머니 없이, 할아버지 없이, 그런 게 상상이 안 가요."

푸근한 품으로 경애가 서주를 끌어안았다. 그리고 아이처럼, 부모를 다 잃은 천애고아처럼 경애는 울음을 토해 냈다. 사그라들던 슬픔이 다시 북받쳐 서주도 경애와 똑같이 목 놓아 울었다.

다시없을 가족처럼. 모든 것이 다 해우한 것처럼. 울고 울어 울음이 바닥이 날 때까지 그렇게 한참을 울었다.

창밖은 날이 기울어 어느새 저녁이었다.

본가에 들어서자마자 가장 먼저 보인 것은 소파에 잠든 서주였다. 얼굴이 마른 눈물의 흔적들로 엉망인데 입가에는 미소가 그렁그렁했다. 오랜만에 서주가 편히 자는 모습을 보았다. 상견례가 어그러지고부터 밤에 부쩍 잠을 뒤척이더니 오늘의 서주는 세상모르게 자고 있었다.

처음에 서주가 본가에 있다는 연락을 받고 가슴이 덜컥 내려앉았는데 괜한 기우였나 보다. 소파 밑에 앉아 턱을 괴고 잠든 서주의 얼굴을 조심히 들여다본다. 꼭 닳아 없어질 지우개처럼 서주가 조금이라도 닳을까 보는 것만으로도 아까웠다.

"나쁜 놈, 고약한 놈."

경애가 내어 온 차는 청귤차였다. 잔 안에 푸른 청귤이 새파랗게 가라앉아 있었다.

"네 할미 속 썩는 건 눈에 뵈지도 않고 서주만 보이지?"

"할머니가 먼저예요."

"그런 거짓말일랑 안 통하니 다른 데 알아봐. 고얀 녀석."

나름의 독한 말인 것인지 경애는 생전 쓰지도 않던 말을 강에게 조금씩 퍼부었다. 청귤차를 한 모금 입에 물었다 삼켰다. 무슨 차든 경애가 내어 오는 차는 참 맛있다.

"밥 먹이고 쌍화탕도 하나 먹였어. 마음고생해서 그런지 몸이 안 좋아 보이더라."

찻잔을 들고 마시지도 못한 채로 서주를 바라보는 경애는 어딘가 짠해 보였다.

"할머니는 괜찮으세요?"

"괜찮으냐고 물어보는 녀석이 할미한테 못된 말들로 그렇게 못을 박고 가더니 내리 몇 주째 연락 한 통 없고. 서주는 그래도 꼬박꼬박 하루에 다섯 통은 넘게 전화하던데 네 녀석은 할미 생각도 안 났어?"

"생각났어요. 근데 무슨 염치로 먼저 전화를 해요. 할머니 말마따나 할머니한테 못된 말만 하고 갔는데."

청귤차가 입안에서 쌉싸름했다.

"서주한테는…… 말하지 말어."

차마 한 모금도 마시지 못한 경애의 찻잔이 다시 테이블 위로 돌아갔다. 서주에게 붙어 있던 시선을 돌려 경애에게 붙었다. 서주랑 한바탕 같이 울기라도 한 것인지 경애의 눈도 많이 부어 있었다.

"내가 졌다, 내가 졌어. 너희한테 내가 진 게야."

"할머니……?"

"서주가 울더라. 와서 엉엉 울어. 자기 버리지 말라면서, 다른 거 다 괜찮은데 그거 하나만은 안 되겠다고 울어. 그런데 내가 뭘 어쩌니……."

"괜찮으세요?"

조심스러운 물음을 던져 놓고 곧장 후회했다. 그렇지 않을 거란 걸 알면서도 왜 그런 물음을 내놓은 것인지 순간 아차 싶었다.

"안 괜찮아도 괜찮아지려고 노력할 거다."

그런데 경애가 의외로 덤덤했다.

"서주가 우는데 못할 짓이지 싶더라. 이건 아무래도 내가 못 끊어 내는 인연이지 싶었어. 저렇게 예쁜 애를 두고 어떻게 내가 모질어질까 싶었다. 그래서 다 내려놓기로 마음먹었다. 영감 말처럼 내가 남은 니들 인생 책임져 줄 수 있는 사람이 아니니까. 우리 몫은 우리 몫으로 남겨 두고 니들은 행복하면 되지. 내가 뭐라고 니들 인생에 이래라저래라 할 권리가 있겠니."

"할머니 속, 안 편하실 거잖아요."

"사람이 웃겨. 골 싸매고 누워 있는데 서주 웃는 얼굴이 자꾸 아른거리더라. 그게 뭐라고 자꾸 그래. 그런데 서주가 오늘 왔어. 초인종 누르고 서 있는 그 애가 내 앞에 있는 게 맞나 싶고, 잡고 올라오는 손이 서주 게 맞나 싶었어. 막상 얼굴 보니 왜 아무 생각이 안 나는지. 원망도 푸념도, 아무것도 안 남은 채로 서주만 보이더라."

"서주 씨가 좋으세요? 밉진 않으세요?"

"미울 줄 알았다. 정말로 그랬어. 다시 얼굴 보면 차마 용서가 안 되지 싶었는데 안 그래. 서주를 보는데 뭐가 눈 녹듯 사르르 가라앉으면서 그냥 봐서 좋더라. 오랜만에 그 애 웃는 얼굴 보니 살 거 같았어."

그제야 찻잔을 들어 경애가 청귤차를 마셨다.

"그러니 서주한텐 비밀로 하자."

영원한 비밀로 만들려고 애쓰던 한 마음이 다른 한 마음과 합쳐졌다. 마음을 돌려세운 경애에게 고마웠다. 그래서 막막한 경애의 손을 잡아 보았다. 경애는 어떤 말을 내뱉는 것보다 그저 고개만 하염없이 끄덕였다.

"서주가 알면 많이 아프겠지. 저런 성품에 아마 못 견디지 싶어. 애가 워낙 착한 데다 올곧기까지 한데 이런 일 다 알게 되면 부러질 거야. 그러니 덮자, 다 덮어. 다 덮고 다시 쌓아 올린다고 생각하자."

경애의 말이 맞았다. 가끔은 서주가 대나무처럼 올곧아 바람에도 팍 꺾일 것만 같았다. 꼿꼿한 성정들은 원래가 불의를 보면 참지 못해서 부러지거나 혹은 인내만 하다 스스로 부러졌다.

보고 있자니 서주가 안타까워 손이 절로 갔다. 비스듬히 누워 얼굴로 떨어지는 머리카락을 걷어 냈다. 뽀얀 얼굴에 속눈썹이 긴. 사랑스러운 여자다. 사랑하지 않고 배길 수 없었다.

"그럼 서주 아버님께는 제가⋯⋯."

"아니다. 그건 나랑 영감이 할 거야."

경애가 강의 말을 날카롭게 잘라 냈다.

"서주 모르게 하려면 우리가 만나는 게 나아."

"만나기 힘드시잖아요. 감정 상해 가면서까지 그러실 필요는 없으세요."

"우리가 정리해야 할 일을 네가 나서서 할 필요는 더욱 없어."

"아프실까 봐요. 우리 할머니 아파서 또 마음 상할까 봐 걱정돼서요."

돌연 경애와 같이 더 말을 하지 않은 채 차를 마셨다. 마실 때마다 가라앉은 청귤들이 찻물 위로 올라오려고 계속 헤엄을 쳤지만 그래도 올라오지 못하고 꼬로록 찻잔 아래로 그득하게 잠겨 버렸다. 그게 불쌍해 티스푼으로 청귤 한 조각을 꺼내 먹어 보았다. 단맛은 없고 약간의 신맛만 남아 있었다.

"올해에 이거 담글 때 서주가 도와줬던 거 기억나니?"

"아, 그랬었죠, 참."

제주도에서 직배송으로 올라온 청귤을 두고 경애가 서주를 불렀던 날이 있었다. 식탁에 서주를 앉히고 경애는 박스를 열어 박스에 가득했던 청귤을 서주에게 만져 보게 했다. 청귤을 생김새가 어떤지도, 먹어 보지도 못했다는 서주에게 경애는 꽤 자세히 청귤에 대해 설명했다. 그리고 칼로 반을 잘라 서주의 입에 쏙 넣어 주고는 어떠니? 하고 묻던 경애가 미간을 찌푸린 서주를 보며 함지박만 하게 웃던. 말섭이 가만히 둘을 보다 무슨 애들 같지 않누? 하고 넉살 좋은 웃음을 짓던. 행복한 날들 중 하나였던 날이다.

흰 설탕은 정제되어 좋지 않다며 눅눅한 흑설탕으로 청귤을 얇게 저며 재면서도 경애는 내내 시선을 서주에게 두었다. 냄새가 좋다는 서주의 말에 그렇지? 맞장구를 쳐 주며, 몸을 살짝 비틀다 청귤 다 재어 놓은 유리통을 엎은 서주에게 어디 다치진 않았어? 하고 손을 털어 주던 경애의 모습이 아직도 기억에 선하다.

그날 일을 다 마친 서주에게 경애는 청귤을 잰 유리통을 3병 선물했다. 경애는 그걸 수고비, 라고 말했다. 유리통 2병은 뒷좌석에 싣고 작은 1병은 품에 안은 채 서주가 한껏 들뜬 얼굴로 아빠랑 오빠하고만 살 때랑은 확실히 다른 거 같아, 하고 좋아했다.

이런 작은 일상도 서주에겐 소중한 하나가 되나 싶어 한없이 좋았던 그런 날이었다.

"내가 올해 담근 걸 차로 마실 때 서주한테 가장 먼저 맛보여 주려고 했어."

찻잔을 들여다보며 경애는 한참 말을 잇지 않다가 한 모금 마실 때 입을 떼었다.

"오늘 이걸 꺼내 서주한테 결국 처음 먹였다. 그런데 내 마음이 움직여서가 아니야. 서주가 할머니 청귤차 타 주심 안 돼요? 하고 묻더라. 더 묵혀 두려고 했던 병을 꺼내서 한 잔 타서 서주한테 줬지. 맛있어요. 내년에도, 내후년에도, 할머니 살아 계시는 내내 제가 매년 같이 옆에서 거들어 드릴게요. 그렇게 말하더라, 서주가."

다시 한 모금, 경애가 청귤차를 들이켰다.

"그래서 내 자식들 잃어서 못 해 준 것들."

말을 한 박자 쉬며.

"그걸 맘껏 서주에게 해 주자 결심했다."

경애는 힘겹게 입에 미소를 담았다.

"너를, 우리 영감을, 그리고 나를 위해서. 그러니 전부 그만 아프자."

찻잔에서 청귤 향기를 품은 김이 옅어졌다.

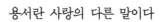

용서란 사랑의 다른 말이다

너무 밝아 조명 하나 필요 없는 밤, 창가에 내려온 달빛은 도드라지게 창백하다. 창백한 빛 사이로 또 밤은 소음 하나 없이 적막했다. 창틀을 비껴 침대 위로 드리운 밤하늘이 서주의 만면에 담겼다.

"그만 봐요."

잠에 메인 음성이었다. 서주의 콧잔등을 검지로 살짝 건드렸다. 간지럽다며 잠에 멘 음성으로 하지 말란다. 귀여워 더 장난을 쳤다. 콧잔등을 톡톡 건드리다, 귓불을 만져 보다, 목을 간지럽히다, 자신의 입술로 서주의 입술을 콩 눌렀다. 마른 입술과 촉촉한 입술이 닿는 문란한 소리가 났다. 서주가 짙은 잠을 걷어 냈다.

"물."

몸을 반쯤 일으켜 기지개를 켜며 서주가 말했다. 협탁에 둔 자리끼를 찾았다. 컵을 서주의 손에 쥐여 주는 대신 서주의 입술에 대어 주었다. 꼴딱꼴딱 잘 받아먹는다. 물 한 잔을 홀딱 비워 냈다.

"목 많이 말랐어?"

"조금."

다시 누우려 몸을 기울이던 서주가 자세를 고쳐 세웠다.

"나 부탁 있어요."

"어떤 거?"

"배고파."

"밥 차려 줘요? 아님 빵 구워 줄까?"

"나 게장. 간장게장 먹고 싶어요."

간장게장. 하늘에서 쿵 날벼락이 떨어진 듯했다. 새벽 2시가 다 되어 가는 시간에 간장게장을 어디서 구하란 건지. 그런데 서주 표정이 무척 절박해 보였다. 이거 안 먹으면 곧 죽겠다는 그런 얼굴이었다.

"죽어도 먹어야 하는 거지?"

"죽어도. 먹고 죽은 귀신이 때깔도 좋대."

"그럼 구해 와야겠네."

서주의 코를 검지와 중지 사이에 집어넣고 살짝 꼬집었다. 서주는 으으, 이런 소리를 내면서 미간을 좁히다 이내 크게 웃었다.

"참아 볼까?"

"참지 마. 구해 올 테니까."

"살 데는 있어요?"

"구할 데는 있지요. 기다려. 맛있게 먹을 준비하면서. 좀 더 자고 있어도 좋고."

잠옷을 벗고 옷을 챙겨 입었다. 침대에 고양이처럼 얌전히 몸을 웅크린 서주에게 다녀오겠다는 말을 남기고, 봄에게는 주인 잘 지키란 당부를 잊지 않았다. 현관문을 열자마자 한 기가 물밀듯 밀려들어도 꿋꿋이 나아갔다.

간장게장을 힘겹게 구한 곳은 다름 아닌 본가였다. 경애가 웬 밤손님이냐며 강에게 난색을 표하다가 간장게장, 이란 말을 듣곤 다소곳이 반가운 얼굴로 열심히 싸 주었다. 집에 와서 펼쳐 보니 담아도 너무 넘치게 담은 것이 탈이긴 했지만 그래도 고마운 마음이었다.

조만간 만나기로 했으니 너무 걱정하지 말렴.

통에 가득 담긴 간장게장을 넘겨주며 대문에서 경애가 한 말이었다. 서주의 아버지를 곧. 만나 다 정리한다는. 그런 의미인 듯했다. 간장게장을 품에 안고 알겠다는 말 대신 고갯

짓을 하였다.

경애는 내내 서주 걱정을 가장 많이 했다. 상처 받은 손자도, 긴 시간 동안 아파한 남편이나 자신도 아닌, 오로지 서주의 걱정이 경애에겐 가장 컸다.

아침저녁으로 서주와 통화를 나누고는 가끔 강에게 서주는 모르는 거 맞지? 그렇게 물어 왔다. 모른다고 대답해도 신경 바짝 세우라고 이따금 주의를 주는 일도 잊지 않았다. 그래서 강도 신경을 더 많이 썼다. 서주의 일거수일투족에 감각을 곤두세웠다. 다행히도 서주는 이렇게 모르는 채로 지나갈 것 같았다.

간장게장을 먹기 좋게 잘라 접시에 꺼내고, 포슬포슬한 밥을 담고, 몇 가지 밑반찬을 꺼내 식탁을 차렸다. 손을 씻어도 간장게장의 비릿한 짠 내가 지워지지 않았다. 손끝의 냄새에 코를 킁킁거리다 서주를 깨웠다. 서주가 일어나자마자 간장게장 냄새가 난다고 웃음 가득한 목소리로 반겼다.

서주는 곧장 일어나 주방으로 향했다. 뒤를 천천히 따라갔다. 식탁에 먼저 앉아 시위하듯 한 손에는 젓가락을 한 손에는 숟가락을 들고 떡하니 앉아 있었다.

"내가 살 발라 주길 기다리는구나?"

고개를 끄덕끄덕. 입을 방긋. 서주의 기다림에 강은 못내 옆에 앉았다.

"할머님이 내 욕 했겠다."

강이 게살을 바르고 있는데 서주가 입을 뾰로통하게 내밀었다.

"눈치챘네. 하여간 그런 눈치는 빨라."

본가에서 구해 온 게장인 걸 서주가 알아차린 모양이었다. 하긴, 이 야심한 시간에 간장게장 구할 곳은 거기밖에 없으니. 눈치가 없는 어린아이도 다 알아차릴 수 있는 일이었다.

"할머님이 막 우리 귀한 손자 고생시킨다고 속으로 나 엄청 뭐라 하셨을걸."

"우리 할머니가 어디 그럴 분이셔?"

"아니. 나 막 많이 먹으라고 엄청 싸 주셨겠지. 그죠?"

"알면서 뭘. 아— 해."

흰 쌀밥 위에 바른 게살을 올려 서주의 입에 쏙 넣어 주었다. 오물오물 서주가 작은 입으로 꼭꼭 씹어 밥알과 게살을 넘긴다. 서주가 먹는 걸 가만히 보고 있자니 안 먹어도 배가 부르다는 말을 실감한다. 어이없게도 그랬다. 경애가 종종 안 먹어도 할미 배부르다, 하는 소리가 거짓인 줄 알았는데 그게 아니었나 보다.

"진짜아 맛있다."

풉. 엄지를 엄한 곳에다 치켜들면서 호들갑을 떠는 서주 때문에 웃음이 터졌다. 주먹을 말아 쥐고 입에 갖다 대어도 새어 나오는 웃음을 막을 수는 없는 것인지 참는 숨에 자꾸만 터져 나왔다.

"며칠 굶은 사람처럼 왜 이렇게 잘 먹어."

"뭐든 잘 먹으면 좋은 거 아니에요?"

"맞는 말이긴 한데, 이상하게 많이 먹어서 그러지."

서주가 근래에 먹는 양은 적정치를 넘긴 듯 보였다. 서주는 암만 많이 먹어도 밥을 반 공기 이상 먹지 않았다. 그런데 요새는 시도 때도 없이 간식을 찾거나 밥을 양껏 먹어 댔다. 그럼에도 불구하고 체중의 변화는 없었다. 사실 낌새가 가는 구석이 있었지만 서주는 딱 잘라 아니라고 했다. 생리도 주기적으로 하고, 그럴 일은 없다고 못 박았다. 그래서 잘 먹는 게 좋은 거라고 생각하고 있지만 괜히 다른 생각도 드문드문 들었다.

다시 게살을 발라 밥에 올려 서주에게 떠먹였다. 맛있다고 서주는 먹는 동안 계속 너스레를 떨었다.

"혹시 모르니까 병원에 가서 검사 받아 볼까?"

"무슨 검사요?"

서주가 입안의 음식물을 꼭꼭 씹으며 되물었다.

"종합 검진."

"올해 초에 받았잖아요."

"그래도 혹시 모르잖아."

"나 그만 먹을래."

슬쩍 입을 다물며 서주는 물을 찾아 마셨다. 한쪽 볼을 빵빵하게 부풀린다. 톡 건드리면 푸쉬쉬 바람이 빠져 버릴 것처럼 커다랬다.

"더 드세요. 먹고 싶대서 밤이슬 맞으면서 구해 온 건데."

"강이 씨가 말도 안 되는 걱정하고 앉아 있으니까 밥이 목에 걸려."

"미안. 내가 잘못했어요. 그러니까 마저 먹자. 응?"

밥을 숟가락 가득 떠 위에는 게살을 올려 서주의 입 가까이에 댔다. 입술로 밥의 온기를 느낀 것인지 부풀었던 볼에서 바람을 빼낸다. 우습게도 푸쉬쉬, 그 소리가 났다. 입술을 동그랗게 벌리고 입안으로 밥을 품는다. 꼭꼭 씹으며 웃는다. 서주의 입술에 붙은 두 알의 밥풀을 떼고, 오물거리는 입술에다 입을 맞췄다.

"밥 먹는 데 이러는 거 반칙."

"그래서 싫다는 뜻?"

"그건 아니지만 아무튼 금지."

양손으로 입을 막았지만 손으로 감춰지지 못해 삐져나온 볼이 야물거리는 건 보였다. 서주에겐 꽤 많은 재주가 있었다. 그중 밥 먹을 때마다 유독 빛을 발하는 재주는 음식을 깔끔하고도 야무지게 먹는다는 거였다. 보면 볼수록 그 재주에 감탄이 났다. 가만히 앉아서 단지 음식 먹는 모습만으로 사람을 잔망스레 유혹한다. 보면 볼수록 놀라운 재주였다.

"절대 어디 아프지 말기."

"응"

밥을 주는 대로 잘 받아먹으며 서주가 어물쩍 대답한다.

"조금이라도 아프면 말하기."

"응."

또 어물쩍.

"혼난다, 진짜. 조금이라도 생각하면서 대답해요."

"혼내면, 나 도망가야지."

"와아. 진짜 나쁘다. 임서주 완전 약았네?"

"약았다기보다 똑똑한 거지. 그러니까 딴 길로 안 새게 주 강 씨가 나한테 잘해야 할걸요?"

숟가락을 입에 물고 시위하듯 서주가 얼굴을 찌그러뜨린 다. 예뻐서 또 넘어갔다. 숟가락을 빼낸 서주의 입술에 강이 자신의 입술로 세게 부딪쳤다. 그런데 서주가 입술을 떼는 강의 뺨을 붙잡았다. 길게, 그리고 깊숙하게 침투하는 입맞 춤으로 강의 숨을 멎게 만들었다.

"여기까지."

입술을 떼 낸 서주가 선수를 쳤다.

"진짜 못됐어. 사람 매번 이렇게 설레게 만들고 발 빼더 라."

"약았다면서요? 약아서 그런가 보지."

설렘이 짙은 새벽녘에 강은 서주의 식욕 대신 자신의 욕구 를 택했다. 서주를 안아 들고 곧장 침대로 향했다. 하지만 처 음이 아닌 서주는 여전히 처음 같은 사람이었다.

강은 단지 그게 슬플 뿐이었다.

눈발은 처음에는 일직선을 그리다 어느 시점부터는 바람
이 많이 부는지 빗금으로 바뀌었다. 눈이 자욱이 많이 내린
다. 새벽부터 조금씩 내리던 싸락눈이 오후에는 함박눈이 되
어 지나가는 사람들의 발을 묶었다. 겨울이 되고 내리는 4번
째 눈이었다. 4번째라 그런지, 아님 병원 엘리베이터 버튼에
도 없는 죽을 사死와 연관되어 그러는지 기분이 썩 좋지 않
은 그런 날이었다. 그런 와중에 진료실로 장현이 헐레벌떡
쫓아 들어와 소식을 전했다. 말섭의 관한 이야기였다. 응급
실에 오셨다고, 검사도 몇 가지 더 받아 봐야 알지만 신장 상
태가 많이 나빠지셨다는, 대충 그런 내용이었다.

원래 말섭은 지병을 꽤 많이 보유하고 있었다. 챙겨 먹는
약도 가짓수가 많았다. 말섭을 담당하는 과장님은 현대 의학
이 많이 발전되어서 당장에 돌아가실 일은 없을 겁니다, 라
는 말을 자주했다. 번번이 그 말을 듣고 나오는 말섭은 이렇
게 오래 사는 게 무슨 자랑도 아닌데, 하고 혼잣말을 많이 하
였다.

심근경색 때문에 카테터 시술로 스텐트를 7개나 삽입한
몸이었다. 그 외에 고혈압, 뇌졸중, 관절염, 당뇨, 중풍 등등
한 달에 한 번 병원에 내원할 때면 과를 몇 개씩이나 돌아다
니고 처방전을 얻어 약국으로 가면 약값이 자그마치 40만원

이 넘는 금액이었다. 대학병원 앞에 약국들은 좀 많으며 사람도 좀 많을까. 그런데 말섭이 약국을 가면 약사들이 한 달이 지났구나, 알은체를 한단다. 말섭에게 커피 한 잔 내어 주며 다음 달에 또 뵈어요, 인사도 한단다. 처음에는 경애도 얼굴이 화끈거려 죽을 지경이라고 했다. 그러나 세월이 이쯤 되니 경애는 말섭이 좀 안 아팠으면 좋겠다는 바람이 크다고 그랬다.

강은 장현과 함께 빠르게 응급실로 내려갔다. 지나는 사람들마다 퀴퀴한 눈 냄새가 난다. 4번째의 눈은 역시 반갑지 않았다.

"어, 주 선생 왔니."

먼저 강을 반긴 것은 신장내과 과장님이었다. 아. 신장에 결국 문제가 생겼구나. 보자마자 그런 생각이 들다가. 다행히 이번엔 심장을 비껴갔네. 그렇게 안도했다. 심장은 이 이상으로 무리가 가면 가망성이 없었다. 즉 말섭이 죽는다는 소리였다. 아직은, 그래서 아직은 아니라 다행이었다.

"신장, 관리하셔야겠다. 투석까지 할 수치는 아닌데 알다시피 신장이 여기서 나빠지면 더 나빠지지 좋아지진 않아."

먼저 푹 한숨을 내쉰 건 신장내과 과장님이었다.

"나 좀 봐."

금방 다시 오겠다고 경애와 말섭을 안심시키고 신장내과 과장님을 따라나섰다. 그래서 장현이 경애와 말섭을 곁을 지켰다.

과장님이 자판기 앞에서 커피를 뽑았다. 먼저 한 잔을 강에게 건네고 뒤에 따라 나온 잔을 꺼내 마셨다. 종이컵 안에 달콤하고 고소한 냄새가 들어 있다. 바깥에 내리는 눈 냄새를 다 지우고도 남았다.

"연세 때문에 위험하셔. 그건 알지?"

어렵게 말문을 연 과장님은 말섭의 앞날을 걱정했다.

"음식 조절 잘하시고, 약 잘 챙겨 드시게 해. 그것 말곤 딱히 방법이 없다."

"당뇨 합병증입니까?"

"아무래도. 저 연세에 저만큼이면 잘 버티시는 거야."

"약이 너무 많아서 버거워하세요."

"그 약들 목숨이나 마찬가지야. 다 빤히 알면서 왜 그런 약한 소리야."

"투석까지 가게 되면⋯⋯."

"안 돼. 투석까지 가면 거의 가망 없다고 봐야 해. 무조건 돌아가시기 전까지는 투석 없이 버티셔야 해. 지금 상황엔 신장 이식도 거의 불가능하다고 봐야 하고."

"네."

같은 의사 입장으로 상황을 잘 알면서도 실낱같은 희망을 기대했다. 소위 환자들이 바란다는 작은 기적 따위. 속에 무언가가 걸리기라도 한 듯 답답하다. 먼저 간 과장님의 뒤를 눈으로 쫓다 응급실로 돌아갔다. 말섭이 별것 아니라는 내색을 한다.

말섭은 몸에 거추장스레 주렁주렁 달고 정신도 없이 숨만 붙어 있는 게 제일 두려운 일이라고 종종 말했다. 그래서 만약 자신이 그런 처지가 된다면 절대 호흡기를 붙이지 말아 달라고 경애와 강에게 늘 당부하였다.

사실 장현이 물고 온 소식에 만약 말섭이 그런 경우일까 무서웠다. 말섭의 뜻을 따를까, 혹은 가족 된 자신의 이기심을 챙길까, 그런 기로에 놓일까 덜컥 겁이 났다. 다행히도 오늘은 비껴갔지만 후에 이런 일이 생기지 않으리란 보장은 없었다. 가슴이 두근두근 매섭게 뛰었다.

"얼굴 질려서 그럴 것 없어. 죽을 날 받아 둔 사람이 병원 때문에 이만큼 더 산 건데, 언제 죽어도 이상할 일 아니다."

사람 좋은 얼굴로 말섭이 한 말이었다. 장현이 옆에서 왜 그런 말씀하시냐고, 핀잔 아닌 핀잔을 늘어놓았다. 경애도 썩 놀라지 않는 눈치였다. 언제 죽어도 이상할 것 없는. 가장 정답에 가까운 진리였다. 목숨에는 한계가 있는 게 사실이고, 그 생리를 거스를 수 있는 건 살아 있는 모든 것 중에 아무도 없었다.

강은 그런 사실이 이따금 믿기지 않았다. 부모가 죽었고, 조부모도 목숨의 경계가 다가오고 있는데, 그래서 자신도 언젠가는 죽을 것인데 때때로 그 사실이 너무 먼 이야기 같았다. 죽어 가는 환자를 내도록 보면서도 말이다. 전혀, 조금도 와 닿지 않았다.

"오래오래 사시기로 했잖아요."

목 끝에 덜렁거려 차마 나오지 않았던 말이 끝내는 나왔다.

"그래. 서주 드레스 입고 너 턱시도 입는 건 봐야 하는데. 그건 꼭 보고 싶구나."

"그것보다 더 오래 사실 거예요. 요새 의학 기술이 얼마나 좋아요. 약도 얼마나 좋은데요. 더군다나 할아버지 손자가 의사인데 더 오래 사실 수 있으세요."

"강아."

말섭이 허공에 손을 뻗어 허우적거리다 강을 붙잡았다.

"내 명줄에 미련 가지지 마라. 살 만큼 살다 갈 테니, 그거 가지고 네 자신을 몰아세우지 마."

일순 마음에 무언가가 다닥다닥 들러붙었다. 무언가의 정체를 알기까지는 많은 시간이 걸리지 않았다.

"이리 가나 저리 가나, 나는 이제 마음 편하다."

곁에 있는 사람을 잃을 수 있다는 두려움이었다.

"대충 챙겨 놨는데 살펴보고 더 챙길 거 있으면 챙겨요."

퇴근을 하니 서주는 가방에 차곡차곡 짐들을 많이도 챙겨 뒀다. 그게 병원에 가야 할 짐이란 건 굳이 설명해 주지 않아도 익히 알 수 있었다. 서환에게 들었겠지. 같이 병원에 있으면서 서환이 모르거나, 혹은 자신이 모르거나 그럴 일은 없을 테니. 부숭부숭하게 마른 웃음이 났다.

"내가 와서 챙겨도 되는데."

"얼른 챙겨서 가요. 할머니 집에 보내 드리고 자기가 옆에 있어 드려."

"서주야."

서주를 안았다. 그윽한 서주의 향기를 맡았다. 어딘가로 침식되어 가고 있었다. 침식 지점의 끝도 모른 채로. 수영을 해도 빠져나올 수 없을 것만 같은 깊이로. 아득히 깊게 침식되었다.

"사랑해."

품에 묻힌 서주는 어떤 행동도 없었다. 그렇다는 수긍도, 똑같은 말도, 아무것도 하지 않은 채 무작정 안겨만 있었다. 품에 품었던 서주를 풀어 주어 얼굴을 들여다보았다. 서주는 무연히 아무것도 가지지 않은 자의 얼굴을 하고 있었다.

"무슨 일……."

"아무 일도 없어. 있을 게 뭐야."

서주가 강의 말을 잘랐다.

"확실해?"

"그럼요. 할아버지 아프신데 나까지 무슨 일 있음 어떡해. 아무 일도 없으니까 걱정 마."

"약속 지켜. 뭐든지 꼭 서로한테 말하기로 한 거."

"알았으니까 얼른 챙겨서 가. 할머니 할아버지 다 기다리시겠다."

짐 가방을 떠안긴 서주는 강의 등까지 떠밀었다. 현관 앞에 서서 오늘따라 유난히 초연한 서주를 바라보았다. 이상하게도 이렇게 집을 나서 병원을 가면 후회할 것만 같았다. 경애에게 미안한 일이지만, 말섭에게는 더 미안한 일이지만 발걸음이 떨어지질 않았다.

"가지 말까? 오늘 그냥 있고, 새벽에 일찍 가도 되는데."

"그러지 마요. 나 때문에 그러지 마."

하지만 당혹스럽게도 서주는 몹시 단호했다.

"밤바람 차겠다. 잠시만."

서주가 방에 들어가서 목도리 하나를 꺼내 왔다. 일전에 보지 못한 것이었다. 감색의 촘촘히 잘 뜬 목도리였다. 그 목도리를 강에게 어색한 손길로 둘러 주었다. 보지 못해 잘 매어 주었는지 모르겠다는 머쓱한 말을 덧붙였다.

"만든 거야?"

"응. 만들었어요. 할아버지 할머니 것도 있는데, 그건 나중에 강이 씨가 챙겨 드려요. 안방 이불장 밑 서랍에 넣어 뒀어."

"자기가 챙겨 주면 되지. 그걸 왜 날 시켜."

서주는 어딘가 이상했다. 아니, 오늘따라 아주 많이 이상했다. 그런데 입술에 그리는 미소 하나에, 부드러운 손짓 하

나에, 까치발을 하고 해 주는 입맞춤 하나에 서주에게 이상
하다고 느꼈던 기운이 걷혔다.

"조심해서 가요. 날씨 추우니까 따뜻한 거 꼭꼭 잘 챙겨 먹
구. 할아버지 할머니도 많이 챙겨 드리구."

"당부가 너무 길다."

서주가 공중에 새끼손가락을 길게 빼냈다.

"약속."

"무슨 약속?"

"내가 당부한 것들 다 지키겠다는 약속."

어쩔 수 없이 강은 서주의 새끼손에 자신의 새끼손을 걸었
다. 그리고 현관문을 나섰다. 닫히는 문 사이로 서주가 그대
로 서 있었다.

이것이 나중에 가장 뼈아픈 후회가 될 줄 모르고 문 사이
로 사라지는, 볼 수 없는 서주에게 손을 흔드는 바보 같은 짓
을 했다.

음. 남기지 않으려고 하다가 남겨요. 혹시나 강이 씨가 너
무 많이 슬퍼할까 봐. 그러지 않았으면 좋겠는데 그럴 거 같
아서. 그래서 일단은 미안하다는 말을 먼저 할게요. 정말 미
안해요. 이 작은 말로 다 씻을 수 없는 죄인데…… 그래도 너
무 많이 미안해서 미안하다고 자꾸만 말하게 돼.

할머니 다음으로 우리 아빠가 걱정이 됐어요. 전화도 줄곧

안 받아서, 오빠 전화도 안 받는다길래 며칠 전에 본가에 다녀왔어요. 그런데 우리 집에서 할아버지 할머니 목소리가 들리더라. 다 들었어. 아, 그동안 그래서 할머니가 나한테 연락을 안 하셨구나. 그래서 우리 상견례가 그렇게 된 거였구나. 바보같이 그것도 모르고 난 그 집에 가서 할머니 마음을 또 후벼 팠겠구나. 죄책감으로 몇 날 며칠을 보내다 모르는 척을 하고 그냥 이대로 살까, 그런 못된 마음이 생겼어. 그런데 기억이 났어요. 아빠가 멀리 일하러 다녀온다고 했던 그때가.

내가 그날 너무 아팠어. 엄마랑 오빠는 어딜 갔고 나 혼자밖에 집에 없는데 연락할 사람이 아빠밖에 없더라고. 아빠 회사에 전화를 했어. 그런데 아빠가 운행이 끝나서 아저씨들이랑 밥을 좀 먹으러 갔대. 친절하게 말씀해 주시던 아주머니가 아빠 찾아보고 다시 전화 주겠다고 해서 기다렸어. 그 다음 기억은 병원이었어. 눈을 떴는데 아빠는 없고 엄마랑 오빠만 있었어. 아빠가 멀리 일하러 갔다고 엄마가 그랬어. 난 철석같이 그 말 믿었고.

결국은 나 때문이야. 강이 씨가 부모님 잃고 힘들어서 보냈던 그 시간들 우리 아빠 때문이 아니라 나 때문이었어. 내가 그날 전화만 안 했어도. 그냥 한 번 참고 넘어갔으면. 다른 때처럼 그냥 그렇게 넘어갔으면. 어떤 불행이나 이런 비극도 만들어지지 않았겠지.

맞아. 눈 한 번 딱 감고, 모르는 척 넘어가자 싶었어. 이렇게 행복한데, 어떻게 내가 감히 이런 행복을 걷어찰 수 있을까 몇 밤을 고민했게. 그런데 그렇게는 못 하겠어. 도저히 그냥 그렇게 살 수가 없어. 내가, 내 스스로가, 내 자체가 용서가 안 돼.

미안해. 나 하나 때문에 강이 씨나, 강이 씨 가족이 그 일 덮으려고 한 거 알지만 그래도 난 안 되겠어. 도저히 못할 짓이야 이거……. 내가 먼저 손 놔서, 버려서 그것마저도 미안해. 그런데 오래 아프진 마요.

난 언제나 그렇듯 괜찮으니까. 꼭 강이 씨도 괜찮았으면 좋겠어.

뚝. 서주의 음성이 끊겼다. 다시 또 돌려 듣는다. 그러다 다시 뚝. 다시 돌려서. 다시 뚝. 다시. 다시. 다시. 다시. 다시. 무한으로 똑같은 짓을 반복하다 힘을 실어 핸드폰을 벽에 던져 버렸다. 파열음과 함께 핸드폰이 동강 났다.

임서주가 없어졌다.

결국 모든 걸 알게 된 서주가 부러졌다. 모두가 다 덮어서 숨긴 일을 서주가 알게 되었고, 끝내 도망쳤다.

서주의 흔적일랑 하나도 없이, 서주가 원래 없었던 것처럼 집이 비워져 있었다. 거짓말 같았다. 말섭이 퇴원을 해서 집으로 돌아갔고, 경애가 조만간 서주한테 입힐 한복을 같이 맞추러 갈 거라고 했는데. 살이 너무 빠져서 헐렁한 드레스도 이틀 후에 새로 가봉한다고 했는데. 모두 다 순조롭게 돌아가는데 서주만 빠져 있었다.

서주의 번호는 예전처럼 없는 번호가 되었다. 서환과 한수에게 물어보아도 도리어 모른다고, 무슨 일이냐는 반응만 돌아왔다. 아무 데도 서주를 찾을 구멍이 보이지 않았다.

이건 꿈일까. 알지 못했던 사실과 더불어 서주가 아예 없어지기까지 한 이 상황이 차라리 꿈이라면. 깨고 나면 기억에서 흐려질 그런 꿈이었으면. 차라리 그러기라도 했으면. 무수한 부정이 쌓여 간다. 밖에 쌓인 눈보다도 빼곡히. 눈을 감았다 떠 보아도 그럼에 이건 꿈이 아니었다.

평범해서 행복했던 일상에 조금씩 금이 가는 걸 모르고 있었다. 언제부터였을까. 언제부터 서주는 이런 이별을 준비하고 있었을까. 이렇게 일방적이게. 이렇게나 잔인하게. 언제부터. 너는 대체 언제부터. 나를 이렇게 외롭게 버려 둘 생각을 했을까.

적요한 집에 현관문 소리가 났다. 설마, 설마 서주가. 놀라고 반가운 마음에 달려 나간 자리에는 장현이 있었다.

우는 소리를 내는 웃음이 꺼이꺼이 나왔다.

"후, 이럴 줄 알았다. 정신 좀 차려, 인마."

"가."

서주가 아니라는 사실 하나만으로 온몸에 힘이 쭉 빠졌다. 돌아서는 자리 그대로 쓰러지다시피 뭉그러졌다. 앞이 흐릿했다. 눈물이 나나 보다. 입에서 몽글몽글한 한숨이 째로 터져 나왔다.

"어떻게 이럴 수가 있지……. 다 잃어도 딱 임서주 하나만 있으면 되는데! 그게 왜 이렇게 힘든 거야, 대체 왜!"

다 잃었다. 이미 손에 남은 거라곤 임서주 단 하나밖에 없었다. 임서주를 선택할 때는 부모 흔적 자욱한 본가에 사는 조부모마저 버릴 각오가 되어 있었다. 도저히 안 되겠다고 반대하면 그래, 서주를 위해서 버리고자 하였다. 아니다. 그러지 못했겠지. 차마 그렇게까지는 못했겠지. 그렇게 각오했지만 거기까진, 차마 완전히 베어 내지는 못했겠지. 그래서 벌을 받나. 그래서 지금 서주가 없는 건가. 머릿속이 실타래 엉키듯 엉켜 간다.

"서주 씨 얼른 찾아."

장현이 한숨을 내쉬며 말했다.

"의료 기록 조회해 봤는데, 임신했더라."

"뭐……?"

"임신했다고. 6주 진단받았고, 진단 받은 후로 2주 더 지났으니까 8주째야."

"개 같은 소리 지껄이지 말고 나가."

"넌 지금 내가 여기 와서 실없는 소리나 지껄일 그런 인간으로 보이냐? 그걸 떠나서 너는 대체 의사라는 놈이 어쩌자고 그걸 몰라!"

임신이라니.

서주가?

그럴 리 없다. 분명히 아니라고 했다. 서주 입으로. 서주를 통해 들은 말이 거짓일 리 없다.

그러나 수많은 일들이 얽히고설킨 머릿속을 지나다닌다. 간장게장 말고도 호두가, 피자가, 또 어느 날은 다양한 과일이 먹고 싶다던 서주가 기억에서 떠오름을 거듭한다. 그때마다 했던 의심은 서주의 부정이었지 자신의 부정이었던 적은 없었다. 그러니까 확인을 제대로 안 한 건 자신이었고 결국은 그게 자신의 큰 잘못이 되어 돌아왔다.

"너 의사야! 다름 아닌 의사라고! 산과가 아니라고 치더라도 그 정도는 눈치채야 될 거 아니야! 그 후로 의료 기록 조회가 안 돼. 병원을 안 간 거라고 이 미친놈아! 그러니까 정신 차리고 얼른 찾아!"

"확실해……? 확실히 임서주 맞아?"

대답 대신 고개를 주억이는 장현 때문에 서주의 임신은 사실로 선고되었다.

이별할 수 없을 것 같던 사람과 이별한 지 정확히 32일째 되는 날, 그리움이 견뎌지지 않아 결국 몸이 고장 났다. 나사가 풀린 것인지, 아님 녹이 슨 것인지 미동마다 몸이 삐걱거린다. 그래도 약은 먹을 수 없으므로 참아 본다.

창문이 요란하게 흔들린다. 밖에 바람이 한동안 잠잠했는데 다시 부지런히 움직이는 모양이었다. 5평 남짓한 작은 방은 그래도 밖과는 다르게 따뜻하면서도 담담하다. 옆으로 비스듬히 누워 몸을 웅크려 본다. 배 속에 있는 아이의 심장이 이미 뛰는 시기라는데 잘 믿겨지지 않는다.

아이를 가졌다니 괜히 어릴 때가 생각난다. 아빠는 택시운전수였다. 꼭 비번인 날에 택시 앞좌석에 서주를 앉히고 뒷좌석에는 엄마와 오빠를 앉혀 시장을 갔다. 그 시장에 갈 때마다 꼭 빠지지 않는 의식이 있다면 작은 동글뱅이 어묵을 사 먹는 거였다. 딱 2,000원어치만 사서 넷이서 나눠 먹으며 단란하게 장을 보았다. 그리고 어묵을 다 먹으면 꼭 아빠가 목말을 태우고 키가 작아 보이지 않던 것들을 전부 구경시켜 주었다.

단란하고 행복한 가정이 깨진 이유는, 그 염병할 연락 한 통 때문이었다. 아팠던 다른 날들은 미련하게 잘도 참았으면서 어떻게 그날은 조금을 못 참아서 아빠를 찾았을까.

평소의 아빠는 자신보다 다른 사람의 목숨을 귀하게 여겼다. 안전벨트가 무슨 의미인지도 모르던 시절 장거리로 나가면 손님들에게 꼭 안전벨트 매라는 말을 꼬박꼬박 챙기던 분이었다. 단순히 술을 마시고 운전대를 잡을 만큼 무모하거나 모질지 못한 분이었다. 그러니 그날의 사고는 아빠의 탓이 아니었다. 내 탓이었다, 내 탓. 우리 아빠를 사지로 몰고, 더 붙어 강의 부모까지 죽인 건 자신이었다.

언젠가 물은 적이 있었다. 택시운전수를 하다가 왜 몸이 부서져라 막노동을 하냐고. 배운 도둑질이라곤 운전밖에 없는 분이 택시운전수가 아니라면 운수업이나 버스 기사를 해도 되지 않느냐고. 그때 아빠는 배운 도둑질도 이제는 못 하겠다, 하고 대답을 흐렸다. 눈망울이 슬프던 아빠는 그날의 죄를 회상했겠지. 지울 수도, 그렇다고 잊을 수도 없는 그 억겁의 죄를 떠올렸겠지. 가슴이 탄다. 자식이 이런데 아빠는 오죽할까.

문 열리는 소리가 들린다. 밖의 바람을 동반한 손님이었다.

"밥 먹자, 서주야."

웅크렸던 몸을 일으켰다. 여전히 삐걱거린다. 너무 아프다. 꼭 아빠를 찾아 전화기를 붙들고 울던 그날처럼. 아프고 아파 더 아플 곳이 남아 있지 않은 것처럼 아프다.

"먹고 싶다던 귤도 같이 사 왔어. 얼른 먹어."

조그마한 밥상에 서환이 사 온 것들을 내어놓았다. 거기엔 구수한 향이 일품인 청국장이 있었다. 그리고 먹고 싶다고 부탁했던 귤도 있었다. 숟가락을 손에 꼭 쥐여 주는 서환에게 괜히 미안해졌다.

"오빠······."

"주 선생은 잘 지내. 병원에도 꼬박꼬박 나오고, 구내식당에 같이 가서 밥도 챙겨 먹이고 있어."

"괜찮아 봬?"

"어. 괜찮아 보여. 너 없어도 잘 지내더라. 그러니까 너도 좀 잘 지내. 이게 뭐야. 속상하게⋯⋯."

청국장에 무생채를 넣어 비빈 밥을 서환이 서주의 앞에 살뜰히 챙겨 주었다. 어렵게 한술 떠 본다. 입에 모래알을 문 듯 까끌까끌했지만 그래도 억지로 씹어 삼켰다. 먹어야 산다. 먹는 게 피가 되고 살이 되어 배 속에 아이도 살 수 있으니까. 아이까지 죽이는 죄인은 되지 말아야 하니까 맛이 없어도, 넘어가지 않아도 억지로 꾸역꾸역 먹었다. 그러다 입 안으로 밥과는 다른 짠맛이 느껴졌다.

눈물이었다. 어제도, 그제도, 그끄제도, 그렇게 매일을 흘렸던 그 눈물이었다. 눈물이 마르지 않는 건 무슨 이유에선지 문득 궁금해졌다. 수분을 전혀 섭취하지 않으면 이런 눈물도 더 생기지 않으려나. 터무니없는 생각을 해 본다.

"괜찮은데 눈물이 나. 자꾸 그래. 그래서 오빠가 마음 쓸 필요는 없어. 이러다 마를 거야."

밥을 또 억지로 먹었다. 두 숟가락을 먹었으니 두 숟가락의 영양만큼 배 속의 아이가 클 것이다. 그렇게 커서 태어난 아기는 누굴 많이 닮아 있을까. 그냥 작은 바람에 강을 더 많이 닮았으면 좋겠다고 생각했다.

"서주야 이러지 말고 그냥 돌아가. 이게 뭐 하는 짓이야? 다들 괜찮다는데 왜 네가 이래. 정작 주 선생도 괜찮다는데 왜 너만 이러냐고……."

　서환이 작게 울부짖었다. 차마 언성을 높이지 못한 조심스러움이었다. 밥을 먹는다. 세 숟가락의 영양이 아이에게로 가는 중이다. 그러니 밥을 먹자. 밥을 억지로 먹어 보자. 그럼 뭐든 괜찮아지겠지.

　"너 망가져 가고 있어. 그건 알아? 보는 나도 아는데 설마 네가 모르진 않을 거 아니야?"

　하지만 숟가락은 밥상으로 돌아갔다. 네 숟가락의 영양은 그래서 아이에게 가지 못했다.

　"오빠."

　서환을 불러 보는 목소리에 어쩐지 기운이 빠졌다.

　"아빠가 감옥살이했던 순간으로 시간을 돌릴 방법이 있을까?"

　"그게 무슨 뚱딴지같은 소리야?"

　결국 서환의 음성이 높아졌다.

　"그럼 내가 좀 가서 빌어 보게. 내가 우리 아빠 대신 강이 씨한테나 할아버지 할머니한테나, 강이 씨 부모님한테 좀 빌게."

　"네 잘못 아니라고 했잖아! 아니야, 네 잘못! 그냥 아버지 잘못이야. 아버지가 선택을 잘못해서 그래. 그러니까 이러지 좀 마, 제발!"

　"내가 죽었어야 했나 봐. 그럼 그날 강이 씨는 행복했겠지.

이렇게 어렵게는……."

뺨이 반대쪽으로 휙 돌아갔다. 찰나 같은 순간 뺨이 얼얼
해졌다. 하지만 아프지 않았다. 몸이 너무 아파 더 아플 데가
없는 것인지 정말로 아픔 같은 건 없었다. 그저 눈물이 더 흐
를 뿐이었다.

"미쳤지, 너? 어떻게 네가 이래! 왜 네가 부서지는 건데,
네가 왜!"

"오빠, 나 내가 너무 싫어……. 눈이 안 보이는 것도 괜찮았
는데, 이젠 정말 괜찮아졌는데, 이건 너무 싫어. 내 자신이
용서가 안 돼……. 그 사람 아픈 거 내가 다 봤어. 안 보이지
만 다 봤단 말이야. 그런데 그 원인이 나야, 나라고! 살 수가
없어. 어떻게 사는지도 모르겠어. 그래. 숨이 붙어 있는데,
이건 사는 게 아니야……."

서환이 자리에서 일어나 미련도 없이 나가 버렸다. 쌀쌀한
바람만이 서환이 떠나간 자리에 남았다. 놓았던 숟가락을 들
었다. 억지로 밥을 먹는다.

네 숟가락의 영양도 온전히 아이의 것이 되길.

나한테는 남는 것이 없길 바라며.

꾸역꾸역 삼켰다.

신년이 밝았다. 넘쳐 나는 신년 카드를 쓰레기통에 구겨 넣
었다. 수염을 밀지 못해 엉망인 얼굴을 거울에 들여다보았다.

내가 엉망인 만큼 서주 너는 반대로 예쁘기를. 스스로를 거울에 비춰 보면서도 서주 생각이 나는 건 어쩔 수가 없었다.

"해피 뉴 이어, 임서주."

거울 앞에서 손을 흔들며 어딘가에서 신년을 지내고 있을 서주의 신년을 기원했다. 그리고 면도기를 꺼내 들었다. 신년인데 그래도 수염은 깎아야지 싶었다. 서주는 까칠한 수염을 싫어했다. 그래서 병원에 아무리 일이 바빠도 수염은 꼭 깎았는데. 서주가 없으니 핑계가 생긴 것인지 수염이 속절없이 많이도 길었다.

서주의 의료 기록은 6주, 그 이후의 것은 없었다. 계속 찾아보았지만 소득은 제로였다. 본가의 조부모도 속이 타고, 한수도 그러했고, 장현도 그러했으며, 자신 또한 그러했다. 그리고 서환도 부쩍 얼굴이 좋아지지 않았으니 상황은 똑같을 것이다.

이대로 서주를 영영 못 찾을 수도 있다는 예감이 들었다. 그럼 어떻게 살아야 할지 또 앞이 막막해진다. 그래서 서주를 찾아 헤매는 만큼 병원 일도 그만큼 해내는 중이었다. 어떻게든 살아야 서주를 찾을 수 있을 테니 일단은 열심히 살아 내고 있었다.

서걱서걱 수염이 다 깎인 얼굴은 꽤 멀쩡했다. 이별해서 아픈 시간이 없었던 것처럼 멀쩡해 헛웃음이 났다. 수염을 다 깎고 입맞춤을 하면 좋은 냄새가 난다고 방방 뛰던 서주

가 있었는데 이제는 없었다. 수염을 괜히 깎았나, 괜한 후회
가 밀려왔다.

돌연 현관에서 초인종 소리가 난 건 그때였다. 혹시 서주
일지도 모른다는 생각에 황황히 달려 나갔다. 누군지 확인도
거치지 않고 문을 활짝 열었다. 서주였는데, 서수일 건데, 서
주가 아닌 서환이었다. 임서주와 너무도 닮은 구석이 많은
임서환. 서주가 아니라 실망했지만 그래도 서주의 얼굴을 조
금이나마 보는 것 같아 좋았다.

"휴일에 불쑥 죄송합니다."

"아닙니다. 들어오세요."

서환이 익숙하게 걸어 들어가 거실이 아닌 주방의 식탁에
앉았다. 차를 준비하려 몸을 움직였다. 그런데 물만 한 잔 달
라는 서환의 말에 따뜻한 물로 드릴까요? 물어보았다. 돌아
오는 대답은 찬물이었다. 냉장고에서 찬물을 꺼내 서환에게
대접했다. 마시면 이가 많이 시릴지도 모른다는 생각을 했지
만 서환은 찬물을 벌컥벌컥 삼키고는 금세 컵의 물을 동나게
만들었다.

"그런데 어쩐 일이세요?"

서환이 크게 숨을 들이쉬고 뱉는다. 뭔가 하고 싶은 말이
있는 눈치였다.

"알고 있지만, 마지막으로 확인하러 왔습니다."

"뭘 말씀입니까?"

"서주 말입니다."

서주. 서주, 임서주. 서환의 입으로 확인되는 이름 하나에 가슴이 쿵 내려앉았다. 실핏줄이 하얀 백안을 점거한다.

"다 용서한 줄 압니다. 들은 바가 그러했고, 사돈 어르신들이 직접 저한테까지 말씀하시는 모습에 거짓 같은 거 없다는 것도 압니다. 하지만 주 선생은 그렇지 않을 수도 있을 거 같아서요."

"혹시 서주 씨 어디 있는지 아시는 겁니까?"

목소리가 떨렸다. 벌벌 떨렸다. 또 이게 희망 고문일까 겁이 나면서도 서주를 다시 볼 수 있지 않을까 하는 기대를 끌어 올렸다.

"제 물음이 먼저입니다. 대답해 주세요. 만약 그게 아니라면 이 비밀은 그냥 제가 묻는 걸로 하겠습니다."

기저에 깔린 암흑을 지워 본다. 거기에 꼭 서주가 있을 것만 같아서. 흔적조차 없는 서주가 그곳에 살고 있을 것만 같아서. 암흑을 지우니 빛이 보인다. 그 빛 때문에 선명하진 않지만 서주의 윤곽이 희미하게나마 그려진다.

"제 아버지는 서주의 연락을 받고 술을 마신 채로 운전한 게 맞습니다. 그래도 서주를 보고 살 수 있습니까? 서주만을 위해서 다 용서하고, 덮고, 그렇게 넘어가실 수 있는 겁니까?"

네 자신이 원망스럽다는 널 가장 많이 생각했다. 차라리

네 아버지의 원죄가 너로 인한 거라면 난 더 이해하기가 편했는데. 용서가 너무 쉬웠는데. 너는 나와 반대였는지 나와 이별하는 방법을 택했다. 어째서? 라고 계속 자문해 보다 할머니가 말씀하시던 네 대나무 같은 성정 때문이라고 이미 다 납득하였다. 그런데 그러고 보니 네가 없더라. 다 용서하고 이해하고 납득했는데, 그래서 괜찮다 말할 수 있는데 그땐 네가 없었어. 내가 부디 늦지 않기를. 이보다 더 바보 같은 짓은 하지 않기를 바라며.

강은 식탁 밑에 둔 손을 주먹을 만들어 말아 쥐었다. 땀 같은 것이 끈끈하게 흘렀다.

"이미 넘어갔습니다. 뭘 더 넘어가야 하는 건지 모르겠지만 긁어 부스럼 만들거나 덮은 것을 다시 뒤엎을 생각 따위 해 본 적도 없습니다. 이만하면 대답이 되는 건가요?"

그에 뭔가 결심한 표정으로 서환이 비장해졌다.

"서주 어디 있는지 압니다."

쿵. 쿵. 쿵. 가슴 속 심장이 속도를 높이며 뛴다.

속도가 계속해서 빨라졌다.

참 초라한 집이었다. 서환이 지내라 한 호텔도 물리고 서주가 스스로 구한 집이라고 했다. 내관은 볼 필요도 없이 낡고 낡아 겨우 버텨 내고 있는 집, 그 안, 작은 방 하나에 서주가 살고 있다. 눈두덩 위로 잠시 손을 갖다 댔다. 현기증이 일었다. 손을 내리고 다시 집을 찬찬히 훑어보았다. 그래도 초라한 집인 건 변함이 없었다.

서환은 서주와 몰래 연락을 하고 있었다. 이별한 그 순간부터. 이별했으면 잘 지내기라도 하지. 엉망인 몸으로 먹긴 먹어야 한다며 서환에게 먹고 싶은 걸 부탁했다던데 막상 서환이 준비해 와도 서주는 제대로 먹지도 못했다고 하였다.

경애가 끓인 미역국이 담긴 보온병을 꽉 쥐었다. 떨어지지 않는 걸음으로 서주가 있는 방으로 간다. 그리워도, 눈에 아른거려도, 볼 수 없어 아팠던 서주를 보러 성큼성큼 걸음을 내딛었다. 잘 열리지 않는 현관문을 열고 밖이라고 해도 믿겨질 정도의 추운 주방 통로를 지나 작은 문을 열었다.

가구 하나 제대로 없는 방에 죄인처럼 누워 있는 서주가 있었다. 덮고 있는 이불이 그나마 두꺼워 다행이라는 생각이 들 때, 서주가 힘겹게 몸을 일으켰다. 부쩍 수척해진 얼굴을 어느새 많이 길어진 머리칼이 가려 주었다.

겨우 세 뼘 정도의 거리일까. 지금 강이 서 있는 위치와 서주가 앉아 있는 위치의 거리는 고작 그것밖에 되지 않았다.

"오빠……."

서주의 목소리가 아닌 듯했다. 따뜻했던 온기로 예쁘게 조잘대던 서주의 목소리가 어디 달음박질이라도 친 것인지 낯설었다.

모퉁이에 놓여 있던 밥상을 끌어와 보온병을 풀었다. 아직

따뜻하여 보온병 뚜껑에 따르는 미역국에서 김이 펄펄 솟아
올랐다. 서주의 야윈 손에 숟가락을 쥐여 주는 일도 잊지 않
았다. 서주가 한 숟가락의 미역국을 떠 입으로 호호 불어 삼
킨다. 그러나 맛을 보더니 숟가락을 툭 떨어뜨렸다. 서주의
눈이 동그래졌다. 가는 어깨선이 떨린다. 뭔가 아는 눈치로
이불을 푹 덮어쓰고 악다구니를 쓴다.

"서주야……."

"가! 여기가 어디라고 와!"

"서주야……!"

밥상을 옆으로 치워 내고 서주가 뒤집어쓴 이불을 걷어 냈
다. 무릎을 껴안고 고개를 숙여 몸을 둥글게 만 서주는 죄 지
은 사람처럼 벌벌 떨었다. 그러지 않아도 되는데 꼭 그래야
만 하는 사람처럼 그러고 있었다. 그는 서주를 있는 힘껏 껴
안았다. 그래도 떨림이 잦아들진 않는다. 몸이 아니라 마음
의 병이었다.

"어쩌자고 너 혼자 이러고 있어. 나 두고 너 뭐 하는 거
야……. 네가 왜……."

막연히 서러워졌다. 혼자 이런 선택을 했을 서주가 너무
안쓰러워, 그 선택에 관여된 자신을 생각하느라 외로웠을 서
주 생각에 가슴이 참담해 서러웠다.

너는 별이었다. 밤하늘을 드리워도, 지워도 항상 떠 있는
별이었다. 내가 밤하늘을 자처한 이유는, 내가 있어야 네가

유독 밝으니까, 그렇게라도 내 자리 하나를 마련하고 싶어서 였다. 단지 그게 다였는데 너는 어쩌다 유성이 되어 이렇게 떨어져 버렸을까. 지금이라도 찾아서 다행이다 싶지만 왜 빛 나던 시절이 없었던 것처럼 너는 빛을 잃어 이러고 있니. 내 가 절대 떨어지지 말라고 신신당부했을 때 넌 분명 그러겠다 고 대답해 놓고는.

헝클어진 서주의 머리칼을 만져 본다. 손가락 사이사이로 빠져나가는 긴 머리칼을 지나 목덜미를 어루만진다. 망가지 고 부서진 채로 막막하게 서주가 운다. 노란색 우산을 쓰고 울던 그때보다 더 서럽게 운다.

"미안해……. 내가 너무 늦게 와서 미안. 내가 잘못했어."

꺽꺽 얹힌 설움을 토해 내다 엉엉 소리 내며 우는 서주를 도닥여 주는 일밖에는 할 수 없는 자신이 강은 초라하게 느 껴졌다. 어쩌면 이 집이 가졌던 초라함보다 자신의 초라함이 더 클지도 몰랐다.

"이렇게 되는 게 너무 싫었어. 그런 거 아니란 말이야. 내 가 너무 미안해서 면목이 없어서, 내가 내 자신이 너무 싫은 건데 왜 자기가 미안해하냐고! 내가! 내가 다 잘못한 건데 자기가 왜 잘못했다고 하는데, 왜! 하나도 당신 잘못은 없는 데, 다 나 때문인데 왜 당신이 나한테 사과를 해……."

서주는 가쁜 숨으로 말을 마구잡이로 게워 내느라 얼굴이 빨갰다. 하얀 피부가 열감으로 가득 차서는 빨갛게 물들었다. 그게 얼굴이었다가 목으로 번져서는 손까지도 그랬다.

"아니야, 내 잘못이지. 그러니까 미안한 것도 나야."

강은 아직 예쁘게 반지가 끼워진 서주의 손을 답삭 쥐어 본다. 한 손에 쏙 들어가는 서주의 손은 여전히 예뻤다.

"서주야, 괜찮아져도 돼. 안 괜찮은데 괜찮은 척, 그거 말고. 진짜로 괜찮아져도 돼. 나 괜찮아. 너 있음 나도 괜찮으니까 너도 괜찮아져. 이렇게는 그만 아파……. 내가 진짜 못 보겠다, 이건."

마음이 갈기갈기 찢어져도 서주는 그대로 예쁜 내 여자였다.

그래서 더는 잃는 선택지에 서주는 없었다.

바깥의 바람이 들리는 방이었다. 외부의 작은 소리도 들리는 그런 방이었다. 가만히 귀를 기울였다. 바람의 소리가 구슬프다. 가는 곳마다 벽을 만나 부딪치고 부딪혀 결국 소리를 내며 부서지는 바람은 가여웠다.

이 작은 방에 누워 저 바람 소리를 들으며 서주는 무슨 생각을 했을까. 배 속에 품고 있는 아이 생각을 했을까. 아님 기어이 자신의 손으로 이별을 자처해 헤어진 사람을 생각했을까. 그것도 아니라면 스스로를 죄인이라 이 방에 가둔다고 생각했을까. 무수한 생각이 겹쳐져 만들어진 서주는 약해져 있었다. 비쩍 말라 안 그래도 부서질까 겁나던 손목이 더 야위었다. 아이를 가지면 살이 찐다는데 그건 혹시 거짓말이 아닐까, 어이없는 의문이 들었다.

안 먹겠다는 미역국을 억지로 먹였더니 서주는 곧장 잠이 들었다. 먹고 자고 먹고 자고가 반복되는 시기라고 장현이 신경 써야 한다고 했던 그 말이 실감되는 지금, 그래도 생리 활동이 제대로 되고 있다는 생각에 한편으로는 안심되었다.

서주가 없어 제대로 자지 못한 잠이 밀려들어 눈꺼풀이 무거웠다. 자면 안 되는데. 이대로 자고 눈을 뜨면 서주가 없어질까 봐 무서웠다. 자지 말자, 주문을 건다. 하지만 무거워지는 눈꺼풀은 결국 눈을 덮었다. 서주 살 내음이 너무 좋았다. 사람 살내가 이렇게 좋다는 건 서주가 일깨워 준 일이었다.

병원에서 맡던 시취 냄새가 지독히도 기억나지 않았다.

곤히 자던 잠을 벌떡 깨 버렸다. 꿈에서 서주가 또 없어졌다. 찰나 같은 한순간에 서주가 사라진 꿈은 고통스러웠다. 그의 옆자리에는 서주의 흔적이 또 없었다. 그러나 방문을 열고 냄비를 들고 들어오는 서주가 보였다. 잠이 덜 깨서인지 일어나려다 강은 비틀 넘어졌다. 밥상을 찾아 냄비를 내려놓으며 서주가 분주하게 그의 곁으로 다가왔다.

강의 얼굴을 더듬으며.

"괜찮아요?"

하고 서주가 묻는다.

서주 냄새가 난다. 서주가 눈앞에 있다. 그러니 이건 꿈이
아니구나. 서주의 가슴에 강은 얼굴을 파묻었다. 서주의 옷
에서 마른 소리가 났다. 그건 낙엽인 듯했다가, 햇볕인 듯했
다가, 바람인 듯했다.

"밥 먹어요."

그러나 서주는 품에서 강을 물리쳤다. 밥상을 사이에 두고
앉아 숟가락 들 생각도 하지 않고 강은 멀거니 서주만 바라
보았다. 보면 닳을 것 같아 아껴 보았는데 이제는 그러지 말
아야지, 다짐했다. 진작에 아끼지 말 걸 그랬다. 그랬으면 이
런 이별도 없었을지 몰랐다.

"먹고, 올라가요."

"못됐다. 임서주 나쁜 건 알았는데 이 정도일 줄은 몰랐
네."

서주가 냄비 뚜껑을 열려다 손을 덴 것인지 뚜껑을 놓쳤
다. 하얀 손끝이 금세 달아올랐다. 서주의 손을 단번에 앗았
다. 다행히 크게 덴 것은 아니었다. 그런데 서주가 손을 거칠
게 빼내었다.

"이러지 마. 강이 씨가 이러면 내가 기대하게 되잖아. 내가
꼭 괜찮아질 수 있을 것만 같잖아!"

"기대해."

"강이 씨!"

"내가 다 포기하고 다 놓아도 단 하나 가져야 하는 게 있

다면 그건 임서주, 너야."

언제 봐도 예쁜 서주는 눈자라기처럼 꼿꼿하지 못했다. 항상 그랬으면서 이번은 달랐다.

"그래서 나도 안 돼. 너 두고 나 혼자는 안 된다고."

그래도 가질 것이다.

"네가 내 옆에서 죄스러워해도 어쩔 수가 없어. 지독히 나쁜 놈이라고 욕해도 좋아."

항상 그랬는데 이번만큼은 아닌 서주를 그래도 가져야만 했다.

"그러니까 도망치지 마. 내 옆에 있어."

"하루하루를 나 보면서 죽은 부모님 생각 할래요? 할아버지 할머니는 어쩔 건데! 우리 아빠는 또 어쩌냐고!"

"그런 생각 조금도 해 본 적이 없어. 맹세코 그래 본 적이 없어. 할아버지 할머니? 지금 네 걱정에 속이 새까맣게 타셨어. 너도 알잖아. 미역국 먹어 보고 단번에 난 줄 알아챈 거, 그거 네 생일에 우리 할머니가 끓여 준 미역국이랑 똑같아서 그랬던 거잖아. 설마 우리 할머니가 마음도 없이 그랬을 분 같아?"

"그게…… 나한테 더 아픈 거야. 나 혼자 할머니 찾아갔던 날, 그날 빌었어. 제발 나 좀 내치지 말라고 그렇게 빌었다고 내가! 내가 무슨 자격으로 그런 말을 했게! 지금 와서 생각하면 억장이 무너져. 자식 잃은 사람들 앞에서, 그것도 나 때문인 사람들한테 내가 얼마나 맘 아프게 했게."

소리 없는 마음이 어디론가 또르르 굴러간다. 그건 서주의 마음이었다. 마음에 재와 먼지가 들러붙는다. 회복하기 어렵도록 짓밟히기도 하였다. 그래서 서주의 마음이 조각조각 많이도 갈라져 버렸다. 그래도 주웠다. 다시 붙이기 어렵다는 걸 알지만 서주의 마음이니까 열심히 주웠다. 조각조각을 다시 뭉치면 어떻게든 되겠지 싶었다.

"시간은 독이야. 네 말처럼 그 독에 다 아파. 그래도 어느 순간에 이력이 나면 괜찮아질 거라고 네 입으로 분명히 그랬잖아. 우리 이미 다 이력날 만큼 이력났어. 예전만큼 아픈 사람 그 누구도 없다고."

"내가 아파……. 여태껏 아무것도 모르고 희희낙락거렸던 내가 강이 씨 옆에서 다 봤잖아. 자기 아파했던 거 다 보면서 나까지 아팠는데. 내가 어떻게 돌아가. 내가 어떻게 얼굴을 들고 자기네 식구들을 봐."

"봐 줘."

조각난 서주의 마음을 주물러 뭉쳐 본다.

"우리 식구 지금 너 하나 보고 살아. 너 없는 동안 식구들 전부 너 찾는다고 사방팔방을 헤맸어. 그러니까 날 위해서라도 우리 식구들 위해서라도 옆에 있어. 도망치지 말고 있어 줘."

"힘들 거야. 나나 강이 씨나 다 힘들 거라고!"

"아니. 분명히 말하지만 난 아니야. 힘들지 않아. 전혀 안 그래."

더 부서지지 않게 꼭꼭 다져 눌렀다.

"서주야, 너 없으면 죽을 거 같은 나만 생각해. 그리고 나 없어서 죽을 만큼 힘든 네 생각만 해."

오랜만에 서주의 뺨을 어루만져 본다. 그 손에 얼굴을 기대고 서주가 눈을 지르감았다.

"다시 돌아가도…… 이렇게 내가 돌아가도 다들 괜찮을 수 있을까?"

서주가 절박하게 물었다. 다시 돌아갈 수만 있다면. 그럴 수만 있다면. 그 마음뿐만이 아닌 자신이 돌아갔을 때의 모두를 생각하는 미련을 떨고 있었다. 한 번쯤은, 정말 한 번쯤은 스스로만 생각할 법도 한데 서주는 그럴 마음일랑 없는 사람처럼, 태곳적부터 그래 왔던 사람처럼 그렇게.

"다들 괜찮아. 그러니까 이제 집에 돌아가자."

비로소 조각조각 난 서주의 마음이 온전히 하나가 되었다.

야단스럽게 불던 바람이 한풀 꺾이고 날씨가 퍽 온순해졌다. 숄 하나를 걸치고 나온 몸으로 경애는 정원을 걸었다. 한창 흐드러지게 핀 수국 속에서 탐스럽게 예쁘던 여자애가 떠오른다. 그 여자애 하나가 뭐라고 사람 마음을 이렇게도 뒤흔드는지. 그래도 보고 싶은 욕심은 어찌 해 볼 도리 없이 커

져만 간다.

경애는 벤치에 몸을 기대 억겁 같은 시간을 기다렸다. 시간은 상대성 이론을 바탕으로 한다고, 언젠가 죽은 아들이 그렇게 떠들던 소리를 들은 기억이 있다.

좋은 시간은 찰나였고, 나쁜 시간은 억천만겁 같았다. 아들을 키운 세월이 참 길었는데 그 시간은 눈 한번 감고 뜨니 사라져 있었다. 그리고 칠흑같이 긴 세월에 아들이 낳은 그 아들을 키웠다. 아들이 낳은 그 아들이 이제는 장가를 간다고 한다. 자신의 아들이 장가를 간다고 집에 여자를 데려온 날이 엊그제 같은데, 아들이 낳은 그 아들이 벌써 자신의 아들만큼 커 버렸다.

용서란 건 어려웠다. 늘 그렇듯이 용서는 용서가 아닌 연민과 동정에 그냥 많이 가진 자들이 하는 헛소리에 지나지 않았다. 용서했다고 했으나 조금도 용서하지 못했다. 사랑하던 자식들이 죽었고 그렇게 혼자 남은 아이는 보기도 안쓰럽게 많이 힘들어하였다. 그러니 절대 용서하지 않겠다고 다짐했다. 이 생의 끝에 죽음이 다가와 지옥불에 떨어진다 해도 그래도 용서는 말아야지 그랬다.

그런데 너무 예쁜 여자애 하나가 강의 곁에, 그리고 자신과 자신의 동반자 옆에 와 주었다. 죽은 자식들이 보내 준 천사라 생각했다. 그렇지 않고서야 긴 세월 속에 고통 받던 세 사람을 구원할 수는 없지 않은가. 하지만 천사라기보다 용서를 알게 하는 신과 가깝다 생각하는 지금 예전보다 더 고마운 마음을 금할 길이 없다.

충계를 따라 모습이 조금씩 드러나는 서주가 온전한 하나의 모습이 되었을 때 경애는 단숨에 서주에게 달려갔다. 서주의 여기저기 살펴보며 만져 보았다. 눈물이 범람할 거 같아 하늘을 향해 얼굴을 들었다가 다시 서주를 바라보았다. 눈물이 결국 범람해 두 뺨을 뜨겁게 적신다.

"못된 것……. 어쩌자고 이리 늦게 와! 이 할미 다 죽으면 오려고 했니!"

"할머니……."

"그래, 이것아! 내가 네 할미라면서 왜 이렇게 사람 속을 태워! 어쩌자고 홀몸도 아니면서 혼자 이렇게……."

용서하지 못할 거 같아도 보고 싶던 아이가 와서 잡아 준 손을 오늘은 경애가 먼저 잡았다. 손을 꼭 쥐고 작은 여자애 하나의 온기를 느꼈다.

어쩌면 서주의 눈은 누군가를 대신한 벌일지도, 누군가의 용서를 늦게 얻은 과오일지도 모른다는 생각이 그제야 들었다. 자신의 잘못이라고 경애는 서주에게 소리 없이 뉘우쳐 본다. 그럼 작은 여자애 눈 하나 신이 돌려주실지도 모른다는 그런 부질없는 바람을 가지면서.

"어서 들어가자. 할미가 너 주려고 밥해 뒀어."

서주의 손을 이끌어 집으로 들어가려는데 서주가 우두커

니 자리를 지키고 서 있었다. 제아무리 손에 힘을 주어 끌어 보려 해도 서주는 그 자리 그대로였다.

"용서…… 안 해 주셔도 돼요."

"서주야?"

"힘드신 거 억지로 안 하셔도 돼요. 할머니 마음 곪지 마세요. 할머니 스스로 죽여 가며 그러지 마세요."

"내가 정말 못살겠다, 너 때문에……."

핏기 하나 없는 얼굴로, 곧 쓰러져도 이상하지 않은 몸으로 서주는 가만히 서 있었다. 그런 서주를 경애는 조용히 안았다. 품에 안기는 작은 여자애 하나가 심장 언저리 어딘가에 쿡 쑤시듯 박혔다. 처음 아들을 낳아서 품에 안던 그때처럼. 그런 마음으로 서주를 안아 다독였다.

"일단은 들어가서 밥을 먹자. 밥을 먹고 차도 마시고 과일도 먹자. 그러다 보면 이 무거운 마음이 한결 나아질 거야."

품에서 서주를 떼어 내 다시 손을 잡았다. 그제야 자리를 지키고 섰던 서주의 무거운 발이 움직였다.

뽀얀 곰국에 대파와 계란 노른자만 넣어 서주의 앞에 놓아 주었다. 후추와 소금으로 알맞게 간도 해 주었다. 그래도 서주는 숟가락을 들지 못했다. 대접에 코를 박듯 숙인 고개를 들지 못한다.

불현듯 서주의 아비 모습이 떠올랐다. 구치소에서 무릎을 꿇고 고개도 못 들던 그 사람의 모습이 서주와 겹쳐 보였다. 서주는 아무래도 제 아비가 저지른 일을 제 죄라고 생각하는 모양이었다. 자신의 전화 한 통에 제 아비가 술 마신 몸을 이끌고 운전을 했다는, 그 사실이 그러니까 즉 자신의 죄라고 여기는 듯하였다.

하는 수 없이 경애가 억지로 서주에게 숟가락을 쥐여 주었다.

"먹어 봐. 내가 밤새도록 불 앞에서 이걸 고왔어. 네 입에 한술 넣는 거 보려고 불 앞에서 하루 종일을 보냈으니까 억지로 먹는 척이라도 좀 하렴."

그제야 움직여지지 않을 것 같던 서주의 손이 움직였다. 숟가락을 힘껏 들고 어렵게 곰국 한 숟갈을 넘긴다. 어렵게 한술 뜨고서 서주는 눈물을 흘린다. 눈물이 대접 안으로 뚝뚝 흘러들어 갔다.

"곰국은 사람의 시간을 잡아먹는단다. 불에 그저 끓이기만 하면 되는 거 아니냐고 그러지만, 아니야. 곰국을 끓이면 집안 가득 습기가 차. 그래서 그 습기를 없애야 하지. 그리고 곰국에 생기는 기름막도 걷어 내야 해. 또 물이 졸아 가는 걸 보면서 물을 더 넣기도 해야 하지. 그런데 언젠가 이 곰국이 사람 몸에 별 효능이 없어 아무짝에 쓸모없는 그런 국이라더구나. 나는 이만큼의 공과 이만큼의 시간을 들여 끓이는데 이게 사람 몸에 소용없는 국이라면 부질없다는 생각이 들었어."

이제는 꺼져 버린, 가스레인지 위에 있는 큰 냄비를 바라보았다.

"그런데 그제부터 내내 너한테 먹일 곰국을 끓이면서 이건 국의 영양분을 먹이는 게 아니라 내 정성을 먹이는 국이 아닌가, 하고 생각을 바꿨단다."

저 큰 냄비 안에는 며칠 있으면 냉동실로 들어가 버릴지도 모르는 많은 양의 곰국이 들어 있었다.

"사랑하는 마음이 없고서야 이런 정성을 끓일 재간은 없어. 낮도 밤도 모르고 불 앞에 서서 이런 정성을 끓일 이유가 없지."

"할머니……."

"그래. 내가 네 할머니니까 하는 거야. 내가 사랑하는 내 자식을 위해서 밤낮을 모르고 끓인 거야."

"저는, 저는……."

"나는 내 시간, 내 마음을 끓이는 동안 내내 서주 네 생각만 했단다. 오직 네 생각뿐이었어. 네 배 속에 품은 아이한테는 미안하지만 나는 네 아이한테 먹일 생각은 조금도 못하고 널 먹일 생각만 했다."

아직 깨지지 않아 대접에서 동동 떠다니는 노른자를 경애가 깨뜨렸다. 노른자의 노란색이 밝은 노란빛이었다.

"내가 이 곰국을 끓일 때는 이미 용서란 건 다 끝나 있었단다."

노란빛이 불투명한 곰국의 사이사이를 유영했다.

"이렇게 길게 네 생각을 하며 정성을 들인 나한테 배신은 말렴. 이 할미 시간이 그리 많이 남지 않았어. 죽을 날 얼마 안 남은 사람들이 주는 사랑을 설마 거절하고 도망치지는 않겠지?"

"죄송해요……. 제가 죄송해요, 할머니."

"그 말 대신 사랑한다는 말이 더 좋을 거 같구나."

서주는 눈물이 그렁그렁한 얼굴로 밥을 먹었다. 국이 참 맛있다는 말도 가끔 하며 국 안에 든 살코기가 부드럽게 씹힌다는 말도 하였다. 어느 정도 먹다가 남은 국에 밥을 넣어 말아 대접을 다 비운 서주는 못내 웃는 표정을 지었다.

"도망, 쳐야지 했어요."

마른 장작이 갈라지듯 서주의 목소리가 허공에서 쩍 갈라졌다.

"그게 어디가 됐든 도망쳐 죽은 듯이 살자, 그랬어요."

"못난 생각을 했구나."

"그런데 안 됐어요. 결국 여기예요. 도망갔는데 제자리예요."

서주를 보는 눈이 시렸다. 밖에 눈이 내리지도 않는데 경애는 눈이 시린 이유를 어디에선가 무작정 찾고 싶어졌다.

"이렇게 유야무야되는 게 너무 싫었어요. 제 죄가 큰데, 아무도 제 죄를 가지고 뭐라고 하지 않아요. 이상하잖아요. 제가 뭐라고 주위 사람들 다 상처 주며 아파하게 만들어요. 그래서 있는 힘껏 도망쳤어요. 다시는 뒤돌아보지 말자, 그렇게 다짐하면서 절 가뒀어요. 그런데 결국 제자리라 이제는 뭘 해야 할지 모르겠어요."

눈도 보이지 않으면서 서주는 경애와 눈이 마주칠까 두려워 고개를 숙인다. 안 그래도 시린 눈이 더 시려 왔다.

"서주야."

"네……."

"최선을 다해 살렴. 그러라고 조물주가 인간을 인내하고 견디게끔 만들었지."

"할머니는 제가 밉지 않으세요? 정말 아무렇지 않게 제 얼굴 보시면서 용서가 되세요?"

달싹이는 서주의 입술이 파르르 떨린다.

"신은 인간을 만들 때 시련을 통과해 더욱 견고한 인간이 되라고 이런 아픈 시련을 삶의 중간중간에 놓아둔 건지도 모르지. 물론 누군가가 듣는다면 자식 잃은 부모가 헛소리나 찍찍 해 댄다 비웃을지도 모르겠다만. 내가 꽤 오래 살았잖니. 자식을 눈앞에서 잃었고 죽은 자식이 남긴 자식을 이만큼 키워 본 장본인으로서 말하지만, 내 삶은 참 기구했다. 이런 시련들을 내 삶에 놓아둔 신을 원망했지. 그런데 그런 시간들 다 지나서 겨우 만난 너를 보니 좋더구나. 강이가 나한테 널 만나서 좋다는 말을 할 때, 그래서 부디 네 아버지가 저지른 과오를 그냥 덮고 넘어가자 할 때, 많은 시련에 의해 견고해진 나를 마주한 순간 신에게 감사했다. 견고해진 내가 서주 너를 진정으로 사랑할 수 있어서 얼마나 감사했는지 모른다.”

“정말로 용서가 되세요……?”

“용서의 다른 말이 사랑이란다. 그래서 나는 서주야, 너를 사랑하는 중이란다. 강이가 널 사랑하는 것보다 내가 너를 더 사랑하는 마음이 클지도 모를 일이지. 그러니 그만 아프렴. 매순간 최선을 다해 살면서 그만 아파해. 이것도 나중에는 그냥 신이 네 삶에 남겨 둔 시련의 부분일 테니 이 시련을 잘 극복해서 견고한 인간이 되길, 이 할미는 바랄 뿐이다.”

경애는 시린 눈을 슬쩍 감아 보았다. 이제 더는 눈이 시리지 않았다. 아프지 않았다. 그게 세상의 모순이자 진리인 것을, 모두가 끝내는 사랑인 것을 깨닫는 일순 자신이 죽을 날이 얼마 남지 않은 노인이라는 게 서글퍼졌다.

신은 죽음이 가까운 인간에게만 진리를 마주하라 허락하시니 어쩔 수 없는 일이었다. 그래도 다행히 늦지 않게 깨닫게 해 주어 감사하다고, 경애는 높은 하늘에 대고 기도했다.

눈 녹듯이

입춘, 이라고 하였다. 개구리가 겨울잠에서 깨는 입춘이라는데 꽃샘추위는 막강한 기세로 입춘을 내리눌렀다. 꽃샘추위라니. 예쁜 이름과는 상반되게 혹독하게 추운 날씨에 괜히 예쁜 이름을 가진 꽃샘추위가 미워졌다. 하지만 날씨와는 다르게 일상은 온난하였다.

서주가 돌아왔다.

겨우겨우 제자리로 돌아와 제 몫으로 주어진 삶의 무게를 견뎌 내려 서주가 애를 썼다. 그럼에 모든 일상은 잠정적 행복으로 끝을 맺었다. 그런 와중 서주의 입덧은 극도로 심해졌다. 먹고 싶다는 게 생기면 밤낮을 잊고 강이 대령을 해도 막상 음식과 조우하면 서주는 화장실로 직행하였다. 듣기도 곤욕스러울 정도의 토악질 소리가 집 안을 메웠다.

경애가 부모를 고생시키는 아이라고 종종 나무랐지만 그래도 착한 아이일 거라는 선선시닝을 꼭 덧붙였다. 행복과 입덧이 섞여 범벅이 된 일상은 조금 시끌벅적하고 야단스러우며 또한 고생스러웠지만 다복하였다.

"넌 서주 씨가 전부냐?"

갈비탕이 유독 맛있던 점심 식사 후의 커피를 즐기던 장현이 불쑥 의문문을 내밀었다.

"뭘 또 헛소리가 하고 싶으셔서 이러실까."

"서주 씨 돌아오고 부쩍 좋아졌잖아. 꼭 서주 씨가 네 전부인 것처럼 굴잖아, 네가."

"어. 전부야. 내 세상의 전부가 임서주로 돌아가지."

"말이나 못하면. 이런 팔불출 같으니라고."

"그래서 나 너무 바보 같냐?"

"몰랐냐? 어휴, 미친 또라이 정말."

"그냥 욕 빼고 말 좀 예쁘게 하면 안 돼?"

"그래, 안 된다 짜샤!"

커피를 다 마신 종이컵을 쓰레기통에 휙 집어 던지며 장현이 눈을 흘겼다. 그런데 식후땡은 끊은 것인지 근래 들어 장현의 식후땡을 본 적이 없었다. 그러면 근원적으로 담배 자체를 아예 끊은 것인지 문득 강은 궁금해졌다.

"야."

슬쩍 부르는 강의 음성에.

"담배 끊었어."

라는 답변을 장현이 내뱉는다.

"진짜로?"

"2주 넘어가는데. 아직 괜찮네."

"오래간다? 일주일이 거의 한계였잖아, 항상."

"서주 씨가 나 보고 응원한다고 사탕 주더라고."

"언제?"

"왜 우리 셋이 같이 밥 먹을 때. 그때 너 화장실 갔을 때 담배 끊으실 때가 된 거 같아요, 이러면서 나한테 사탕을 주더라고. 그리고 응원한대."

"너 누군가의 말을 그렇게 소중하게 실천하는 인간이었어?"

"그런 건 아닌데. 너랑 계속 친한 친구 하려면 서주 씨한테도 예쁨 받는 게 좋잖아?"

"그래. 담배는 좀 끊어라. 너무 오래 폈어."

서주는 한 사람의 일상에 침투해 꼭 이런 시너지를 발산한다. 특정 대상이 아닌 누구에게나 그런 시너지를 내는 서주는 그럼에 예쁘다. 예쁘다는 말로 다 설명이 안 될 정도로 아름다운 여인이다. 어쩔 수 없이 또 서주 생각을 한다. 이렇게 사람을 어쩔 수 없게 만드는 서주를 사랑하지 않을 수 있을까. 자신이 아니어도 서주는 누군가의 사랑을 받으며 누군가의 아내가 되었을지 모른다. 물론 불특정한 누군가가 아닌 자신이라는 점이 제일 다행스러웠다.

"난 담배를 이대로 쭉 끊을 거니까 넌 그대로 쭉 서주 씨한테 잘해."

"뭐냐, 그 되지도 않는 협박은."

"너 이렇게 멀쩡한 꼴 보려면 서주 씨가 있어야 하는 거니까."

"나 좋아 보여?"

"무지. 엄청. 그러니까 잘 살아 좀. 서로가 서로 아니면 안 된다는 사람들이 꼭 그렇게 이별 싸움 크게 하지."

먼저 빠른 걸음으로 보폭을 넓혀 장현이 가 버렸다. 우두커니 키가 큰 장현의 뒷모습을 바라보다 문득 자신의 부모 기일이나 조부모의 생신을 먼저 챙기던 장현의 모습이 기억났다. 더불어 이제는 서주의 생일까지 챙기는 장현은 꼭 한 솥밥 먹는 식구처럼 형제 같은 친구였다.

강은 자신이 이만큼 번듯하게 잘 살아온 이유는 주변 사람들 때문이 아닌지 뒤돌아보게 된다. 혼자였다면 결코 이만큼은 올 수 없었을 터였다. 주변 사람들이 양질의 거름이 되어 자신을 이만큼이나 키웠다.

돌아보면 고마운 사람들이 많은데도 부모를 잃었다는 사

실 하나만으로 잘 보지 못하고 살았다.

장현의 뒷모습조차 사라지고 나서야 핸드폰을 꺼내 들었다. 액정에 어린 서주가 뭐가 좋은지 자꾸 방긋거리는 얼굴로 머물러 있었다. 어린 서주를 통과해 어른이 된 서주에게 전화를 걸었다. 조금은 긴 신호음 뒤에 서주의 목소리가 들렸다.

─여보세요.

"네. 그쪽 여보입니다, 제가."

─으. 그거 너무 진부한 멘트다.

"그래서 싫어? 전화 끊을까?"

─아니. 아니야, 그건 아니야. 전화 계속 해요.

웃음기 가득 머금은 목소리로 다급하게 서주가 외친다. 병원에서 탈출해 서주를 보고 싶다는 생각을 했다. 구내식당을 포기하고 잠시 서주를 보고 왔어야 했나, 되지도 않는 후회를 하면서 팔불출 같다는 장현의 말이 생각나 피식 웃음이 나왔다.

맞네. 팔불출.

"밥은?"

─아이스크림으로 끼니를 때워 보는 중.

"그러다 정말 일 나겠다. 억지로라도 뭘 먹어야지."

─음. 나 수수부꾸미.

"그게 뭐야?"

―그, 뭐라 해야 하는 거지. 하여튼 수수부꾸미라고 있어. 근데 팥앙금 든 거 말고, 흑설탕 넣은 걸로.

"어디서 파는데?"

―그건 나도 모르지.

아아. 큰일 났다. 이건 또 어디서 구해야 하는 건지. 한 번씩 서주는 낯선 종류의 음식들을 찾았다. 주변에 팔지 않는 것들이 있어 구하려면 애를 먹었다. 운 좋게 구해도 서주가 거부하면 보기 좋게 자신의 차지가 되어 배가 불러도 억지로 먹곤 했다.

"오후에 예약 진료가 있어서 빼진 못해. 저녁까지 기다릴 수 있어?"

―당연하지. 환자가 우선순위야.

"착해 빠져서는."

―그건 아닌 거 같아. 자기한테 구하기 쉬운 음식으로 이야기해야 하는 건데 그러지 못했잖아. 그러니까 착해 빠져서, 그런 말은 빼는 게 좋겠어.

전화 너머로 키들거리는 서주의 소리가 고막을 에워싼다. 통화를 핑계 삼아 벽에 몸을 기댔다. 차가운 벽의 온도가 가운을 뚫고 살갗에 스며들었다. 잔뜩 먹은 점심 탓인지 벽의 차가운 기운이 은근히 기분을 좋게 만들었다.

"서주야."

―응, 강이 씨.

서주가 불러 주는 이름 하나에 몸이 온탕기에 든 초콜릿처럼 녹아내린다.

"네가 내 여자라서 참 좋다."

그래서 마음에 두었던 말을 또 하나 꺼내 본다.

"내 여자인 네가 내 아이까지 가져서 너무 좋아."

또 다른 하나도.

"그러니까 앞으로 더 많이 사랑하자. 조금도 아프지 않았던 것처럼."

해서 마음에 두었던 바람까지 꺼내었다.

—자기가 내 남자라 나도 참 좋아.

잠잠하던 서주의 목소리가 약간은 메인 듯 흐릿했다.

—자기가 내 아이의 아빠라 너무 좋아.

아마도 서주는 우는 것 같았다. 음성에 물기가 그득먹했다.

—그래서 난 괜찮아. 조금도 아프지 않았어.

우는 목소리를 한 서주의 괜찮다는 말이 이제는 정말 괜찮다는 것처럼 들렸다. 이제는 꽤 믿음직스러웠다. 해서 정말 괜찮은 거 맞느냐고 되묻지 않았다.

서주는 후로도 계속 괜찮을 거라 강은 믿었다.

"먹을 만해?"

강이 물었으나 입에 수수부꾸미를 가득 넣은 서주는 말을 잇지 못했다. 입에 닥치는 대로 넣고는 우물거리며 목이 멜 때쯤 우유를 마셨다. 그러고는 또 수수부꾸미를 입에 가득 채워 넣고 먹다가 헛기침이 나오려고 하자 우유를 마시기를 반복했다. 더 먹을 수 있는 것처럼 서주가 기세 좋게 덤벼들어 금세 빈 접시가 되었다.

"더 없어?"

접시를 더듬거리며 빈 접시임을 완벽히 인지한 서주가 묻는다. 간만에 헛구역질을 피해 잘 먹은 음식이어서 보는 입장에서 좀 더 먹이고 싶은 욕심이 왜 없을까. 하지만 경애가 준비해 준 수수부꾸미 반죽이 더는 없었다. 물론 경애가 적게 준비해 준 양은 결코 아니었다. 먹일 때는 양껏 먹여야 한다며 반죽을 제법 많이 준비해서 싸 주었다. 경애 자신이 직접 구워 주고 싶지만, 바로 구워 먹어야 맛있는 음식이라 해서 강이 반죽과 흑설탕만 고이 가지고 와 직접 구웠다. 꽤 많은 양을 서주 혼자 다 먹은 것이다.

그런데 서주는 양이 안 차는지 영 만족스럽지 못한 표정으로 뾰로통했다.

"없구나?"

돌아오는 대답이 없어서인지 서주가 포기한 듯 뾰로통한 표정에 억지로 미소를 끼워 맞췄다.

"잘 먹었어요."

서주는 손에 꼭 쥐고 있던 포크를 내려놓았다.

"더 먹고 싶지?"

"조금?"

"조금 아닌 거 같은데."

"사실 많이. 그런데 재료 없잖아요."

"할머니한테 좀 졸라 볼까?"

"그러지는 말아요. 나 배불리려고 그렇게까진 안 해도 돼."

아직 전혀 임산부 느낌이 나지 않는 몸으로 서주는 거실의 소파로 향했다. 소파에 가벼우나 무거운 몸을 착석시키고 쿠션에 깊게 등을 묻었다. 떴던 눈도 감은 채 서주는 덜 부른 포만감에 만족한 낯빛을 하였다. 강이 미지근한 물 한 잔을 가지고 서주 옆에 앉았다. 서주가 강의 어깨에 자신의 머리를 푹 떨어뜨렸다.

"그런데 저런 음식은 어떻게 알았어?"

"엄마가."

엄마. 서주에게 엄마, 라는 소리가 나올 때는 많지 않았다. 부재한 엄마에 대한 이야기를 서주가 거의 꺼내지 않았기 때문이었다. 그저 서주가 발음하는 엄마, 라는 말은 고달프게 아픈 모양을 하고 있었다.

"엄마가 어릴 때 오빠랑 나를 앉혀 놓고 그걸 참 많이 구워 줬거든. 퇴근한 아빠는 막걸리랑 곁들여서 같이 드시구. 이상하게 오늘 그게 생각이 나더라."

"어머님 보고 싶어?"

서주는 강의 물음에 음, 하고 오래 입을 다물었다. 그러다 강의 어깨에 기댄 머리를 절레절레 흔들었다.

"미워서?"

"온 세상이 까맣게 변하기 전에 엄마를 보러 갔었어. 교복을 입은 여자애랑 팔짱을 끼고 있더라고. 딱 보니 딸 같았어. 교복에 묻은 먼지도 털어 주고, 바람에 약간 헝클어진 머리도 정돈해 주고, 그렇게 내 엄마가 다른 누군가의 엄마가 되어 있더라구요. 알은척을 못하겠어서 그냥 집에 돌아왔어."

아픈 말을 서주는 배실배실 웃는 얼굴로 말했다.

"내 엄마였던 사람의 일상을 적어도 나라는 존재가 깨부수고 싶진 않았어. 잘 사는데 뭐 하러 그래. 잘 사니 되었지, 뭐 그랬던 거 같아."

"그래도 보고 싶은 건 보고 싶은 거잖아."

"엄마가 만약 아직까지 혼자였다면 그랬겠지. 아마 몰래 훔쳐보지 않고 엄마라고 알은척을 했을 거야. 신세 한탄도 좀 해 보면서, 엉엉 울기도 하면서 엄마가 보고 싶었다고 말했겠지. 그런데 엄마는 행복해 보였고 난 엄마의 행복과는 다른 불행을 마주해서 내가 엄마를 알은척한다면 분명 엄마의 행복을 깨뜨릴 사람이 되었을걸."

테이블을 더듬거려 물컵을 찾은 서주는 미지근한 물을 찬찬히 씹어 삼켰다. 마치 액체인 물이 고체로 되어 있는 것처럼.

"그래서 안 봐도 괜찮아?"

"응, 괜찮아. 보고 싶지 않아."

"그래, 그럼."

"그래도 수수부꾸미는 좀 더 먹고 싶긴 해."

컵을 두 손으로 다잡은 서주가 아이처럼 킥킥거렸다. 아무래도 수수부꾸미를 어떻게 해서든 더 먹여야 될 것 같은 예감이 들었다.

서주는 표면이 빳빳하면서도 새것의 느낌이 나는 옷은 아무래도 어색하게 느껴졌다. 목덜미에 닿는 깃이 보드라우면서도 날카로웠다. 하지만 서주의 어색함과는 다르게 경애의 목소리는 한껏 들떠 있었다. 말섭도 경애 옆에서 예쁘다고 한 수 거든다.

"손주며느리 맵시가 곱네요."

저고리 가슴 선을 정리해 주는 것을 끝으로 함안댁은 한복에서 손을 떼었다.

"제가 만들었지만 할머님 솜씨가 더 많이 들어갔어요. 손주며느님께서 오래오래 입을 한복이면 좋겠네요."

"뭘 그런 말을 해."

부끄럽다는 듯 경애가 함안댁을 나무랐다.

"형님도 그러지 말아요. 며느리 그리된 게 형님 탓이요?"

주변이 일순 얼음장이 되었다. 함안댁이 눈치 없이 자신이 그런 소리를 했다는 걸 늦게 눈치채 차를 좀 더 내어 오겠다는 말이 적막의 후반부에 튀어나왔다. 함안댁이 황황히 자리에서 사라지자 경애는 서주를 조심스레 앉혔다. 섬약하게 흔들리는 서주의 어깨를 다독였다.

"아가, 괜찮아. 왜 떨고 그래."

용서가 끝났는데, 그 용서가 사랑임을 알았는데도 여전히 서주는 힘들었다. 누군가 던진 말 한마디가 때로 폭풍이 되어 머리 위로 폭우를 퍼부었다. 그 폭우를 맞고 있자니 아직도 죄인의 낙인이 지워지지 않은 자신을 발견하게 된다. 발가벗겨져 나동그라진 자신이 초라하게 느껴진다. 경애의 품을 무작정 파고들었다. 서주는 품에 안겨 죽은 경애의 자식들이 했던 만큼 자신이 더 잘해야지, 그런 생각을 결심으로 굳혔다.

"죄송해요."

"떼끼. 그런 말 하지 말래도."

"제가 더 잘할게요."

"잘하지 마. 너보다 우리가 더 잘해야 하는데 네가 왜 그런 말을 하고 있어."

입안에 바삭하고 달콤한 무언가가 들어왔다. 경애가 서주의 입으로 넣어 준 것이다. 혀를 굴려 가며 자근자근 씹어 보니 다름 아닌 한과였다. 맛있어서 씹고 또 씹었다. 씹는 횟수만큼 흔들리는 마음의 진동이 줄어 갔다.

"엷은 갈색빛 레이스 저고리에 연분홍 치마란다."

서주가 입은 한복을 경애가 색을 빗대어 설명하였다.

"요새 사람들은 이렇게 잘 입는다기에 이렇게 지었지."

경애는 한과의 반을 똑 부러뜨려 다시 서주의 입에 넣어 주었다.

"참 예쁘다."

입에서 퍼지는 단맛 때문인지 아님 한복의 예쁨 때문인지 가슴이 시큰거렸다. 그와 비례해 눈두덩에 힘을 주었다.

"아가, 이 옷 입고 울지 말고. 아프지도 말고."

"네."

"오래오래 살라고, 이 한복 지을 때 기도했으니 그 기도만큼 꼭 오래도 살아야 한다."

대답을 해야 하는데 한과 때문에 대답이 폭 입안 어딘가에 고여 버렸다. 대신 고개를 끄덕였다.

입안을 떠도는 한과가 참 달았다.

오늘 병원 예약이 있어 가야 한다는 말을 남겨 두고 말섭이 병원으로 가 버려 경애와 서주 둘만 남았다. 서주를 대신해 경애가 한복이 든 종이 가방을 들고 걸었다. 경애와 손을 맞잡고 걷는 걸음마다 날씨가 따뜻했다. 꽃샘추위가 지독하다고 아침에 옷을 단단히 입으라고 야단이었던 강의 말이 거짓인 것처럼 날씨가 좋았다. 강이 마치고 돌아오면 아침에 왜 거짓말을 했냐고 장난을 쳐야지 생각했다.

점심때가 다 되어 뭐라도 먹어야 하지 않겠냐고 경애가 물었다. 입덧이 끝났다고 서주는 대답했다. 마침 잘 아는 손칼국수집이 있다고 경애가 말해 서주는 가만히 경애를 따라나섰다. 그런 도중에 길에 훅 바람이 들었다. 유난히 매서운 바람을 경애가 막아 주었다. 코트를 펼쳐 그 안에 서주를 폭 감쌌다. 따뜻했다. 바람이 불지 않아 따뜻하다고 착각했던 날씨보다 더 따뜻했다.

바람을 다 막아 준 뒤 경애는 다시 서주의 손을 잡았다. 손을 꼭 맞잡고 걸었다.

올해 유독 기승이라는 꽃샘추위가 더는 무섭지 않았다.

칼국수집에 들어서자마자 멸치 우린 냄새가 훅 풍겨져 왔다. 왁자지껄한 사람 소리도 만연했다. 비어 있는 테이블을 찾아 경애와 마주 보는 것이 아닌 나란히 앉았다. 수저를 챙기고 단무지와 김치를 덜고 주문을 받는 아줌마에게 칼국수 둘이요, 하고 말한 것 모두 경애가 한 것이었다. 서주는 얌전히 경애 옆에 앉아 경애의 자식처럼 행동하였다.

"이 집 주인이 여기서 장사를 벌써 50년 했는데 자리 한 번을 안 옮겼어. 자리 안 옮긴 만큼 맛도 변함이 없어."

불과 몇 분이 지났을까. 한 십 분쯤. 그보다 조금은 더 지났으려나. 따뜻한 옥수수염차를 마시며 경애와 대화를 나

누는데 칼국수 두 그릇이 나왔다. 경애는 좀 더 식혀서 먹는
편이 나을 거라며 칼국수 하나를 젓가락으로 저어 가며 입으
로 후후 불었다. 그리고 얼마가 더 지났을까. 경애가 서주의
손에 젓가락을 쥐여 주었다.

"먹어 봐. 적당히 식었어."

문득 연락을 끊고 지낸 아빠 생각이 났다.

아빠, 나는 괜찮아.

그렇게 음성으로 메시지 하나 딱, 보낸 후로 일부러 연락
하지 않던 아빠 생각이 났다. 눈이 보일 때도 뜨거운 걸 먹으
면 꼭 식혀 주던 아빠가 오늘따라 더 눈에 밟혔다. 밥이나 잘
챙길는지. 서환의 말로는 괜찮다 했지만 믿을 수가 없었다.
서환은 늘 그런 식의 선의의 거짓말을 하는 사람이었으니 정
말로 아빠가 괜찮은지 알 수 없는 노릇이었다.

몇 번을 놓치다 젓가락으로 겨우 미끄덩한 면을 집어 올렸
다. 입으로 넣어 보는 칼국수는 맛있었다. 들어올 때 맡았던
멸치향이 진했다. 눈으로 보진 못하지만 손으로 직접 썰었다
는 게 느껴졌다. 면발이 기계 면과는 다르게 모양이 일정하
지 않았다. 그래서 더 맛있는지도 모른다고 생각했다.

"먹기 괜찮니?"

"네. 먹기 좋게 식었어요."

젓가락 대신 숟가락을 들어 국물을 먹었다. 역시 진한 맛
이었다.

"사돈이 너 뜨거운 거 먹을 때는 꼭 식혀 줘야 한다고 그러더니 그 말이 맞았나 보구나."

아빠, 우리 아빠. 경애의 스스럼없는 말에 놀라 숟가락을 떨어뜨렸다. 쟁그랑 소리가 났다. 주변을 바쁘게 움직이던 아줌마가 바닥에 떨어진 숟가락을 주워 갔다.

"영감이랑 같이 사돈을 찾아갔던 날에 사돈은 계속 네 걱정만 했지. 물론 우리도 네 걱정을 했지만 그것보다 제일 네 걱정을 한 사람은 사돈이었어."

경애가 다시 새 숟가락을 꺼내 서주의 손에 쥐여 주었다.

"더 먹으렴."

새 숟가락으로 국물을 떠먹었다. 시그러졌지만 진한 맛이 그대로였다. 이 국처럼 아빠도 그대로 있을 텐데. 다친 허리로 저녁에 북엇국을 사 와서는 파스도 붙이지 않고 북엇국부터 입으로 후후 식혀 주던 아빠였다. 시장에서 방금 끓인 걸 사 왔으니 얼른 먹으라는 그런 말을 했던. 아빠는 자신이 감옥살이를 하는 동안 자신의 자식들에게 고모가 모질게 했다는 이유로 핏줄임에도 단칼에 절연한 그런 사람이었다.

"네 자신한테 아직 벌주는 중이라면 그만둬."

"그런 거 아니에요."

"그러면 네 아버지 만나러 가야지. 강이한테 들으니 아직 연락 한 번을 안 했다며."

"만나면 무슨 말을 해야 할지 모르겠어서요."

"부모 자식 간에 그런 게 다 뭐니. 만나면 해결돼. 마주하면 끝날 일을 뭘 그리 오래 두고 맘고생을 해."

막막해진 서주를 경애가 보듬었다. 빈 숟가락 위에 단무지를 얹고 그 위에다 면발을 조금 얹어 서주에게 먹으라는 말을 일렀다. 입에 넣으니 면발의 물렁함과는 부드러움과 아삭함이 공존했다. 이질적인 충동은 그렇게 낯설지 않았다. 아빠와 만나면 이런 느낌일까.

"우리 때문에나, 네 남편 때문에 네가 굳이 그럴 건 없다는 말이야."

"많이 어색할 거 같아서……."

"아가, 네 아버지 벌 받을 만큼 받았어."

국물이 목에 콱 걸렸다.

"네 아버지가 받은 만큼 너도 받았고. 가서 이제는 네가 아버지 안아 드려야지."

"무슨 말을 해야 할까요."

"아무 말이나 해. 내리사랑은 있어도 치사랑은 없다는 말이 왜 있게. 그냥 가서 하고 싶은 말 맘껏 떠들다 같이 밥도 먹고, 자고, 그러면 부모란 사람들은 다 풀리게 되어 있어."

부모는 정말 다 똑같을까. 자식들만 보면 예뻐 어쩔 줄 모르는, 그런 게 정말 부모일까. 야속하게 군 자신에게 아빠가 거리를 둘까 두려웠다. 서로 무슨 말을 할지 몰라 어영부영 침묵으로 시간을 보내게 될까 그것도 두려웠다.

하염없이 쌓여 가는 두려움에 자꾸 음식이 목구멍에 걸렸다.

"너도 얼마 안 있음 부모가 되잖니. 그러니 네 부모한테 그러지 말아야지. 네 자식이 너한테 그런다고 생각해 봐. 입장 바꿔 생각하면 아무것도 이해되지 못할 건 없단다."

목구멍에 걸리는 음식을 그래도 삼켰다.

경애의 말이 소화제라도 되는 양 속이 푸욱 꺼져 갔다.

입덧이 끝난 서주의 오늘의 특명은 고추참치였다. 흰 쌀밥에 고추참치와 김 가루를 넣어 참기름 한 방울 톡 떨어뜨려 비벼 먹고 싶다고 하였다. 참 소박한 음식이었다. 그냥 혼자 먹을 수 있는. 보잘것없으면서 배 채우기 좋은.

퇴근길, 아파트 입구에 있는 마트에 들어가 고추참치 두 캔을 골라 계산대로 가려다 마침 떨어져 가는 계란 생각이 나 계란을 집었다. 그런데 아장아장 걸어가는 작은 아이가 보였다. 손이 닿지 않는 곳에 놓인 과자를 보며 까까, 이런 소리를 계속 낸다. 뒤에서 엄마인 듯한 여자가 다가와 이건 안 돼, 하고 단호히 말하자 작은 아이는 시무룩한 얼굴로 체념한 듯 엄마의 손을 붙잡는다.

하면 안 되는 참견인 줄 알면서 아이가 원하던 과자를 대신 집어 들었다. 계산대에서 계산을 하고 뒤에서 기다리는 아이의 손에 방금 막 산 과자를 쥐여 주었다. 아이의 시무룩

했던 얼굴에 활짝 웃음꽃이 피었다.

"엄마 말씀 잘 들으라고 주는 선물이야."

"아니, 괜찮은데……. 감사합니다. 찬아, 인사해야지."

아이가 엄마의 말에 따라 배꼽 인사를 했다. 눈에 넣어도 아프지 않다는 말이 문득 떠올랐다. 엄마에게 아이는 그러한 존재란 것이 새삼 깨달아진다.

"몇 살?"

꼬물꼬물한 손가락 네 개를 펴다 하나를 줄여 세 개를 폈다. 세 살. 이 아이는 세상에 나온 지 고작 세 해밖에 지나지 않은 작은 요정. 예쁘다. 어떤 날의 서주를 보는 것처럼 예쁜 아이였다. 다시 한 번의 배꼽 인사를 남기고 마트를 나가는 아이를 보다 서주가 아이를 낳으면 저런 요정같이 생긴 모습일까 궁금해졌다.

서주의 배 속에서 북북 크는 아이는 서주를, 그리고 자신을 얼마만큼 빼닮은 아이일까.

"다 비볐어."

식탁에 앉아 얌전히 보리차를 마시는 서주에게 잘 비빈 밥을 놓아주었다. 마시던 보리차를 마저 다 마시고 서주는 숟가락을 들었다.

보이지 않는 것이 이제는 더 익숙한 사람처럼 서주는 어디에 무엇이 있다 설명하면 약간은 더듬거리지만 잘 찾았다.

그리고 음식을 잘 해 먹기도 하였다. 처음 눈이 안 보이던 그때가 언제인지 다 잊은 사람인 양 캄캄한 암흑 속이 더 익숙해져 이젠 집에 혼자 있을 땐 불도 켜지 않았다. 봄에게도 조명은 그다지 좋은 선택이 아니라는 말을 꼭 해 가며 그러했다.

"또 불쌍한 사람 보듯 그러지?"

요즘은 종종 이런 말도 했다.

"아냐. 얼른 먹어."

"맛있다."

"맛있으면 잘 먹음 돼."

"응. 천천히. 꼭꼭 씹어서. 밥알이 죽처럼 될 때까지 꼭꼭."

서주의 턱이 부단히 움직인다. 입술을 굳게 닫은 채 턱만 열심히. 그렇게 한 숟가락을 다 먹으면 또 다른 한 숟가락을 떠서 전과 같이 열심히 먹었다.

"한 숟가락만."

서주가 맛있게 먹는 모습에 식욕이 돌아 고작 한 그릇 비빈 것을 한 숟가락 달라 청했다. 거절당할 걸 미리 예상하면서. 하지만 서주는 거절하지 않았다. 크게 한 숟갈 떠서는 허공에 손을 뻗쳤다. 정면이라기보다 왼쪽으로 좀 더 기운 서주의 손을 찾아 밥을 받아먹었다.

맛있게 먹는 것이 거짓이 아닌지 정말 맛있었다. 별로 들어간 것도 없는 밥이 이렇게 맛날 수 있다는 게 조금 신기했다.

"맛있네. 임서주가 맛있다고 할 만해."

그런데 숟가락을 밥그릇에 내려놓은 서주가 멍하니 물었다.

"나 불쌍해?"

"뭐?"

"나 불쌍하냐구."

"누가 그래. 누가 자기 불쌍하댔어?"

"내가. 내가 나 불쌍하다, 그래."

"왜? 내가 그렇게 느끼게 만들어? 아님 할아버지 할머니가 그래?"

"아니. 아무도 안 그래. 그냥 내가 그렇다는 거야."

다시 숟가락을 들려던 서주의 손을 붙잡았다. 요새 부쩍 손이 부어 반지를 잘 끼지 않는 서주의 손은 아무것도 걸리는 것 없이 살결이 고왔다.

"말해. 왜 그러는데."

"내가 만약에 내 아이를 잃어버리면 난 어떻게 찾을 수 있을까?"

그런 말을 남겨 둔 채 서주는 숟가락을 들었다. 몇 술 더 뜨더니 맛없네, 하고 밥을 반 이상 남겼다. 모래알이라도 씹은 것처럼 물로 입을 헹구고 주스를 꺼내 마셨다. 그러다 다시 식탁으로 돌아와 남긴 밥을 버리려는 듯 싱크대로 가져가려는 걸 강이 근근이 만류하였다.

"갑자기 왜."

강의 옆자리에 앉아 서주가 부쩍 우울해진 낯빛으로 그의 품에 파고들었다.

"난 못 보잖아."

강은 한숨이 나오려는 자신의 입을 틀어막았다.

"내 아이 얼굴도 모를 텐데. 만약에 애 잃어버림 나는 어떻게 찾을 수 있나 싶어서."

"무슨 말을……. 왜 애를 잃어버려. 그럴 일 없어."

"만약에 말이야, 만약에."

"그런 만약을 왜 가정해. 나 있잖아. 임서주 옆에 나 있어. 나 허수아비 아니야."

"알아. 그런 뜻으로 하는 말 아니니까 오해 마요."

품에 안긴 서주의 온기가 뜨거웠다. 배 속에 아이를 품은 엄마란 사람의 체온은 항상 열기를 간직하고 있었다. 자는 잠자리에서도 늘 느낀다. 하지만 이 뜨거운 체온만큼 혹여 서주는 아픈 것이 아닐까 짐작한다.

"그냥 보고 싶다. 내가 내 배 아파 낳은 내 아이 내 두 눈으로 보고 싶은데. 그래서 무럭무럭 자라는 것도 보고 싶은데. 난 못 보잖아. 나만 못 보잖아."

투정 아닌 투정을 서주가 하고 있었다. 생전 투정이란 걸 모르던 사람처럼 괜찮다는 말만 되풀이하던 사람이 이러니 영 낯설었다.

"우울해?"

"우울하다기보다 슬퍼."

"그래서 안 행복해?"

"행복한데, 행복하면서도 슬퍼."

창밖의 깜깜한 밤이 서주의 눈이라면 자신이 미약한 별 하나라도 되어야지 생각했다. 볼 수 없는 슬픔이 큰 서주에게 무슨 말을 더 해 줄 수 있을까, 그것도 곰곰이 더 생각했다.

"괜찮아. 그냥 투정이야. 괜히 임신하니까 여태까지 못 했던 투정 실컷 하는 거야."

품에서 얼굴만 쑥 내민 서주는 무연히 웃었다. 아무 시름 없는 그런 얼굴을 억지로 하면서.

"그런 식으로 넘기지 마. 내가 이렇게 마음이 안 좋은데 자기 마음은 더 안 좋겠지."

"당신이 알아주는 것만으로도 충분해."

아무 번잡스런 마음 없이 서주를 꾹 다져 안았다.

삭풍이 가시고 입춘이 지난 밤은 그래도 추웠다.

서주는 무참한 마음을 어깃장 놓듯 모르는 척하였다. 발걸음이 무거워도 일부러 가볍게 걸었다. 그렇게 계속 정신을 가다듬었다. 그러다 보니 어느새 봄이었다. 항상 옆의 동행이 되어 주는 봄이 와 준 계절이 다시 돌아왔다. 봄은 벚꽃길을 좋아했다. 벚꽃 들썩들썩 날리는 길을 잘 짚어 걸었다. 사람들이 무심히 주는 간식도 모르쇠로 일관하고 그냥 제 길만 걸었다. 그렇게 봄이 또 한 해를 한 계절을 넘겼다. 봄이 나이를 먹어 가는 만큼 서주도 어둠에 능숙해졌다. 어둠이 그다지 슬프지 않았다.

그래서 마음을 먹었다.

더 늦기 전에. 이제는.

가야겠다, 그렇게.

버스 안에서 곤히 깊은 잠을 잤다. 꿈에서는 엄마가 나왔다. 많이 보지도 못했던 엄마가 생생한 모습으로 꿈속을 장악했다. 엄마의 얼굴에는 주름이 많았다. 팬 주름 하나마다 살아오면서 한 고생 하나의 흔적이라는데. 엄마의 얼굴에 주름이 많은 것은 무수한 고생의 흔적인 것인가. 그렇다면 엄마는 왜 우리와 아빠를 버리고 가 무수한 고생을 사서 한 것일까. 아니다. 엄마는 모든 것을 버리고 싶지 않았을 것이다. 그냥 상황이 그랬으니 어쩔 수 없었을 것이다. 그러니 엄마 생각은 차곡차곡 접어 어디 깊숙한 곳에 넣어 두자. 엄마 생각은 하지 말자. 새로운 가정에서 엄마가 새롭게 행복하다면 그걸로 된 거다.

꿈에서 번뜩 깨었다. 기사 아저씨가 누군가에게 다 왔어 학생, 하고 말했다.

문득 엄마 옆에 교복을 입고 웃던 여자애가 떠올랐다. 자신도 그러고 싶었는데. 예쁜 교복 팔랑거리며 엄마 팔짱을 끼고 웃으면서. 그랬으면 지금 좀 더 나은 삶이 되었을까. 아니, 엄마는 없다. 아빠밖에는. 일생을 바쳐 다른 사람도 아닌 우리를 키운 사람은 아빠뿐이다. 그래. 그렇게 생각하면 마음이 편하다.

버스에서 내렸다. 봄이 자꾸 코를 킁킁거렸다.

한수가 긴 일을 끝내고 먼 타지에서 돌아왔을 때, 제일 먼저 한 일은 집을 구하는 일이었다. 보증금도 없어 이리저리 집을 알아보는데 어떤 주인이 한수 얼굴만 보고 보증금 없이 집 한 칸을 내어 주었다. 다달이 내는 월세, 수도세, 전기세, 한수는 그런 것들을 칼같이 지켰다. 주인은 한수가 참 성실한 사람이라며 입이 마르고 닳게 동네 사람들에게 칭찬 일색이었다. 그래서인지 동네 사람들은 서주에게나 서환에게 잘 대해 주었다. 엄마 없어 안쓰럽다며 종종 밑반찬도 주고, 간식도 챙겨 주는 이웃들 사이에서 그렇게 자랐던 동네였다.

자식들 훌쩍 다 커서, 특히나 서환이 훌쩍 커서 주인이 내놓은 집을 덜컥 사겠다고 했을 때 주인은 서환에게 좋은 사람 밑에 좋은 자식들 자란다는 말이 맞다는, 또 하나의 칭찬을 늘려 붙여 주었다. 물론 융자를 끼고 산 집이었지만 한수가 집을 산 날 동네잔치를 벌인 일은 동네에 두고두고 떠도는 미담이 되었다.

오랜 세월을 함께한 집이었다. 결국 두 자식 중 하나가 눈을 잃게 된 것까지 조용히 겪었던 집이다. 그런 집에 오랜만에 돌아왔다. 현관에 들어서 조심스레 신발을 벗자 봄이 현관 턱을 넘어 자리를 잡고 앉았다. 봄의 목줄을 놓아두고 앞이 보이지 않아 어두운 집 안을 이리저리 걸었다. 그러다 도착하게 된 주방에는 냄새가 났다. 조심스레 가늠해 보니 설거지가 쌓여 있었다. 고무장갑을 찾아 꼈다. 물을 틀려는데.

"서주야?"

아빠다. 우리 아빠.

꼈던 고무장갑을 도로 벗었다. 손끝에서 쿰쿰한 고무 냄새가 난다.

"아빠, 나 왔어요."

"그래."

"늦게 와서 죄송해요."

아빠의 손을 찾아 잡았다. 아빠 손이 냉골이었다.

아무 대화도 없이 마주 앉아 몇 분인지 모를 시간을 흘려보냈다. 단지 한수는 모과차를 입으로 후후 식혀 서주의 앞에 놓아 주었다. 그래도 좀처럼 입이 떨어지지 않았다. 한수가 식혀 준 모과차를 조금 입에 머금었다 삼켰다. 마시기 좋게 식어 한꺼번에 약 먹듯 다 마실 수도 있겠다는 생각이 들 즈음 먼저 입을 연 것은 한수였다.

"몸은 좀 어때?"

자식 생각이 언제나 제일 먼저였던 아빠. 그런 아빠가 어디 간 것은 아닌지 한수는 또 자식 걱정을 한다. 모과차를 쭉 삼켰다. 건더기가 입술에 닿아 더 이상 남은 수분이 없다는 것을 증명했을 때야 컵을 내려놓았다.

"여기. 내 거도 마셔. 모과차만 한 게 없지. 기관지에."

자신을 몫을 내어 주는 한수의 목소리가 조금 들떠 있었다. 오랜만에 본 자식이 너무 반가운 모양이었다.

"그러지 마요. 아빠 좀! 그러지 마."

괜히 으름장을 놓았다.

"왜? 아, 하기는. 나보다는 사돈이 잘 챙기지? 그래 이런 건 사돈 솜씨가……."

"아빠 맹추야? 바보야? 왜 그래 대체? 아빠는 왜 매번 내 생각뿐이야! 왜 나만 위해!"

한수의 말을 거칠게 잘라 악을 썼다. 눈이 뜨끈뜨끈해진다. 가슴이 죄여 깔고 앉은 방석을 꼬집듯 잡아 비틀었다.

"뭐가 그렇게 화가 났어. 그러지 마라. 네 마음 상할 짓을 왜 해."

"아빠는. 아빠는 왜 항상 이런 식이야. 머리 좋고 똑똑한 오빠보다 왜 나야! 고르고 골라 왜 나냐! 아빠가 왜!"

아빠는 늘, 언제나 서환보다는 서주의 편이었다. 학교를 다닐 때도 서환의 용돈보다는 서주의 것이 더 많았으며, 과일 같은 것들을 사 와 챙겨 먹일 때도 서환 것보다는 서주의 것이 더 크고 실하며 좋은 것이었다. 다 커서도 서환의 안부보다는 서주의 안부를 더 많이 챙겼다.

아빠의 인생에 1순위가 마치 임서주인 것처럼. 다른 거 아무것도 없는 사람처럼. 희생으로 키워 낸 자식 둘 중에 의사를 단 서환보다 그냥 평범한 임서주가 더 위대한 것처럼 여기기도 하였다.

아빠는 꼭 고르고 골라 임서주였다. 보잘것없는 임서주.

왜일까.

아빠를 저 지경으로 만든 건 임서주인데.

임서환이 아닌 임서주인데.

아빠는 왜.

꼭 둘 중에 고르고 골라 나일까.

"아빠 인생 망치게 한 사람 나야. 그래서 강이 씨 가족 인생 망치게 한 거 나야! 그럼 날 원망해야지! 아빤 그래야지! 다른 사람 다 아니래도 아빠는 그래야 하는 거잖아! 왜 아빠는 그럼에도 자꾸 날 챙겨! 그럼 내가 미안하잖아. 안 그래도 미안한데 더 미안하잖아. 아빤 왜 나를 그렇게 만들어, 왜!"

"서주야."

고저 없이 나지막한 목소리로 불리는 이름은 누구도 아닌 서주 자신의 것이었다. 한수의 걱정이 오로지 임서주밖에 없다는 식의 간절한 목소리가 절절히 아팠다.

"아빠는 너한테 해 줄 말이 미안하다, 말고는 없는 사람이다."

"그게 싫어요! 나한테 왜 미안해! 아빠가 왜 나한테 미안한데! 아빠는……. 아빠는 나 때문에……."

다 잃었잖아.

차마 하지 못한 말이 목울대에 걸려 철럭거렸다. 가득 따른 물이 그릇 테두리에 간신히 갇혀진 그런 모양새였다. 이를 악물었다. 약한 모습 보이지 않으려 더욱 힘을 주었다.

"나 때문에 네가 눈을 잃은 게 아닐까, 그런 생각이 들었다."

"아빠!"

"내가 잘못 살아 기어이 네가 잘못된 거 같아 그게 자꾸 내 속을 문드러지게 했어."

"아니야, 그런 거 아니야!"

"인생을 좀 더 똑바로 살았으면 내 자식에게 이런 벼락같은 일이 들이치진 않았겠지, 싶었어."

"아니야! 아빠가 왜! 아빠 때문에 그런 거 아니란 말이야!"

"그래서 미안해, 서주야. 아빠가 못나서, 너 이렇게 만들어, 네 마음 곪게 만들어 미안하다."

말이 끝나자마자 숨이 멎을 듯 한수가 꺽꺽 울었다. 새끼 잃은 짐승보다 더 서럽게 꺽꺽. 참고 참았던 서주의 울음이 터진 건 그때였다. 한수와 같이 목 놓아 울었다.

엄마가 집을 나갔을 적에 남겨 두었던 편지를 읽고도 이렇게 울지는 않았다. 그저 엄마가 정말로 멀리 떠나갔구나, 그런 감정이 다였다.

엄마가 자신이 아닌 다른 누군가의 엄마로 살아간다는 걸 알았을 때도 이다지 많이 아프지 않았다.

그런데 아빠는······.

그냥 이렇게 버티고만 있는데도.

많이 슬프고,

많이 아프다.

부녀父女의 눈물이 지난 자리는 적막만이 존재하였다. 서주는 슬그머니 한수의 곁으로 다가가 한수의 다리에 자신의 머리를 내려놓았다.

한참 오래된 일을 되뇌어 본다. 일을 하고 돌아온 한수가 씻고 나오면 서주는 한수의 다리를 베고 누워 책을 읽었다. 고된 아버지에게 그러지 말라고 서환이 나무라면 한수는 늘 괜찮아, 좀 더 있어, 하고 말했다. 그러면 책상머리에서 공부하던 서환도 같이 한수의 다리를 베고 누웠다. 한수의 양다리가 자식들의 너그러운 베개 역할을 톡톡히 하였다.

그때 참 좋았는데. 살이 녹아 뼈만 남은 한수의 다리는 이제 전만 못하다.

하지만 그래도 좋다. 아빠니까. 우리 아빠. 혼자서 자식 둘 키워 낸 훌륭한 우리 아빠니까. 늙어도 아빠는 변함이 없으니까.

"우리 아빠 많이 늙었다. 다리가 다 야위었네."

"많이 늙었지. 너하고 네 오빠 나이가 얼만데. 아빠가 옛날 같을라고."

"늙지 마요. 나 마음 아파……."

한수의 다리를 서주가 스잔하게 만져 보았다. 야위기만 해도 될 것을 피부마저 갈라져 퍼석하기까지 하다. 매번 바디로션 좀 챙겨 바르라고 잔소리를 해도 한수는 늘 픽 웃어 버리고는 실행에 옮기지 않았다. 그래서 이번의 잔소리도 통하지 않을 걸 알지만 그래도 애써 해 본다.

"바디로션 좀 챙겨 바르라니까. 이게 뭐야. 좀 발라요."

"알았어."

"또 말만 하지 말구."

어릴 때 해 주던 것처럼 한수는 서주의 머리를 만져 주었다.

"엄마 없이 너 혼자서 이만큼 하느라 애썼어."

한수는 생전 입에 담지도 않던 말을 하였다. 엄마의 빈자리 따위 별거냐며, 그래서 아빠만 있어도 되는 거라고 늘 말했던 한수였다.

"어릴 때부터 네 눈은 막이 없는 것처럼 초롱초롱했다. 네가 엄마 없는 채로 살아 혹시나 네 눈에 빛을 잃었을까 걱정했더니 집에 돌아가서 보니 더 초롱초롱했어.”

“그랬나……”

“지금도 그래.”

“아빠 말이니까 믿을게요.”

한수가 자신의 손으로 서주의 손을 따뜻하게 감쌌다.

“엄마 몫까지 해내느라, 고생이 너무 많았지.”

“아냐. 아빠가 더 고생했어요.”

“서주야, 아빠가, 아무것도 못해서…… 너를 이 지경까지
만들어 미안해.”

무슨 말을 해 주어야 할까. 무슨 말을 늘어놓아야 아빠는
무거운 마음을 헐겁게 털어 버릴 수 있을까. 자식들을 위해
뼈 빠지게 일만 하다 다 늙은 아빠에게는 어떤 말이 가장 알
맞을까.

머릿속이 한순간 흐리멍덩해져 생각의 우물 속으로 풍덩
빠져 버렸다.

그런데 서글픈 아빠의 음성이 귓전을 쟁쟁 메웠다.

“다음 생이 있다면, 만일 그런 게 있다면, 그때는 내 자식
으로 태어나지 마라.”

“아빠……?”

“네 엄마 배 속에서 태어나지도 말고, 나를 아빠라고 부르
지도 마.”

서주의 뺨에 한 줄기의 빗방울이 내려앉았다.

"귀하디귀한 집에 태어나 이런 고생하지 말고, 아프지도 말고, 행복밖에 모르는 한 사람으로 자라 나하고 네 엄마랑은 네가 모르는 채로, 그렇게 영영 남남으로 살자."

"아빠도 참."

"이번 생은 너무 슬프니, 다음 생이라도 부디 네가 많이 행복하기를 아빠가 많이 빌게."

무수한 빗방울이 앞다투어 서주의 뺨 위로 가라앉았다.

밤의 공기가 무겁게 가라앉아 길을 점령했다. 발목에 착착 감기는 추위는 봄의 것이 아닌 것처럼 낯설었다. 하지만 팔에 감기는 온기에 이 추위도 별것 아니구나, 그런 생각이 들었다.

"추워?"

밤의 공기에 섞인 서환의 목소리는 늘 그랬던 것처럼 따뜻했다.

"아니."

"얼마나 걸을 건데?"

"좀 더. 한참 좀 더."

"그래."

한수에게 서주가 왔다 들은 것인지 저녁이 되자마자 서환이 본가로 왔다. 어색하지 않게 저녁을 같이 먹었다. 별 큰일 없는, 정치적인 이야기만 떠드는 뉴스를 들으며 같이 과일을 먹었다. 그냥저냥 사는 이야기를 하다 한수는 곤하다며 방으로 먼저 들어가 두 남매만 남았다. 둘만 남아 고요에 잠겨 몇 분을 잠잠히 있었다. 그러다 서환이 먼저 산책을 제안하였다. 하지만 산책은 짧지 않았다. 긴 무언가가 되어 끊을 수 없을 것만 같이 시간의 길이를 더 늘려 나갔다.

길이가 늘려지는 만큼 밤의 기운은 고양되었다. 그리고 그만큼 길에 선 두 남매의 체온은 식어 갔다.

"오빠."

"응."

"미안해."

언제나 미안한 쪽. 그게 자신의 위치란 것을 서주는 새삼 깨달았다. 서환에게는 무수히 많은 사과를 해 왔다. 무수한 잘못을 했음에 결국 오늘도 그 처지였다.

"임나쁜."

아. 너무 오랜만이다. 중고등학생을 지나 대학을 다닐 때까지 불리던 임서주의 별명. 대학을 졸업한 지가 언제인데, 그렇게 부르기에는 나이가 먹었지 않느냐며 서환이 다시 거뒤들였던 별명.

서주의 별명이었다.

임나쁜.

임나쁜이라니.

아니. 저건 임서주가 꼭 나쁘게 살아 보라고 서환이 억지로 갖다 붙인 별명이었다.

"꼭 안 착해도 돼."

너무 착하게 산다고. 제발 반대로 살라고 갖다 붙여진.

"그렇게 애쓰지 마."

"그런 거 아니야."

"좀 나빠져도 돼. 너만 행복하려고 좀 모질어져도 누구 하나 너한테 뭐라 할 사람 없어."

"그래도 되려나……."

"그래. 넌 그래도 돼."

서환이 가던 걸음을 멈추고 자신의 카디건을 벗어 서주의 몸에 포근히 덮어 주었다. 식어 버린 체온과 다른 따스한 온기가 서려 있었다. 온기 때문인지 손과 발끝이 저렸다. 손과 발끝을 타고 올라온 저릿함은 머리까지 뻗쳐올라 사람을 아찔하게 만들었다.

"나나 아버지가 너 때문에 잃은 건 없어. 더 많은 것들을 얻었으면 얻었지, 잃은 건 눈곱만큼도 없어."

"오빠는……."

"아냐. 아무것도. 서주야, 나는 네가 내 동생이라서 잃은 게 정말 없어."

"그래도 미안해."

"미안해하지 마. 이건 내가 무조건 괜찮은 거니까. 정말로 네가 미안해야 할 건 없는 거야."

잠시 멈춘 걸음을 다시 느긋하게 재촉하였다. 차곡차곡 감기던 추위가 서환의 카디건 덕분에 깔끔히 사라져 있었다. 입에서 몽글몽글 만개하던 입김도 사라졌으려나, 그런 생각도 잠시 하며 서환의 어깨에 머리를 기댔다.

"우리 아빠 많이 늙었어. 나 때문인 거 같아서 속상해."

"아버지가 언제 그러시더라. 자신이 늙는 만큼 자기 자식들도 늙고 있어 속상하다고."

"아. 그러게. 우리도 늙는 거구나."

"아버지가 먼저 돌아가시겠지. 큰 이변이 없는 한 나이 더 먹은 사람이 먼저 죽는 게 이치 같은 거니까. 그럼에도 아버지는 죽음이 더 빠른 자신보다는 천천히 늙어 가는 자식 걱정이 먼저야."

걸음에 힘을 주었다.

"입장 바꿔서 너도 엄마가 되니까. 태어날 네 아이한테 우리 아버지처럼 그런 부모가 되겠지. 그런 부모가 되어 아버지 입장이 된다면 너도 그런 선택을 했을 거야. 내가 무거운 짐을 지더라도 자식을 위하는 그런 결정을."

"……그래도 오빠 나 때문에 너무 많이 잃었어. 그게 뭐였든 그래."

"그게 뭐였던 그래, 잃는 것도 있었겠지. 그런데 잃는 것보다 얻은 게 많았어. 지금의 나는 아버지와 네가 있었기에 가능한 존재야. 물론 아버지도 그럴 거고, 당연히 너도 그렇겠지."

"나 아니었으면 어쩌면 엄마도……."

"생각하지 마. 어쨌든 자식들 버리고 간 사람이야. 네 말처럼 과거에 그런 일 없었다면 아직 옆에 있었을지 모르는 사람이지. 하지만 일은 벌어졌고 못 견딘 사람이 나가떨어진 거야. 그럼 가족이 아닌 거고."

"못된 말 한다, 또……."

"우리 가족은 너하고 나, 그리고 아버지뿐이야. 너 때문에 이렇게 되었다는 죄책감도, 아버지 때문에 이렇게 되었다는 원망도 다 필요 없이 그냥 셋이 잘 살자는 궁리로 여기까지 온 가족이 남아 있을 뿐이야."

엄마 자체를 많이 누리지 못한 우리. 아내를 잃고 자식만 남은 아빠. 돌이켜 보면 괜찮을 것 하나 없었던 셋이 모여 가족이었다. 엄마의 빈자리를 대신하려 셋이 똘똘 뭉쳐 각자의 할당량보다 많은 것들을 해내었다.

엄마 없이 셋이.

다 필요 없이 셋이.

온순한 바람결에 눈이 아려 눈을 비볐다. 긴 속눈썹이 손가락에 치덕치덕 걸렸다.

엄마를 떨쳐 내려 해도 떨쳐질 수 없을 것만 같던 길었던 세월이었다. 맛있는 밥을 해 주는 엄마가, 빨래를 개켜 정리해 주던 엄마가, 포도알을 입에 쏙 집어넣어 주던 엄마가, 그렇게 많은 역할을 해낸 엄마의 부재는 받아들이기 힘들었다.
그리고 그게 꼭 자신의 탓 같아 서주는 힘들었다. 엄마의 보
살핌을 좀 더 받아야 했던 서환과 아내의 온정이 필요했던
한수에게 몹쓸 짓을 한 거 같아 그것이 가장 큰 죄책감처럼
남아 서주의 몸과 정신을 무겁게 하였다.

엄마가 그대로 있었다면 이렇게 고달팠던 세월이 무언가
조금은 달라지지 않았을까. 그냥 그런 생각들이 머릿속을 점
거해 모든 걸 흐려지게 만들었다. 그러나 종내에는 아닌 것
으로 판명이 났다.

아빠도, 오빠도, 그리고 자신도 엄마란 존재는 그저 흘러
가 버린 물이었다.

"나나 아버지나 전부 괜찮아."

눈을 비비던 서주의 손을 서환이 잡아 살포시 아래로 끌어
내렸다. 눈두덩이 벌겋게 피어올랐다.

"그러니까 너도 다 털어 버리고 괜찮아져도 돼."

"응."

코끝이 찡하게 시렸다.

"임나쁜. 바보같이 착한 임나쁜."

"왜, 왜 불러."

"새 가족이 생긴 걸 축하해."

"피- 갑자기 웬 축사."

서환이 서주와 붙어 있던 팔을 털어 냈다. 산책을 하던 둘

이 쪼개져 각자의 개체로 남게 되었다.

"열 발자국 정도 앞에 네 신랑 왔다. 너 알아서 찾아가. 태생의 오빠라는 존재 자체가 동생을 뺏어 간 남자를 그다지 좋아하지 않거든."

하나의 개체가 된 서주는 열 발자국을 조심스럽게 헤아리며 걸어갔다. 그리고 합을 찾은 양 강의 품에 고인 물처럼 안겼다.

"잘 살아, 임서주. 알았지?"

등 뒤에서 퍼져 나가는 서환의 물음에 서주는 고개를 한참이나 주억였다. 강이 서환이 들어갔다고 했는데도 그저 고개만 주억였다.

잘 살라는 말이 너무 가벼워 바람결에라도 날아갈까 꼭 붙잡은 채로.

서주의 강에 살아

새하얀 아침이었다. 티끌 하나 없이 맑은 하늘과 청량한 공기가 시원한 물처럼 묵은 무언가를 씻겨 내려 주었다. 좋은 날씨에 아무 일 없는 얼굴로 말갛게 잠든 서주를 두고 집을 나섰다. 차에 올라 차창을 내렸다. 지하 주차장을 벗어나자마자 깔끔한 바람이 차 안으로 깊숙이 침범하였다.

엄마는, 아무래도 필요 없어.

아무것도 거칠 것이 없는 바람 사이에 서주의 말이 스며들었다. 착잡한 눈망울을 해 놓고는 억지로 웃으며 자기 자신의 모친을 부정하는 말을 서주는 기어이 해냈다. 그런 서주가 마음에 걸려 서환에게도 물어보았다. 서환에게도 모친은 대수롭지 않은 어떤 것에 지나지 않았다. 그런데 서환이 부탁 하나를 청해 왔다.

괜찮으면 어머니를 찾아 줬으면 해.

같이 커피를 나눠 마시다 서주와 똑같이 착잡한 눈망울을 한 서환이 부탁한 청을 도저히 거절할 수 없었다. 마치 그건 서주의 마음과 같아 보였다.

내 손으로는 못하겠어서 그래.

커피를 마시며 망연하게 어딘가를 응시하던 서환에게 그는 되물었다. 굳이 왜. 지금에 와서. 그런 정도의 어감이었다.

나나 서주를 대신해서 매제가 만나 꼭 전해 주었으면 하는 게 있어서.

서환이 그 말을 끝으로 서류 봉투 하나를 넘겨주었다. 입구가 굳게 봉인 되어 있는 두툼한 봉투에 무엇이 들었는지는 궁금하지 않았다. 그 봉투 하나를 받아 서주의 어머니를, 그리고 서환의 어머니도 되는 사람을 찾아 나섰다.

그리고 오늘 드디어 만난다.

약속된 장소에는 차 한 대를 겨우 주차할 만한 공간이 남아 있었다. 그 공간에 한 노년의 여성이 서 있었다. 서주의 어느 부분을, 그리고 서환의 어느 부분을 떼어 만들면 형상될 얼굴을 가지고 있었다. 그 여성이 서주와 서환의 친모라는 것을 직감했다. 빡빡하게 남은 공간에 차를 주차하고 봉투를 챙겨 내렸다. 여성은 꾸벅 고개를 숙이고 찻집 안으로 먼저 들어갔다.

오전 시간대의 찻집은 한가로웠다. 주인장이 고작인 찻집에서 여성은 대추차를 시켰다. 똑같이 대추차를 시키고 마주 앉아 여성의 얼굴을 찬찬히 뜯어보았다. 서주의 눈매와 입매가 여성의 얼굴에 서려 있었다. 핏줄은 대단한 거구나. 속으로 순수한 감탄을 하였다.

"오느라 고생이 많았죠?"

대추차가 나오기도 전에 여성이 먼저 입을 열었다. 여성은 서주에게 음성의 일부분도 물려주어 흔적을 남겼다. 또렷한 서주의 목소리 한 부분이 여성의 것이었다.

"아닙니다."

때마침 대추차가 나왔다. 김이 모락모락 퍼져 공중으로 올라갔다.

"저는 단지 이걸 전하려 왔을 뿐입니다."

찻잔 옆으로 봉투를 건넸다. 여성은 당황하는 눈길로 봉투를 바라보다 말없이 고개를 떨어뜨렸다.

"서주는…… 잘 사나요?"

한 집안의 막내딸이자 한 가정의 기둥 역할을 했던 서주의 걱정이 여성의 입에서 나왔다. 네, 짧게 대답했다. 그러자 여성의 어깨가 들썩였다. 들썩이는 여성의 어깨는 자식들을 버리고 홀로 뛰쳐나온 삶의 무게가 얹어져 있었다. 목 놓아 울지도 못하고, 그렇다고 모질어지지도 못하는 중간의 애매모호한 지점에 서 있는 여성은 과거 두 아이의 엄마였던 사람이다.

"저는 그만 일어나겠습니다."

그는 여성을 위로해 줄 수도 없는 이 자리에서 그만 벗어나고 싶었다. 고개를 들지 못한 여성은 고개만을 끄덕인다.

"잠깐! 이거 아기 배냇저고리예요. 가져가요."

그런데 여성이 자리에서 일어나는 강을 황급히 붙잡아 손에 종이 가방을 하나 쥐여 주었다. 가져가 봐야 서주가 달갑지 않아 한다는 걸 알면서도 받아야 했다. 그것이 여성이 할 수 있는 엄마의 마지막 도리란 것을 알아서였다.

"서주를 낳아 주셔서 감사합니다."

그 인사를 끝으로 돌아섰다.

마시지 못한 대추차는 이제 그만 식어 버렸다.

강이 떠나간 자리에 남아 있던 여성은 아직 마르지 않은 얼굴로 자신에게 전해진 봉투를 조심스레 열어 보았다. 봉투 안에는 녹음기와 통장과 도장이 들어 있었다. 여성은 떨리는 손으로 녹음기를 꺼냈다. 틀까 말까 몇 번을 고민하다 재생 버튼을 누른다.

엄마.

엄마는 잘 사나요?

저는 잘 못 살아요. 엄마를 잃었고, 엄마를 잃고 나서는 눈을 잃은 사람이 되었거든요. 그래서 사실 엄마도 잘 못 살기를 바랍니다. 나를, 오빠를, 그리고 아빠를 매몰차게 버리고 간 사람이 잘 산다면 그건 너무 불공평하잖아요.

그럼에도 엄마가 잘 살기를 바라기도 합니다. 그래도 배 아파 끊어지는 고통 속에 나와 오빠를 낳은 사람이니, 그래서 기어코 이만큼 나이를 먹게 만들어 준 장본인이니 잘 못 사는 와중에도 잘 사시기를 바랍니다.

엄마는.

정말 나빴어요.

그러니 안 볼 겁니다. 평생 보는 일 없이, 스쳐 가도 모르는 남처럼 그렇게 살아요. 엄마는 이미 우리를 버리는 선택을 하셨기에 늙고 병들어 다시 돌아온다 하여도 보지 않을 거예요. 물론 엄마가 우리를 찾지 않을 거란 걸 알면서도 미리 드리는 충고를 노여워하지 마세요.

통장은 창자가 끊어지는 고통 속에서도 우리를 낳아 준 수고비 같은 거라고 생각하세요. 오빠랑 제가 반씩 보탠 금액입니다. 얼마 되진 않아요. 돈으로 청산될 관계가 아닌 걸 알지만 그래도 부디 이걸로 모든 청산은 다 한 것으로 알고 살겠습니다.

녹음기의 재생 버튼이 다시 튀어 오르기 직전 긴 침묵 후의 마지막 말이 남아 있었다.

엄마. 버리고 갔다는 죄책감은 털고 오래도록 편안히 잘 사세요. 낳아 주셔서, 그건 정말, 다시 생각해도 너무 감사해요.

그것으로 뚝. 녹음기는 멈췄다.
여성은 녹음기를 품에 안고 한참을 울었다.

"이거 엄청 작구나……."
가져온 배냇저고리를 서주는 거부하지 않았다. 받자마자 풀어 손으로 크기나 촉감을 가늠해 보다가 서주가 배냇저고리에 얼굴을 파묻었다. 연신 작다는 말을 하였다. 그러면서도 어머니에 대한 것은 전혀 묻지 않았다. 어디 갔다 왔는지 알면서도 짐짓 모르는 체 외면하였다.
"할머니께서 배냇저고리 만들어 주신다 그랬는데. 이건 태어나자마자 입히지는 못하겠다. 할머니가 만들어 주신 거 입혀야지."
"그래. 그렇게 하자."
"아. 그리고 태명 골랐어."
"뭘로?"

"수."

매번 서주가 아가야, 하고 부르던 아이에게 드디어 태명을 붙였다. 몇 날 며칠을 고민하더니. 수. 발음하기도 좋은 태명이었다.

"그럼 앞으로 수, 라고 부르면 돼?"

"응. 수야, 하고 불러요."

"이름 예쁘다."

"꽤 고심해서 지었으니까."

이제 조금은 볼록하게 솟아오른 배를 동그란 모양으로 매만지며 서주는 평온한 미소를 지었다.

"엄마는…… 어때 보였어?"

조금은 어색한 음성으로 묻는 서주는 여전히 미소를 머금고 있었다. 안 궁금한 척, 안 물어볼 것처럼 굴더니 결국은.

"그냥 건강해 보이셨어."

"그렇구나."

"많이 닮았더라. 자기랑 형님이랑 많이 닮은 분이셨어."

"응. 핏줄이니까."

"그래."

돌연 찾아온 적막에 건조기에 돌려 다 마른 수건을 개키기 시작했다. 손에 보송보송한 촉감이 묻어난다. 가만히 있던 서주도 수건 하나를 들고 끝과 끝을 맞춰 수건을 개켰다. 적막의 무게는 무겁지 않았다.

보송보송한 수건만큼이나 가벼워 입으로 후— 불면 다 날 아갈 듯이 가벼웠다. 그러나 서주의 마음은 그러지 못하는지 표정이 조금 침울했다.

"보고 싶으면 봐도 돼."

두 장의 수건이 남았고, 하나는 깅이 하나는 서주가 가져 가 개키려고 할 때였다. 깅이 무심히 말했다. 서주 손의 움직 임이 멎었다.

"못 참을 정도면 그래도 돼. 굳이 참을 필요 없잖아."

"싫어."

"서주야."

"엄마는 엄마대로, 나는 나대로 그렇게 살다 보면 언젠가 우연처럼 만나지겠지. 그거면 돼, 그걸로 난 충분해."

"알았어. 내가 미안해. 괜한 말 꺼냈다."

"알았으면 아이스크림 가져다주세요. 먹고 나 잘래."

투정 아닌 투정을 부리는 서주는 진정으로 엄마가 필요 없 는 사람처럼 굴었다. 그래서 더 말하지 않고 서주에게 아이 스크림을 갖다 주었다. 한 숟가락 크게 퍼서 입에 물고는 맛 있다고 야단법석인 서주를 보며 깅은 이제는 자신이 지켜 내 야 하는 가족이라는 생각뿐이었다.

엄마에게서 짧은 전화 한 통이 왔다. 서주와 서환에게 각 각 한 통씩 온 전화는 더 이상 엄마의 존재를 그다지 걱정하지 않아도 되는 전화였다. 잘 산다, 부터 시작해 잘 살렴, 으로 끝난 그런 전화였을 뿐인데, 전화가 끝나고 서주는 울음을 참지 못했다. 눈이 안 보여서 어쩌니, 그런 걱정도 없었고 해산 잘 하라는 염려도 없었는데. 부질없이 눈물이 났다.

엄마는 두 자식의 인생에서 그렇게 끝을 맺고 지워졌다.

봄이 지나 여름이 무르익어 더위가 그득할 때 의사는 파란색이 좋겠네요, 하고 수의 성별을 누설하였다. 경애가 꾼 태몽이 아들 같다더니 역시 그랬다. 옆에서 조용히 듣고만 있던 강은 진료실을 나서자마자 딸이 아니라 조금은 섭섭하다고 볼멘소리를 했다. 달래 보아도 소용이 없었다.

점심시간이 거의 다 되어 같이 냉면을 먹는데 갑자기 식탁을 탁 치더니 강이 말했다. 다음에는 딸로 낳으면 되지. 조용히 웃다 냉면을 마저 먹었다. 수가 태어나기 전 마지막으로 먹는 냉면이었다.

서주의 배가 부르기 전에 찍었던 웨딩 사진이 강이 어릴 적 찍었던 가족사진 대신 본가의 벽에 커다랗게 걸렸다. 강의 아버지, 그리고 어머니의 모습은 더 이상 본가에 남아 있지 않았다. 경애는 이제 보내 줘야 할 때가 되어 치웠을 뿐이라지만 그게 사실이 아니라는 것은 모두가 알아도 입을 열지 않았다.

"아이고. 서주야, 괜찮니?"

주방에서 들려온 경애의 목소리에 강은 한달음에 달려갔다. 서주는 복분자를 뒤집어쓴 상태였다.

"복분자잼 먹고 싶다더니 결국 복분자를 몸에다 발랐구나."

경애가 한바탕 크게 웃었다. 서주도 경애를 따라 호방하게 웃다가 이건 아니라는 얼굴로 이내 울상을 지었다.

"할머니 복분자 어떡해요."

"괜찮아. 많아. 어차피 잼 만들 거라 농장에서 파치로 받은 거야. 별로 신경 쓸 거 없어."

"죄송해요."

"또 그런다. 괜찮다니까. 다친 데는 없지?"

"네. 말짱해요."

경애가 바닥에 주르륵 쏟긴 복분자를 무릎을 굽혀 줍기 시작했다. 그러면서도 웃음을 참지 못하고 딸꾹질처럼 웃음을 터뜨렸다. 서주도 경애를 따라 다시 웃었다. 그렇게 한참을 웃다 복분자를 거의 다 주웠을 즈음.

"서주야, 올라가서 옷 갈아입어."

"잼은요?"

"저녁에 끓이자. 할미 고단해."

"네."

"강아, 서주 데리고 올라가."

복분자로 범벅이 된 서주를 부축해 2층으로 향했다. 2층으로 올라가는 층계가 서주는 제법 많이 익숙해졌는지 오르고 내리는 것이 능숙해졌다. 그러나 경애의 지침으로 층계를 절대 서주 혼자 오르내리게는 두지 않았다. 서주는 종종 입을 내밀고 층계가 몇 개로 이루어졌는지, 어떤 식의 구조인지 알고 있다며 설파했지만 강을 포함해 경애와 말섭은 결코 서주를 혼자 두지 않았다.

강은 허리를 집고 한 층 한 층 층계를 오르는 서주를 도와 함께 2층으로 올라왔다.

"원피스에 복분자 물들었어?"

"엉망이야."

"이거 물 빼지 말고 그냥 그대로 둬요."

서주는 욕실 앞에서 원피스를 벗어 곱게 접었다. 빨아야 하지 않느냐고 물으려다 전라로 힘겹게 욕실을 향해 걸어 들어가는 서주를 보며 입을 다물었다.

"수가 태어나면."

욕조에 들어앉아 따뜻한 물이 차오르는 걸 느끼던 서주가 말문을 열었다.

"들어와서 살아요."

굳이 그러지 않아도 돼, 같은 가식을 가장한 말을 강은 내뱉지 못했다. 점점 더 늙어 가는 조부모를 애석하게 외면할 만한 그릇이 못 되었다. 차근차근 욕조를 채워 서주를 덮어

내는 물의 온도를 가늠하려 손을 쑥 넣다 서주에게 보기 좋게 낚아채었다.

"대답."

"미안해서 그러지."

"나 편하자고 들어오자는 건데?"

"무슨 나는 맹꽁이야? 그것도 모르게."

서주 자신이 편하자고 본가에 들어와 살자는 것이 아니란 걸 다 아는데, 서주는 저런 식으로 포장을 했다. 언젠가 수가 태어나면 강이 먼저 꺼낼 말이었다. 들어와서 살 순 없느냐고. 그런데 그걸 서주가 먼저 선수를 쳤다.

적당하게 차오른 물을 잠그고 입욕제를 풀었다. 잔잔한 거품이 거대하게 일어난다. 서주는 일어난 거품 냄새를 맡고는 수야, 냄새 좋지? 하고 배 속의 수에게 묻는다.

"할머니께서 조리원 들어가지 말래. 몸조리 직접 해 주신다고. 그러니까 수 낳으면 우리 들어와서 살아요."

"괜찮겠어?"

"안 괜찮을 건 뭐야. 가족인데."

"가족."

입안에 다디단 사탕이 굴러가는 듯 부드럽게 발음되는 단어는 이로 베어 물어도 깨지지 않을 정도로 견고했다.

"응. 가족."

"그럼 그렇게 하자."

"수야, 들었지? 이제 여기가 우리 집이야."

거품이 찰랑이는 물에 몸을 맡긴 서주는 느긋해졌다. 그런 서주의 어깨를 가만가만히 주물렀다. 서주가 으, 이런 소리를 내다 수야, 네 아빠는 안마를 참 잘해, 하고 말하였다.

그에 질세라.

"수야, 네 엄마한테 아빠 대신 고맙다고 전해 줘."

강은 수에게 속살거렸다.

낙조로 얼룩진 주방 가스레인지 위 냄비 안에 복분자 잼이 끓었다. 부글부글 거품을 일으키다 터뜨리다 일으키다 터뜨리다를 반복하며 졸아 갔다. 집 안 가득 복분자의 시큼한 단내가 발이 달린 것처럼 돌아다녔다. 처음에는 가스레인지 앞에 서 있더니 이제는 잠깐잠깐 보아야겠다고 경애가 식탁에 자리 잡고 앉았다. 대신 지키고 서 있는 일은 말섭에게 맡겨졌다.

시원한 얼음물에 매실청을 한 스푼 넣으니 금세 무색이 갈색으로 바뀌었다. 가라앉을 갈색을 휘휘 저으니 연한 노란 물이 든 갈색으로 변했다. 얼음들이 부딪혀 맑은 소리가 울리다 천천히 잠잠해졌다.

"할머니."

말섭에게 향한 경애의 시선을 강이 불러들였다.

"말하렴."

"서주가, 들어와서 살겠대요."

노를 젓듯 바글바글 끓는 복분자를 젓던 말섭도 움직임을 멈추고 놀란 표정으로 강을 쳐다보았다.

"강아."

경애가 짐짓 으름장 놓는 어투로 강을 불렀다. 그래서 강은 단칼에 고개를 내저었다.

"아니요. 제가 먼저 그런 말 꺼낸 거 아니에요."

"그럼 서주가 그러자고 그래?"

"서주가 먼저 꺼냈어요. 그러고 싶대요. 수랑 여기서 살겠대요."

"너희 편한 대로 살아. 우리 걱정 때문에 괜히 들어와서 산다고 그럴 거 없다."

강은 매실차를 벌컥벌컥 마셨다. 금세 얼음만 남아 노란빛 갈색은 온데간데없어졌다.

"저희 들어와 살게요. 저도 그러고 싶어요."

"강아, 할미는……."

"괜찮아요. 서주도 저도 괜찮으니까 걱정 마세요."

비어 버린 컵에 다시 찬물을 따르고 매실청을 듬뿍 넣어 섞는다. 자고 있지 않으면 서주에게도 한 모금 먹이면 좋으련만. 서주가 일어나면 한 잔 타 주어야겠다는 생각을 하며 다시 매실차를 마신다. 맛이 좋다. 자그마치 담근 지 5년이나 된 매실청을 경애가 오늘 개봉한 것이다. 경애가 이것도 서주 먹이려고 조금 빨리 개봉한 것이라고 하였다.

"서주는 할머니나 할아버지 없이 못 살 것처럼 그래요."

본가에 왕래는 하지만 그렇다고 부모의 기억을 완전히 떨쳐 내 버린 것은 아니었다. 하지만 서주는 주말이 되기 전, 금요일 저녁에는 꼭 강을 끌고 본가를 왔다. 이틀을 자고 일요일 밤이 되어야 다시 집으로 돌아갔다. 그렇게 반복적인 일을 하면서도 싫은 내색은 전혀 없었다. 당연히 그러해야 하는 일처럼, 그럼에도 행복한 일을 하는 것처럼 서주는 강의 본가를 좋아했다.

몸이 안 좋은 말섭이 먼저 가고 경애가 혼자 남으면 어쩌냐는 걱정을 서주는 많이 했다. 경애도 자신의 몸을 챙겨야 하는데 말섭을 챙기는 건 무리였다. 그래서 서주는 그 몫을 우리가 해야 하지 않느냐는 말도 많이 했다. 말섭이 약 먹을 시간이 되면 서주는 말섭에게 전화를 걸었다. 무슨 무슨 약을 챙겨야 한다는 알람같이 말섭에게 전화를 하면 말섭은 기분 좋게 웃었다.

그러다 어느 날은 서주가 울었다. 말섭이 전화 끝에 만약에, 하는 어떤 말을 꺼낸 모양이었다. 퇴근한 그가 거실에 없는 서주를 찾다 방에 들어가니 서주가 침대에 모로 누워 이불을 껴안고 소리 없이 울고 있었다. 그러더니 덜컥 할머니 할아버지 없으면 어떻게 살아, 하면서 애처럼 왕왕 큰 소리로 울었다.

그런 서주에게 더 해 주진 못해도 이대로 좀 더 행복할 수 있게는 해 주고 싶었다. 물론 자신의 욕심도 조금은 얹어서.

"그러니 거절하지 마시고 그냥 저희랑 같이 살아 주세요. 저희가 더 잘할게요."

"그럼 손자랑 손자며느리 덕을 좀 볼까."

경애는 자리에서 일어나 말섭이 젓던 복분자에 불을 끄고 숟가락으로 조심스레 떠서 새끼손가락 끝에 묻혀 맛을 보았다.

"맛있네. 서주가 좋아하겠어."

차분히 빵을 굽고, 우유를 한 잔 꺼내고, 그렇게 복분자 잼과 함께 쟁반에 경애의 손에서 한 상 차려졌다.

"서주한테 가지고 올라가렴. 깨날 때가 다 됐지 싶다."

"네."

"서주한테 이거 갖다 주면서 어떤 색의 벽지와 어떤 종류의 바닥이 좋겠냐고 물어봐. 가구 색은 또 어떤 걸로 할지. 상세하게 물어보고 할미한테 전달해."

희미하게 웃는 경애 뒤로 말섭도 따라 웃는다.

"수도 같이 살게 집을 좀 꾸미려면 바쁘겠네."

마치 세상 다 가진 것처럼 전부 행복하다.

낚시는 꽤 지루했다. 해 본 적도 없거니와 이렇게 가만히 시간을 죽이는 행위는 적성에도 맞지 않았다. 하지만 마냥 지루하지만은 않았다. 찌가 계속 움직이지 않고 머물러만 있는 걸 보는 것도 괜찮았다.

옆에 앉아 있는 아버지 덕분이었다.

돌아오는 주말 대관절 나오라는 연락만 받았다. 옷도, 낚싯대도, 그 외의 용품도 일체 준비되어 있었다. 한수는 밤낚시를 가자고 했다. 서주나 서환도 같이 가냐 물으니 아니란다. 서주는 그래서 본가에 보냈다. 잘 보살필 테니 걱정 말라는 경애의 말을 듣고 강은 한수와 같이 동행하였다.

낚시터에 오면서도 한수는 내내 말이 없었다. 라디오를 켜고 어색한 적막이 없는 양 속으로 콧노래를 흥얼거리며 도착했다. 도착해서는 짐을 풀고 곧장 낚시에 들어갔다. 수상좌대는 적절히 안락했다.

그렇게 2시간째 서로 말도 없이 낚싯대와 물만 바라보고 있었다.

얼마나 더 지났을까. 가로등 불빛이 비친 물 표면이 일렁이고 찌가 물속에 들어갔다 튀어 올랐다를 반복한다. 움직이는 낚싯대 주인공은 이번에도 강이 아닌 한수였다. 한수는 말없이 물고기를 건져 올리고 낚싯대를 정비해 다시 물속으로 던졌다. 찌가 퐁당 담겼다 수면으로 올라왔다. 고요한 침묵 속에 일렁이던 수면도 다시 잠잠해진다.

파리한 불빛 밑으로는 암흑이 짙게 깔렸다.

"강아."

짙게 깔린 암흑 속 한수의 목소리가 들렸다.

주 서방이 아닌 강. 한수는 강을 그렇게 부른다. 흡사 자신의 자식인 것처럼. 그 이상이라도 되는 양. 너무도 다정하면서도 너무나 구슬픈. 눈을 꼭 감았다 떴다.

"나 데리고 여기까지 오느라 수고했어."

"아버지가 차 오래 타시느라 더 고생하신걸요."

아버지란 말은 보드랍고 살갑다. 어딘가 전혀 어색한 것도 없었다.

"네가 잘 자라 내가 얼마나 안도했는지."

한수는 먼 지점을 어둠에서도 응시하고 있었다.

"내 손으로 구할 수 있었던 유일한 목숨이 너였으니까."

"그때는…… 살려 주셔서 정말 감사했어요."

"아니지, 아니야. 나는 너한테 그런 감사 인사 받을 만한 사람이 아니지."

"그건."

불가피한 운명 같은 거예요.

그렇게 생각하면 머리나 마음이 한결 나아졌다. 어차피 벌어진 일에 응당 나타난 결과를 이제는 겸허히 받아들여야 한다는 걸 깨닫는 시기였다. 그러므로 슬퍼할 필요도, 힘들어할 필요도 없을 뿐.

"사돈에게는 미안하다는 말을 입이 닳고, 혀가 닳아 군내가 날 정도로 했다. 그런 말로 보상이 안 된다는 걸 알면서도 내 마음 좀 나아지라고 더 했어. 그런데, 아무리 생각해도 너한테는 내가 이 말을 가장 먼저 했어야 했어."

"이미 다 끝났어요. 다 괜찮아졌는데 아버지가 그런 말을 왜……."

"강아, 내가 미안하다. 내가 너무너무 잘못했다."

한수는 강의 앞으로 다가와 무릎을 꿇고 그의 손을 잡았다. 한수의 두 손이 강의 두 손을 포근히 감싸 안았다.

"이 말을 잘 때마다, 눈뜰 때마다 어린 너한테 했다. 부모 잃어 피범벅이 된 너를 떠올리면서 내가 해 줄 수 있는 게 부디 네가 잘 크기를 바라는 거밖에 없다는 걸 한탄하면서 내 자식들을 키우며 네 생각을 했다."

"아버지, 이러지 마세요."

아무리 일으켜 세우려 해도 한수는 일어나지 않았다. 무거운 추가 무릎에 달려 있는 것 같았다.

"내가 아니었다면 살아 있을 네 부모가 이런 너를 보면 얼마나 좋아했을지. 내가 같은 부모의 입장에서 생각했을 때 내 스스로가 용서가 안 됐다."

"아버지…… 일어나세요, 제발."

"그러면서도 내 자식까지 너한테 보내서, 기어이 아픈 그 애를 너한테 맡겨서 미안하고 또 미안하다."

한수는 서주의 아버지도, 서환의 아버지도 아닌 주강의 아버지로 하염없이 울었다.

　까무룩 잠들었다 깨어나니 푸른빛과 안개가 둥둥 떠다니
는 새벽이있다. 같이 잠들었던 한수는 없었다. 지리에서 일
어나 이불을 징리하고 좌대로 나갔다. 좌대에도 그는 없었
다. 안개에 쌓인 조용한 물만 남아 있었다. 전화를 걸어 볼
요량으로 주머니에 있는 핸드폰을 찾았는데 주머니에는 핸
드폰 말고도 한 장의 편지가 함께 들어 있었다.

　江.
　차마 얼굴 보고 하지 못하는 말을 한낱 종이에 담아본다.
　사실 나는 오래도록 네가 보고 싶었다.
　사고가 나서 병원에 도착할 때까지 내 손을 잡고 잠든 네
가, 주검이 된 네 부모와 함께 정신을 잃고 응급실로 들어가
는 네가 내 생에 참으로 아픈 손가락이었음을 이제야 고백한
다.
　내 죄로 내 인생을 허비하고 내 자식들에게 돌아갔을 때도
나는 네가 보고 싶어 견딜 수가 없었다. 과연 잘 살고 있을까
궁금하고 걱정되었어. 하지만 차마 너를 찾아가 볼 용기가
나지 않았다. 나는 너에게 아무것도 해 줄 수 없는 위치였으
니 당연한 일이었다.
　내 자식들을 키우며 잠들 때도 종종 네 꿈을 꾸었다. 살려

주세요. 작은 몸으로 바락바락 외치던 네가 내 꿈속에 나오면 부모 없이 살아가고 있을 모습이 눈에 그려져 도통 잠을 이룰 수 없었다.

그런 네가 결국은 나한테 왔다. 처음에 너를 보았을 때 나는 어렸던 네 생각을 했다. 너일 리가 없다 생각하면서도 네가 크면 그런 모습이겠지 상상했다. 그런데 네가 그 아이였더구나. 구급차가 도착하기 전까지 부모를 좀 살려 달라고 울던 그 아이가 너라니.

너에게도, 사돈에게도, 그리고 서주에게도 모두 상처였겠지만 나는 어쩔 수 없이 반가웠다. 죄인인 내가 너를 이렇게 다시 볼 수 있다는 게 얼마나, 얼마나 감사한지 그날에는 하루 종일 성당에 앉아 너와 다시 만나게 해 주어 감사하다고 기도를 올렸다.

결국 너에게 서주를 맡기게 된 처지의 나를 용서하지 않아도 된다. 대신 내 딸을 좀 더 가엾게 여겨 다오. 그 아이는 나로 인해, 내 죄로 인해 너무 많은 것을 잃었다. 이런 말을 하지 않아도 될 만큼 네가 서주를 많이 어여삐 한다는 걸 안다만 그래도 보잘것없는 부모가 해 줄 수 있는 말의 전부이니 탐탁지 않게 여기지 말고 담아 주면 좋겠다.

내 아들, 강아.

잘 자라 주어 고맙다. 눈 먼 서주를 안아 주어 고맙다. 네 아버지를 대신해 내가 감히 네 아버지 자리에 앉게 해 주어 그것 또한 고맙다.

염치없지만 그래도 서주와 네가 잘 살기를.

염원하고 또 염원한다.

내가 한 된장찌개를 잘 먹으니 끓여 놓고 산다. 아침은 먹고 출발해라. 잡은 불고기는 두고 가니 사돈네 가서 맛있는 걸 해 먹도록 해.

사랑한다, 아들아.

의자 뒤편 뚜껑이 닫힌 냄비 안에는 양파와 캔 참치가 재료의 전부인 된장찌개가 들어 있었다. 밥을 하나 따끈하게 데워 숟가락만 들고 앉았다. 된장찌개와 밥을 번갈아 먹다 밥이 먼저 떨어져 된장찌개만 퍼먹었다. 눈자위가 따끔거렸다. 앞이 뿌옇게 이지러져도 남은 된장찌개만 열심히 먹었다.

사랑한다니.

사랑이라니.

부모란 자리에서 줄 수 있는 유일하고도 풍족한, 사랑이라는 것을 한수가 건넸다. 너무도 당연한 걸 오래 잊고 살았다. 이렇게 가슴 무거운 것인 줄 모르고. 이렇게 아플 줄 모르고. 너무나 오래도록 잊고 살았다.

비단 조부모에게 받았던 사랑이 적다고 말하진 못한다. 풍족해서 넘칠 만큼의 사랑이었다. 하지만 마음의 빈자리는 채워지지 않았다. 그것이 조부모에게 꼭 배신인 거 같아 내색하거나 생각하려 들지 않았지만 어쩌다 한 번씩 그런 허탈감이 들었다.

하지만 이제는 그런 허탈감도 깨끗하게 사라졌다.

허기지듯 부모의 사랑이 고프진 않았다.

모든 것이 다 해갈되었다.

본가의 오래된 집을 수리하는 데에 딱 한 달이 걸렸다. 2층을 손보는 김에 1층도 같이 손을 보며 생전 부르지도 않던 정원사를 불러 정원도 새롭게 단장했다. 경애는 그런 와중에 수가 쓸 방을 제일 고심하며 준비했다. 당장에 필요한 것들은 서주와 함께 사러 다니고 잘 할 줄 모르는 컴퓨터를 붙잡고 육아용품과 씨름하기도 했다. 그럴 때면 서주를 옆에 앉혀 두고 돋보기를 낀 채 열심히 설명하였다. 서주가 잘 모르겠다고 하면 경애는 다시 설명을 하며 서주가 충분히 눈에 보이듯 이해할 수 있을 때까지 열변을 토했다.

서주는 그런 경애가 엄마처럼 느껴진다고 강에게 말했다. 만약 아직까지 엄마가 곁에 있었다면 경애처럼 그러할 것 같다는. 그러면 강은 말했다. 아버지가 살아 있었다면 한수처럼 그러할 것 같다고. 그렇게 함께 웃었다.

수국이 질 무렵 서주의 산통은 시작되었다.

밤에 시작된 산통은 서주의 모든 기운을 다 빨아먹을 듯 사나웠다. 산통이 심해질수록 서주는 앞이 보이지 않는 게 이렇게 두려운 일인 줄 몰랐다며 무서워하였다. 강은 옆에서 서주의 손을 오래도록 잡아 주었다. 그렇게 무섭다면서 서주는 크게 신음 한 번을 토해 내지 않았다. 경애가 이 상한다고 있는 힘껏 소리를 지르라고 하여도 서주는 그저 인내하고 참았다. 부모의 자리가 인내와 고통 속에서 비롯된다는 것을 여실히 보여 주기라도 하듯이.

마침내 태어난 수의 탯줄을 강의 손으로 잘랐을 때, 강은 울었다. 그리고 산고를 겪고 수를 품에 안은 서주는 울면서도 웃었다.

서주가 수의 이름을 태명 그대로 쓰자고, 쪼글쪼글한 수를 안은 채 말했다.

수는 잘 울지 않는 아이였다. 몸이 엄청나게 아프거나 크게 불편하지 않는 이상은 그저 묵묵히 참는 모습을 보였다. 조그마한 갓난아이 주제에 꽤나 의젓했다. 그런 수를 보며 한수는 서주를 쏙 닮았다고 하였다. 서주가 어릴 때 그랬다고 한다. 잘 울지 않고 방긋방긋 잘 웃는 아이. 경애도 말섭도, 그리고 서환도 모두 입을 모아 서주를 빼다 박았다고 하였다.

강은 다음의 딸을 기약하며, 딸은 꼭 자신을 닮을 거라고 우스갯소리처럼 가족들에게 소문을 흘렸다.

"서주야."

부르는 소리에도.

"여보."

칭얼거리는 소리에도.

"진짜 자?"

잠이 들어 숨소리가 곤하다.

다시 서주의 옆자리에 누워 가만히 자려 해도 잠이 오질 않았다. 잠을 잘 시간을 놓친 탓이었다. 분명 방금 전에 서주는 강에게 같이 야식을 먹으러 나가자고 제안했다. 하지만 정작 제안한 사람이 잠이 들어 버리는 사태가 발생하였다.

다시 이불을 차 내고 서주의 옆구리를 슬쩍 찔러 본다. 그제야 서주가 못 이기겠다는 듯이 나른하게 기지개를 켠다.

"마누라 자는 게 꼴 보기 싫구나?"

"누가 그렇대."

"그럼?"

"같이 데이트 좀 하자는 거지."

"나 애엄마고, 여보 애아빠예요. 무슨 데이트야."

"오. 그렇게 나온다 이거지?"

"이렇게 나오면 어쩌게?"

"보쌈해야겠네."

잠옷을 입은 서주에게 서둘러 옷을 입혔다. 그리고 달랑 업어 2층을 조심조심 내려왔다. 수는 경애와 말섭의 방에서 조용히 잠들었고, 둘 사이를 방해할 요소는 아무것도 없었다. 현관에서 신발을 신고 서주의 신발은 손에 쥔 채 정원을 빠져나와 차에 올랐다. 서주는 등에 업혀 나오는 동안 계속 킥킥거렸다. 무슨 첩보 작전이냐는 말을 아주 작게 한 것도 빼놓을 수 없는 코미디였다.

"그래서 무슨 야식 먹여 줄 건가요, 마마?"

시동을 걸며 서주에게 물었다. 손끝이 추운지 서주가 손을 모아 입김을 불었다.

"음. 족발 먹을까?"

"보쌈도."

"그럼 족발이랑 보쌈 둘 다."

"그래. 콜."

기어를 D에 놓고 서주의 손을 잡았다. 서주가 따뜻한지 손가락을 꿈틀거렸다.

"추워? 히터 틀어?"

"아니요. 그 정도는 아니야."

"그럼 가는 내내 손 잡아 줄게."

"한 손으로 하는 운전 위험한 거 아냐?"

차가 내리막길을 내려가 신호에 걸렸다. 빨간불이 밤하늘에 선명하도록 쨍하다.

"오빠가 그런 허술한 사람이야?"

"으, 오빠래."

"그럼 서방님 할까?"

"아니. 그냥 여보 해."

빨간불에서 초록불로 신호가 바뀌고 다시 차를 출발시켰다. 서주는 조용한 차 안에서 콧노래를 흥얼거렸다. 매일같이 수에게 불러 주는 자장가였다.

눈이 보이지 않는다고 해서 서주는 엄마의 역할을 조금도 소홀히 하지 않는다. 무엇이 되었건 전부 자신의 손으로 해내려고 노력하는 당찬 엄마였다. 모르는 것은 경애에게 꼭꼭 배워 가며 수에게 조금도 모자람이 없는 엄마가 되기 위해 매일같이 노력하는 서주가 안쓰럽다가도 행복해하는 모습을 보면 그것으로 마음 아파하지 말자 생각했다.

한 번 신호가 걸리기 시작하니 신호에 닿을 때마다 신호에 걸려 차가 멈췄다. 콧노래를 흥얼거리던 서주가 신호 한 번 걸리니 계속 걸리네, 기어이 한 소리를 했다. 거기다 몇 시냐고 물어봐서 새벽 한 시라고 대답했더니 서주가 잠자기 글렀다며 우는소리를 냈다.

한 손으로 잡은 서주의 손을 슬며시 매만져 본다.

"서주야."

"응?"

다시 콧노래를 흥얼거리던 서주가 부름에 응했다.

"행복해?"

매일같이 물어보는 질문을 오늘도 어김없이 묻는다.

그저 궁금했다. 서주가 여전히 아직도 주강의 안에서 행복한지. 어디 아픈 데는 없이, 어디 슬픈 데는 없이, 그냥 늘 그렇게 행복한지.

"대답은 족발집에 가서."

"하여튼 임서주 깍쟁이."

생긋 웃는 서주를 보며 안심한다.

인심 후하게 족발과 보쌈을 내어 주는 사장님은 보름에 한 번씩은 꼭 보는 거 같다며 알은체를 해 왔다. 서비스라며 사이다 한 병도 거나하게 내어 주었다. 서주가 감사하다고 인사를 건네자 콜라 한 병을 또 서비스라고 또 내어 주었다. 사장님, 거덜 나겠어요, 하고 강이 말하자, 다음에 오면 다른 서비스도 한번 준비해 보겠다고 넉살 좋게 웃었다.

"애 더 크면 애도 데리고 와요. 내가 잘해 줄게."

그 한마디를 남겨 두고 주방으로 사장님이 모습을 감췄다.

평일의 늦은 밤과 이른 새벽, 그 어디쯤의 시간이라 그런지 가게에는 둘 말고 다른 손님은 없었다. 벽에 걸린 티브이에서 나오는 드라마 소리가 가게 안을 메웠다.

"여긴 이 시간 아니면 한가할 때가 없는 거 같아. 저번에 왔을 때도 왜, 밤 열 시쯤이었는데도 사람 많았잖아."

서주가 콩나물국을 떠먹으며 작게 말했다.

"아무래도 맛집이니까."

"맞아. 너무 맛있긴 해."

노란 알배추에 보쌈 하나를 얹고, 그 위에 무김치를 올리고, 마지막으로 고추와 마늘을 쌈장에 찍어 올린 쌈을 서주의 입에 넣어 주었다. 볼이 미어터지게 쌈을 씹으며 서주는 엄지를 치켜세웠다. 눈이 반달로 예쁘게 휘어진다. 서주의 부푼 볼이 차츰 사그라질 즈음 다시 쌈을 싼다. 이번에는 상추와 깻잎을 포개 족발을 얹고 고추와 마늘을 쌈장에 찍어 처음보단 조금 작게. 서주의 입에 넣어 주자 서주는 오물오물 잘도 받아먹는다.

한참을 강이 서주의 입에 쌈을 가져다 날랐다. 그에 열심히 먹던 서주는 고심하다 팔을 번쩍 들었다. 사장님에게 소주 한 병을 주문했다.

야무지게 잔을 채워 망설임 없이 소주 한 잔을 숫제 털어넣은 서주는 방긋 입술까지 반달로 만들었다.

"세상 다 가진 얼굴이다."

"여보는?"

서주가 깊숙이 강의 가슴에 무언가를 꽂았다.

"나?"

"응. 여보는 지금 어떤 얼굴인데?"

"나도 마찬가지지."

"지금도 어쩌다가 한 번씩 궁금해. 막말로 결혼해 애까지 낳고 이렇게 살면서도 안 보이니까 주강의 얼굴이 어떤 표정으로 어떻게 살고 있는지 궁금하네."

그렇지.

아직도 나는 모른다.

네가 어떤 세상에서 어떻게 살고 있는지.

짐작만 할 뿐 사실상 아는 것은 아무것도 없이 너와 살고 있는 거다.

"임서주."

그래도 난 너 없이는 못 사니까.

"너 없이 못 사는데 뭐가 더 필요해."

"나 없이 못 살아?"

"그럼. 내가 너 없이 어떻게 살아. 너 없는 세상 같은 거 너 만난 후로 생각해 본 적 없는 나한테 그런 잔인한 소리 하지 마."

서주는 자신의 빈 술잔을 스스로 채웠다. 그리고 다시 입 안에 털어 넣는다.

"사랑해."

서주의 고백이 안줏거리처럼 내려앉는다.

"뭐야. 실없이 사랑 고백하는 거야?"

다시 양껏 쌈을 싸 서주의 입속에 넣었다. 서주는 꼭꼭 오래 씹어 넘겼다.

"우리 수가 초등학교를 졸업할 때……"

중학교를 졸업할 때.

고등학교를 졸업할 때.

그리고 대학을 졸업할 때.

"그렇게 파파노인이 되었을 때도 나는 주강을 사랑할게."

"마찬가지야."

"끊임없이 사랑하며 살게."

"나도."

나온 족발과 보쌈이 접시에서 다 사라질 때까지 두 사람은 새실거렸다. 그러다 족발집을 나서 다시 집으로 돌아가게 되었을 때.

"어제도, 오늘도, 내일도 나는 그렇게 줄곧 행복한 사람일 거야."

서주가 그렇게 말해 주었다.

아침 동이 창문을 넘어 침대 끝자락에 닿았을 때야 눈이 떠졌다. 곤하게 잠들어 인기척도 느끼지 못하는 서주를 두고 욕실로 향했다. 양치를 하고, 세수를 하고, 총체적으로 샤워를 다 마치고 다시 방에 돌아왔을 때도 서주는 잠을 해치고 일어나지 못한 채 그대로였다.

옷을 갖춰 입고 출근길에 동행할 가방을 들었을 때 서주는 귀신같이 일어나 끙, 하는 힘겨운 소리를 내뱉었다. 술이랑 야식을 먹고 잔 얼굴같이 않게 말짱한 모습으로 서주가 침대에서 일어났다.

아침 인사로 조용히 서로의 입을 짧게 맞춘다.

손을 맞잡고 층계를 내려가 주방으로 들어가면 앉아서 수와 같이 놀아 주는 말섭과 아침 식사를 준비하는 경애가 있다. 잠자리를 가리지 않는 수는 아침부터 뭐가 그리 좋은 것인지 방긋방긋 웃는 얼굴로 부모를 반긴다.

"또 야식 먹고 왔지, 간밤에?"

경애가 밤의 길었던 외출을 눈치챘는지 슬쩍 눈치를 주었다.

북엇국 냄새가 고소하게 주방을 순회한다.

"네. 이이가 계속 자는 사람 깨우더라구요."

서주는 미꾸라지처럼 쏙 빠져나가 식탁에 앉았다. 말섭의 다음으로 먼저 퍼 준 국을 서주가 냄새만 맡은 채 기다렸다. 말섭과 경애가 수저를 들지 않는 이상 서주는 절대 먼저 수저를 들지 않았다. 말섭이 서주를 살펴보더니 안 되겠다 싶었는지 수저를 들었다. 경애도 황황히 국을 마저 퍼서 차리고 식탁에 앉아 수저를 든다.

그 소리를 듣고 비로소 서주가 국을 먹는다. 수저를 내팽개치고 그릇째 꿀떡꿀떡. 경애는 화들짝 놀라 아이처럼 웃음을 터뜨렸다. 말섭이 수의 이유식을 먹이다 말고 같이 웃었다. 서주의 뺨이 발갛게 물들어 꽃이 피었다.

"술도 한잔 걸친 모양입니다?"

경애의 물음에.

"네."

대답하고 멋쩍은 미소를 흘린 서주도. 빠르게 아침을 먹던 강도. 다 같이 크게 한바탕 웃는 것으로 시작된 아침은 주방을 순회하는 북엇국보다 더 고소하고 따뜻했다.

"수야, 아빠 다녀오세요, 인사해야지."

서주의 품에 안긴 수는 이제 제법 말귀를 알아들어 사람이 들어오고 나가는 것을 알아 강이 출근을 하면 울며 보채진 않지만 울상이 된다. 오늘도 역시나. 수의 눈꼬리가 양옆으로 축 처졌다. 수의 살내를 맡으며 볼에 입맞춤했다. 서주를 똑 닮은 얼굴을 하고서는. 그래도 만족이 안 되는지 강의 품으로 자리를 옮기려 수가 버둥거렸다.

"안 돼. 아빠 출근해야 하는데 그러면 어떡해."

서주는 단호히 수를 끌어안았다. 엄마의 뜻을 알아들은 수도 더는 반항하지 않는다. 그저 빠빠, 하고 아빠를 불러 댈 뿐. 차마 떨어지지 않는 발걸음으로 출근을 하려 나선다. 오늘이 주말이었으면, 하는 그런 생각도 해 보면서.

"다녀올게."

"다녀와요."

이렇게 출근길에 오르면 오늘도 서주는 수에게 아빠가 출근을 해야 아야아야 하는 사람들을 치료할 수 있어, 라는 설명을 할 것이다. 말귀를 알아듣는 수는 또 곧장 납득했다는 얼굴로 아빠의 출근을 잠시 잊은 채 집 안을 휘저으며 놀 것이다.

그렇게 하루하루 반복되다가 오늘의 자신들처럼 수는 성장할 것이다.

그리고 수가 자란 만큼 자신들도 고요히 늙을 것이다.

서주의 강에 살아,

모두가 오래도록 오늘과 같이 행복할 것을 믿어 의심치 않으며.

오늘도 나는 서주의 강에 산다.

<마침>

적을까 말까 몇 번을 망설이다 결국 첫 책이니 처음을 기념하자 싶어 완성된 원고 뒷부분의 자리를 메워 봅니다.

<서주의 강에 살다>가 소설이 된 계기는 아주 단순했습니다. '용서' 그 자체가 주제였거든요. 어떤 부분은 아주 잔인하면서 어떤 부분은 싫도록 다정한 인간이란 존재가 과연 어디까지 품어서 어디까지 용서가 가능할까 생각하다 시각 장애인인 서주와 그런 서주를 품는 강을 떠올려 곁가지들을 구축했습니다.

그렇게 구축된 인물과 함께 사건을 배열하다 사실은 '음주

운전'이라는 죄를 지은 한수에게서 음주의 내용을 빼려 했습니다. 저 스스로조차도 운전을 하면서 음주 사고를 내는 사람을 보며 토악질 나게 환멸을 느끼기도 했고, 별로 좋은 주제도 아니니까요. 그럼에도 기어이 넣었던 이유는 제가 사고가 났을 적의 일이 떠올라서였습니다.

택시 기사님과 크게 사고가 난 적이 있었는데, 그때 기사님이 음주 운전이라고 먼저 말씀하셨습니다. 그런데 저에게 무릎을 꿇고 비시며 딸이 아파 급하게 수술에 들어갔다고, 어떤 죄라도 달게 받을 테니 당장에 딸한테는 가야겠다고 노쇠하신 기사님이 빌고 또 빌었습니다.

모범택시를 하시던 분이 기어이 그런 사고를 내셨다는 게 어처구니가 없어 사정을 듣게 되었습니다. 저녁에 밥 먹다 술을 마시게 되었는데 딸의 위급한 상황을 알게 된 겁니다. 급한 대로 어떤 차든 잡아타려 안간힘을 썼지만 시간만 가서 초조해 직접 운전대를 잡게 되었다는 말을 듣고, 부모는 자식 일이라면 어쩔 수 없는 것도 있구나, 생각했습니다.

저는 용서란 걸 했습니다. 기사님이 수술실 앞에서 발을 동동 구르며 딸을 기다리는 모습을 보며 저도 마음이 다 쓰라렸으니까요. 그 기사님은 반주로 조금 마신 터라 혈중 알콜 농도도 0.030 정도로 나왔던 걸로 기억합니다. 음주 단속에 걸렸다면 훈방 조치 내려졌을 정도였었죠.

물론 그렇다고 음주운전이 정당화되는 것은 아닙니다. 그 래서 소설을 쓰며 이 부분에 대해 굉장히 많이 생각하고 원 고를 엎었다가 다시 쓰고 엎었다가 다시 쓰기를 반복했습니 다. 독자님들께 거북스러울까 뺐다가 결국 다시 넣어 원고를 완성시켰습니다.(그래서 연재하며 내내 수정을 얼마나 했던 지.)

용서를 주제로, 시끄러운 세상에서도 따뜻하고 행복한 그 런 글을 쓰고 싶어 부단히 노력한 결과물입니다. 어떤 분은 많이 거북스러울 수도, 어떤 분은 현실과 동떨어졌다고 생각 하실 수도, 또 어떤 분은 어딘가에 이런 가족이 있길 바랄 수 도 있으리란 걸 조금은 짐작해 보며. 혹시 마음에 드시지 않 을지라도 이 글을 많이 미워하시진 않기를 조금은 바라봅니 다.

중간에 바빠 연재를 쉬는 외중에도 기다려 주시며 응원해 주신 분들과 좋은 글이라고 힘을 북돋아 주시며 마감일 넘겼 는데도 괜찮다고 힘내라 응원해 주신 김인혜 과장님, 마지막 으로 옆에서 원고 읽어 주며 응원해 준 내 영원한 팬이자 내 동행인인 그분께도 감사의 말을 조심스레 전합니다.

그 어느 날이 되었건 모두가 행복하길 바라며.

저는 제자리에서 어떤 형태든 행복을 쓰는 사람이 되기 위해 부절히 노력하겠습니다.

2018년 12월 감사한 마음을 담아

임이현